REIN GESCHÄFTLICH
mehr Geschichten von den Vier Millionen

Thomas M. Meine

REIN GESCHÄFTLICH
mehr Geschichten von den Vier Millionen

nach dem Buch
'Strictly Business – More Stories of the Four Million'
von O. Henry
erstmals erschienen im Jahre 1910

Bibliografische Information der Deutschen Nationalbibliothek:
Die Deutsche Nationalbibliothek verzeichnet diese Publikation in der
Deutschen Nationalbibliografie; detaillierte bibliografische Daten
sind im Internet über http://dnb.dnb.de abrufbar.

© 2024 O. Henry, Thomas M. Meine
Verlag: BoD • Books on Demand GmbH, In de
Tarpen 42, 22848 Norderstedt
Druck: Libri Plureos GmbH, Friedensallee 273,
22763 Hamburg
Alle Rechte vorbehalten
September 2024
ISBN: 978-3-7597-3543-0

INHALT

VORWORT DES ÜBERSETZERS

Dieses letzte Buch aus der vierteiligen Serie, 'Die vier Millionen', begleitet O. Henry in seinem Tod. Wer O. Henry kennt, bemerkt einen veränderten Schreibstil. William Sydney Porter, besser bekannt unter seinem Schriftstellernamen O. Henry war, besonders in den letzten Lebensjahren, ein starker Alkoholiker. Ab 1908 herum beeinflusste seine verschlechterte Gesundheit sein Schreiben. Im Jahre 1910, in dem das Buch erschien, verstarb er an Leberzirrhose, gepaart mit anderen gesundheitlichen Problemen. Eine seiner bekanntesten Kurzgeschichten war 'The Gift of the Magi' (das Geschenk der Weisen). Die ersten Worte beginnen mit dem Geldbetrag 1,87 Dollar — den Della, seine Hauptfigur, gespart hatte. Ein Besucher hatte diesen Betrag später auf sein Grab gelegt, der Jahrzehnte unangetastet blieb.

Nach dem Buch 'Die vier Millionen' (1906) folgten 'Die getrimmte Lampe und andere Geschichten der vier Millionen' (1907), 'Die Stimme der Stadt - weitere Geschichten von den Vier Millionen' (1908) und 'Strictly Business - mehr Geschichten von den vier Millionen (1910). Sie befassen sich mit dem Leben in New York. Die Zahl 'Vier Millionen' bezieht sich auf die damalige Einwohnerzahl der Stadt. Ein Zeitungsartikel war der Auslöser. Darin wurde behauptet, dass es in ganz New York nur 400 Personen von Wichtigkeit gäbe und die es lohnen würden, sie zu kennen. Doch was ist mit den anderen 3,999,600? Das auf so viele Hoffnungen basierende Leben war meist nicht einfach, viele lebten in Armut und bitterer Not, doch auch diese Menschen sind ein Teil der Stadt …

Bereits im zweiten Buch weicht er von seinem engeren Bezug ab, die einfachen Bürger in New York, als Kontrast zu den Superreichen. Dies setzt sich im dritten Buch fort, das man auch als 'Geschichten aus New York' hätte betiteln können. Dies ist nun in diesem vierten Band verstärkt der Fall; dennoch bleibt New York der Mittelpunkt.

Wie dem auch sei, O. Henry bleibt seinem Stil treu und überfrachtet den Inhalt mit Redewendungen, Metaphern und Bezügen aller Art, die oft kaum oder gar nicht verständlich sind. Selbst literarisch geschulte Muttersprachler tun sich hier arg schwer, herauszufinden, was O. Henry eigentlich meint. Ein Kritiker hat das mal so formuliert (jedenfalls ungefähr so, wie ich mich erinnere): 'O. Henry jagt nach schriftstellerischer Abgehobenheit, dass er dabei nicht nur im Kreis läuft, sondern auch so schnell, dass er sich selbst überholt, im Vorbeihuschen auf ein bekanntes Gesicht trifft (sein eigenes), freundlich grüßt, und sich zugleich zum zweiten Mal selbst den Rücken zeigt'.

Einiges ist nur lokal (New York) oder aus zeitlicher Nähe zur Entstehung des Buchs zu verstehen. Er greift tief in die obskurste Ecke der Zitatenkiste und kreiert Zusammenhänge, die manchmal arg hinken, kaum nachvollziehbar oder (selten) auch falsch sind. Der Übersetzer hat selbst einige Zeit im 'Big Apple' gelebt und gearbeitet. Er hat versucht, möglichst viel Licht ins Dunkel zu werfen. Dies geschah durch Endnoten, als Anmerkung direkt beim Text oder wurde in diesen eingearbeitet. Da wo es geboten und vertretbar war, wurde manches in den normalen Sprachgebrauch übertragen, gekürzt oder neu formuliert, besonders, wenn es für die Geschichte ohne Bedeutung blieb.

VORWORT ZU O. HENRY

New York im Jahre 1900

O. Henry ist ein Pseudonym von William Sydney Porter, der am 11. September 1862 in Greensboro, North Carolina als Sohn eines Arztes geboren wurde. Er war in verschiedenen Berufen tätig – Schäfer, Verkäufer, Cowboy, Babysitter und schließlich Bankangestellter. Hier sah er erstmals Geld auf einem größeren Haufen, was ihn im Jahre 1895 zu einer Unterschlagung verführte.

Für schuldig befunden, verschwand er in Honduras. Dort schrieb er ein Buch, in dem er den Begriff 'Bananenrepublik' für ein fiktives Land in dieser Region prägte Die Krankheit seiner Frau ließ ihn 1897 zurückkommen. Er stellte sich den Behörden. 1898 trat er dann eine langjährige Haftstrafe im Staatsgefängnis von Ohio an.

Am 24. Juli 1901 wurde er aus der Haft entlassen, wollte aber nicht, wie früher, in der Apotheke seines Onkels tätig werden. Stattdessen trat er eine Stelle als Journalist der 'Houston Post' in Texas an und begann seine schriftstellerische Tätigkeit.

Bald danach gehörte er zu den bestbezahlten Schriftstellern in den USA und schrieb mehr als 300 Kurzgeschichten und zahlreiche Bücher. Intensiv studierte er das Leben in New York. Sein besonderer Witz wurde von den Lesern geliebt.

Gerne wird auch über die Entstehung seines Pseudonyms schwadroniert, wobei er selbst für Verwirrung gesorgt hat. Einmal soll es eine Katze namens 'Henry' gewesen sein, verbunden mit dem Ausruf 'O(h), Henry', wenn sie wieder mal was angestellt hatte. Ein anderes Mal soll er den Namen Ossian Henry in einem Apothekerhandbuch gefunden haben, während er sich im Gefängnis zum Apothekergehilfen weiterbildete.

Oder, im gleichen Gefängnis, soll es der richtige Name eines Wärters gewesen sein (ausgeschrieben Orrin Henry), den er mit seinem Pseudonym verewigt hat.

Eine andere Version erzählt, dass er Proben seiner Arbeit verschicken wollte, und dafür einen Autorennamen suchte. Auf einer Gästeliste für einen Ball blieb sein Freund beim Namen Henry hängen, den man vom Vornamen zum Nachnamen machte. Den Vornamen wollte man abkürzen und einfach halten. Das 'O', meinte man, sei am einfachsten zu schreiben und war auch schon in Oliver Henry enthalten, einem seiner vorherigen Pseudonyme, wie S.H. Peters, James L. Bliss, T.B. Dowd und Howard Clark.

Es gibt zahlreiche weitere Deutungen. Sie alle aufzulisten, würde hier zu weit führen. Ohnehin ist man sich in Fachkreisen uneinig und wird es wohl immer bleiben; O. Henry hätte das gefallen.

1887 heiratete er Athos Estel, die bereits sehr krank war. Sie hatten einen Sohn, der im Jahre 1888, Stunden nach seiner Geburt, starb, und eine Tochter Margaret, die im Jahre 1889 geboren wurde.

Seine Frau verstarb 1897. Er selbst hatte bereits im Alter von drei Jahren seine Mutter verloren.

1901 wurde er wegen guter Führung entlassen, und seine Tochter zog wieder zu ihm. Sie hatte nie erfahren, wo er in den vorangegangenen drei Jahren gewesen war. 1907 heiratete er erneut, 1909 verließ ihn seine Frau. Er war zum Trinker geworden und starb 1910 an den Folgen.

Dass er am Ende auch in der Gosse gelandet sein soll, dürfte nicht stimmen.

William Sydney Porter mit Frau Estel und Tochter Margaret, frühe 1890er Jahre

REIN GESCHÄFTLICH

Ich nehme an, Sie wissen alles über die Bühne und die Bühnenleute. Sie sind mit Schauspielern in Berührung gekommen und haben die Zeitungskritiken und Witze in den Wochenzeitschriften über das Rialto [Theaterdistrikt] und die Chormädchen und die langhaarigen 'Tragödianten' gelesen, und ich nehme an, dass eine komprimierte Liste Ihrer Ideen über das geheimnisvolle Bühnenland auf so etwas hinauslaufen würde:

Die Hauptdarstellerinnen haben (hatten) fünf Ehemänner, Strass-Diamanten und eine Figur, die nicht besser ist als der ihrer eigenen (Madam), wenn sie nicht gepolstert wäre. Chormädchen sind untrennbar mit Peroxid, Panhards [Luxusauto] und Pittsburg verbunden. Alle Shows laufen am Schluss auf braunen Oxford-Schuhen und auf Eisenbahnschwellen zurück nach New York. Untadelige Schauspielerinnen reservieren die Rolle der komischen Landlady für ihre Mütter am Broadway und ihre Stieftanten auf der Straße. Kyrle Bellews richtiger Name ist Boyle O'Kelley. Die Tiraden von John McCullough [Schauspieler] auf dem Phonographen wurden aus dem ersten Verkauf der Ellen Terry [Schauspielerin] Memoiren gestohlen. Joe Weber [Schauspieler] ist witziger als E. H. Sothern [Schauspieler]; aber Henry Miller ist älter geworden, als er war.

Alle Theaterleute trinken beim Verlassen des Theaters am Abend Champagner und essen Hummer bis zum Mittag des nächsten Tages. Schließlich haben die bewegten Bilder den ganzen Haufen zu Brei geschlagen [die Konkurrenz des Films].

Nun, nur wenige von uns kennen das wahre Leben der Bühnenleute. Wenn wir es wüssten, wäre der Beruf vielleicht noch überfüllter, als er ist.

Wir betrachten misstrauisch die Schauspieler mit einem Blick voller gönnerhafter Überlegenheit – und wir gehen nach Hause und üben alle möglichen Arten von Reden und Gesten vor unseren Spiegeln.

In letzter Zeit wurde viel über das Volk der Schauspieler in einem neuen Licht geredet. Es scheint sich herumgesprochen zu haben, dass sie keine motorisierten 'Bacchanalisten' [wilde Säufer] und diamanthungrigen Loreleys sind [das die Loreley auf Diamanten scharf war, ist mir neu], sondern geschäftstüchtige Leute, Studenten und Asketen mit Kindern und Häusern und Bibliotheken, die Immobilien besitzen und ihre privaten Angelegenheiten genauso ordentlich und unsensibel regeln wie jeder von uns braven Bürgern, die an die 'Wagenräder' der Gas-, Miet-, Kohle-, Eis- und Wachleute gebunden sind [eine Abhängigkeit von diesen].

Ob der alte oder der neue Bericht über die 'sock-and-buskiners' [bezeichnet die zwei Arten von Schauspielern und Stücken, wie die beiden Masken von 'Komödie-Tragödie'], der wahre ist, ist eine Vermutung, die hier keinen Platz hat.

Ich biete Ihnen lediglich diese kleine Geschichte von zwei Spaziergängern aus dem Metier an; und als Beweis für ihren Wahrheitsgehalt kann ich Ihnen nur den dunklen Fleck über dem Gusseisen der Bühneneingangstür von Keetors altem Varieté-Theater zeigen, der dort durch den launenhaften Stoß von behandschuhten Händen entstanden ist, die zu

14

ungeduldig waren, um den plumpen Türklingendrücker zu betätigen – und wo ich Cherry zuletzt durchhuschen sah, wie eine Schwalbe in ihr Nest, auf die Minute pünktlich, wie immer, um sich für ihren Auftritt umzuziehen.

Das Vaudeville-Team von Hart & Cherry war eine Inspiration. Bob Hart war vier Jahre lang mit einer gemischten Nummer durch die östlichen und westlichen Theater gezogen, die einen Monolog, drei blitzschnelle Wechsel mit Liedern, ein paar Imitationen berühmter Imitatoren und einen Stepptanz umfasste, der in mehr als einem Haus den anerkennenden Blick des Bassgamben-Spielers auf sich gezogen hatte – so, wie noch kein Künstler je einen zufriedenstellenderen Beweis für gute Arbeit erhalten hat.

Das größte Vergnügen, das ein Schauspieler haben kann, ist es, die erbärmliche Leistung zu sehen, mit der alle anderen Schauspieler die Bühne entweihen. Um sich dieses Vergnügen zu gönnen, verlässt er oft die sonnigste Ecke des Broadways zwischen der Vierunddreißigsten und der Vierundvierzigsten, um einer Matinee beizuwohnen, die von seinen weniger begabten Brüdern angeboten wird. Nur einmal im Leben eines Bühnensängers kommt einer vorbei, um zu spotten, und bleibt, um die schwierigste Übung eines Thespianers [Schauspielers] zu vollziehen – den hörbaren Kontakt der Handfläche der einen Hand mit der Handfläche der anderen.

Eines Nachmittags präsentierte Bob Hart sein solventes, ernstes, wohlbekanntes Varietégesicht am Kassenschalter einer konkurrierenden Attraktion und erhielt seinen 'd. h.' [besondere Ehre] Coupon für einen Orchesterplatz.

15

A, B, C und D leuchteten nacheinander auf den Anzeigeflächen auf und gerieten in Vergessenheit, wobei Mr. Hart jedes Mal tiefer in die Finsternis stürzte.

Doch andere im Publikum kreischten, zappelten, pfiffen und applaudierten, aber Bob Hart, welcher 'die ganze Würze und die ganze Show in sich selbst' war, saß mit einem langen Gesicht da, unwillig zu klatschen, und mit den Händen so weit auseinander, wie ein Junge, der für seine Großmutter einen Strang Garn zum Aufwickeln zu einem Knäuel hält.

Aber als der Buchstabe H auftrat, setzte sich 'Der Senf'* plötzlich aufrecht hin.

H war die glückliche alphabetische Ansage von Winona Cherry, mit Charakter-Liedern und Personifikation. Cherry hatte kaum mehr als zwei Bissen der Aufführungen, aber sie lieferte die Ware mit einer rosa Kordel verschnürt ab und lud die alten Männer auf.

[* [engl. 'the mustard'. Wenn jemand 'der Senf' ist, speziell in einem bestimmten Bereich, spricht man von einer wichtigen Persönlichkeit, das 'A und O' kommt dem nahe]

Zuerst zeigte sie Ihnen ein köstlich taufrisches und in Baumwollstoff gekleidetes Landmädchen mit einem Korb voller Gänseblümchen, das Sie fantasievoll darüber informierte, dass es im alten Blockschulhaus noch andere Dinge zu lernen gab als Zahlen und Substantive, insbesondere als sie sang 'When the Teach-er Kept Me in' [als der Lehrer mich drinnen behalten hat].

Sie verschwand wieder mit einem schnellen Flirt mit den karierten Schürzenbändern und tauchte in weniger als einer Minute als flauschige 'Parisienne' [Pariserin] wieder auf – so nahebringt die Kunst die 'Old Red Mill'* an das 'Moulin Rouge'**. Und dann –

[* alte rote Mühle, ein altes Mühlengebäude in New Jersey, heute Museum. Es gibt auch eine berühmte 'old red mill' in Vermont, ebenfalls eine historische Stätte. Die ist aber nicht gemeint. ** Das berühmte Varieté in Paris]

Aber den Rest kennen Sie ja. Und Bob Hart tat das auch, aber er sah jemand anderen.

Er glaubte zu sehen, dass Cherry der einzige Profi auf der Fast-Food Bühne war, den er gesehen hatte, und die genau auf die Rolle der 'Helen Grimes' in dem Sketch zu passen schien, den er geschrieben und in der Schublade seines Koffers verstaut hatte.

Natürlich hat Bob Hart wie jeder andere normale Schauspieler, Lebensmittelhändler, Zeitungsmann, Professor, Bordsteinmakler [curb-broker, auch curbstone-broker, Aktienbroker, die ihre Geschäfte am Straßenrand machen] und Bauer irgendwo ein Stück versteckt. Sie verstecken sie in Koffern, Baumstämmen, Schreibtischen, Heuhaufen, Taubenlöchern, Innentaschen, Tresoren, Handkisten und Kohlenkellern und warten auf den Anruf von Mr. Frohman [Agent]. Sie gehören zu den siebenundfünfzig verschiedenen Arten, aber Bob Harts Sketch sollte nicht in einem Gurkenglas[1] enden.

17

Er nannte den Sketch 'Mice Will Play' [Mäuse werden spielen]. Seit er ihn geschrieben hatte, hatte er ihn still und heimlich aufbewahrt und darauf gewartet, einen Partner zu finden, der zu seiner Vorstellung von 'Helen Grimes' passte. Und hier war sie nun, 'Helen' selbst, mit all der unschuldigen Unbekümmertheit, der Jugend, der Lebhaftigkeit und der makellosen Bühnenkunst, die sein kritischer Geschmack verlangte.

Nach dem Ende der Aufführungen suchte Hart den Manager an der Theaterkasse auf und ließ sich Cherrys Adresse geben; und um fünf Uhr am nächsten Nachmittag besuchte er das muffige alten Haus in den West Forties und schickte seine Visitenkarte nach oben.

Bei Tageslicht, in einem weltlichen Hemd und einem schlichten Voile-Rock und mit ihrem gekräuselten Haar und den Augen einer Schwester der Nächstenliebe, hätte Winona Cherry die Rolle der Prudence Wise, der Tochter des Diakons, in dem großen (ungeschriebenen) Drama aus Neuengland spielen können, das noch keinen Titel trägt.

»Ich kenne Ihre Darbietung, Mr. Hart«, sagte sie, nachdem sie sich seine Karte genau angesehen hatte. »Weshalb wollten Sie mich sprechen?«

»Ich habe Sie gestern Abend bei der Arbeit gesehen«, sagte Hart. »Ich habe einen Sketch geschrieben, den ich mir aufgespart habe. Er ist für zwei; und ich denke, Sie können den anderen Teil übernehmen. Ich dachte, ich spreche mit Ihnen darüber.«

18

»Kommen Sie mit ins Wohnzimmer«, sagte Miss Cherry. »Ich habe mir etwas in dieser Art gewünscht. Ich glaube, ich würde gerne schauspielern, anstatt immer nur etwas anderes zu tun.«

Bob Hart zog sein geliebtes 'Mice Will Play' aus der Tasche und las es ihr vor.

»Lesen Sie es bitte noch einmal vor«, sagte Miss Cherry.

Und dann wies sie ihn deutlich darauf hin, wie man es verbessern könnte, indem man einen Boten anstelle eines Telefonanrufs einbaut und den Dialog kurz vor dem Höhepunkt kürzt, während sie mit der Pistole kämpfen, und den Text und die Aktivitäten von Helen Grimes an dem Punkt völlig verändert, wo die Eifersucht sie überkommt.

Hart fügte sich ohne Widerspruch allen ihren Forderungen. Sie hatte sofort den Finger auf die schwachen Punkte des Sketches gelegt. Das war ihr weibliches Gespür, was ihm gefehlt hatte. Am Ende ihres Gesprächs war Hart bereit, sein Urteilsvermögen, seine Erfahrung und die Ersparnisse aus vier Jahren Varieté darauf zu verwetten, dass 'Mice Will Play' zu einer immerwährenden Blume im Garten der Theaterbühnen erblühen würde.

Miss Cherry war langsamer in ihrer Entscheidung. Nachdem sie ihre glatte, junge Stirn in Falten gelegt und mit dem Ende eines Bleistifts auf ihre kleinen, weißen Zähne geklopft hatte, verkündete sie ihr Diktum: »Mr. Hart«, sagte sie, »ich glaube, Ihr Sketch wird den Sieg davontragen. Die Grimes-Rolle passt mir wie ein schrumpeliger Flanell nach dem ersten Besuch in einer 'handlosen Handwäscherei'. Ich kann sie so herausstechen lassen, wie einen Oberst des vierundvierzigsten Regiments auf einem Kleinmütter-Basar. Und ich habe Sie arbeiten sehen. Ich weiß, was Sie aus dem anderen Part machen können. Aber Geschäft ist Geschäft. Wie viel bekommen Sie pro Woche für den Stunt, den Sie jetzt machen?«

»Zweihundert«, antwortete Hart.

»Ich bekomme einhundert für meinen«, sagte Cherry. »Das ist ungefähr der natürliche Rabatt für eine Frau. Aber ich lebe davon und lege jede Woche ein paar Simoleons[2] unter den losen Ziegelstein im alten Küchenherd. Die Bühne ist in Ordnung. Ich liebe sie, aber es gibt etwas, das ich noch mehr liebe – ein kleines Landhaus, eines Tages, mit Plymouth-Rock-Hühnern und sechs Enten, die im Garten herumlaufen.«

»Nun, lassen Sie mich Ihnen sagen, Mr. Hart«, fuhr sie fort, »ich verhalte mich REIN GESCHÄFTLICH.«

»Wenn Sie wollen, dass ich in Ihrem Sketch den Counterpart spiele, werde ich es tun. Und ich glaube, dass wir das hinkriegen können. Und da ist noch etwas, was ich sagen möchte: Es wird keinen Unsinn mit meinem Make-up geben; ich bin auf dem Niveau, und ich bin auf der Bühne für das, was sie mir bezahlt, genauso wie andere Mädchen in Geschäften und Büros arbeiten. Ich werde mein Geld sparen, um mich zu unterstützen, wenn ich meine Stunts nicht mehr mache. Kein Altersheim für Frauen oder ein Heim für unbesonnene Schauspielerinnen für mich.«

»Wenn Sie daraus eine geschäftliche Partnerschaft machen wollen, Mr. Hart, ohne jeden Unsinn, bin ich dabei. Ich weiß etwas über Varietéteams im Allgemeinen; aber dies müsste eines von Besonderheit sein. Ich möchte, dass Sie wissen, dass ich auf der Bühne bin, um das zu bekommen, was ich an jedem Zahltag in einem kleinen Umschlag aus Manila-Papier wegtragen kann, mit Nikotinflecken, wo der Kassierer die Klappe abgeleckt hat. Es ist eine Art Hobby von mir, mich für viele verregnete Tage in der Zukunft zu wappnen. Ich möchte, dass Sie wissen, wie ich bin. Ich weiß nicht, wie ein Nachtlokal aussieht; ich trinke nur schwachen Tee; ich habe noch nie in meinem Leben mit einem Mann an einem Bühneneingang gesprochen, und ich habe Geld auf fünf Sparkassen.«

»Miss Cherry«, sagte Bob Hart in seinem sanften, ernsten Ton, »Sie kommen zu Ihren eigenen Bedingungen. Auf meinem Hut steht 'rein geschäftlich', und auf meinem Schminkkasten ist 'rein geschäftlich' aufgedruckt.«

»Wenn ich nachts träume, sehe ich immer einen Fünf-Zimmer-Bungalow an der Nordküste von Long Island, mit einem Japsen, der Muschelsuppe und Entenküken in der Küche kocht, und mich, mit den Besitzurkunden für das Haus in der Tasche meines Pongé-Mantels, wie ich in einer Hängematte auf der seitlichen Veranda schaukele und Stanleys 'Erkundungen in Afrika' lese, mit niemandem anders um mich herum. Sie haben sich nie für Afrika interessiert, das stimmt doch, Miss Cherry?«

»Nein«, sagte Cherry. »Was ich mit meinem Geld machen werde, ist es zur Bank zu bringen. Man kann vier Prozent auf

Einlagen bekommen. Selbst bei dem Gehalt, das ich verdiene, habe ich mir ausgerechnet, dass ich in zehn Jahren ein Einkommen von etwa 50 Dollar pro Monat haben werde, allein durch die Zinsen. Nun, ich könnte einen Teil des Kapitals in ein kleines Geschäft investieren – zum Beispiel in eine Hutschneiderei oder einen Schönheitssalon – und mehr verdienen.«

»Nun«, sagte Hart, »Sie haben auf jeden Fall die richtige Idee. Es gibt nur sehr wenige gute Schauspieler, die sich für die kommenden nassen Tage wappnen, weil sie ihr Geld sparen, anstatt es zu verprassen. Ich bin froh, dass Sie das Geschäft richtig einschätzen, Miss Cherry. Ich denke genauso; und ich glaube, dieser Sketch wird mehr als das Doppelte von dem einbringen, was wir beide jetzt verdienen, wenn wir ihn richtig in Form bringen.«

Die weitere Geschichte von 'Mice Will Play' ist die Geschichte aller erfolgreichen Bühnenstücke. Hart & Cherry haben es gestutzt, zusammengesetzt, umgestaltet, chirurgische Eingriffe an den Dialogen und der Handlung vorgenommen, den Text geändert, wiederhergestellt, mehr hinzugefügt, herausgeschnitten, umbenannt, ihm den alten Namen zurückgegeben, es umgeschrieben, die Pistole durch einen Dolch ersetzt, die Pistole wiederhergestellt – die Sketche durch alle bekannten Prozesse der Verdichtung und Verbesserung geführt. Sie probten es bei der altmodischen Pensionsuhr in der selten benutzten Stube, bis ihr warnendes Klicken um fünf Minuten vor der vollen Stunde jedes Mal genau eine halbe Sekunde vor dem Klicken des ungeladenen Revolvers ertönte, mit dem Helen Grimes den spannenden Höhepunkt des Sketches probte.

Ja, das war ein Thriller und eine hervorragende Arbeit. In dem Stück wurde ein echter 32-Kaliber-Revolver verwendet, der mit einer echten Patrone geladen war.

Helen Grimes, ein Westernmädchen von ausgesprochen 'buffalo-billyischer' Geschicklichkeit und Kühnheit, ist stürmisch in einen angeblichen Frank Desmond verliebt, den Privatsekretär und insgeheim zukünftigen Schwiegersohn ihres Vaters.

Der Vater ist 'Arapahoe' Grimes, ein Viertelmillionen-Dollar-Viehkönig, der eine Ranch besitzt, die, der Landschaft nach zu urteilen, entweder in den Bad Lands oder in Amagansett, Long Island [3], liegt.

Desmond (im Privatleben Mr. Bob Hart) trägt Wickelgamaschen und Meadow Brook Hunt-Reithosen und gibt als Adresse New York an. Man fragt sich, warum er in die Bad Lands oder nach Amagansett kommt (je nachdem), und stellt gleichzeitig die leise Vermutung an, warum ein Viehzüchter auf seiner Ranch Wickelgamschen haben wollte, mit einem Sekretär, der darin steckt.

Jedenfalls wissen Sie so gut wie ich, dass wir alle diese Art von Stücken mögen, ob wir es zugeben oder nicht — irgendetwas zwischen 'Blaubart jr.' und Cymbeline' [Stück aus antiker römischer Zeit], das auf Russisch aufgeführt wird.

In 'Mice Will Play' gab es nur zwei Rollen und eine halbe. Hart und Cherry waren natürlich die beiden Hauptakteure; und die halbe Rolle war eine Nebenrolle, die immer von einem Bühnenarbeiter gespielt wurde, der nur einmal in einem Smoking und in Panik hereinkam, um zu verkünden, dass das Haus von Indianern umzingelt war, und um auf Anweisung des Managers hinter der Bühne das Gasfeuer im Kamin herunterzudrehen.

Es gab noch ein anderes Mädchen in dem Sketch – eine feine Dame der Fifth Avenue – die die Ranch besuchte und einen Jack Valentine (den falschen Desmond) umgarnt hatte, als er ein reicher Clubbesitzer in der unteren Third Avenue war, bevor er sein Geld verlor. Dieses Mädchen erschien auf der Bühne aber nur im fotografischen Zustand – Jack hatte ihr Sarony[4] auf den Kaminsims des Amagan ... des Bad Lands Empfangszimmers geklebt. Helen war natürlich eifersüchtig.

Und nun zum Thriller. Der alte 'Arapahoe' Grimes stirbt eines Abends an Angina pectoris – so informiert uns Helen in einem Bühnenflüstern über die Scheinwerfer hinweg – während nur sein Sekretär anwesend war. Und am selben Tag soll er in seiner (Ranch-)Bibliothek 647.000 Dollar in bar gehabt haben, die er gerade für den Verkauf einer Herde von Rindern im Osten erhalten hatte (das ist der Grund für den Preis, den wir für ein Steak zahlen!). Das Bargeld verschwindet zur gleichen Zeit. Jack Valentine (der falsche Desmond) war die einzige Person, die bei dem Rancher war, als dieser (angeblich) abkratzte.

»Gott weiß, dass ich ihn liebe; aber wenn er diese Tat begangen hat – « Sie wissen es, nicht wahr?

Und dann werden einige gemeine Dinge über das Fifth-Avenue-Girl gesagt, das nicht selbst auf der Bühne erscheint

– und können wir ihr Letzteres verübeln, da der Vaudeville-Trust die Preise drückt, bis man tatsächlich von einem Hotelpagen hinten zugeknöpft werden muss, weil Dienstmädchen so viel kosten?

Warten Sie! Hier ist der Höhepunkt.

Helen Grimes, 'chaparralisch' [entsprechend der Western-Landschaft] wie sie nur sein wie sie sein kann, wird bis zur Unvernunft getrieben. Sie ist davon überzeugt, dass Jack Valentine nicht nur ein 'falsetto' [mit einer Fistelstimme] ist, sondern auch ein Finanzier. Auf einen Schlag 647.000 Dollar und einen Liebhaber in Reithosen mit Winkeln an den Seiten wie die Variationen auf dem Diagramm eines Typhus-Patienten zu verlieren, reicht aus, um jede perfekte Dame verrückt zu machen. Also, dann!

Sie stehen in der (Ranch-)Bibliothek, die mit montierten Elchköpfen ausgestattet ist (hatte die Famile Elk (Elch) nicht einmal eine Fischbraterei in Amagensett?), und das Dénouement [Auflösung der Geschichte] beginnt. Ich kenne keinen interessanteren Zeitpunkt im Verlauf eines Theaterstücks, es sei denn, es ist das Ende des Prologs.

Helen glaubt, dass Jack das Geld genommen hat. Wer sonst war da, um es zu nehmen? Der Manager der Kasse war vorne bei seiner Arbeit, das Orchester hatte seine Plätze nicht verlassen, und niemand kam an 'Old Jimmy', dem Bühneneingangsmann, vorbei, es sei denn, er konnte einen Skye-Terrier [alte schottische Hunderasse] oder ein Auto als Garantie für die Berechtigung vorweisen.

Über alle Maßen angestachelt (wie schon erwähnt), sagt Helen zu Jack Valentine: »Räuber und Dieb« – und schlimmer noch, 'Dieb von vertrauensvollen Herzen, das wird dein Schicksal!«

Dabei holt sie natürlich den zuverlässigen Revolver Kaliber 32 hervor.

»Aber ich werde gnädig sein«, fährt Helen fort. »Du sollst leben – das wird deine Strafe sein:«

»Ich werde dir zeigen, wie leicht ich dich in den Tod hätte schicken können, den du verdient hast. Da dort ist ihr Bild auf dem Kaminsims. Ich werde die Kugel durch ihr schöneres Gesicht schicken, die dein feiges Herz hätte durchbohren sollen.«

Und sie tut es. Und es gibt keine unechten Platzpatronen oder Assistenten, die die Fäden ziehen. Helen feuert. Die Kugel – die echte Kugel – durchschlägt die Vorderseite des Fotos und trifft dann die verborgene Feder des Schiebepaneels in der Wand – und siehe da, das Paneel schiebt sich, und da sind die fehlenden 647.000 Dollar in überzeugenden Geldstapeln und Gold voller Gold.

Das ist großartig. Sie wissen ja, wie das ist. Cherry hat zwei Monate lang auf eine Zielscheibe auf dem Dach ihrer Pension geübt. Sie musste gut schießen können. In dem Sketch musste sie eine Messingscheibe mit einem Durchmesser von nur drei Zoll treffen, die von der Tapete im Paneel verdeckt war; und sie musste jeden Abend an genau derselben Stelle stehen, und das Foto musste genau an derselben Stelle sein, und sie musste jedes Mal ruhig und genau schießen.

Natürlich hatte der alte 'Arapahoe' die Gelder an einem geheimen Ort versteckt; und natürlich hatte Jack nichts außer seinem Gehalt genommen (was eigentlich unter die Rubrik 'sonstige Geldbeschaffung' hätte fallen können); aber das ist egal; und natürlich war das New Yorker Mädchen in Wirklichkeit mit einem Betonhaus-Bauunternehmer in der Bronx verlobt; und zwangsläufig endeten Jack und Helen in einem 'Halb-Nelson' [Nelson, eigentlich ein Nackenhebel beim Ringen, hier eine enge Umarmung] – und das wars.

Nachdem Hart und Cherry 'Mice Will Play' fehlerfrei hinbekommen hatten, machten sie eine Probeaufführung in einem Varietéhaus, wo sie unterkommen konnten. Der Sketch war ein echter Knaller. Es war einer dieser seltenen Momente von Talent, die ein Theater von oben bis unten in Aufregung bringen. Die Tribüne weinte, und die Orchestersitze, die für das Ereignis überzogen worden waren, schwammen in Tränen.

Nach der Show unterschrieben die Agenten Blankoschecks und drückten Hart und Cherry Füllfederhalter in die Hand. Fünfhundert Dollar pro Woche war die Summe, die sie bekamen.

An diesem Abend um 23.30 Uhr nahm Bob Hart seinen Hut ab und wünschte Cherry an der Tür ihrer Pension eine gute Nacht.

»Mr. Hart«, sagte sie nachdenklich, »kommen Sie nur ein paar Minuten herein. Wir haben jetzt die Chance, etwas Gutes zu tun und Geld zu verdienen. Wir wollen die Ausgaben um jeden Cent reduzieren und so viel wie möglich sparen, auch für uns beide.«

»Richtig«, sagte Bob. »Auch für mich ist das ein Geschäft.«

»Sie haben ihren Plan für die Bank, und ich träume jede Nacht von dem Bungalow mit dem japanischen Koch und niemandem, der Ärger macht. Alles, was die Nettoeinnahmen erhöht, wird meine Aufmerksamkeit erregen.«

»Kommen Sie doch ein paar Minuten herein«, wiederholte Cherry nachdenklich. »Ich habe Ihnen einen Vorschlag zu machen, der unsere Ausgaben erheblich reduzieren und Ihnen helfen wird, ihre eigene Zukunft zu planen und gleichzeitig auch meine – und das alles nach geschäftlichen Grundsätzen.«

'Mice Will Play' lief in New York zehn Wochen lang mit großem Erfolg – ziemlich ordentlich für einen Varieté-Sketch – und ging dann auf Tournee. Ohne es weiter zu verfolgen, kann man sagen, dass es zwei Jahre lang eine solide Zugnummer war, ohne ein Zeichen nachlassender Popularität.

Sam Packard, Manager eines der New Yorker Häuser von Keetor, sagte über Hart & Cherry:

'Ein so harmonisches und gut gelauntes kleines Team wie es noch nie auf der Bühne stand. Es ist eine Freude, ihre

28

Namen auf der Buchungsliste zu lesen. Ruhige, harte Arbeiter, kein Johnny- und Mabel-Unsinn [Beziehungsdrama mit tragischem Ausgang], auf die Minute genau bei der Sache, nach ihrem Auftritt direkt nach Hause, und jeder von ihnen so 'gentlemanlike' wie eine Dame. Ich glaube nicht, dass ich Attraktionen managen kann, die mir weniger Ärger machen oder mehr Respekt für den Beruf bieten.'

Und nun, nach so viel Herumstochern, hier der Kern der Geschichte:

Am Ende der zweiten Spielzeit kehrte 'Mice Will Play' nach New York zurück, um erneut in den Dachgärten und Sommertheatern zu laufen. Es gab nie Probleme, das Stück zu einem erstklassigen Preis unterzubringen. Bob Hart hatte seinen Bungalow so gut wie abbezahlt, und Cherry hatte so viele Sparbücher, dass sie begonnen hatte, dafür Bücherregale auf Ratenzahlung zu kaufen.

Ich erzähle Ihnen diese Dinge, um Ihnen zu versichern, auch wenn Sie es nicht glauben können, dass viele, sehr viele der Bühnenleute Arbeiter mit bleibendem Ehrgeiz sind – genauso wie der Mann, der Präsident werden will, oder der Lebensmittelverkäufer, der ein Haus in Flatbush will, oder eine Dame, die unbedingt aus der Pfanne eines Grafen in das Feuer eines Prinzen springen will. Und ich hoffe, dass ich sagen darf, ohne in den Spendentopf zu greifen, dass sie sich oft auf geheimnisvolle Weise bewegen, um ihre Wunder zu vollbringen.

Aber, hören Sie.

Bei der Uraufführung von 'Mice Will Play`' in New York im Westphalia Theatre (keine Anspielung auf Westfälischen Schinken) war Winona Cherry nervös. Als sie auf das Foto der Schönheit von der Ostküste auf dem Kaminsims schoss, durchschlug die Kugel nicht das Foto und traf dann die Scheibe, sondern die linke untere Seite von Bob Harts Hals. Da er nicht damit gerechnet hatte, dass sie ihn dort treffen würde, brach Hart regelrecht zusammen, während Cherry auf höchst kunstvolle Weise in Ohnmacht fiel.

Das Publikum, das dachte, dass es sich um eine Komödie und nicht um eine Tragödie handelte, in der die Hauptpersonen heiraten und sich versöhnen, applaudierte mit großem Vergnügen; der 'Kühle Kopf', der bei solchen Anlässen immer zugegen ist, ließ den Vorhang fallen, und zwei Mannschaftszüge von Kulissenschiebern entfernten Hart & Cherry mehr oder weniger respektvoll von der Bühne. Die nächste Runde ging weiter, und alles war so fröhlich, wie eine Glocke die Alimentenzahlungen ankündigt.

Die Bühnenarbeiter fanden am Bühneneingang einen jungen Arzt, der auf eine 'Patientin' mit einer Dekoration amerikanischer Beauty Rosen wartetet. Der Arzt untersuchte Hart sorgfältig und lachte herzhaft.

»Keine Schlagzeilen für dich, alter Sportsmann, lautete seine Diagnose. »Wenn es zwei Zentimeter weiter links gewesen wäre, hätte es die Halsschlagader bis zum Red Front Drug Store in Flatbush und wieder zurück spritzen lassen. So wie es aussieht, müssen Sie nur den Requisiteur bitten, es mit einem Stück Stoff zu verbinden, den er von einem der Valencienne-Spitzen der Mädchen abgerissen hat.«

»Gehen Sie dann nach Hause und lassen es von einem Arzt in Ihrem Viertel verbinden. Sie werden wieder gesund. Entschuldigen Sie mich; ich muss mich draußen um einen ernsten Fall kümmern.«

Danach blickte Bob Hart auf und fühlte sich besser. Und dann kam Vincente, der herumreisende Jongleur, ein Großer seiner Zunft, zu ihm. Vincente, ein feierlicher Mann aus Brattleboro, Vermont, und zu Hause Sam Griggs genannt, schickte aus jeder Stadt, in der er auftrat, Spielzeug und Ahornzucker an zwei kleine Töchter nach Hause. Vincente war auf denselben Strecken wie Hart & Cherry unterwegs und war ihr umherziehender Freund.

»Bob«, sagte Vincente in seiner ernsten Art, »ich bin froh, dass es nicht schlimmer ist. Die kleine Dame ist ganz verrückt nach dir.«

»Wer?«, fragte Hart.

»Cherry«, sagte der Gaukler. »Wir wussten nicht, wie schwer du verletzt warst, und haben sie ferngehalten. Es braucht den Manager und drei Mädchen, um sie festzuhalten.«

»Es war natürlich ein Unfall«, sagte Hart. »Cherry ist in Ordnung. Sie hat sich nicht gut gefühlt, sonst wäre ihr das nicht passiert. Es gibt keine bösen Gefühle. Es geht ihr nur ums Geschäft. Der Arzt sagt, dass ich in drei Tagen wieder einsatzbereit bin. Sie soll sich keine Sorgen machen.«

»Mann«, sagte Sam Griggs ernst und verzog sein altes, glattes, faltiges Gesicht, »bist du ein Schachautomat oder ein menschliches Nadelkissen? Cherry weint sich die Seele aus dem Leib – sie ruft jede Sekunde 'Bob, Bob', während sie ihre Hände festhalten und sie daran hindern, zu dir zu kommen.«

»Was ist denn mit ihr los?«, fragte Hart mit weit aufgerissenen Augen. »Der Sketch wird in drei Tagen weitergehen. Ich bin nicht schwer verletzt, sagt der Arzt. Sie wird nicht mehr als den Lohn einer halben Woche verlieren. Ich weiß, dass es ein Unfall war. Was ist denn mit ihr los?«

»Du scheinst blind zu sein, oder eine Art Narr«, sagte Vincente. »Das Mädchen liebt dich und ist fast wütend über deine Verletzung. Nein, was ist denn mit dir los? Ist sie nichts für dich? Ich wünschte, du könntest hören, wie sie nach dir ruft.«

»Sie liebt mich?«, fragte Bob Hart und erhob sich von dem Stapel der Kulissen, auf dem er lag. »Cherry liebt mich? Das ist doch unmöglich.«

»Ich wünschte, du könntest sie sehen und hören«, sagte Griggs.

»Aber, Mann«, sagte Bob Hart und setzte sich auf, »das ist unmöglich. Es ist unmöglich, das sage ich dir. So etwas hätte ich mir nie träumen lassen.«

»Kein Mensch«, sagte der Tramp Gaukler, »könnte es missverstehen. Sie ist wild vor Liebe zu dir. Wie konntest du nur so blind sein?«

»Aber, mein Gott«, sagte Bob Hart und stand auf, »es ist zu spät. *Es ist zu spät*, sage ich dir, Sam; es ist zu spät.«

»Es kann nicht sein. Du musst dich irren. Das ist unmöglich. Da liegt ein Irrtum vor.«

»Sie weint um dich«, sagte der herumreisende Gaukler. »Aus Liebe zu dir kämpft sie gegen drei und ruft deinen Namen so laut, dass sie sich nicht trauen, den Vorhang zu heben. Wach auf, Mann.«

»Aus Liebe zu mir?«, sagte Bob Hart mit starren Augen. »Habe ich dir nicht gesagt, dass es zu spät ist? Es ist zu spät, Mann – *Cherry und ich sind doch schon seit zwei Jahren verheiratet!*«

DAS GOLD DAS GLITZERTE

Eine Geschichte mit einer angehängten Moral ist wie der Schnabel einer Mücke. Sie langweilt dich und injiziert dir dann einen Stachel, der dein Gewissen reizt. Deshalb lasst uns zuerst die Moral betrachten und diese dann vergessen.

Es ist nicht alles Gold, was glänzt, aber es ist ein kluges Kind, das den Stöpsel auf seiner Flasche mit der Prüfsäure lässt.

Dort, wo der Broadway an der Ecke des Platzes vorbeiführt, über den 'George der Wahrhaftige' wacht [die George-Washington-Statue], liegt das 'Kleine Rialto' (Theaterviertel). Hier stehen die Schauspieler des Viertels, und das ist ihr Schibboleth [Erkennungszeichen]: 'Nit', sag ich zu Frohman, 'für eine Kopeke weniger als zwei fünfzig pro … kannst du mich nicht haben, und ich gehe hinaus.'

Westlich und südlich des 'Thespian-Glanzes' [Glanz der Schauspieler] gibt es ein oder zwei Straßen, in denen sich eine spanisch-amerikanische Kolonie für ein wenig tropische Wärme im stechenden Norden zusammengefunden hat. Das Zentrum des Lebens in diesem Viertel ist 'El Refugio', ein Café und Restaurant, das die flüchtigen Exilanten aus dem Süden beherbergt. Aus Chile, Bolivien, Kolumbien, den hügeligen Republiken Mittelamerikas und den zornigen Inseln Westindiens strömen die vermummten und sombrerotragenden Señores herbei, die durch die politischen Eruptionen in ihren Ländern wie brennende Lava verstreut worden sind.

Sie kommen hierher, um Gegenpläne zu schmieden, Zeit zu gewinnen, Geldmittel zu beschaffen, Mitstreiter anzuwerben, Waffen und Munition zu schmuggeln und das Spiel aus der Ferne zu betreiben. In 'El Refugio' finden sie die Atmosphäre, in der sie gedeihen.

Im Restaurant von 'El Refugio' werden Zusammen-stellungen serviert, die dem Gaumen des Menschen sowohl im Sternzeichen Steinbock als auch Krebs [Sternzeichen mit gegensätzlichen Eigenschaften die sich aber dennoch anziehen sollen] schmeicheln.

Der Altruismus [Selbstlosigkeit] muss die Geschichte so lange unterbrechen. Auf du Dinierender, müde von den kulinarischen Täuschungen des gallischen Kochs, eile ins El Refugio! Nur dort findest du einen Fisch – Blaufisch, Maifisch oder Pompano aus dem Golf – der nach spanischer Art gebacken wurde.

Tomaten geben dem Gericht Farbe, Individualität und Seele; Chili Colorado verleiht ihm Schärfe, Originalität und Inbrunst. Unbekannte Kräuter verleihen ihm Würze und Geheimnis, und ...

... aber seine Krönung verdient einen neuen Satz. Um ihn herum, über ihm, unter ihm, in seiner Nähe – aber niemals in ihm – schwebt eine ätherische Aura, ein Erguss, der so exklusiv und zart ist, dass nur die Gesellschaft für übernatürliche Forschung seinen Ursprung feststellen könnte.

Man kann es nicht anders nennen – man hat das Gefühl, als ob der Geist des Knoblauchs im Vorbeiflug einen Kuss auf die mit Petersilie gekrönte Schale geworfen hat, der so eindringlich ist, wie jene Küsse im Leben, die 'von einer hoffnungslosen Fantasie auf Lippen vorgetäuscht werden, die für andere bestimmt sind'.

Und dann, wenn Conchito, der Kellner, Ihnen einen Teller mit braunen Frijoles und eine Karaffe Wein bringt, die zwischen Porto und dem El Refugio nie stillgestanden hat – oh, Dio!

Eines Tages setzte ein hamburgisch-amerikanisches Linienschiff am Pier Nr. 55 General Perrico Ximenes Villablanca Falcon ab, einen Passagier aus Cartagena.

Der General hatte einen Teint zwischen einer Tonschicht und einem Braunen [Pferd], hatte eine Taille von 42 Zoll und war mit seinen Du Barry-Absätzen 1,60 m groß. Er hatte den Schnurrbart eines Schießbudenbesitzers, trug die volle Kleidung eines texanischen Kongressabgeordneten und hatte das wichtige Aussehen eines uninformierten Delegierten.

General Falcon hatte genug Englisch unter seinem Hut, um sich nach dem Weg zu der Straße zu erkundigen, in der das El Refugio lag. Als er dieses Viertel erreichte, sah er vor einem respektablen roten Backsteinhaus ein Schild mit der Aufschrift 'Hotel Español'. Im Fenster hing eine Karte in Spanisch: 'Aqui se habla Español' [hier spricht man Spnaisch]. Der General trat ein, in der Gewissheit, eine sympathische Unterbringung vorzufinden.

In dem gemütlichen Büro saß Mrs. O'Brien, die Eigentümerin. Sie hatte blondes – oh, unbestritten blondes Haar. Ansonsten war sie liebenswürdig und recht mollig.

General Falcon strich mit seinem großen, breitkrempigen Hut über den Boden und spuckte eine Menge Spanisch aus, wobei die Silben wie Feuerwerkskörper klangen, die sanft an der Schnur eines Bündels herunter knallten.

»Spanier oder Dago [Italiener]?«, fragte Mrs. O'Brien freundlich.

»Ich bin Kolumbianer, Madam«, sagte der General stolz. »Ich spreche die spanische Sprache. Die Anzeige in Ihrem Fenster sagt, dass hier Spanisch gesprochen wird. Was ist damit?«

»Nun, Sie haben es eben gesprochen, nicht wahr?«, sagte die Frau. »Ich bin aber sicher, dass ich es nicht kann.«

General Falcon nahm sich im Hotel Español ein Zimmer und richtete sich ein. Später, in der Abenddämmerung, schlenderte er durch die Straßen, um sich die Wunder dieser brüllenden Stadt des Nordens anzusehen.

Während er ging, dachte er an das wunderbare goldene Haar von Mrs. O'Brien. »Hier«, sagte der General zu sich selbst, zweifellos in seiner eigenen Sprache, »findet man die schönsten Señoras der Welt. Ich habe in meinem Kolumbien noch nie eine so schöne Frau gesehen. Aber nein, es ist nicht General Falcons Sache, an die Schönheit zu denken. Es ist mein Land, das meine Ergebenheit fordert.«

An der Ecke Broadway und Little Rialto wurde der General in das Getümmel hineingezogen. Die Straßenwagen verwirrten ihn, und der Kotflügel einer von ihnen schleuderte ihn gegen einen mit Orangen beladenen Schubkarren. Ein Taxifahrer verfehlte ihn mit einer Radnabe nur um Zentimeter und warf ihm barbarische Schimpfworte an den Kopf.

Er kletterte auf den Bürgersteig und hüpfte erschrocken weiter, als der Pfiff eines Erdnussrösters ihm einen heißen Schrei ins Ohr blies.

»Válgame Dios! [mein Gott!] Was für eine Teufelsstadt ist das?«

Als der General wie eine verwundete Schnepfe aus dem Luftstrom der Passanten heraus flatterte, wurde er gleichzeitig von zwei Jägern als Wild markiert.

Der eine war 'Bully' McGuire, dessen Sportart den Einsatz eines starken Arms und den Missbrauch eines acht Zoll langen Bleirohrs erforderte. Der andere Nimrod [Jäger] des Asphalts war 'Spider' Kelley, ein Sportsmann mit raffinierteren Methoden.

Als sie sich auf ihre offensichtliche Beute stürzten, war Mr. Kelley eine Spur schneller. Sein Ellbogen wehrte den Ansturm von Mr. McGuire präzise ab.

»G'wan!«, rief er barsch. »Ich habe es zuerst gesehen.«

McGuire schlich davon, ehrfürchtig vor der überlegenen Intelligenz.

»Verzeihen Sie«, sagte Mr. Kelley zum General, »Sie haben sich wohl in dem Durcheinander verheddert, nicht wahr? Lassen Sie mich Ihnen helfen.« Er hob den Hut des Generals auf und wischte den Staub von ihm.

Die Methoden von Mr. Kelley konnten nicht übertroffen werden. Der General, verwirrt und bestürzt durch die lärmenden Straßen, begrüßte seinen Retter als caballero [Gentleman] mit einem sehr uneigennützigen Herzen.

»Ich habe den Wunsch«, sagte der General, »in das Hotel von Mrs. O'Brien zurückzukehren, in dem ich übernachte. Caramba! Señor, in der Stadt 'Nueva York' herrscht ein lautes und schnelles Kommen und Gehen.«

Mr. Kelleys Höflichkeit ließ es nicht zu, dass der ranghohe Kolumbianer die Gefahren der Rückkehr ohne Begleitung auf sich nahm.

An der Tür des Hotels Español hielten sie inne. Etwas weiter unten, auf der gegenüberliegenden Straßenseite, leuchtete das bescheidene Leuchtschild von El Refugio. Mr. Kelley, dem nur wenige Straßen unbekannt waren, kannte das Lokal von außen als 'Dago-Lokal' [Italiener-Lokal]. Mr. Kelley ordnete alle Ausländer unter den beiden Begriffen 'Dagos' und Franzosen ein. Er schlug dem General vor, sich dorthin zu begeben und seine Bekanntschaft mit einer flüssigen Grundlage zu untermauern.

Eine Stunde später saßen General Falcon und Mr. Kelley an einem Tisch in der konspirativen Ecke des El Refugio.

Flaschen und Gläser standen zwischen ihnen. Zum zehnten Mal vertraute der General den Estados Unidos [Vereinigte Staaten] das Geheimnis seiner Mission an. Er sei hier, um Waffen für die kolumbianischen Revolutionäre zu kaufen – 2.000 Stück Winchester-Gewehre. In seiner Tasche hatte er einen von der Bank von Cartagena auf ihren New Yorker Korrespondenten gezogene Wechsel über insgesamt 25.000 Dollar [so billig waren die nicht, aber egal].

An anderen Tischen riefen andere Revolutionäre ihren Mitstreitern ihre politischen Geheimnisse zu, aber keiner war so laut wie der General. Er schlug auf den Tisch, schrie nach Wein und brüllte seinem Freund zu, dass sein Auftrag geheim sei und keiner Menschenseele angedeutet werden dürfe. Mr. Kelley selbst wurde zu mitfühlender Begeisterung angeregt. Er ergriff die Hand des Generals über den Tisch hinweg.

»Monseer« [Monsieur], sagte er ernsthaft, »ich weiß nicht, wo Ihr Land ist, aber ich bin dafür. Es muss wohl ein Zweig der Vereinigten Staaten sein, denn die Dichter und die Schulmädchen nennen uns auch manchmal Columbia. Sie haben Glück, dass Sie heute Abend in mich hineingeraten sind. Ich bin der Einzige in New York, der diesen Waffendeal für Sie durchsetzen kann. Der Kriegsminister der Vereinigten Staaten ist mein bester Freund. Er ist gerade in der Stadt, und ich werde ihn morgen für Sie aufsuchen.«

»In der Zwischenzeit, Monseer, stecken Sie die Wechsel in Ihre Innentasche. Ich hole Sie morgen ab und bringe Sie zu ihm. Sagen Sie, das ist doch nicht etwa der District of Columbia?« [die Hauptstadt Washington D. C., die ein eigener Distrikt ist], den Sie meinen, schloss Mr. Kelley mit einem plötzlichen Unbehagen. »Den kann man selbst mit 2.000 Kanonen nicht einnehmen – man hat es schon mit mehr versucht.«

»Nein, nein, nein!«, rief der General aus. »Es ist die Republik Kolumbien – es ist eine g-r-große Republik auf der oberen Seite Amerikas im Süden. Ja. Ja.«

»In Ordnung«, sagte Mr. Kelley beruhigt. »Lassen Sie uns nach Hause wandern und uns verabschieden. Ich werde heute Abend an den Minister schreiben und einen Termin mit ihm vereinbaren. Es ist eine heikle Aufgabe, Waffen aus New York herauszubringen. Selbst ein Mr. McClusky [George W. McClusky, hochrangiger Polizeioffizier in New York] schafft das nicht.«

Sie trennten sich an der Tür des Hotels Español. Der General rollte mit den Augen zum Mond gerichtet und seufzte.

»Es ist ein großartiges Land, euer Nueva York«, sagte er. »Wahrhaftig, die Autos in den Straßen vernichten einen, und die Maschine, die die Nüsse kocht, macht ein furchtbares Quietschen im Ohr. Aber, ach, Señor Kelley – die Señoras mit dem goldenen Haar und der bewundernswerten Fettigkeit - sie sind magnificas! Muy magnificas!«

Kelley ging zur nächsten Telefonzelle und rief in McCrary's Café an, weit oben auf dem Broadway. Er fragte nach Jimmy Dunn.

»Ist das Jimmy Dunn?«, fragte Kelley.

»Ja«, kam die Antwort.

»Du bist ein Lügner«, rief Kelley freudig zurück. »Du bist der Kriegsminister. Warte dort, bis ich hochkomme. Ich habe hier unten die tollste Sache von einem Fisch, auf den du je deine Angel ausgeworfen hast. Es ist eine Colorado-Maduro [teure Zigarre], mit einem goldenen Band drumherum und

41

Gutscheinen, die ausreichen, um eine rote Flurlampe und eine Statuette von Psyche zu kaufen, die sich im Bach windet. Ich bin mit dem nächsten Wagen da.«

Jimmy Dunn war ein echter Mann des Gaunertums. Er war ein Künstler im Bereich der Hochstapelei. Er hatte noch nie in seinem Leben einen Knüppel in der Hand und verachtete K. O.-Tropfen. In der Tat hätte er seinem Opfer nichts anderes als den reinsten Drink vorgesetzt, wenn es möglich gewesen wäre, so etwas in New York zu bekommen. 'Spider' Kelley hatte den Ehrgeiz, sich in Jimmys Klasse zu erheben.

Die beiden Herren hielten an diesem Abend eine Konferenz im McCrary's ab. Kelley erklärte:

»Es ist so einfach mit ihm, wie mit einem Gummischuh. Er kommt von der Insel Kolumbien, wo ein Streik oder eine Fehde oder so etwas im Gange ist, und man hat ihn hierher geschickt, um 2.000 Winchesters zu kaufen, mit denen man die Sache schlichten kann. Er hat mir zwei Wechsel über je 10.000 Dollar und einen über 5.000 Dollar von einer Bank hier gezeigt. Um ehrlich zu sein, Jimmy, ich war richtig sauer auf ihn, weil er es nicht in Tausend-Dollar-Scheinen dabei hatte, die er mir auf einem silbernen Tablett hätte überreichen können. Jetzt müssen wir erst warten, bis er zur Bank geht und das Geld für uns holt.«

Sie sprachen zwei Stunden lang darüber, und dann sagte Dunn: »Bring ihn morgen um vier Uhr nachmittags zu dieser Adresse - - - - Broadway.«

Rechtzeitig suchte Kelley den General im Hotel Español auf. Er fand den gewieften Krieger in ein köstliches Gespräch mit Mrs. O'Brien vertieft.

»Der Kriegsminister wartet auf uns«, sagte Kelley.

Der General riss sich mühsam los.

»Ja, Señor«, sagte er mit einem Seufzer, »die Pflicht ruft. Aber, Señor, die Señoras in ihren Estados Unidos – was für Schönheiten! Nehmen Sie zum Beispiel la Madame O'Brien – que magnifica! Sie ist eine Göttin – eine Juno[römische Göttin der Geburt, Ehe und Fürsorge] – wie man nur eine ochsenäugige Juno kennt.«

Nun war Mr. Kelley einer mit Geist und Esprit, und schon bessere Männer sind durch das Feuer ihrer eigenen Phantasie geschrumpft.

»Sicher!«, sagte er grinsend, »aber Sie meinen eine peroxidische Juno, nicht wahr?«

Miss O'Brien hörte es und hob den goldgelben Kopf. Ihr geschäftsmäßiger Blick ruhte noch einen Augenblick lang auf der verschwindenden Gestalt von Mr. Kelley. Außer in der Straßenbahn sollte man nie unnötig unhöflich zu einer Dame sein.

Als der galante Kolumbianer und seine Eskorte an der Broadway-Adresse ankamen, wurden sie eine halbe Stunde lang in einem Vorraum festgehalten und dann in ein gut ausgestattetes Büro eingelassen, in dem ein vornehm aussehender Mann mit einem glatten Gesicht an einem Schreibtisch etwas schrieb. General Falcon wurde dem Kriegsminister der Vereinigten Staaten vorgestellt, und sein alter Freund, Mr. Kelley, gab seine Mission bekannt.

»Ah – Kolumbien«, sagte der Minister bedeutungsvoll, als man ihn aufklärte, »ich fürchte, dass es in diesem Fall ein kleines Problem geben wird. Der Präsident und ich haben dort unterschiedliche Sympathien. Er bevorzugt die etablierte Regierung, während ich – «

Der Minister schenkte dem General ein geheimnisvolles, aber ermutigendes Lächeln. »Sie wissen natürlich, General Falcon, dass seit dem Tammany-Krieg[5] ein Gesetz des Kongresses erlassen wurde, das vorschreibt, dass alle hergestellten Waffen und Munition, die aus diesem Land exportiert werden, das Kriegsministerium passieren müssen.«

»Wenn ich etwas für Sie tun kann, werde ich das gerne tun, um meinem alten Freund, Mr. Kelley, einen Gefallen zu tun. Aber es muss unter absoluter Geheimhaltung geschehen, da der Präsident, wie ich bereits sagte, die Bemühungen ihrer revolutionären Partei in Kolumbien nicht wohlwollend betrachtet. Ich werde meine Ordonnanz bitten, eine Liste der verfügbaren Waffen zu bringen, die sich jetzt im Lager befinden.«

Der Sekretär schlug eine Glocke, und ein Offiziersbursche mit den Buchstaben A.D.T.* auf seiner Mütze betrat prompt den Raum [ein Armeereservist der zum A.D.T. – avtive duty trainig – einberufen worden ist].

»Bringen Sie mir Liste B des Kleinwaffeninventars«, sagte der Minister.

Die Ordonnanz kam schnell mit einem bedruckten Stück Papier zurück. Der Sekretär studierte es genau.

»Ich stelle fest«, sagte er, »dass sich im Lagerhaus 9 der Regierung eine Lieferung von 2.000 Winchester-Gewehren befindet, die vom Sultan von Marokko bestellt wurden, der aber vergessen hat, das Geld mit seiner Bestellung zu schicken. Unsere Regel besagt, dass das gesetzliche Zahlungsmittel zum Zeitpunkt des Kaufs bezahlt werden muss. Mein lieber Kelley, Ihr Freund, General Falcon, soll diese Waffen, wenn er es wünscht, zum Preis des Herstellers bekommen. Und Sie werden mir sicher verzeihen, wenn ich unser Gespräch abkürze. Ich erwarte jeden Augenblick den japanischen Minister und Charles Murphy [kanadischer Politiker]!«

Das Ergebnis dieses Gesprächs war zum einen, dass der General seinem geschätzten Freund Kelley zutiefst dankbar war. Ein weiteres Ergebnis war, dass der flinke Kriegsminister in den nächsten zwei Tagen sehr damit beschäftigt war, leere Gewehrkisten zu kaufen und sie mit Ziegelsteinen zu füllen, die dann in einem zu diesem Zweck gemieteten Lagerhaus gelagert wurden. Als der General ins Hotel Español zurückkehrte, ging Mrs. O'Brien auf ihn zu, zupfte einen Faden aus seinem Revers und sagte:

»Sagen Sie, Señor, ich will mich ja nicht einmischen, aber was will diese affengesichtige, katzenäugige, gummihalsige Blechpuppe von Ihnen?«

45

»Sangre de mi vida!« [Blut meines Lebens!], rief der General aus. »Unmöglich, dass Sie von meinem guten Freund, Señor Kelley, sprechen.«

»Kommen Sie mit in den Sommergarten«, sagte Mrs. O'Brien. »Ich möchte mich mit Ihnen unterhalten.«

Nehmen wir an, dass eine Stunde verstrichen ist.

»Und Sie sagen«, fragte der General, »dass man für die Summe von 18.000 Dollar die Einrichtung des ganzen Hauses mieten und die Pacht für ein Jahr bezahlen kann, mit einem so wundervollen Garten, der so schön ist, dass er den Terrassen in meinem Cara Colombia [geliebten Kolumbien] ähnelt?«

»Und dazu noch spottbillig«, seufzte die Dame.

»Ah, Dios!«, hauchte General Falcon. »Was bedeuten mir Krieg und Politik? Dieser Ort ist ein einziges Paradies. Mein Land hat andere tapfere Helden, die den Kampf fortsetzen. Was soll ich mit Ruhm und dem Erschießen von Menschen? Oh nein. Hier habe ich einen Engel gefunden. Lassen Sie mich das ganze Hotel Español mieten. Sie sollen mir gehören, und das Geld soll nicht für Waffen verschwendet werden.«

Mrs. O'Brien lehnte ihre blonde Pompadour-Frisur an die Schulter des kolumbianischen Patrioten.

»Oh, Señor«, seufzte sie glücklich, »Sie sind wirklich schrecklich!«

Zwei Tage später war der Termin für die Übergabe der Waffen an den General festgesetzt.

Die Kisten mit den vermeintlichen Gewehren waren in dem gemieteten Lagerhaus gestapelt, und der Kriegsminister saß darauf und wartete, dass sein Freund Kelley das Opfer abholte.

Mr. Kelley eilte pünktlich zum Hotel Español. Er fand den General hinter dem Schreibtisch, wo er die Rechnungen zusammenzählte.

»Ich habe beschlossen«, sagte der General, »keine Waffen zu kaufen. Ich habe heute das ganze Hotel gemietet, und dort soll die Hochzeit von General Perrico Ximenes Villablanca Falcon mit Madame O'Brien stattfinden.«

Mr. Kelley verschluckte sich fast.

»Sag mal, du alte glatzköpfige Schuhcremeflasche«, stotterte er, »du bist ein Schwindler – das bist du! Du hast dir eine Pension mit dem Geld deines verfluchten Landes gekauft, wo immer das auch sein mag.«

»Ach«, sagte der General, indem er eine Kolonne aufaddierte, »das ist es, was man Politik nennt. Krieg und Revolution, das ist nicht schön. Ja. Es ist nicht das Beste, wenn man immer der Minerva [römische Göttin, u. a. für die Kriegstaktik] folgt. Nein, es ist durchaus wünschenswert,

Hotels zu unterhalten und mit dieser Juno – dieser ochsenäugigen Juno - zusammen zu sein. Ah! Was für ein goldenes Haar hat sie doch!«

Mr. Kelley verschluckte sich wieder.

»Ach, Señor Kelley«, sagte der General schließlich gefühlvoll, »kann es sein, dass sie noch nie von Corned-Beef-Haschee gegessen, das Madame O'Brien macht?«

ANFÄNGER IM DSCHUNGEL

Montague Silver, der beste Straßenkriminelle und Kunstschieber des Westens, sagte einmal zu mir in Little Rock [Hauptstadt von Arkansas]: »Wenn dein Verstand jemals nachlässt, Billy, und zu alt wirst, um unter erwachsenen Männern ehrliche Betrügereien zu machen, geh nach New York. Im Westen wird jede Minute ein Trottel geboren, aber in New York tauchen sie in Horden auf – du kannst sie nicht zählen!«

Zwei Jahre später musste ich feststellen, dass ich mich nicht mehr an die Namen der russischen Admirale erinnern konnte, und ich bemerkte einige graue Haare über meinem linken Ohr; da wusste ich, dass die Zeit gekommen war, Silvers Rat zu befolgen.

Eines Tages traf ich gegen Mittag in New York ein und ging den Broadway hinauf. Dabei traf ich auf Silver selbst, der in einer Art von geräumiger Kleidung steckte, sich an ein Hotel lehnte und die Halbmonde auf seinen Nägeln mit einem Seidentaschentuch abrieb.

»Lähmungserscheinungen oder schon pensioniert?«, frage ich ihn.

»Hallo, Billy«, sagt Silver, »ich bin froh, dich zu sehen. Ja, ich hatte den Eindruck, dass der Westen ein bisschen klüger geworden ist. Ich habe mir New York für den Nachtisch aufgehoben. Ich weiß, dass es ein mieser Trick ist, diesen Leuten etwas wegzunehmen. Sie wissen nur dies und jenes und gehen hin und her und denken immer nur. Ich würde es hassen, wenn meine Mutter wüsste, dass ich diesen Schwachköpfen die Haut abziehe. Sie hat mich besser erzogen.«

»Ist das Gedränge in den Wartezimmern des alten Arztes, der Hauttransplantationen durchführt, schon so groß?«, frage ich. »Nun, nein«, sagt Silver; »du musst deine Epidermis [Oberhaut] nicht schützen, um heutzutage zu gewinnen. Ich bin erst seit einem Monat hier. Ich bin bereit, anzufangen. Die Mitglieder von Willie Manhattans* Sonntagsschulklasse, von denen sich jeder bereit erklärt hat, einen Teil ihrer Cutikula** zu dieser Rehabilitation beizusteuern, kann ich sofort erkennen.« [* O. Henry personifiziert hier wohl die William Street im Finanzbezirk von Manhattan. [** hinkt ein wenig, ist eigentlich eine Oberschicht aus dem Pflanzen- und Tierbereich, beim Menschen auf Fingernägeln und Haaren].

»Ich habe die Stadt studiert«, sagt Silver, »und lese jeden Tag die Zeitungen. Ich kenne sie so gut, wie die Katze im Rathaus einen O'Sullivan kennt [politisch einflussreicher New Yorker Journalist].«

»Die Leute hier legen sich auf den Boden und schreien und treten, wenn man auch nur ein bisschen zögerlich ist, ihnen Geld abzunehmen. Komm mit auf mein Zimmer und ich erzähl's dir. Wir werden die Stadt zusammen bearbeiten, Billy, um der alten Zeiten willen.«

Silver nimmt mich mit in ein Hotel. Er hat dort eine Menge bedeutungsloser Gegenstände herumliegen.

»Es gibt mehr Möglichkeiten, Geld von diesen großstädtischen Bauernseckeln zu bekommen«, sagt Silver, »als du in Charleston, South Carolina, Reis kochen kannst« [weltberühmte Reisgegend, Charleston wurde dadurch einer der reichsten Städte der Welt, hauptsächlich basierend auf Sklavenarbeit].

»Die beißen auf alles. Die Gehirne der meisten von ihnen pendeln hin und her. Je klüger sie sind, desto weniger Wahrnehmung haben sie.«

»Nun, hat nicht neulich ein Mann ein Ölporträt von Rockefeller jr. [Sohn von John D. Rockefeller, reichster Mann seiner Zeit] an J. P. Morgan [reicher Unternehmer und einflussreichster Banker seiner Zeit] verkauft, das angeblich das angebliche berühmte Gemälde des jungen Johannes der Täufer von Andrea sein sollte?« [unermesslicher Kunstschatz, heute im Palazzo Pitti in Florenz].

»Siehst du das Bündel bedruckten Materials in der Ecke, Billy? Das sind Goldminenaktien. Eines Tages wollte ich sie alle verkaufen, aber ich habe es nach zwei Stunden aufgegeben. Und warum? Ich wurde verhaftet, weil ich die Straße blockiert hatte. Die Leute kämpften darum, sie zu kaufen. Ich habe dem Polizisten auf dem Weg zur Wache ein Bündel davon verkauft, und dann habe ich sie vom Markt genommen. Ich will nicht, dass die Leute mir einfach ihr Geld geben. Ich will eine kleine Gegenleistung für die Transaktion, damit mein Stolz nicht verletzt wird. Ich will, dass sie den fehlenden Buchstaben in Chic-go erraten oder ein Paar Neunen ziehen [Karten-Glückspiel], bevor sie mir einen Cent zahlen.«

»Da gab es einen anderen kleinen Plan, der so einfach funktioniert hat, dass ich ihn aufgeben musste. Siehst du das Fläschchen mit der blauen Tinte auf dem Tisch? Ich habe mir einen Anker auf den Handrücken tätowiert, bin zu einer Bank gegangen und habe gesagt, ich sei der Neffe von Admiral Dewey [höchster Offizier der US-Marine]. Sie boten mir an, einen auf ihn gezogenen Wechsel über tausend Dollar einzulösen, aber ich kannte den Vornamen meines Onkels nicht. Das zeigt, was für eine einfache Stadt das ist.«

»Was die Einbrecher angeht, so gehen sie nur noch in ein Haus, wenn es dort ein warmes Abendessen gibt und ein paar College-Studenten, die auf sie warten. Sie schlagen die Bürger im ganzen oberen Teil der Stadt zusammen und ich denke, wenn man die Stadt von einem zum anderen Ende betrachtet, ist es ein klarer Fall von 'assault and Battery'.«[6]

»Monty«, sagte ich, als Silvers Redefluss nachgelassen hatte, »du magst Manhattan richtig eingeschätzt haben, was dein Urteilsvermögen anbelangt, aber ich bezweifle es. Ich bin erst seit zwei Stunden in der Stadt, aber es dämmert mir nicht, dass es eine für uns ist, in der eine Kirsche steckt [wo man etwas herausholen kann].«

»Da ist nicht genug 'rus in urbe' [Land in der Stadt] dabei, um mir zu gefallen. Ich wäre viel zufriedener, wenn die Bürger einen Strohhalm oder mehr in den Haaren hätten und mehr in samtenen Westen und Buckeye-Uhren-Anhängern herumlaufen würden [typisches Aussehen für den Westen]. Die sehen für mich nicht so aus, als wäre es einfach, mit ihnen umzugehen.«

»Du hast es erfasst, Billy«, sagt Silver. »Alle Auswanderer haben es. New York ist größer als Little Rock oder Europa, und das macht einem Fremden Angst.«

»Du wirst schon klarkommen. Ich sage dir, ich möchte die Leute hier eigentlich ohrfeigen, weil sie mir nicht ihr ganzes Geld in Wäschekörben schicken, die mit Germiziden [keimtötende Mittel] besprüht sind. Ich hasse es, dafür extra auf die Straße gehen zu müssen, um es zu holen. Wer trägt die Diamanten in dieser Stadt? Na, Winnie, die Frau des Telefonleitungs-Abhörers und Bella, die Braut des Schwindlers. New Yorkerinnen lassen sich leichter bearbeiten als eine gestickte blaue Rose auf einer Armlehne. Das Einzige, was mich stört, ist, dass ich weiß, dass ich die Zigarren in meiner Westentasche zerknautsche, wenn ich meine Kleider voller Zwanziger habe.«

»Ich hoffe, du hast recht, Monty«, sage ich, »aber ich wünschte, ich hätte mich mit einem kleinen Geschäft in Little Rock zufrieden gegeben. Die Ernte der Farmer ist dort nie so knapp, als dass man ein paar von ihnen dazu bringen könnte, eine Petition für ein neues Postamt zu unterschreiben, die man für 200 Dollar bei der Bezirksbank einlösen kann. Die Menschen hier scheinen einen Selbsterhaltungstrieb und eine Illiberalität zu besitzen. Ich fürchte, wir sind nicht kultiviert genug, um dieses Spiel anzugehen.«

»Keine Sorge«, sagt Silver. »Ich habe dieses 'Jayville-near-Tarrytown'[7] (siehe auch [47]) richtig eingeschätzt, so sicher wie der North River [alternativer Name für den Hudson] der Hudson und der East River kein Fluss ist« [er ist eine Meerenge].

»Vier Blocks vom Broadway entfernt leben Leute, die noch nie in ihrem Leben ein anderes Gebäude als einen Wolkenkratzer gesehen haben! Einem guten, lebendigen, geschäftstüchtigen Mann aus dem Westen sollten hier drei Monate genügen, um durch seine Anwesenheit zu glänzen und um entweder Jeromes Gnade oder Lawsons* Missfallen zu erregen.«

[* Leonard Jerome war ein Finanzier. Alfred William Lawson war vieles, Baseballspieler und -manager, Luftfahrtpionier, Autor, Erfinder einer vorgeblich allumfassenden Wissenschaft und Religionsgründer. Er gilt als wissenschaftlicher Exzentriker und wurde als der 'Leonardo da Vinci der Spinner' bezeichnet]

»Mal ganz abgesehen von diesen Übertreibungen«, sagte ich, »kennst du irgendein System, mit dem man der Gemeinde sofort ein paar Dollar abknöpfen kann, außer sich bei der Heilsarmee zu bewerben oder einen Anfall [zwecks Erregung von Mitleid] auf Miss Helen Goulds [sehr reiche Frau] Türschwelle zu bekommen?«

»Dutzende davon«, sagt Silver. »Wie viel Kapital hast du, Billy?«

»Tausend«, sagte ich ihm.

»Ich habe 1.200 Dollar«, sagt er. »Wir werden zusammenlegen und ein großes Geschäft machen. Es gibt so viele Möglichkeiten, wie wir eine Million machen können, dass ich gar nicht weiß, wo ich anfangen soll.«

Am nächsten Morgen holt mich Silver im Hotel ab. Er tönt ziemlich herum und von einer Art stiller Freude aufgewühlt.

»Wir sind heute Nachmittag mit J. P. Morgan verabredet«, sagt er. »Ein Mann, den ich im Hotel kenne, will uns vorstellen. Er ist ein Freund von ihm. Er sagt, er liebt es, Leute aus dem Westen zu treffen.«

»Das klingt nett und plausibel«, sage ich. »Ich würde Mr. Morgan gerne kennenlernen.«

»Es wird uns nicht schaden«, sagt Silver, »ein paar Finanzkönige kennenzulernen. Ich mag irgendwie die Art, wie man in New York mit Fremden umgeht.«

Der Mann, den Silver kannte, hieß Klein. Um drei Uhr brachte Klein seinen Freund von der Wall Street zu uns in Silvers Zimmer. »Mr. Morgan« sah ein wenig aus wie auf seinen Bildern, und er hatte ein türkisches Handtuch [Frottiertuch] um den linken Fuß gewickelt und ging mit einem Stock.

»Mr. Silver und Mr. Pescud«, sagt Klein und deutete auf uns. Zu Mr. Morgan gewandt sagte er: »Es würde überflüssig klingen«, sagte er, »den Namen des größten Finanz – «

»Lassen Sie das, Klein«, sagt Mr. Morgan. »Ich freue mich, die Herrschaften kennenzulernen; ich interessiere mich sehr für den Westen. Klein sagte mir, Sie seien aus Little Rock. Ich glaube, ich habe irgendwo da draußen ein oder zwei Eisenbahnen. Wenn einer von Ihnen Lust hat, ein oder zwei Runden Stud-Poker zu spielen, dann – «

»Nun, Pierpont*« mischt sich Klein ein, »Sie vergessen!«

[* Mr. Morgan, J. P. Morgan, John Pierpont Morgan]

»Verzeihung, meine Herren!«, sagt Morgan; »seit ich die Gicht so schlimm habe, spiele ich manchmal ein geselliges Kartenspiel bei mir zu Hause. Ich glaube, keiner von euch kannte den Einäugigen Peters, als ihr in Little Rock wart, oder? Er lebte in Seattle, New Mexico.«

Bevor wir antworten konnten, hämmerte Mr. Morgan mit seinem Stock auf den Boden und begann laut fluchend auf und ab zu gehen.

»Haben sie heute auf der Straße auf ihre Aktien draufgehauen, Pierpont?«, fragt Klein lächelnd.

»Aktien! Nein!«, brüllt Mr. Morgan.

»Es ist das Bild, für das ich einen Agenten nach Europa geschickt habe, um es zu kaufen. Ich habe gerade daran gedacht.«

»Er hat mir heute telegrafiert, dass es in ganz Italien nicht zu finden ist. Ich würde morgen 50.000 Dollar für das Bild zahlen – ja, 75.000 Dollar. Nein, ich überlasse dem Agenten den Kauf à la carte. Ich verstehe nicht, warum die Kunstgalerien erlauben, einen 'De Vinchy'* – «

[* müsste da Vinci heißen].

»Aber, Mr. Morgan«, sagt Klein, »ich dachte, Sie besitzen alle 'De Vinchy'-Gemälde.«

»Wie sieht das Bild aus, Mr. Morgan?«, fragt Silver. »Es muss so groß sein wie die Seite des Flatiron Building« [bekanntes großes Gebäude in New York].

»Ich fürchte, Ihre Kunstausbildung ist im Eimer, Mr. Silver«, sagt Morgan. »Das Bild ist 27 mal 42 Zoll groß und heißt 'Die Müßiggangstunde der Liebe'. Es stellt eine Reihe von Umhangträgern dar, die am Ufer eines violetten Flusses den Two-Step tanzen. In dem Telegramm hieß es, dass es möglicherweise in dieses Land gebracht wurde. Meine Sammlung wird ohne dieses Bild niemals vollständig sein.«

»Nun, bis dann, meine Herren; wir Finanziers müssen früh aufstehen«, sagte er dann und ging.

Mr. Morgan und Klein fuhren gemeinsam in einem Taxi davon. Silver und ich unterhielten uns darüber, wie einfach und ahnungslos große Leute seien, und Silver sagte, wie schade es wäre, einen Mann wie Mr. Morgan berauben zu wollen, und ich sagte, dass ich das selbst für ziemlich unvorsichtig hielte.

Nach dem Essen schlägt Klein einen Spaziergang vor, und ich, er und Silver gingen zur Seventh Avenue, um uns die Sehenswürdigkeiten anzusehen. Klein sah in einem Schaufenster eines Pfandhauses ein Paar Manschettenknöpfe, die seine Bewunderung weckten, und wir alle gingen hinein, während er sie kaufte.

Nachdem wir wieder im Hotel waren und Klein gegangen war, sprang Silver auf mich zu und wedelte mit den Händen.

»Hast du es gesehen?«, sagt er. »Hast du es gesehen, Billy?«

»Was?«, frage ich.

»Na, das Bild, das Morgan haben will. Es hängt in der Pfandleihe, hinter dem Schreibtisch. Ich habe nichts gesagt, weil Klein da war. Es ist der Artikel, so sicher wie du lebst. Die Mädchen sind so natürlich, wie man sie nur malen kann, sie haben alle 36er und 25er und 42er Rockgrößen, wenn sie überhaupt Röcke hatten, und sie tanzen am Ufer eines Flusses mit dem Blau einen Buck-and-Wing« [eine Art von Stepptanz].

»Was hat Mr. Morgan noch gesagt, was er dafür geben würde? Ich kann es dir kaum sagen. Im Pfandhaus können sie nicht wissen, was es ist.«

Als das Pfandhaus am nächsten Morgen öffnete, standen Silver und ich so aufgeregt da, als wollten wir unseren Sonntagsanzug verpfänden, um einen Drink zu kaufen.

Wir schlenderten hinein und begannen, uns Uhrenketten anzuschauen.

»Das ist ja ein beeindruckendes Exemplar von einer verchromten Kette, die Sie da haben«, bemerkte Silver lässig zum Pfandleiher.

»Aber das Mädchen mit den Schulterblättern und dem roten Fahnenstoff dort auf dem Bild hat es mir irgendwie angetan. Würden Sie bei einem Angebot von 2,25 Dollar dafür irgendwelche zerbrechlichen Gegenstände aus Ihrem Bestand umstoßen, wenn Sie es vom Nagel reißen?«

Der Pfandleiher lächelte nur leicht und fährt fort, uns vergoldete Uhrenketten zu zeigen.

»Dieses Bild«, sagt er, »wurde vor einem Jahr von einem italienischen Gentleman verpfändet. Ich habe ihm 500 Dollar dafür geliehen. Es heißt 'Die Müßiggangstunde der Liebe' und ist von Leonardo 'de' Vinchy. Vor zwei Tagen lief die gesetzliche Frist ab, und es wurde ein nicht eingelöstes Pfand.«

»Hier ist eine Kette, wie man sie heute oft trägt.«

Nach einer halben Stunde bezahlten Silver und ich dem Pfandleiher 2.000 Dollar und gingen mit dem Bild hinaus.

Silver stieg damit in ein Taxi und fuhr zu Morgans Büro. Ich ging zum Hotel und warte auf ihn.

Nach zwei Stunden kommt Silver zurück.

»Hast du Mr. Morgan gesehen?«, frage ich. »Wie viel hat er dir dafür bezahlt?«

Silver setzt sich hin und fummelt an einer Quaste auf der Tischdecke herum.

»Ich habe Mr. Morgan noch nicht angetroffen«, sagt er, »er ist jetzt für einen Monat in Europa.«

»Aber was mich beunruhigt, Billy, ist Folgendes:«

»Die Kaufhäuser haben alle dasselbe Bild im Angebot, gerahmt, für 3,48 Dollar. Und sie verlangen 3,50 Dollar, wenn man den Rahmen allein kauft – das verstehe ich nicht.«

Lieber Leser, Sie werden den Ablauf, aber nicht gleich den tieferen Sinn der nächsten Geschichte (wenn überhaupt) verstehen.

Ist man schon an seine sibyllinischen Worte gewohnt, kommt hier eine andere Komponente hinzu – man versteht den Inhalt, bzw. dessen Aussage nicht mehr.

Sein Markenzeichen, ein überraschendes, unerwartetes Ende und ein brillianter Inhalt, verblasst hier. Einst hatten seine Geschichten noch überraschende Wendungen und zugleich einen roten Faden, den man oft spät, aber stets deutlich erkennen konnte. Hier müsste man alles noch mehrmals lesen, ohne aber selbst dann einen rechten Sinn in der Handlung zu erkennen.

Es ist nicht mehr der gewohnte O. Henry, man bekommt den Eindruck, dass er alles nur noch irgendwie runterschreibt.

O. Henry verstarb im Jahr der Drucklegung dieses Buchs im Alter von 47 Jahren. Eine schlechte Gesundheit und insbesondere Alkoholismus waren die Ursachen.

Man hätte die Geschichte auch weglassen können, aber wenn mit diesem Buch alle vier der 'Vier-Millionen-Reihe' übersetzt worden sind, dann schreit dies schon per sé nach Vollständigkeit – Inhalt egal.

Am Ende der Geschichte wurde eine Zusammenfassung von Erklärungsversuchen aus literarischen Kreisen angefügt, die aber auch nicht viel bringen. Seine Schaffenskraft hat einfach nachgelassen, wäre mein Schluss.

DER TAG DER WIEDERAUFERSTEHUNG

Ich kann mir vorstellen, dass der Künstler auf das Ende seines Bleistifts beißt und die Stirn runzelt, wenn es darum geht, sein Osterbild zu zeichnen, denn seine legitimen bildlichen Vorstellungen von Figuren, die zum Fest gehören, sind nur vier an der Zahl. Zuerst kommt 'Ostara', die heidnische Göttin des Frühlings. Hier kann er seine Fantasie freien Lauf lassen. Ein hübsches Mädchen mit dekorativem Haar und der richtigen Anzahl von Zehen wird die Aufgabe erfüllen. Miss Clarice St. Vavasour, das bekannte Modell, wird dafür im 'Lethergogallagher', oder wie auch immer Trilby es nannte, posieren[8].

Zweitens – die melancholische Dame mit nach oben gedrehten Augen und von Lilien umrahmt. Das ist die Art für ein Magazin-Titelbild, aber glaubwürdig.

Drittens: Miss Manhattan bei der Parade am Ostersonntag auf der Fifth Avenue.

Viertens: Maggie Murphy* mit einer neuen roten Feder in ihrem alten Strohhut, glücklich und selbstbewusst, in einer Frauenwahlrechts-Parade in der Grand Street. [* eine 'Suffragette' (Frauenwahlrechtlerin). Was das mit Ostern zu tun hat, bleibt das Geheimnis von O. Henry, wie auch das Verschwinden von Symbolen wie Oster-Eier und -Hasen – siehe nächste Seite].

Natürlich zählen die Kaninchen nicht. Und die Ostereier auch nicht, seitdem sie die höhere Kritik hartgekocht hat.

Das begrenzte Feld seiner bildlichen Möglichkeiten beweist, dass Ostern von allen unseren Festtagen der vageste und wechselhafteste in unserer Vorstellung ist. Es gehört zu allen Religionen, auch wenn es von den Heiden erfunden wurde. Wenn wir noch weiter zurückgehen, bis zum ersten Frühling, können wir sehen, wie Eva mit Stolz ein neues grünes Blatt des Baumes 'ficus carica' [Feige] auswählt.

Das Ziel dieser kritischen und gelehrten Vorbemerkung ist es nun, den Satz aufzustellen, dass Ostern weder ein Datum, eine Jahreszeit, ein Fest, ein Feiertag noch ein Anlass ist. Was es ist, werden Sie herausfinden, wenn Sie den Fußspuren von Danny McCree folgen.

Der Ostersonntag brach an, wie es sich gehört, hell und früh, an seinem Platz im Kalender zwischen Samstag und Montag. Um 5.24 Uhr stand die Sonne auf, und um 10.30 Uhr folgte Danny ihrem Beispiel.

Er ging in die Küche und wusch sich am Waschbecken das Gesicht. Seine Mutter briet gerade Speck. Sie betrachtete sein hartes, glattes, wissendes Gesicht, während er mit dem runden Seifenstück jonglierte. Sie dachte an seinen Vater, als sie ihn zum ersten Mal sah, wie er vor zweiundzwanzig Jahren einen Hot Grounder* zwischen der zweiten und dritten Base stoppte, auf einem leeren Grundstück in Harlem, wo jetzt das La Paloma Apartmenthaus steht. [* es wurde Baseball gespielt. Ein 'Hot Grounder' ist ein geschlagener Ball, der mit großer Geschwindigkeit über den Boden (das Feld) fliegt]

Im vorderen Zimmer der Wohnung saß Dannys Vater am offenen Fenster und rauchte seine Pfeife, während sein zerzaustes graues Haar von der Brise umhergewirbelt wurde.

Er klammerte sich immer noch an seine Pfeife, obwohl ihm zwei Jahre zuvor durch eine verfrühte Explosion von Dynamit das Augenlicht genommen worden war.

Nur sehr wenige Blinde rauchen gerne, weil sie den Rauch nicht sehen können. Könnten Sie es genießen, die Nachrichten aus einer Abendzeitung vorgelesen zu bekommen, wenn Sie die Farben der Schlagzeilen nicht sehen könnten?

»Es ist Ostern«, sagte Mrs. McCree.

»Mach Rühreier aus meinen Eiern«, sagte Danny.

Nach dem Frühstück kleidete er sich in das Sabbatmorgen-Kostüm des Chauffeurs eines Importhauses in der Canal Street – Gehrock, gestreifte Hose, Lackleder, vergoldete Ankerkette vorne an der Weste und Flügelkragen, Derby mit gerollter Krempe und Schmetterlingsschleife vom Samstagabendverkauf bei Mr. Schonstein (zwischen Fourteenth Street und Tonys Obststand).

»Natürlich gehst du an diesem Tag aus, Danny«, sagte der alte McCree etwas wehmütig. »Es ist eine Art Feiertag, sagt man. Nun, wir haben schönes Frühlingswetter. Ich kann es in der Luft spüren.«

»Warum sollte ich nicht rausgehen?«, fragte Danny in seinem mürrischen Brustton. »Soll ich drinnen bleiben? Bin ich nicht so gut wie ein Pferd? Einen Tag Ruhe hat mein Team in der Woche. Wer verdient das Geld für die Miete und das Frühstück, das du gerade gegessen hast, würde ich gerne wissen? Beantworte mir das!«

»In Ordnung, Junge«, sagte der alte Mann. »Ich will mich nicht beklagen. Solange meine beiden Augen gut waren, gab es für mich nichts Schöneres als einen Sonntagsausflug. Es riecht nach Torf und verbranntem Gestrüpp, wenn der Wind kommt. Ich habe jetzt meinen Tabak. Ich wünsche dir einen schönen Tag und eine gute Erholung, Junge. Manchmal wünschte ich, deine Mutter hätte lesen gelernt, damit ich den Rest über das Hippopotamus [Nilpferd] hören könnte – aber lassen wir das.«

»Was redet er denn da für einen Unsinn über ein Hippopotamus?«, fragte Danny seine Mutter, als er durch die Küche ging. »Bist du mit ihm in den Zoo gegangen? Und wozu?«

»Das bin ich nicht«, sagte Frau McCree. »Er sitzt den ganzen Tag am Fenster. Das ist alles, was ein Blinder unter den Armen als Erholung bekommt.«

»Ich glaube manchmal, er irrt in seinen Gedanken herum. Eines Tages redete er fast eine Stunde lang ununterbrochen von Fett. Ich schaue nach, ob Schmalz in der Pfanne brennt. Es brennt nichts. Er sagt, dass ich das nicht verstehe.«

»Es sind anstrengende Tage, Sonn- und Feiertage und das alles für einen blinden Mann, Danny. Es gab keinen Besseren und Stärkeren als ihn, als er noch seine zwei Augen hatte. Es ist ein schöner Tag, mein Sohn, genieße ihn. Um sechs Uhr gibt es ein kaltes Abendessen.«

»Haben Sie jemanden über ein Hippopotamus sprechen gehört?«, fragte Danny Mike, den Hausmeister, als er unten zur Tür hinausging.

»Das habe ich nicht«, sagte Mike und zog seine Hemdsärmel höher. »Aber das ist das einzige Thema in der Liste der tierischen, natürlichen und illegalen Ausschreitungen, über die man sich in den letzten zwei Tagen bei mir nicht beschwert hat. Gehen Sie zum Vermieter, oder zieht ansonsten aus, wenn ihr wollt. Habt ihr etwas von Hippopotamus im Mietvertrag? Nein, also?«

»Es war der alte Mann, der davon gesprochen hat«, sagte Danny. »Wahrscheinlich steht da nichts davon drin.«

Danny ging die Straße hinauf bis zur Avenue und schlug dann den Weg nach Norden ein, ins Herz des Viertels, wo Ostern – das moderne Ostern in neuem, leuchtendem Gewand – den österlichen Marsch anführt.

Aus den hoch aufragenden braunen Kirchen erklang die fröhliche Musik der Hymnen, welche die Chöre sangen. Die breiten Bürgersteige waren bewegliche Beete aus lebenden Blumen – so schien es, wenn man das Ostermädchen erblickte.

Man sag Herren in Gehröcken, mit Seidenhüten und 'gardeniert' [mit Gardenie im Knopfloch], die den Hintergrund der Tradition aufrechterhalten. Kinder trugen Lilien in ihren Händen. Die Fenster der Sandstein-Villen waren vollgepackt mit den opulentesten Kreationen von Flora, der Schwester der Lilienkönigin.

Um eine Ecke herum, abgeschirmt vom Bürgersteig, schritt Corrigan, der Polizist, mit weißen Handschuhen, rosa im Gesicht und fest zugeknöpft.

Danny kannte ihn. »Warum, Corrigan«, fragte er, »ist Ostern? Ich weiß, dass es kommt, wenn der Mond zum ersten Mal voll ist, nachdem er am 17. März aufgeht* – aber warum?«

[* eigentlich am ersten Vollmond nach Frühlingsanfang]

»Es handelt sich um ein jährliches Fest«, sagte Corrigan mit der richterlichen Miene des dritten stellvertretenden Polizeipräsidenten, »eine Besonderheit von New York. Es erstreckt sich bis nach Harlem. Manchmal haben sie die Reserven draußen in der Hundertfünfundzwanzigsten Straße. Meiner Meinung nach ist das nicht politisch.«

»Danke«, sagte Danny. »Und sagen Sie mal – haben Sie jemals einen Mann über ein Hippopotamus klagen hören? Wenn er nicht gerade besonders betrunken ist, meine ich.«

»Nichts Größeres als Meeresschildkröten«, sagte Corrigan und dachte nach, »und da war Holzalkohol in meinem Drink.«

Danny wanderte weiter. Die doppelte, schwere Bürde, gleichzeitig einen Sonntag und einen Festtag zu genießen, lastete auf ihm. Die Sorgen des Arbeiters passten ihm leicht. Sie werden so oft getragen, dass sie mit den malerischen Linien der besten maßgeschneiderten Kleidungsstücke an einem hängen. Deshalb finden wohlgenährte Künstler mit Bleistift und Feder in den Sorgen des einfachen Volkes ihre eindrucksvollsten Vorbilder. Aber wenn der Philister sich vergnügt, begleitet die Grimmigkeit der Melpomene [Muse des Trauerspiels] selbst ihre Kapriolen. Deshalb biss Danny zu Ostern fest die Zähne zusammen und nahm sein Vergnügen traurig hin.

Durch der Familieneingang von Dugans Café zu gehen, war vertretbar; also gab Danny der frühlingshaften Jahreszeit nach, bis hin zu einem Glas Bockbier. In einem dunklen, linoleumbedeckten, feuchten Hinterzimmer sitzend, tasteten sein Herz und sein Verstand immer noch nach der geheimnisvollen Bedeutung des Frühlingsjubiläums.

»Sag mal, Tim«, sagte er zu dem Kellner, »warum gibt es Ostern?«

»Skiddoo!«, sagte Tim und schloss ein wissendes Auge. »Ist das ein neuer Name? Na gut. Etwas von Tony Pastor* für dich gestern Abend, schätze ich. Ich gebs auf. Wie lautet die Antwort – zwei Äpfel oder eineinhalb Yard?«

[* amerikanischer Impresario und Comic-Singer, man sieht in ihm den Vater des Vaudeville [eine besondere Art des Schlagerlieds]

Vom Dugan's aus wandte sich Danny wieder nach Osten. Die Aprilsonne schien in ihm ein vages Gefühl zu wecken, das er nicht deuten konnte. Er stellte eine falsche Diagnose und entschied, dass es sich um Katy Conlon handelte.

Einen Block von ihrem Haus in der Avenue 'A' entfernt traf er sie auf dem Weg zur Kirche. An der Ecke schüttelten sie sich die Hände.

»Mensch, du siehst aber niedergeschlagen und aufgetakelt aus«, sagte Katy. »Was ist denn los? Komm mit mir in die Kirche und sei fröhlich.«

»Was ist denn in der Kirche los?«, fragte Danny.

»Na, es ist Ostersonntag. Dummkopf! Ich habe bis nach elf gewartet, in der Erwartung, dass du vorbeikommst und mitgehst.«

»Wofür steht dieses Ostern, Katy?«, fragte Danny düster. »Niemand scheint es zu wissen.«

»Niemand, der so blind ist wie du«, sagte Katy beherzt. »Du hast dir noch nicht mal meinen neuen Hut angesehen. Und den Rock. Es ist doch die Zeit, in der alle Mädchen neue Frühlingskleider anziehen. Dummerchen! Kommst du mit mir in die Kirche?«

»Das werde ich«, sagte Danny. »Wenn dieses Ostern dort abgestellt wird. Sie sollten in der Lage sein, eine Entschuldigung dafür zu finden. Nicht, dass der Hut nicht schön wäre. Die grünen Rosen sind großartig.«

In der Kirche hielt der Prediger eine kurze Ansprache, ohne zu heftig zu poltern. Er sprach schnell, denn er hatte es eilig, zu seinem frühen Sabbatessen nach Hause zu kommen; aber er verstand sein Handwerk. Es gab ein Wort, das sein Thema beherrschte – Auferstehung. Nicht eine neue Schöpfung, sondern ein neues Leben, das aus dem alten hervorgeht. Die Gemeinde hatte es schon oft gehört. Aber in der sechsten Bank von der Kanzel aus saß ein wunderbarer Hut, eine Kombination aus Erbsen und Lavendel. Er zog viel Aufmerksamkeit auf sich.

Nach der Kirche verweilte Danny an einer Ecke, während Katy wartete, mit Groll in ihren himmelblauen Augen.

»Kommst du mit zum Haus?«, fragte sie. »Ach, kümmere dich nicht um mich. Ich werde schon hinkommen. Du scheinst viel über etwas nachzudenken. Nun gut. Werde ich dich zu einer bestimmten Zeit sehen, Mr. McCree?«

»Ich werde am Mittwochabend wie immer da sein«, sagte Danny, drehte sich um und überquerte die Straße und Katy ging mit den grünen Rosen, die empört herunterhingen, davon.

Danny blieb zwei Straßen weiter stehen. Er stand still am Bordstein an der Ecke, die Hände in den Taschen. Sein Gesicht war das eines Heiligenbildes. Tief in seiner Seele regte sich etwas, so klein, so fein, so scharf und säuerlich, dass seine harten Fasern es nicht erkannten. Es war etwas, das zarter war als der Apriltag, subtiler als der Ruf der Sinne, reiner und tiefer verwurzelt als die Liebe zu einer Frau – denn hatte er sich nicht von grünen Rosen und Augen abgewandt, die ihn ein Jahr lang gefesselt gehalten hatten?

Und Danny wusste nicht, was es war. Der Prediger, der es eilig hatte, zu seinem Abendessen zu gehen, hatte es ihm gesagt, aber Danny hatte kein Libretto gehabt, mit dem er dem schläfrigen Tonfall hätte folgen können. Aber der Prediger hatte die Wahrheit gesagt.

Plötzlich klatschte Danny auf sein Bein und stieß einen heiseren Freudenschrei aus: »Hippopotamus«, rief er einem erhöhten Straßenpfeiler zu. »Na, wie ist das als Vermutung eines Dummen? Schießt mir doch meine Oberlichter kaputt! Jetzt weiß ich, worauf er hinauswollte.«

'Hippopotamus! Würde das einen nicht in die Bronx schicken! Es ist ein Jahr her, dass er es gehört hat, und er hat es nicht so weit verfehlt. Wir haben mit dem Buch im Jahr 469 v. Chr. aufgehört, und das kommt als Nächstes. Nun, eine Holzpuppe hätte nicht erraten, was er damit meinte.'

Danny stieg in einen quer über die Stadt fahrenden Wagen, und begab sich in die hintere Wohnung, deren Miete durch seine Arbeit unterstützt wurde.

Der alte Mann McCree saß immer noch am Fenster. Seine erloschene Pfeife lag auf dem Fensterbrett.

»Bist du das, Junge?«, fragte er.

In Danny brach die Wut eines starken Mannes aus, der vom Beginn einer guten Tat überrascht ist.

»Wer zahlt die Miete und kauft das Essen, das in diesem Haus gegessen wird?«, schnauzte er bösartig. »Habe ich kein Recht, hereinzukommen?«

»Du bist ein treuer Bursche«, sagte der alte McCree mit einem Seufzer. »Ist es schon Abend?«

Danny griff in ein Regal und nahm ein dickes Buch heraus, auf dem in goldenen Buchstaben 'Die Geschichte Griechenlands' stand. Es war dick mit Staub bedeckt. Er legte es auf den Tisch und fand eine Stelle darin, die mit einem Papierstreifen markiert war. Dann stieß er einen kurzen, lauten Schrei aus und sagte:

»War es das Hippopotamus, von dem dir vorgelesen werden sollte?«

»Habe ich wirklich gehört, wie du das Buch aufgeschlagen hast?«, sagte der alte McCree.

»Es sind viele und ermüdende Monate vergangen, seit mein Junge mir daraus vorgelesen hat. Ich weiß nicht warum, aber ich mochte die Griechen sehr. Du hast an einem bestimmten Ort aufgehört.«

»Aber mein Junge«, fuhr er fort, »es ist ein schöner Tag draußen. Geh hinaus und ruhe dich von deiner Arbeit aus. Ich habe mich an meinen Stuhl am Fenster und an meine Pfeife gewöhnt.«

»Übrigens: Pel-Peloponnes war der Ort, an dem wir aufgehört haben, und nicht beim Hippopotamus«, sagte

Danny. »Dort begann der Krieg. Er hielt dreißig Jahre lang etwas in Gang. In den Schlagzeilen steht, dass ein Kerl namens Philipp von Makedonien 338 v. Chr. Boss über Griechenland wurde, nach der Schlacht von Cher – Cheroneia, welche die Entscheidung herbeigeführt hat. Ich werde es weiterlesen.«

Mit der Hand am Ohr, vertieft in den Peloponnesischen Krieg, saß der alte Mann McCree eine Stunde lang da und hörte zu. Dann stand er auf und tastete sich zur Tür der Küche vor. Mrs. McCree schnitt gerade kaltes Fleisch. Sie schaute auf. Dem alten Mann McCree liefen Tränen aus den Augen.

»Hast du unseren Jungen gehört, wie er mir vorgelesen hat?«, fragte er. »Es gibt keinen Besseren in diesem Land. Meine beiden Augen sind wieder zu mir zurückgekehrt.«

Nach dem Essen sagte er zu Danny: »Es ist ein glücklicher Tag, dieses Ostern. Und jetzt wirst du Katy am Abend besuchen. Das ist gut so.«

»Wer zahlt die Miete und kauft das Essen, das in diesem Haus gegessen wird?«, sagte Danny ärgerlich. »Habe ich kein Recht, darin zu wohnen? Nach dem Abendessen kommt noch die Lesung über die Schlacht von Korinth, 146 v. Chr., als das Königreich, wie man sagt, ein untrennbarer Teil des Römischen Reiches wurde. Bedeute ich nichts in diesem Haus?«

Erklärungsversuche vorstehender Geschichte bezüglich ihres Sinns aus literarischen Kreisen:

Ein junger Mann versteht Ostern nicht, verbringt den Tag mit Herumwandern in der Stadt, bis er die Bedeutung erkennt, seinem Vater etwas vorzulesen. Nachdem er das 'Hippopotamus' als Verwechslung mit 'Peloponnes' erkannt hat, weiß er auch, um welches Buch es geht.

Weiterhin will man verschiedene religiöse Auffassungen von Ostern erkannt haben. Ostern ist laut O. Henry, ein Fest mit eingeschränkten visuellen Symbolen. Osterhase, Eier gibt es nicht mehr, dafür – völlig abwegig – eine Frauenrechtlerin in einer Parade, die als Modell (eine von vier Möglichkeiten) für ein Osterbild herhalten könnte. Ostern ist ein komplexes Konzept.

Der Vortrag des Pfarrers über die Auferstehung lässt den Protagonisten die Bedeutung von Ostern erkennen, und schließlich noch den Wert des Vorlesens als übergroße Freude, welche die Kraft der Literatur herausstreicht. Und seine Freundin will er dann auch besuchen. Passend zum Osterfest (oder unpassend?): Er lässt seinen Vater immer noch wissen, wer das Geld für ihn aufbringt und wer die größten Rechte hat, im Haus zu leben.

Andere Interpretation hatten auch nicht viel mehr gebracht.

Aber vielleicht verstehen Sie es (O. Henry) ja doch.

DAS FÜNFTE RAD

Lieber Leser, auch diese Geschichte zeigt eine gesteigerte Verwirrung von O. Henry; er ist fern davon die Qualität besonders des ersten Buches in der Reihe der 'Vier Millionen' zu erreichen. Sie würden sich auch hier am Ende fragen, ob Sie etwas überlesen haben oder der Übersetzer etwas vergessen hat. Damit die Übersetzung nicht zur reinen Chronistenpflicht zwecks Vollständigkeit wird, wurde die Geschichte ein wenig ergänzt – und schon versteht man sie besser. O. Henry selbst hatte den 'roten Faden' sicher in seinem Kopf, konnte ihn wohl aber nicht mehr so deutlich machen.

Die Reihen der 'Bed Line' [Obdachlose die sich für eine Übernachtungsmöglichkeit anstellen] rückten enger zusammen, denn es war kalt. Sie waren Anschwemmungen des Lebensstroms, der sich im Delta von Fifth Avenue und Broadway sammelte.

Die Bed Liner stampften mit ihren eiskalten Füßen auf, blickten auf die leeren Bänke am Madison Square, von denen Väterchen Frost sie vertrieben hatte, und murmelten in einem Wirrwarr von Zungen etwas zu. Das Flatiron-Gebäude [berühmtes New Yorker Gebäude] mit seiner pietätlosen, wolkenzerfetzenden Architektur, das sich auf dem gegenüberliegenden Delta nebelhaft über ihnen erhob, hätte gut und gerne für den Turm zu Babel stehen können, aus dem diese polyglotten Müßiggänger von dem geflügelten, wandelnden Abgesandten des Herrn gerufen worden waren.

Der Prediger stand auf einer Kiefern-Kiste, um einen Kopf höher als seine 'Ziegenherde' um ihn herum, und ermahnte das flüchtige und wechselnde Publikum, das der Nordwind ihm zuführte. Es war ein Sklavenmarkt. Für fünfzehn Cents bekam man einen Mann. Man verkaufte ihn an Morpheus [Gott der Träume], und der alles beobachtende Engel notierte den Gönner für Bonuspunkte.

Der Prediger war unglaublich ernsthaft und unermüdlich. Er hatte sich die Liste der Dinge angesehen, die man für seine Mitmenschen tun kann, und hatte für sich selbst die Aufgabe übernommen, alle, die sich in den Nächten des Mittwochs und des Sonntags an ihn auf seiner seine Seifenkiste wenden wollten, in ein Bett zu bringen. Damit blieben nur noch fünf Nächte für andere Philanthropen übrig; und wenn sie ihren Teil auch so gut gemacht hätten, wäre diese verruchte Stadt vielleicht zu einem riesigen arkadischen* Schlafsaal geworden, in dem alle die glücklichen Stunden wegnicken und schnarchen, während sie die Probleme des Alltags, den Mieteintreiber und die Geschäfte zum Teufel gehen lassen.

[* arkadisch, glücklich, malerisch, idyllisch verträumt]

Es war gerade acht Uhr vorbei, und im Schatten des Denkmals von General Worth[09] versammelten sich finanziell bessergestellte Schaulustige in einer kleinen, dunklen Masse. Ab und zu trat jemand schüchtern, ostentativ, nachlässig oder mit gewissenhafter Genauigkeit vor und schenkte dem Prediger kleine Scheine oder Silbermünzen. Dann marschierte ein Assistent von skandinavischer Farbe und Begeisterung mit einem Trupp der Erlösten zu einer Herberge.

Die ganze Zeit über ermahnte der Prediger die Menge mit Worten, denen es in angenehmer Weise an Sprachgewalt fehlte, die aber von der tödlichen, anklagenden Monotonie der Wahrheit geprägt waren.

Bevor das Bild der Bed Liners verblasst, müssen Sie einen Satz des Predigers hören – den Satz, der an diesem Abend sein Thema war. Er ist es wert, auf alle weißen Bänder der Welt gestanzt zu werden.

'Kein Mensch hat je mit Whisky für fünf Cent gelernt, ein Trunkenbold zu sein.'

Denk darüber nach, Trinker. Es erstreckt sich vom sprießenden Roggen [aus dem Whisky gewonnen wird] bis zum 'Potter's field' [Grab der Unbekannten].

Ein aufrechter junger Mann mit sauberem Profil in der hinteren Reihe der 'Bettlosen' ahmte die Schildkröte nach, indem er seinen Kopf weit in die Schale seines Mantelkragens zog. Es war ein gut geschnittener Tweedmantel, und die Hose zeigte noch Anzeichen davon, dass sie unter dem Schneiderbügeleisen gepresst worden waren. Aber ich muss den Hutmacherlehrling, der dies liest und einen Reginald Montressor[?] in einer Notlage erwartet, gewissenhaft warnen, nicht weiterzulesen. Der junge Mann war kein anderer als Thomas McQuade, ehemaliger Kutscher, der einen Monat zuvor wegen Trunkenheit entlassen worden war und nun in die schmutzigen Reihen derjenigen abgerutscht war, die ein Bett für eine Nacht suchten.

Wenn Sie in einem kleineren Teil in New York leben, müssen Sie die Van-Smuythe-Familienkutsche kennen, die von zwei 1.500 Pfund schweren, 100:1-Favoriten-Pferden [edle Pferde bei Pferdesport] gezogen wird. Die Kutsche ist wie eine Badewanne geformt. In jedem der beiden Enden sitzt eine alte Dame aus der Familie der Van Smuythes, die einen schwarzen Sonnenschirm von der Größe eines Silvester-Federkitzlers hält. Vor seinem Untergang trieb Thomas McQuade die Van-Smuythe-Pferde an und wurde selbst von Annie, dem Dienstmädchen der Van-Smuythe-Damen, angetrieben.

Aber es ist eines der traurigsten Dinge an der Romantik, dass ein enger Schuh oder eine leere Kasse oder ein schmerzender Zahn aus jedem Amor-Anbeter einen vorübergehenden Ketzer macht.

Und die körperlichen Schmerzen von Thomas waren nicht gering. Deshalb quälte ihn weniger der Gedanke an sein verlorenes Dienstmädchen der Ladys, als vielmehr die eingebildete Anwesenheit gewisser nicht existierender Dinge, von denen seine gequälten Nerven ihn fast davon überzeugten, dass sie auf dem Asphalt und in der Luft über und um den düsteren Campus der Bed-Liner-Armee herum flogen, tanzten, krabbelten und zappelten.

Fast vier Wochen Whisky pur und eine Ernährung, die sich auf Cracker, Wurst und Essiggurken beschränkt, sind oft ein Garant für 'psycho-zoologische' Folgen. So verzweifelt, frierend, wütend und von Phantomen geplagt, wie er war, fühlte er das Bedürfnis nach menschlicher Anteilnahme und Kontakt.

Der Bed Liner zu seiner Rechten war ein junger Mann etwa in seinem Alter, schäbig, aber gepflegt.

»Wie lautet die Diagnose in deinem Fall, Freddy?«, fragte Thomas mit der freimaurerischen Vertrautheit der Verdammten – »Alkohol?, das ist meine. Du siehst nicht aus wie ein Bettler. Das bin ich auch nicht. Vor einem Monat habe ich noch die Leinen über den Rücken des besten Percheron-Buffalo-Gespanns [Pferderasse, Kaltblüter] gehalten, das je eine Meile in 2:85 über die Fifth Avenue geschafft hat. Und sieh mich jetzt an! Sag mal, wie kommst du dazu, auf diesem Bettenschnäppchen-Trödelmarkt zu sein?«

Der andere junge Mann schien die Annäherungsversuche des lässigen Ex-Kutschers zu begrüßen.

»Nein«, sagte er, »in meinem Fall handelt es sich bestimmt nicht um einen Drink. Es sei denn, wir lassen zu, dass Amor ein Barkeeper ist. Ich habe unklug geheiratet, so die Meinung meiner unversöhnlichen Verwandten. Ich bin seit einem Jahr arbeitslos, weil ich nicht weiß, wie man arbeitet, und ich war monatelang krank in Bellevue und anderen Krankenhäusern. Meine Frau und mein Kind mussten zu ihrer Mutter zurückkehren. Gestern wurde ich aus dem Krankenhaus entlassen. Und ich habe keinen einzigen Cent. Das ist meine Leidensgeschichte.«

»Pech gehabt«, sagte Thomas. »Ein Mann allein kann es einigermaßen schaffen. Aber ich hasse es, wenn die Frauen und Kinder den schlimmsten Teil abbekommen.«

In diesem Moment surrte ein Auto die Fifth Avenue hinauf, das so prächtig, so rot, so geschmeidig lief und so geschickt die Geschwindigkeitsvorschriften sprengte, dass es sogar die Aufmerksamkeit der teilnahmslosen Bed Liners auf sich zog. An seiner linken Seite war ein zusätzlicher Reifen angebracht und befestigt.

Als es sich gegenüber der unglücklichen Gesellschaft befand, lösten sich die Befestigungen dieses Reifens. Er fiel auf den Asphalt, hüpfte und rollte schnell im Kielwasser des dahinfliegenden Autos hinterher.

Thomas McQuade witterte seine Chance und rannte von seinem Platz zwischen den Ziegen des Predigers heraus. In dreißig Sekunden hatte er den rollenden Reifen gefangen, schwang ihn über seine Schulter und trabte dem Auto hinterher.

Auf beiden Seiten der Allee riefen und pfiffen die Leute, winkten dem roten Auto mit Stöcken zu und zeigten auf den unternehmungslustigen Thomas, der mit dem verlorenen Reifen hinterherkam.

Ein Dollar, so schätzte Thomas, war die kleinste Belohnung, die ein so großer Automobilist für seinen Dienst anbieten konnte, um seinen Stolz zu retten.

Zwei Blocks weiter hatte das Auto angehalten. Am Steuer saß ein kleiner, brauner, eingehüllter Chauffeur und auf dem Rücksitz ein stattlicher Herr in einem prächtigen Robbenfellmantel und einem Seidenhut.

Thomas bot den erbeuteten Reifen in seiner besten Ex-Kutscher-Manier und mit einem Blick in seinen geröteten Augen an, der ein oder zwei Silbermünzen andeuten sollte und auch für höhere Beträge offen war.

Aber der Blick wurde nicht so gedeutet. Der Herr mit dem Seehundfell-Mantel nahm den Reifen entgegen, legte ihn ins Innere des Wagens, schaute den ehemaligen Kutscher aufmerksam an und murmelte unergründliche Worte vor sich hin.

»Seltsam – seltsam!«, sagte er. »Ein oder zwei Mal habe sogar ich mir eingebildet, was das chaldäische Chiroskop[10] gezeigt hat. Könnte das möglich sein?«

Dann richtete er weniger geheimnisvolle Worte an den wartenden und hoffnungsvollen Thomas.

»Sir, ich danke Ihnen für Ihre freundliche Rettung meines Reifens. Und wenn ich darf, möchte ich Ihnen eine Frage stellen. Kennen Sie die Familie Van Smuythes, die am Washington Square North wohnt?«

»Das sollte ich wohl tun«, antwortete Thomas. »Ich habe selbst einmal dort gewohnt. Ich wünschte, ich würde das auch weiterhin tun.«

Der Gentleman mit dem Seehundfell-Mantel öffnete eine Tür des Wagens.

»Steigen Sie bitte ein«, sagte er. »Sie wurden erwartet.«

Thomas McQuade gehorchte mit Überraschung, aber ohne zu zögern. Ein Sitzplatz in einem Auto erschien ihm besser als ein Stehplatz in der Bed Line. Aber nachdem man die Reisedecke um ihn geschlungen und das Auto seine Fahrt fortgesetzt hatte, dachte er über die Besonderheit der Einladung nach.

'Vielleicht hat der Typ kein Kleingeld', lautete seine Diagnose. 'Viele von diesen tollen Typen haben kein Bargeld bei sich. Ich schätze, er wird mich wieder rauswerfen, wenn er in einen Laden kommt, in dem er Bargeld beim Erscheinen seiner Visage bekommt. Wie auch immer, es war ein Kinderspiel, wie ich diese Open-Air-Bett-Konvention zum Ende gebracht habe.'

Der in seinem großen Mantel steckende geheimnisvolle Automobilist schien selbst über die Überraschungen des Lebens zu staunen. 'Wunderbar! Erstaunlich! Seltsam!', wiederholte er ständig zu sich selbst.

Als der Wagen weit in die quer über die Stadt verlaufende siebzigste Straße hineingefahren war, schwenkte er einen halben Häuserblock nach Osten und hielt vor einer Reihe von hoch aufragenden Häusern mit braunen Steinfassaden.

»Seien Sie so freundlich, mit mir in mein Haus zu gehen«, sagte der Herr mit dem Seehundfell-Mantel, als sie ausgestiegen waren.

'Er wird sicher etwas 'ausgraben', dachte sich Thomas und folgte ihm ins Haus.

In der Halle brannte ein schwaches Licht. Sein Gastgeber führte ihn durch eine Tür auf der linken Seite, schloss sie hinter ihm und ließ sie beide in absoluter Dunkelheit zurück.

Plötzlich erstrahlte eine leuchtende, seltsam verzierte Kugel in der Mitte eines riesigen Raumes, der Thomas prächtiger ausgestattet erschien als alles, was er je auf der Bühne gesehen oder in Märchen gelesen hatte.

Die Wände waren von prächtigen roten Tüchern verdeckt, die mit fantastischen Goldfiguren bestickt waren. Am hinteren Ende des Raumes waren schwere Vorhänge aus mattem Gold drapiert, die mit silbernen Halbmonden und Sternen besetzt waren. Die Möbel gehörten zu den kostbarsten und seltensten Stilen. Die Füße des ehemaligen Kutschers sanken in Teppiche ein, die so flauschig und tief wie Schneewehen waren. Es gab drei oder vier seltsam geformte Ständer oder Tische, die mit schwarzem Samttuch bedeckt waren.

Thomas McQuade nahm die Pracht dieser palastartigen Wohnung mit einem Auge auf. Mit dem anderen suchte er nach seinem imposanten Begleiter – und musste feststellen, dass er verschwunden war.

»Meine Güte«, murmelte Thomas, »das erscheint ja wie ein Spukhaus. Ich sollte mich nicht wundern, wenn das nicht eines dieser Abenteuer aus der Morawischen Nacht ist, von denen man liest. Ich frage mich, was aus dem Kerl mit dem Pelz geworden ist.«

Plötzlich hob eine ausgestopfte Eule, die auf einer Ebenholzstange in der Nähe der beleuchteten Kugel stand, langsam ihre Flügel und schickte aus ihren Augen ein helles elektrisches Leuchten aus.

Mit einem erschrockenen Fluch ergriff Thomas eine Bronzestatue der Hebe [Göttin der Jugend] aus einem Schrank in der Nähe und schleuderte sie mit aller Kraft auf den furchterregenden und unaussprechlichen Vogel.

Die Eule und ihre Sitzstange fielen mit einem Krachen um. Zusammen mit dem Geräusch gab es ein Klicken, und der Raum wurde von einem Dutzend mattierter Kugeln an den Wänden und der Decke mit Licht durchflutet.

Die goldenen Pforten öffneten und schlossen sich, und der geheimnisvolle Automobilist betrat den Raum.

Er war groß und trug ein Abendanzug von perfektem Schnitt und korrektem Geschmack. Ein goldbrauner, glänzender Vandyke-Bart [Knebelbart], ziemlich langes, gewelltes, glatt gescheiteltes Haar und große, anziehende, orientalisch-okkulte Augen verliehen ihm eine höchst beeindruckende und auffällige Erscheinung. Wenn Sie sich einen russischen Großfürsten im Thronsaal eines Rajas vorstellen können, der einen Kaiser auf Besuch begrüßt, werden Sie etwas von dem majestätischen seines Auftretens verstehen. Aber Thomas McQuade war zu nahe an seinem D't [Delirium tremens], als dass er auf seine 'P's und Q's' [englischer Ausdruck für Manieren] geachtet hätte. Beim Anblick dieses seidigen, polierten und etwas furchterregenden Gastgebers dachte er vage an Zahnärzte.

»Sagen Sie mal, Doc«, sagte er gereizt, »das ist ja ein heißer Vogel, den Sie da auf der Stange haben. Ich hoffe, ich habe nichts kaputtgemacht. Aber ich habe schon fast den Verstand verloren, und als er seine 32 Kerzen starken Lampen auf mich geworfen hatte, habe ich einen schnellen Wurf mit dem kleinen bronzenen Flatiron-Girl* auf ihn gemacht, das auf der Anrichte stand.«

[* Das Flatiron ist ein berühmtes Gebäude in New York, eine Statue der Hebe (wie geworfen) gibt es dort aber nicht. Vielleicht bezieht sich O. Henry auf die vielen kleinen Modelle des Gebäudes, die man sich gerne hinstellt und mit denen man natürlich auch werfen kann]

»Das ist nur ein mechanisches Spielzeug«, sagte der Gentleman und winkte mit der Hand. »Darf ich Sie bitten, sich zu setzen, während ich Ihnen erkläre, warum ich Sie in mein Haus gebracht habe. Vielleicht verstehen Sie die psychologische Veranlassung nicht, die mich dazu veranlasst hat, und können sie auch nicht nachvollziehen. Ich komme also gleich zur Sache, indem ich es wage, mich auf Ihr Eingeständnis zu beziehen, dass Sie die Familie Van Smuythe vom Washington Square North kennen.«

»Fehlt irgendwelches Silber?«, fragte Thomas säuerlich. »Wurden irgendwelche Juwelen verlegt? Natürlich kenne ich sie. Ist einer der Sonnenschirme der alten Damen verschwunden? Nun, ich kenne sie. Und was dann?«

Der Großherzog rieb seine weißen Hände sanft aneinander.

»Wunderbar!«, murmelte er. »Wunderbar! Soll ich jetzt etwa selbst an das chaldäische Chiroskop glauben? Lassen Sie mich Ihnen versichern«, fuhr er fort, »dass Sie nichts zu befürchten haben. Im Gegenteil, ich glaube, ich kann Ihnen versprechen, dass Sie ein sehr gutes Schicksal erwartet. Wir werden sehen.«

»Wollen die mich etwa zurückhaben?«, fragte Thomas, mit etwas von seinem alten Berufsstolz in der Stimme. »Ich verspreche, mit dem Alkohol aufzuhören und das Richtige zu tun, wenn sie es noch einmal mit mir versuchen. Aber wie haben Sie das alles herausgefunden, Doc? Meine Güte, das ist die tollste Arbeitsvermittlung, in der ich je war, mit ihren Blitzlicht-Eulen und so weiter.«

Mit einem nachsichtigen Lächeln bat der gnädige Gastgeber darum, für zwei Minuten entschuldigt zu werden. Er ging auf den Bürgersteig hinaus und gab dem Chauffeur, der immer noch mit dem Wagen wartete, einen Befehl.

Als er in die geheimnisvolle Wohnung zurückkehrte, setzte er sich zu seinem Gast und begann, ihn durch seine geistreiche und freundliche Unterhaltung so gut zu unterhalten, dass der arme Bed Liner fast die kalten Straßen vergaß, von denen er vor Kurzem auf so einzigartige Weise gerettet worden war.

Ein Diener brachte zartes kaltes Geflügel, Teegebäck und ein Glas mit wunderbarem Wein, und Thomas spürte, wie ihn der Zauber Arabiens einhüllte.

So verging eine halbe Stunde wie im Fluge, und das Hupen des zurückkehrenden Wagens vor der Tür ließ den Großherzog plötzlich aufstehen, verbunden mit einer weiteren leisen Entschuldigung für eine kurze Abwesenheit.

Zwei Frauen, die gut gegen die Kälte eingepackt waren, wurden an der Vordertür eingelassen und vom Hausherrn freundlich durch eine andere Tür auf der linken Seite in ein kleineres Zimmer geführt, das von dem größeren vorderen Raum durch schwere, doppelte Vorhänge abgeschirmt und abgetrennt war. Hier war die Einrichtung noch eleganter und geschmackvoller als in dem anderen.

Auf einem Rosenholz-Tisch mit goldfarbenem Intarsien lagen verstreut weiße Papierbögen und ein seltsames, dreieckiges Instrument oder Spielzeug, offenbar aus Gold, das auf kleinen Rädern stand.

Die größere Frau warf ihren schwarzen Schleier zurück und lockerte ihren Mantel. Sie war fünfzig und hatte ein faltiges und trauriges Gesicht. Die andere, jung und rundlich, nahm einen Stuhl in einiger Entfernung und brachte ihn nach hinten, wie es eine Dienerin oder ein Diener hätte tun können.

»Sie haben nach mir geschickt, Professor Cherubusco«, sagte die ältere Frau müde. »Ich hoffe, Sie haben etwas Konkreteres als sonst zu sagen. Ich habe das bisschen Vertrauen, das ich in Ihre Kunst hatte, fast verloren. Ich wäre heute Abend nicht auf Ihren Anruf eingegangen, wenn meine Schwester nicht darauf bestanden hätte.«

»Madame«, sagte der Professor mit seinem fürstlichsten Lächeln, »die wahre Kunst kann nicht scheitern. Um den wahren psychischen und potenziellen Bereich zu finden, braucht man manchmal Zeit. Ich gebe zu, dass wir weder mit den Karten, dem Kristall, den Sternen, den magischen Formeln von Zarazin noch mit dem 'Orakel von Po' Erfolg hatten. Aber wir haben endlich den wahren psychischen Weg entdeckt. Das chaldäische Chiroskop war bei unserer Suche erfolgreich.«

Die Stimme des Professors hatte einen Klang, der seinen Glauben an seine eigenen Worte zu verkünden schien. Die ältere Dame schaute ihn etwas interessierter an.

»Aber die Worte, die es mit meinen Händen auf ihm geschrieben hat, hatten doch keinen Sinn«, sagte sie. »Was meinen Sie?«

»Es waren diese Worte«, sagte Professor Cherubusco, der sich zu seiner vollen Größe aufrichtete: »'Durch das fünfte Rad des Wagens wird er kommen.'«

»Ich habe nicht viele Wagen gesehen«, sagte die Dame, »aber ich habe nie einen mit fünf Rädern gesehen.«

»Der Fortschritt«, sagte der Professor, »der Fortschritt in der Wissenschaft und in der Mechanik hat es vollbracht – obwohl wir, um genau zu sein, nur von einem zusätzlichen Rad sprechen können. Der Fortschritt in der okkulten Kunst ist im gleichen Maße fortgeschritten.«

»Madame, ich wiederhole, dass das chaldäische Chiroskop erfolgreich war. Ich kann nicht nur die von Ihnen gestellte Frage beantworten, sondern auch den Beweis dafür vor Ihren Augen erbringen.«

Und nun war die Dame sowohl in ihrem Unglauben als auch in ihrer Haltung erschüttert.

»Oh, Professor«, rief sie ängstlich. »Wann? Wo? Hat man ihn gefunden? Lassen Sie mich nicht im Ungewissen.«

»Ich bitte Sie, mich für ein paar Minuten zu entschuldigen«, sagte Professor Cherubusco, »und ich glaube, ich kann Ihnen die Wirksamkeit der wahren Kunst demonstrieren.«

Thomas mampfte zufrieden die letzten Krümel des Brotes und des Geflügels, als der Zauberer plötzlich an seiner Seite erschien.

»Sind Sie bereit, in ihr altes Haus zurückzukehren, wenn Sie sich eines Willkommens und der Wiederherstellung ihrer Gunst sicher sein können?«, fragte er mit seinem höflichen, königlichen Lächeln.

»Sehe ich aus wie ein Hinterwäldler?«, antwortete Thomas. »Ich habe genug vom Leben in der Provinz. Aber werden sie mich wiederhaben wollen? Die alte Lady in ihren Gewohnheiten so festgefahren wie eine Mutter auf einer neuen Achsenschraube.«

»Mein lieber junger Mann«, sagte der andere, »sie hat überall nach Ihnen gesucht.«

»Toll!«, sagte Thomas. »Ich nehme den Job. Dieses Gespann von wassersüchtigen Dromedaren, die sie Pferde nennen, ist ein Handicap für einen erstklassigen Kutscher wie mich; aber ich werde den Job sicher wieder annehmen, Doc. Sie sind Leute, mit denen man gut zusammensein kann.«

Und nun veränderte sich die sanfte Miene des Kalifen von Bagdad. Er schaute den ehemaligen Kutscher scharf und misstrauisch an.

»Darf ich fragen, wie Sie heißen?«, sagte er kurz.

»Sie haben mich gesucht«, sagte Thomas, »und kennen meinen Namen nicht? Sie sind ein komischer Detektiv. Sie müssen einer der Schnüffler vom Zentralbüro sein. Ich heiße natürlich Thomas McQuade und bin seit einem Jahr der Chauffeur des Van-Smuythe-Elefantenteams. Sie haben mich vor einem Monat gefeuert, weil – «

»Sie haben ja gesehen, was ich mit Ihrer alten Eule gemacht habe. Ich war pleite durch den Alkohol, und als ich sah, wie der Reifen ihres Flitzers abfiel, stand ich in der Gruppe von Landstreichern am Worth Monument und wartete auf ein freies Bett. Also, was ist der Preis für die beste Antwort auf all das?«

Zu seiner großen Überraschung spürte Thomas, wie er am Kragen gepackt und ohne ein Wort der Erklärung zur Eingangstür gezerrt wurde. Diese wurde geöffnet, und er wurde mit einem schweren, ernüchternden und demütigenden Aufprall des Schuhs des gewaltigen Arabers gewaltsam die Stufen hinuntergestoßen.

Sobald der ehemalige Kutscher seine Füße und seinen Verstand wieder unter Kontrolle hatte, eilte er, so schnell er konnte, nach Osten in Richtung Broadway.

'Verrückter Kerl', so schätzte er den mysteriösen Automobilisten ein. 'Wollte sich wohl nur einen Scherz erlauben. Vielleicht hätte er ja auch einen Dollar ausgegraben. Jetzt muss ich mich beeilen und zurück zu dieser Penner-Bande von Bettjägern, bevor sie alle in den Schlaf gepredigt werden.'

Als Thomas das Ende seines Zwei-Meilen-Marsches war, fand er die Reihen der Obdachlosen auf eine Gruppe von vielleicht acht oder zehn Personen reduziert. Er nahm den richtigen Platz eines Neuankömmlings am linken Ende der hinteren Reihe ein. In einer Linie vor ihm stand der junge Mann, der ihm von Krankenhäusern und etwas von einer Frau und einem Kind erzählt hatte.

»Tut mir leid, dich wieder hier zu sehen«, sagte der junge Mann und drehte sich zu ihm um. »Ich hatte gehofft, du hättest etwas Besseres gefunden als das hier.«

»Ich?«, sagte Thomas. »Oh, ich bin nur eine Runde um den Block gelaufen, um mich warm zu halten! Ich sehe, dass die Leute dem Herrn heute Abend nicht so schnell ihr Geld geben.«

»Bei solchem Wetter«, sagte der junge Mann, »macht die Nächstenliebe von dem Sprichwort Gebrauch, und beides beginnt und endet zu Hause.«

Und der Prediger und sein eifriger Assistent stimmten ein letztes Bittgesang-Lied an die Vorsehung und die Menschen an. Diejenigen unter den Bettlägerigen, deren Luftröhren noch über 32 Grad registrierten [0 Grad Celsius], stimmten hoffnungslos und klanglos mit ein.

Mitten in der zweiten Strophe sah Thomas ein stämmiges Mädchen mit windzerzauster Kleidung, das gegen den Wind ankämpfte und vom gegenüberliegenden Bürgersteig direkt auf ihn zukam. »Annie!«, rief er und rannte auf sie zu.

»Du Narr, du Narr!«, rief sie, weinend und zugleich lachend, und hing an seinem Hals, »warum hast du das getan?«

»Der Fusel« erklärte Thomas kurz. »Du weißt schon. Aber danach nichts mehr. Nicht einen Tropfen.« Er führte sie zum Bordstein. »Wie kommt es, dass du mich besuchst?«

»Ich wollte dich finden«, sagte Annie und hielt sich an seinem Ärmel fest. »Oh, du großer Narr! Professor Cherubusco hat uns gesagt, dass der Auftrag von der Lady noch etwas Zeit braucht, aber dass wir zumindest dich hier antreffen könnten.«

»Professor Ch – – – Ich kenne den Kerl nicht. In welchem Saloon arbeitet er denn?«

»Er ist ein Hellseher, Thomas, der größte der Welt. Er hat dich mit dem chaldäischen Teleskop gefunden, sagte er.«

91

»Er ist ein Lügner«, sagte Thomas. »Ich hatte es nie. Er hat nie gesehen, dass ich ein Fernrohr von jemandem hatte.«

»Und er sagte, du wärst in einem Wagen mit fünf Rädern oder so gekommen.«

»Annie«, sagte Thoms fürsorglich, »jetzt kommst du auch noch mit den Rädern. Wenn ich einen Wagen hätte, wäre ich längst darin schlafen gegangen. Und das auch noch ohne Gesang und Predigt als Schlummertrunk.«

»Hör zu, du großer Dummkopf. Die Missis sagt, sie nimmt dich zurück. Ich habe sie deswegen angefleht, als der Professor uns gesagt hat, wo du bist. Aber du musst dich benehmen. Du kannst heute Abend zum Haus hinaufgehen; und dein altes Zimmer über dem Stall ist auch fertig.«

»Großartig!«, sagte Thomas ernsthaft. »Du bist toll, Annie. Aber wann ist das alles passiert?«

»Heute Abend, bei Professor Cherubusco. Er hat sein Auto für die Missis geschickt, und sie hat mich mitgenommen. Ich war schon einmal mit ihr dort.«

»Was macht der Professor?«

»Er ist ein Hellseher und ein Hexer. Die Missis konsultiert ihn. Er weiß alles. Aber er konnte ihr bisher nicht helfen, obwohl sie ihm Hunderte von Dollars bezahlt hat. Jedenfalls konnte uns wenigstens sagen, wo wir dich finden können. Die Sterne hätten ihm gesagt, dass wir dich hier anzutreffen können.«

»Was will die alte Dame denn von diesem Kirschkern-Knacker?«

»Das ist ein Familiengeheimnis«, sagte Annie. »Und jetzt hast du genug Fragen gestellt. Komm mit nach Hause, du großer Dummkopf.«

Sie waren nur ein kleines Stück die Straße hinauf gegangen, als Thomas stehen blieb.

»Hast du Geld dabei, Annie?«, fragte er.

Annie schaute ihn scharf an.

»Oh, ich weiß, was dieser Blick bedeutet«, sagte Thomas. »Du irrst dich. Kein weiterer Tropfen. Aber da ist ein Typ, der neben mir in der Bettenschlange stand, dem geht es schlecht. Er ist von der richtigen Sorte und hat Frauen oder Kinder oder so, und er steht auf der Krankenliste. Kein Schnaps. Wenn du einen halben Dollar für ihn herausrücken könntest, damit er ein anständiges Bett bekommt, würde ich mich freuen.«

Annies Finger begannen in ihrer Handtasche herumzusuchen.

»Sicher, ich habe Geld«, sagte sie. »Viel davon. Zwölf Dollar.«

Und dann fügte sie mit dem unauslöschlichen weiblichen Verdacht auf vorgetäuschtes Wohlwollen hinzu: »Bring ihn her und lass mich ihn zuerst sehen.«

Thomas ging auf seine Mission. Der fahle Bed Liner kam bereitwillig mit. Als sich die beiden näherten, blickte Annie von ihrer Handtasche auf und schrie:

»Mr. Walter – oh – Mr. Walter!«

»Sind Sie das, Annie?«, sagte der junge Mann sanftmütig.

»Oh, Mr. Walter! – die Missis sucht Sie überall!«

»Will Mutter mich sehen?«, fragte er, wobei ihm die Röte auf die blasse Wange stieg.

»Sie hat überall nach Ihnen gesucht. Klar, will sie Sie sehen. Sie will, dass Sie nach Hause kommen.«

»Sie hat es bei der Polizei und in Leichenhallen versucht, bei Anwälten und Anzeigen, bei Detektiven und über Belohnungen und all das. Und dann ist sie zu den Hellsehern gegangen. Sie gehen doch sofort mit nach Hause, oder, Mr. Walter?«

»Gerne, wenn sie mich will«, sagte der junge Mann. »Drei Jahre sind eine lange Zeit. Aber ich werde wohl zu Fuß gehen müssen, es sei denn, die Straßenbahn fährt umsonst. Früher bin ich zu Fuß gegangen und habe das alte Gespann immer zur Kutsche getrieben, mit der wir gefahren sind. Haben sie die Pferde noch?«

»Das haben sie«, sagte Thomas gefühlvoll. »Und sie werden sie auch in zehn Jahren noch haben. Die Lebensdauer des königlichen 'elephantibus truckhorseibus' beträgt einhundertneunundvierzig Jahre. Ich bin der Kutscher. Ich wurde gerade vor fünf Minuten wieder ernannt. Lasst uns alle mit der Straßenbahn fahren, wenn Annie das Fahrgeld bezahlt.«

Im Broadway-Wagen reichte Annie jedem der verlorenen Kinder einen Nickel, um den Schaffner zu bezahlen: »Mir scheint, du bist ziemlich leichtsinnig, wenn du mit so großen Geldbeträgen um dich wirfst«, sagte Thomas sarkastisch.

»In diesem Geldbeutel«, sagte Annie entschlossen, »sind noch genau 11,85 Dollar. Ich werde morgen jeden Cent davon nehmen und ihn Professor Cherubusco geben, dem größten Mann der Welt.«

»Nun«, sagte Thomas, »er muss wohl ein ziemlich flottes Kerlchen sein, wenn er die Dinge so herausposaunt, wie er es tut. Ich bin froh, dass seine Geister-Spione ihm gesagt haben, wo du mich finden kannst. Wenn du mir seine Adresse gibst, werde ich eines Tages selbst hinfahren und ihm die Hand schütteln.«

Thomas bewegte sich zögernd in seinem Sitz und fühlte nachdenklich eine oder zwei Schürfwunden an seinen Knien und Ellbogen.

»Sag mal, Annie«, sagte er vertraulich, »vielleicht ist es einer der letzten Alkohol-Träume, aber ich erinnere mich an eine Art Autofahrt mit einem tollen Typen, der mich zu einem Haus voller Adler und Bogenlampen brachte. Er fütterte mich mit Keksen und heißer Luft und stieß mich dann die

Eingangstreppe hinunter. Wenn das alles nur im *D't* war [Delirium tremens], warum habe ich dann all diese Wunden?«

»Halt die Klappe, du Narr«, sagte Annie.

»Wenn ich das Haus dieses komischen Kerls wieder finden könnte«, sagte Thomas, der seine Meinung geändert hatte, »würde ich eines Tages hinaufgehen und ihm die Nase einschlagen.«

DER DICHTER UND DER BAUER

Neulich schrieb ein befreundeter Dichter, der sein ganzes Leben lang in enger Verbindung mit der Natur gelebt hat, ein Gedicht und brachte es zu einem Verleger.

Es war eine lebendige Pastorale, voll vom echten Atem der Felder, dem Gesang der Vögel und dem angenehmen Rauschen der Bäche.

Als der Dichter deswegen noch einmal vorbeikam, mit der Hoffnung auf das Geld für ein Beefsteak-Essen im Herzen, wurde es ihm mit dem Kommentar zurückgegeben:

'Zu künstlich.'

Einige von uns trafen sich später bei Spaghetti und Chianti aus Dutchess County und schluckten unsere Empörung mit glitschigen Gabeln hinunter.

Und dort wollten wir eine Fallgrube für den Redakteur ausheben. Bei uns war Conant, ein gut angekommener Roman-Schriftsteller – ein Mann, der sein ganzes Leben lang auf Asphalt gegangen war und der bukolische [ländlich einfache] Ansichten nie anders als mit Ekelgefühlen aus den Fenstern von Schnellzügen betrachtet hatte.

Conant schrieb daraufhin ein Gedicht und nannte es 'Die Hirschkuh und der Bach'. Es war ein wunderbares Beispiel einer Arbeit, die man so von einem Dichter erwarten würde, der sich bei Amaryllis nur bis zu den Fenstern des Blumenladens verirrt hatte und dessen einzige ornithologische Diskussion mit einem Kellner geführt worden war. Conant hat dieses Gedicht signiert, und wir haben es an denselben Herausgeber geschickt.

Aber das hat mit der Geschichte nur wenig zu tun.

Gerade zu der Zeit, als der Redakteur am nächsten Morgen in seinem Büro die erste Zeile des Gedichts las, stolperte ein Wesen von der West-Shore Fähre herunter und trottete langsam die Forty-Second Street hinauf.

Der 'Eindringling' war ein junger Mann mit hellblauen Augen, einer hängenden Lippe und Haaren, die genau die Farbe des kleinen Waisenkindes hatten (von dem sich später herausstellte, dass es die Tochter des Grafen in einem der Theaterstücke von Mr. Blaney war [Elmer Blaney Harris]).

Seine Hose war aus Cord, sein Mantel kurzärmelig, mit Knöpfen in der Mitte des Rückens. Ein Stiefelschaft befand sich außerhalb der Cordhose.

Erwartungsvoll, wenn auch vergeblich, schaute man an seinem Strohhut nach Ohrlöchern, dessen Form den Verdacht aufkommen ließ, dass er von einem früheren Besitzer, einem Pferd, böse zugerichtet worden war.

In der Hand trug er eine Reisetasche – sie zu beschreiben ist ein Ding der Unmöglichkeit; ein Mann aus Boston hätte darin nicht sein Mittagessen und seine Gesetzbücher in sein Büro getragen.

Und über einem Ohr, in seinem Haar, befand sich ein Büschel Heu – der Kreditbrief des Bauern, sein Abzeichen der Unschuld, der letzte Hauch des Gartens Eden, der dort verweilt, um die 'Gold-Brick-Men' zu beschämen [unechte Kerle, auch Faulenzer, von 'vergoldete Ziegel' = Mogelpackung].

Wissend und lächelnd zogen die Menschenmassen der Stadt an ihm vorbei. Sie sahen den rauen Fremden in der Gosse stehen und seinen Hals nach den hohen Gebäuden recken. Daraufhin hörten sie auf zu lächeln und sahen ihn sogar an. Das passierte öfters.

Ein paar von ihnen warfen einen Blick auf die antike Reisetasche, um zu sehen, welche 'Coney-Attraktion' [Coney Island, Vergnügungspark] oder Kaugummimarke er damit in seiner Erinnerung behalten wollte.

Aber größtenteils wurde er ignoriert. Selbst die Zeitungsjungen schauten gelangweilt, wenn er wie ein Zirkusclown den Taxis und Straßenbahnen aus dem Weg ging.

In der Eighth Avenue stand 'Bunco Harry' mit seinem gefärbten Schnurrbart und seinen glänzenden, gutmütigen Augen. Harry war ein zu guter Künstler, als dass ihn nicht der Anblick eines Schauspielers schmerzen würde, der seine Rolle übertrieb. Er trat an den 'Landmann' heran, der vor einem Schaufenster eines Juweliergeschäfts mit geöffnetem Mund stehen geblieben war, und schüttelte den Kopf.

»Zu dick, Kumpel«, sagte er kritisch – »ein paar Zoll zu dick. Ich weiß nicht, was Sie vorhaben, aber Sie haben die Eigenschaften zu dick aufgetragen. Dieses Heu, nun – wieso erlauben sie das heutzutage nicht einmal mehr im Proctor's Zirkus« [Proctor's Theater – Kinopalast].

»Ich verstehe Sie nicht, Mister«, sagte der Naturbursche. »Ich bin nicht auf der Suche nach einem Zirkus. Ich bin nur aus Ulster County hergekommen, um mir die Stadt anzusehen, jetzt, wo die Heuernte vorbei ist. Meine Güte, das ist ja ein Ding. Ich dachte, Poughkeepsie wäre ein riesiger Kürbis, aber diese Stadt hier ist fünfmal so groß.«

»Oh, nun«, sagte Bunco Harry und hob die Augenbrauen, »ich wollte mich nicht einmischen. Sie müssen mir nichts erklären. Ich dachte, Sie sollten sich ein wenig zurücknehmen, also habe ich versucht, Sie zur Vernunft zu bringen. Ich wünsche Ihnen viel Erfolg bei ihrer Arbeit, was auch immer es ist. Wie wäre es, wenn Sie auf einen Drink mitkommen?«

»Ich hätte nichts gegen ein Glas Lagerbier«, stimmte der andere zu.

Sie gingen in ein Café, das von Männern mit glatten Gesichtern und verschlagenen Augen besucht wurde, und setzten sich zu ihren Getränken.

»Ich bin froh, dass ich Ihnen begegnet bin, Mister«, sagte Haylocks [Heulocken]. »Wie wär's mit einer Partie Seven-up? Ich habe die Karten dabei.«

Er fischte sie aus 'Noahs Reisetasche' – ein seltenes, unnachahmliches Deck, fettig von Speckmahlzeiten und schmutzig von der Erde der Maisfelder.

Bunco Harry, lachte laut und kurz.

»Nichts für mich, Sportsfreund«, sagte er mit fester Stimme. »Gegen ihr Make-up spiele ich nicht einmal für einen Cent. Aber ich finde trotzdem, dass Sie es übertrieben haben. Die 'Reubs' [?] haben sich seit '79 nicht mehr so gekleidet. Ich bezweifle, dass Sie mit dieser Aufmachung in Brooklyn auch nur für den Wert einer Schlüsselaufzugsuhr Erfolg haben können.«

»Oh, Sie brauchen nicht zu denken, dass ich das Geld nicht habe«, prahlte Haylocks. Er zog einen dicht gerollten Haufen Scheine hervor, der so groß wie eine Teetasse war, und legte ihn auf den Tisch.

»Ich habe das für meinen Anteil an Großmutters Farm bekommen«, verkündete er. »Es sind 950 Dollar in dieser

Rolle. Ich dachte, ich komme in die Stadt und sehe mich nach einer geeigneten Geschäftstätigkeit um.«

Bunco Harry nahm die Geldrolle auf und betrachtete sie mit einem fast respektvollen Lächeln in den Augen.

»Ich habe schon Schlimmeres gesehen«, sagte er kritisch. »Aber in diesen Klamotten werden Sie es nie schaffen. Sie brauchen hellbraune Schuhe, einen schwarzen Anzug und einen Strohhut mit einem farbigen Band, und Sie müssen viel über Pittsburg und Frachtunterschiede reden und zum Frühstück Sherry trinken, um so einen Schwindel durchzuziehen.«

»Was hat er vor?«, fragten zwei oder drei Männer mit verschlagenen Augen Bunco Harry, nachdem Haylocks sein hinterfragtes Geld eingesammelt hatte und weggegangen war.

»Ich schätze, er ist seltsam«, sagte Harry. »Oder er ist einer von Jeromes* Leuten. Oder ein Kerl mit einem neuen Harrtransplantat. Er ist zu sehr 'hayseed' [Heusamen, Ausdruck für einen einfachen oder einfältigen Menschen vom Land]. Vielleicht war das sein – ich frage mich jetzt – oh nein, es kann kein echtes Geld gewesen sein.«

[* Leonard Jerome, einer der reichsten und einflussreichsten Leute in New York um das späte 19. Jahrhundert herum]

Haylocks wanderte weiter und wahrscheinlich überkam ihn wieder der Durst, denn er tauchte in einer dunklen Kneipe in einer Seitenstraße unter und bestellte Bier.

Bei seinem ersten Anblick leuchteten ihre Augen auf, doch als seine aufdringliche und übertriebene Rustikalität deutlich wurde, wandelte sich ihr Gesichtsausdruck zu wachsamem Misstrauen.

Haylocks schwang seine Reisetasche über den Tresen: »Behalten Sie das eine Weile für mich, Mister«, sagte er und kaute am Ende einer braunen Zigarre. »Ich komme wieder, nachdem ich mich ein wenig herumgetrieben habe. Und passen Sie gut darauf auf, denn es sind 950 Dollar drin, auch wenn Sie das vielleicht nicht denken würden, wenn Sie mich ansehen.«

Irgendwo draußen spielte ein Grammophon ein Musikstück, und Haylocks machte sich auf den Weg dorthin, wobei die Knöpfe seines Jackenschwanzes in der Mitte seines Rückens klapperten.

»Ein Tölpel«, sagten die Männer, die an der Theke hingen, und zwinkerten sich gegenseitig zu. »Also ehrlich«, sagte der Barkeeper und schob die Reisetasche zur Seite. »Ihr glaubt doch nicht, dass ich darauf hereinfalle, oder? Jeder kann sehen, dass er kein Idiot ist. Einer von McAdoo's [Politiker] Lockvogel-Truppe, die mich reinlegen wollen, schätze ich. Er ist ein toller Kerl, wenn er sich das ausgedacht hat. Es gibt keinen Teil des Landes mehr, wo man sich so anzieht, seit man in Providence, Rhode Island, frei Haus beliefert wird. Wenn er neunhundertfünfzig in der Tasche haben will, ist das nur eine Achtundneunzig-Cent-Waterbury [billige Taschenuhr der Waterbury Watch Company, die spätere Firma Timex], die um zehn Minuten vor zehn stehen geblieben ist.«

Als Haylocks die Unterhaltungsmöglichkeiten von Mr. Edison [Erfinder des Grammophons] ausgeschöpft hatte, kehrte er zu seiner Reisetasche zurück. Und dann galoppierte er den Broadway hinunter und musterte die Sehenswürdigkeiten mit seinen eifrigen blauen Augen. Aber der Broadway wies ihn immer noch und immer wieder mit schroffen Blicken und sardonischem Lächeln zurück.

Er war der älteste der 'Gags', den die Stadt ertragen musste. Er war so offenkundig unmöglich, so ultra-rustikal, so übertrieben, dass er nur Müdigkeit und Misstrauen erregte, mehr als die freakigsten Produkte aus dem Stall, dem Heufeld und der Varietébühne. Und die Strähne Heu in seinem Haar war so echt, so frisch und nach Wiesen duftend, so schreiend bäuerlich, dass selbst ein Hütchenspieler seine Erbsen weggenommen und den Tisch zusammengeklappt hätte.

Haylocks setzte sich auf eine steinerne Treppe und holte noch einmal seine Rolle mit Geldscheinen aus der Reisetasche hervor. Den äußeren, einen Zwanziger, nahm er ab und winkte einem Zeitungsjungen zu.

»Junge«, sagte er, »lauf irgendwo hin und wechsle das für mich. Ich habe so gut wie kein Hühnerfutter [Kleingeld] mehr. Ich denke, du bekommst einen Fünfer, wenn du dich beeilst.«

Ein verletzter Blick erschien durch den Schmutz auf dem Gesicht des Zeitungsjungen hindurch.

»Ah, was denken Sie! Gehen Sie wechseln ihren komischen Schein selbst. Das sind keine Bauernkleider, die Sie anhaben. Hauen Sie ab mit ihrem Bühnengeld [unechte Scheine].«

An einer Ecke lümmelte ein scharfäugiger Aufreißer einer Spielhalle. Er sah Haylocks, und seine Miene wurde plötzlich kalt und tugendhaft.

»Mister«, sagte das Landei zu ihm. »Ich habe von Orten in dieser Stadt gehört, wo man ein gutes 'old-sledge' [Kartenspiel] machen oder eine Karte beim Keno werfen kann. Ich habe 950 Dollar in diesem Koffer und bin aus dem alten Ulster gekommen, um mir die Sehenswürdigkeiten anzusehen. Wissen Sie, wo man für 9 oder 10 Dollar was erleben kann? Ich werde mich ein bisschen amüsieren, und dann kaufe ich mir vielleicht ein Geschäft.«

Der Aufreißer verzog schmerzhaft das Gesicht betrachtete einen weißen Fleck auf seinem linken Zeigefingernagel: »Renn so schnell du kannst, alter Mann«, murmelte er vorwurfsvoll. »Das Central Office muss ein Irrenhaus sein, wenn sie dich mit so einem Gesicht ausschickt. Mit den Tony-Pastor[11] Requisiten kämst du nicht mal zwei Blocks weit zu einem Spiel auf dem Bürgersteig heran.«

»'Mr. Scotty from Death Valley'[12], der kürzlich hier war, hat dich in Sachen elisabethanischer Kulisse und mechanischem Zubehör um die Länge eines Häuserblocks geschlagen. Verschwinde schnell. Nein, ich kenne keine vergoldeten Hallen in denen man den Wert eines Benzinwagens auf das Ass setzen kann.«

Wieder einmal von der großen Stadt zurückgewiesen, die so schnell Künstlichkeiten aufspürt, setzte sich Haylocks auf den Bordstein und ordnete seine Gedanken, um eine innere Konferenz abzuhalten.

»Es sind meine Kleider«, sagte er, »ich bin verdammt, wenn es nicht so ist. Sie denken, ich sei ein Landei und wollen nichts mit mir zu tun haben. In Ulster County hat sich noch nie jemand über diesen Hut lustig gemacht. Wenn du willst, dass die Leute in New York dich zur Kenntnis nehmen, musst du dich so kleiden wie sie.«

Also ging Haylocks in den Basaren einkaufen, wo die Männer durch die Nase sprachen, sich die Hände rieben und mit dem Maßband ekstatisch über die Ausbuchtung in seiner Innentasche fuhren, in der ein roter Maiskolben mit einer geraden Anzahl von Reihen lag [normal entwickelter Maiskolben].

Und dann stürmten Boten mit Paketen und Kisten zu seinem Hotel am Broadway innerhalb der Lichter von Long Acre [Bus- und Straßenbahn Sammelplatz].

Um 9 Uhr abends ging einer auf den Bürgersteig hinunter, den man in Ulster County verschmäht hätte. Seine Schuhe waren hellbraun, sein Hut der neueste Mode. Seine hellgraue Hose war tief gefaltet; ein fröhliches blaues Seidentaschentuch flatterte aus der Brusttasche seines eleganten englischen Gehmantels. Sein Kragen hätte ein Wäscherei-Fenster zieren können; sein blondes Haar war kurz geschnitten; die Strähne Heu war verschwunden.

Einen Augenblick lang stand er da, strahlend, mit der gemächlichen Ausstrahlung eines Boulevardiers, der in Gedanken die Route für seine abendlichen Vergnügungen entwarf. Und dann bog er die fröhliche, helle Straße hinunter, mit dem leichten und anmutigen Schritt eines Millionärs.

Doch in dem Augenblick, in dem er innehielt, hatten ihn die klügsten und schärfsten Augen der Stadt in ihr Blickfeld genommen. Ein stämmiger Mann mit grauen Augen wählte mit einem Heben der Augenbrauen zwei seiner Freunde aus der Reihe der Liegestühle vor dem Hotel aus.

»Der saftigste [hat viel Geld] Idiot, den ich seit sechs Monaten gesehen habe«, sagte der Mann mit den grauen Augen. »Kommt mit.«

Es war halb zwölf, als ein Mann in die Polizeistation in der West Forty-Seventh Street   hereinstürmte und   seine Leidensgeschichte vortrug.

»Neunhundertfünfzig Dollar«, keuchte er, »mein ganzer Anteil an Großmutters Farm.«

Der Wachtmeister   entlockte   ihm   den   Namen Jabez Bulltongue,   von   der   Locust   Valley   Farm, Ulster County, und begann dann, Beschreibungen von den Herren mit den kräftigen Armen aufzunehmen.

Als Conant den Redakteur wegen des Schicksals seines Gedichts aufsuchte, wurde er über den Kopf des Bürojungen hinweg in das Innere des Büros geführt, das mit den Statuetten von Rodin [berühmter Skulpteure und Bildhauer] und J. G. Brown [eigentlich ein Genremaler] geschmückt war.

»Als ich die erste Zeile von 'Die Hirschkuh und der Bach' las«, sagte der Redakteur, »wusste ich, dass es das Werk eines Menschen ist, der sein Leben lang mit der Natur vertraut war.«

»Die vollendete Kunst des Textes hat mich nicht über diese Tatsache hinweggetäuscht. Um einen etwas banalen Vergleich zu gebrauchen: Es war, als ob ein wildes, freies Kind der Wälder und Felder das Gewand der Mode anziehen und den Broadway hinuntergehen würde. Unter dem Gewand würde sich der Mann zeigen.«

»Danke«, sagte Conant. »Ich nehme an, der Scheck kommt am Donnerstag, wie immer.«

Die Moral dieser Geschichte ist irgendwie durcheinandergeraten. Sie können wählen zwischen 'Bleib auf der Farm' und 'Schreib keine Gedichte'.

DAS GEWAND DES FRIEDENS

In einer großen Stadt folgen die Rätsel so dicht aufeinander, dass die Leserschaft und die Freunde von Johnny Bellchambers aufgehört haben, sich über sein plötzliches und unerklärliches Verschwinden vor fast einem Jahr zu wundern.

Dieses besondere Rätsel wurde nun aufgeklärt, aber die Lösung ist so seltsam und unglaublich für den Verstand des Durchschnittsmenschen, dass nur einige wenige, die in engem Kontakt mit Bellchambers standen, ihr vollen Glauben schenken werden.

Johnny Bellchambers gehörte bekanntlich zum engeren Kreis der Elite. Ohne die Prahlerei der Modebewussten, die sich bemühen, durch exzentrische Zurschaustellung von Reichtum und Show aufzufallen, war er dennoch in allem bewandert, was seiner hohen Stellung in den Reihen der Gesellschaft den verdienten Glanz verlieh.

Besonders glänzte er in der Frage der Kleidung. Darin war er Vorbild für verzweifelte Nachahmer. Stets korrekt, exquisit gepflegt und im Besitz einer unbegrenzten Garderobe, galt er als der bestgekleidete Mann in New York und damit in ganz Amerika.

Es gab keinen Schneider in Gotham [Spitzname für New York], der es nicht als kostbaren Segen empfunden hätte, das Privileg zu erhalten, Bellchambers' Kleider, ohne einen Cent Lohn, anzufertigen. Wenn er sie tragen würde, wären sie eine unbezahlbare Werbung.

Hosen waren seine besondere Leidenschaft. Hier sahen seine Augen nur Perfektion. Einen Flicken hätte genauso lange getragen, wie er eine Knitterfalte übersehen hätte. In seinen Wohnungen hatte er immer einen Mann, der ständig damit beschäftigt war, seinen reichhaltigen Vorrat zu bügeln. Seine Freunde sagten, dass er diese Kleidungsstücke höchstens drei Stunden lang tragen würde, bevor er sie austauschte.

Bellchambers verschwand sehr plötzlich. Drei Tage lang beunruhigte seine Abwesenheit seine Freunde nicht, und dann begannen sie, die üblichen Ermittlungsmethoden anzuwenden. Sie alle schlugen fehl. Er hatte absolut keine Spur hinterlassen.

Dann wurde die Suche nach einem Motiv eingeleitet, aber es wurde keines gefunden. Er hatte keine Feinde, er hatte keine Schulden, es gab keine Frau. Auf seiner Bank befanden sich mehrere Tausend Dollar als Guthaben. Er hatte nie eine Tendenz zu geistiger Exzentrik gezeigt, sondern war von besonders ruhigem und ausgeglichenem Temperament. Alle Möglichkeiten, den Verschwundenen ausfindig zu machen, wurden ausgeschöpft, aber ohne Erfolg. Es handelte sich um einen jener Fälle, die sich in den letzten Jahren gehäuft haben und bei denen Menschen wie eine Kerzenflamme erloschen sind und nicht einmal eine Rauchspur als Anhaltspunkt hinterlassen haben.

Im Mai unternahmen Tom Eyres und Lancelot Gilliam, zwei alte Freunde von Bellchambers, einen kleinen Ausflug auf die andere Seite des Ozeans. Während sie sich in Italien und der Schweiz herumtrieben, hörten sie eines Tages zufällig von einem Kloster in den Schweizer Alpen, das etwas anderes als die üblichen Touristenattraktionen versprach.

Das Kloster war für den Durchschnittsbesucher fast unzugänglich, da es auf einem extrem zerklüfteten und steilen Ausläufer der Berge lag. Die Attraktionen, die es besaß, für die aber nicht geworben wurde, waren erstens ein exklusives und göttliches Getränk, das von den Mönchen hergestellt wurde und das angeblich Bénédictine und Chartreuse [Kräuterliköre] weit übertraf. Dann eine riesige Messingglocke, die so rein und präzise gegossen war, dass sie seit ihrem ersten Läuten vor dreihundert Jahren nicht aufgehört hatte zu klingen. Schließlich wurde behauptet, dass kein 'Engländer' jemals einen Fuß in diese Gemäuer gesetzt hatte [sie sind Amerikaner].

Eyres und Gilliam beschlossen, dass diese drei Aussagen untersucht werden mussten.

Es dauerte zwei Tage, bis sie mithilfe von zwei Führern das Kloster St. Gondrau erreichten. Es stand auf einem eisigen, windgepeitschten Felsen, um den sich der Schnee in tückischen, treibenden Massen auftürmte. Sie wurden von den Brüdern, deren Aufgabe es war, die seltenen Gäste zu bewirten, gastfreundlich empfangen.

Sie tranken von dem kostbaren Likör und fanden ihn außergewöhnlich stark und belebend.

Sie lauschten der großen, ewig klingenden Glocke und erfuhren, dass sie Pioniere waren, die in diesen grauen Steinmauern, im Gegensatz zu den Engländern, deren rastlose Füße fast jeden Winkel der Erde durchschritten haben.

Um drei Uhr am Nachmittag ihrer Ankunft standen die beiden jungen Gothamer [New Yorker] mit dem guten Bruder Cristofer in der großen, kalten Halle des Klosters, um die Mönche auf ihrem Weg zum Refektorium vorbeiziehen zu sehen. Sie kamen langsam, schritten zu zweit, mit gesenktem Kopf, und traten geräuschlos mit Sandalen an den Füßen auf die rauen Steinfliesen.

Als die Prozession langsam vorbeizog, packte Eyres plötzlich Gilliam am Arm. »Sie hin«, flüsterte er eifrig, »derjenige, der dir gerade gegenübersteht – der auf dieser Seite, mit der Hand an der Hüfte – wenn das nicht Johnny Bellchambers ist, dann habe ich ihn nie gesehen!«

Gilliam sah hin und erkannte den verlorenen Spiegel der Mode.

»Was zum Teufel«, sagte er verwundert, »macht der alte Bell hier? Tommy, das kann er doch nicht sein! Ich habe noch nie gehört, dass Bell einen Hang zum Religiösen gehabt hätte. Tatsache ist, dass ich ihn Dinge sagen gehört habe, wenn ein 'Four-in-hand [spezieller Krawattenknoten] nicht so richtig gebunden war, die ihn bei jeder Kirche vor ein Kriegsgericht bringen würden.«

»Es ist zweifellos Bell«, sagte Eyres mit fester Stimme, »sonst bräuchte ich dringend einen Augenarzt. Aber stell dir Johnny Bellchambers vor, den königlichen Hochkanzler der feinen Klamotten und den Mahatma des rosa Tees, der hier oben im Kühlhaus in einem schnupftabakfarbenen Bademantel Buße tut! Ich kann es mir nicht erklären. Fragen wir doch den lustigen alten Knaben, der hier die Einführungen macht.«

Bruder Cristofer wurde um Informationen gebeten. Zu diesem Zeitpunkt waren die Mönche bereits ins Refektorium gegangen. Er konnte nicht sagen, auf welchen sie sich bezogen. Bellchambers? Ach, die Brüder von St. Gondrau gaben ihren ihre weltlichen Namen auf, als sie die Gelübde ablegten.

Wünschten die Herren einen der Brüder zu sprechen? Wenn sie ins Refektorium kämen und auf denjenigen deuten würden, den sie zu sprechen wünschten, würde der ehrwürdige Abt dies zweifellos erlauben.

Eyres und Gilliam gingen in den Speisesaal und zeigten Bruder Cristofer den Mann hin, den sie gesehen hatten. Ja, es war Johnny Bellchambers. Sie sahen sein Gesicht deutlich vor sich, wie er zwischen den schmuddeligen Brüdern saß, nie aufblickte und aus einer groben, braunen Schüssel Brühe aß.

Der Abt erteilte den beiden Reisenden die Erlaubnis, mit einem der Brüder zu sprechen, und sie warteten in einem Empfangsraum auf dessen Erscheinen.

Als er mit leisen Schritten in seinen Sandalen herbeikam, schauten Eyres und Gilliam ihn verwirrt und erstaunt an. Es war Johnny Bellchambers, aber er hatte ein anderes Aussehen.

Auf seinem glatt rasierten Gesicht lag ein Ausdruck unaussprechlichen Friedens, verzückter Erfüllung, vollkommenen und vollständigen Glücks.

Seine Gestalt war stolz aufgerichtet, seine Augen strahlten in einem heiteren und gütigen Licht. Er war so ordentlich und gepflegt wie in den alten New Yorker Tagen, aber wie anders war er gekleidet! Jetzt schien er nur noch ein einziges Kleidungsstück zu tragen – ein langes Gewand aus grobem braunem Stoff, das in der Taille mit einer Kordel zusammengehalten wurde und in geraden, lockeren Falten fast bis zu seinen Füßen fiel.

Er schüttelte seinen Besuchern mit seiner alten Leichtigkeit und Anmut die Hand. Wenn es bei diesem Treffen irgendeine Verlegenheit gab, so zeigte sie sich nicht bei Johnny Bellchambers. Der Raum hatte keine Sitze; sie standen, um sich zu unterhalten.

»Schön, dich zu sehen, alter Mann«, sagte Eyres etwas unbeholfen. »Hätte nicht erwartet, dich hier oben zu finden. Aber es war keine schlechte Idee. Die Gesellschaft ist ein furchtbarer Schwindel. Es muss eine Erleichterung sein, sich aus dem flatterhaften Trubel befreien und sich zurückzuziehen in – äh – die Besinnung und – äh – das Gebet und die Hymnen und solche Dinge.«

»Ach, lass das, Tommy«, sagte Bellchambers fröhlich.
»Hab keine Angst, dass ich den Teller herumreichen werde.
Ich ziehe diese Dinger mit den anderen alten Knaben durch,
weil es die Regeln gebieten. Ich bin hier Bruder Ambrose,
wisst ihr. Ich habe nur zehn Minuten Zeit, um mit euch zu
reden. Das ist ein neues Design von Westen, die du da anhast,
nicht wahr, Gilliam? Trägt man diese Dinger jetzt am
Broadway?«

»Es ist derselbe alte Johnny«, sagte Gilliam freudig. »Was
zum Teufel – ich meine, warum – oh, verflixt! Warum hast du
das getan, alter Mann?«

»Zieh den Bademantel aus«, flehte Eyres fast weinerlich,
»und geh mit uns zurück. Die alte Klicke wird sich freuen,
dich zu sehen. Das ist nicht deine Sache, Bell. Ich kenne ein
halbes Dutzend Mädchen, die sehr trauerten, als du uns auf
diese unerklärliche Weise erschüttert hast. Reiche deine
Kündigung ein, oder hol dir eine Freistellung, oder was auch
immer du tun musst, um aus dieser Eisfabrik entlassen zu
werden. Du wirst hier einen Husten bekommen, Johnny –
und – mein Gott, du hast ja gar keine Socken an!«

Bellchambers blickte auf seine Sandalenfüße hinunter und
lächelte.

»Ihr Burschen versteht das nicht«, sagte er
beschwichtigend. »Es ist nett von euch, dass ihr wollt, dass
ich zurückkehre, aber das alte Leben wird mich nie wieder
sehen. Ich habe hier das Ziel all meiner Ambitionen erreicht.
Ich bin vollkommen glücklich und zufrieden. Hier werde ich

für den Rest meiner Tage bleiben. Seht Ihr dieses Gewand, das ich trage?«

Bellchambers berührte zärtlich das gerade hängende Gewand: »Endlich habe ich etwas gefunden, das nicht an den Knien ausleiert. Ich habe es erlangt – «

In diesem Moment hallte der tiefe Schlag der großen Messingglocke durch das Kloster. Es muss eine Aufforderung zur sofortigen Andacht gewesen sein, denn Bruder Ambrosius neigte sein Haupt, drehte sich um und verließ den Raum ohne ein weiteres Wort.

Eine leichte Handbewegung, als er durch das steinerne Portal trat, schien seinen alten Freunden Lebewohl zu sagen. Sie verließen das Kloster, ohne ihn wiederzusehen.

Und das ist die Geschichte, die Tommy Eyres und Lancelot Gilliam von ihrer letzten Europatournee mitgebracht haben.

Tut mir leid, das nochmals betonen zu müssen, aber das ist nicht der alte O. Henry den wir kennen. Ein Mann geht ohne ein Wort ins Koster, wohl weil er der Mode und der abgehobenen Gesellschaft überdrüssig ist. Flach, Handlung dünn, heruntergeschrieben wie eine Betriebsanleitung für eine Waschmaschine. Hätte er so mit seiner schriftstellerischen Tätigkeit begonnen, hätte kein Verleger einen Cent bezahlt.

DAS MÄDCHEN UND DIE MAUSCHELEI

Neulich bin ich meinem alten Freund Ferguson Pogue begegnet. Pogue ist ein pflichtbewusster Schnorrer der höchsten Sorte. Sein Hauptquartier ist die westliche Hemisphäre, und sein Geschäftsfeld reicht von der Spekulation mit städtischen Grundstücken in den Great Staked Plains [eine Region in New Mexico] bis zum Verkauf von Holzspielzeug in Connecticut, das durch hydraulischen Druck aus zu Brei gemahlenen Muskatnuss-Schalen hergestellt wird.

Ab und zu, wenn Pogue gute Beute gemacht hat, kommt er nach New York, um sich auszuruhen. Er sagt, der Krug Wein und der Laib Brot und das all das in der freien Natur, seien für ihn ungefähr so viel Erholung und Vergnügen, wie es für den US-Präsidenten Taft das Gleiten auf den Rutschen von Coney [Coney Island Vergnügungspark] wäre. »Gebt mir eine große Stadt für meinen Urlaub«, sagt Pogue, »vor allem New York. Ich mag die New Yorker nicht besonders, und Manhattan ist so ziemlich der einzige Ort auf der Welt, an dem ich keine von ihnen finde.«'

Wenn er sich in der Metropole aufhält, kann man Pogue immer an einem von zwei Orten antreffen. Der eine ist ein kleines Antiquariat in der Fourth Avenue, wo er Bücher über seine Hobbys, den Mahometanismus [Religion] und die Taxidermie [Präparieren von Tierkörpern] liest.

Ich fand ihn am anderen Ort – in seinem Flur-Schlafzimmer [einfacher Wohn-/Schlafraum, der vom Flur abgeht] in der Eighteenth Street – wo er in seinen Strümpfen saß und versuchte, aus einer kleinen Zither die Melodie von 'The Banks of the Wabash' herauszuzupfen. Vier Jahre lang hat er diese Melodie geübt, ohne nahe genug heranzukommen, um die längste Forellenschnur an den Rand des Wassers zu werfen [übertragen: Er war erfolglos, konnte es nicht erreichen].

Auf der Kommode lagen ein Fünfundvierziger-Colt aus gebläutem Stahl und eine feste Rolle Zehner- und Zwanzigerscheine, die dick genug war, um den Umfang einer Frühjahrs-Klapperschlange zu haben.

Ein Zimmermädchen mit Putzfimmel flatterte in der Nähe im Flur herum, unfähig, einzutreten oder zu fliehen, empört über die Strumpffüße, entsetzt über den Colt, doch mit ihrem großstädtischen Instinkt machtlos, sich dem magischen Einfluss der gelb gefärbten Geld-Rolle zu entziehen.

Ich saß auf seinem Koffer, während Ferguson Pogue sprach. Niemand konnte in seinem Gespräch freizügiger oder offener sein. Neben seiner Mimik hätte der Schrei von Henry James [Schriftsteller] nach Milchnahrung im Alter von einem Monat wie ein chaldäisches Kryptogramm* gewirkt.

[* auch chaldäisches Orakel – antikes religiöses Lehrgedicht. O. Henry in schwaflerischer Bestform!].

Er erzählte mir mit Stolz von seinem Beruf, denn er betrachtete ihn als eine Kunst. Und ich war neugierig genug, ihn zu fragen, ob er auch Frauen gekannt habe, die diesen Beruf ausübten.

»Ladies?«, fragte Pogue mit westlicher Galanterie. »Nun, sie tun dies nicht in besonderem Maße.«

»In den speziellen Bereichen der Mauscheleien machen sie nicht viel her«, fuhr er fort, »weil sie alle so sehr mit den allgemeinen Dingen beschäftigt sind. Warum? Weil sie es tun müssen.«

»Wer hat das Geld auf der Welt? Die Männer. Hast du jemals von einem Mann gehört, der einer Frau ohne Gegenleistung einen Dollar gibt? Dagegen wird ein Mann seinen 'Staub' [Goldstaub, Geld gemeint] einem anderen Mann frei und einfach und umsonst geben.«

»Wenn er aber einen Penny in einen der Automaten wirft, der von einer Frauenorganisation* betrieben wird, und der Ananas-Kaugummi nicht herausfällt, wenn er den Hebel betätigt, kann man ihn noch vier Blocks entfernt hören, wie er sich beim Aufseher beschwert.«

[* gekürzt eingefügt. Im Original 'Madam Eve's Daughters' Amalgamated Association' = Amalgamated Association (Stahlarbeitergewerkschaft) der Töchter von Madame Eve, was auch immer das sein soll]

»Der Mann ist die härteste Unternehmung, der sich eine Frau stellen kann. Er ist der Minderwertigere, und sie muss Überstunden machen, damit er bezahlt. In zwei von fünf Fällen ist sie die Dumme. Sie kann keine Wasch-Pressen und kostspielige Maschinen verwenden. Er würde sie bemerken und wäre dem Spiel auf der Spur. Sie müssen mit dem leben, was sie haben, und das tut ihren zarten Händen weh.«

»Manche von ihnen sind natürliche Schleusen-Tröge und können 1.000 Dollar pro Tonne herausholen [wie beim Goldwaschen, hier mit gespielten Tränen]. Die mit den 'trockenen Augen' müssen sich auf andere Dinge verlassen, wie unterschriebene Briefe, falsches Haar, Sympathie, den Känguru-Gang, Kuhfellpeitschen, Kochkünste, sentimentale Geschworene, Konversationsfähigkeiten, Seidenunterröcke, Abstammung, Rouge, anonyme Briefe, violette Pülverchen, Zeugen, Revolver, pneumatische Formulare, Karbolsäure, Mondlicht, Cold Cream und die Abendzeitungen.«

»Du bist unverschämt, Ferg«, sagte ich. »In einer perfekten und harmonischen Ehe gibt es doch sicher keine solche 'Mauscheleien', wie du sie nennst!«

»Nun«, sagte Pogue, »zumindest nichts, was es rechtfertigen würde, jedes Mal das Polizeipräsidium anzurufen und die Nationalgarde und einen Vaudeville-Manager im Sturmlauf rauszuschicken.«

»Aber es ist so: Nehmen wir an, du bist ein Millionär aus der Fifth Avenue, der es hoch hinaus geschafft hat, auf der richtigen Seite steht. Du kommst abends nach Hause und bringst der Lady, die dich für sich ausgewählt hat, eine Diamantbrosche im Wert von 9.000.000 Dollar. Du gibst sie ihr. Sie sagt: 'Oh, George!' und schaut nach, ob sie echt ist. Sie kommt auf dich zu und küsst dich. Du hast darauf gewartet. Du bekommst es. Also gut. Es ist so eine Mauschelei.«

»Aber ich erzähle dir etwas von Artemisia Blye. Sie kam aus Kansas und verkörperte den Mais in all seinen Phasen. Ihr

Haar war so gelb wie Seide, ihre Gestalt war so groß und anmutig wie ein Stängel in den flachen Böden während eines feuchten Sommers, ihre Augen waren so groß und aufsehenerregend wie Ballenzehn und Grün war ihre Lieblingsfarbe.«

»Auf meiner letzten Reise in die kühlen Nischen eurer abgeschiedenen Stadt traf ich einen Menschen namens Vaucross. Er war reich, das heißt, er hatte eine Million. Er erzählte mir, dass er ein Straßengeschäft betreibt.«

»'Ein Bordsteinhändler?', sagte ich sarkastisch zu ihm.«

»'Genau', sagte er, »'Seniorpartner einer Pflasterstein-Firma.'«

[Wortspiel mit 'Bordsteinhändler', ein Makler der sein Geschäft auf der Straße betreibt und ein Händler mit Bordsteinen/Pflastersteinen]

»Ich habe ihn irgendwie ins Herz geschlossen. Aus diesem Grund traf ich ihn eines Abends am Broadway, als ich niedergeschlagen war und kein Glück, keinen Tabak und keinen Platz mehr hatte. Er bestand aus Seidenhut, Diamanten und Fassade. Es war alles nur Fassade. Wenn man sich hinter ihn gestellt hätte, hätte man nur sich selbst ins Gesicht geschaut. Ich sah aus wie eine Kreuzung aus Graf Tolstoi und einem Juni-Hummer. Mich hatte das Glück verlassen. Ich hatte – aber lass mich noch weiter über diesen Steinehändler sprechen.«

»Vaucross blieb stehen und unterhielt sich ein paar Minuten mit mir, dann führte er mich in ein Restaurant mit gehobener Küche zum Abendessen. Es gab Musik, dann etwas Beethoven, und Sauce Bordelaise, und Schimpfwörter auf Französisch, und Frangipangi [Blume], und etwas Arroganz und Zigaretten. Wenn ich viel Geld habe, kenne ich diese Orte.«

»Ich sage dir, ich muss so schlecht ausgesehen haben wie ein Künstler, der ohne Geld und mit zerzaustem Haar dasitzt, als wäre ich gebucht worden, um in einer Brooklyner Bohème ein Kapitel aus 'Elsie's School Days'* vorzulesen. Aber Vaucross behandelte mich wie den Führer eines Bärenjägers. Er hatte keine Angst, die Gefühle des Kellners zu verletzen.«

[* aus der Kinderbuch-Serie mit Elsie Dinsmore von Martha Finley]

»Mr. Pogue«, erklärt er mir, »ich benutze Sie für meine Zwecke.«

»Nur zu«, sagte ich, »ich hoffe, Sie werden nicht enttäuscht.«

»Und dann erzählt er mir, was für ein Mensch er war. Er war ein New Yorker. Sein ganzes Streben war es, von den anderen bemerkt zu werden. Er wollte auffällig sein. Er wollte, dass die Leute auf ihn zeigen, sich vor ihm verbeugen und anderen erzählen, wer er war. Er sagte, das sei schon immer der Wunsch seines Lebens gewesen.«

»Er hatte nur eine Million, also konnte er nicht groß durch Geldausgeben auffallen. Er sagte, er habe einmal versucht, in der Öffentlichkeit auf sich aufmerksam zu machen, indem er einen kleinen, allen zugänglichen Platz auf der Ostseite mit Knoblauch zur kostenlosen Nutzung durch die Armen bepflanzt hatte; aber Carnegie [reicher Mann aus der Stahlbranche] hat davon gehört und den Platz sofort mit einer Bibliothek für Bücher in gälischer Sprache überbaut.«

»Dreimal war er Autos absichtlich in den Weg gesprungen, aber das einzige Ergebnis waren fünf gebrochene Rippen und die Meldung in den Zeitungen, dass ein unbekannter Mann, fünf Fuß zehn, mit vier amalgamgefüllten Zähnen, angeblich der letzte der berühmten Red Leary Gang [bekannter Gangster], überfahren worden war.«

»Haben Sie es jemals mit Reportern versucht?«, fragte ich ihn.

»Letzten Monat«, sagte Mr. Vaucross, »betrugen meine Ausgaben für Mittagessen mit Reportern 124,80 Dollar.«

»Ist etwas dabei herausgekommen?«, frage ich.

»Da fällt mir ein«, sagt er, »es kommen noch 8,50 Dollar für Pepsin dazu. Ja, ich hatte eine Verdauungsstörung bekommen.«

»Wie soll ich Sie in ihrem Kampf um einen besseren Bekanntheitsgrad unterstützen?« erkundige ich mich. »Etwa als Kontrast zu Ihnen?«

»'Etwas in der Art heute Abend«, sagt Vaucross. »'Es schmerzt mich, aber ich bin gezwungen, zur Exzentrik zu greifen'. Und hier lässt er seine Serviette in die Suppe fallen, erhebt sich und verbeugt sich vor einem Herrn, der am anderen Ende des Raumes gerade eine Kartoffel zermanscht.«

»Der Polizeikommissar«, sagt mein Möchtegern-Aufsteiger erfreut.

»Freund«, sage ich eilig, »Sie können Ambitionen haben, aber treten Sie keine Sprosse aus der Leiter. Wenn Sie mich als Sprungbrett benutzen, um die Polizei zu grüßen, könnten Sie mir den Appetit verderben, weil ich dadurch inkriminiert und belastet werden könnte. Denken Sie nach.«

»Und dann, beim nächsten Gang, einer Quaker-City-Tauben-Kasserolle, kommt mir die Idee mit Artemisia Blye.«

»Angenommen, ich schaffe es, Sie in die Zeitungen zu bringen«, sagte ich, »jeden Tag ein oder zwei Kolumnen in allen Zeitungen und ihr Bild eine Woche lang in den meisten davon. Wie viel wäre Ihnen das wert?«

»Zehntausend Dollar«, sagt Vaucross und wird sofort warm. »'Aber kein Mord'«, sagt er, 'und ich werde bei einem Kotillon [Tanz] keine rosa Hosen tragen.'«

»Das würde ich von Ihnen nicht verlangen«, sagte ich. »Was ich vorhabe, ist ehrenhaft, stilvoll und unweibisch. Sagen Sie dem Kellner, er soll eine 'Demi Tasse' [Zigarrenart] und noch ein paar andere gute Sachen bringen, und ich werde Ihnen den Ablauf der Dinge erklären.«

»Eine Stunde später schlossen wir das Geschäft im 'Rokoko-Rouge-et-Noise-Saal' ab. Ich telegrafierte noch am selben Abend an Miss Artemisia in Salina. Sie brachte am Morgen ein paar Fotos und einen unterschriebenen Brief zu einem Ältesten in der Fourth Presbyterian Church und bekam Hilfe für den Transport und 80 Dollar.«

»In Topeka hielt sie lange genug an, um ein intimes Treffen und einen Valentinsgruß an den Vizepräsidenten einer Treuhandgesellschaft gegen ein Fahrscheinheft und ein Päckchen Fünf-Dollar-Scheine einzutauschen, auf deren Banderole 250 Dollar gekritzelt waren.«

»Am fünften Abend, nachdem sie mein Telegramm erhalten hatte, wartete sie ganz dekolletiert und herausgeputzt auf mich und Vaucross, um sie zu einem Dinner in einem dieser New Yorker Frauenwohnhäuser mitzunehmen, wo ein Mann nur reinkommt, wenn er Bezique [Kartenspiel] spielt und Enthaarungspuderzigaretten raucht.«

»Sie ist ein richtiger Hingucker«, sagte Vaucross, als er sie sah. »Sie werden ihr sicher einen zweispaltigen Artikel widmen.«

»Und so war der Plan, den wir drei ausgeheckt haben. Er war durch und durch geschäftlich:

»Vaucross sollte Miss Blye einen Monat lang stilvoll und mit allen Emotionen, die er aufbringen konnte, umgarnen. Das allein brachte natürlich nichts, was seine Ambitionen betraf. Ein Mann mit weißer Krawatte und Lacklederpumps, der Geldscheine durch das große Ende eines Füllhorns

124

schüttet, um für große, gertenschlanke Blondinen in New York Nahrung und Herzenserleichterung zu kaufen, ist ein so alltäglicher Anblick wie blaue Schildkröten, wenn man sich im Delirium tremens befindet.«

»Aber er sollte ihr jeden Tag Liebesbriefe schreiben – die schlimmste Art von Liebesbriefen, wie sie die Ehefrau veröffentlicht, wenn man tot ist. Am Ende des Monats sollte er sie fallen lassen, und sie würde ihn wegen Wortbruchs auf 100.000 Dollar verklagen.«

»Miss Artemisia sollte 10.000 Dollar bekommen. Wenn sie den Prozess gewann, war das alles; und wenn sie verlor, sollte sie es trotzdem bekommen. Es gab einen unterschriebenen Vertrag, der dies so vorsah.«

»Manchmal hatten sie mich bei ihren Ausflügen mitgenommen, aber nicht oft. Ich konnte mit ihrem Stil nicht mithalten. Sie zog immer seine Nachrichten heraus und kritisierte sie wie Frachtbriefe.«

»'Sagen Sie mal', sagte sie dann zu ihm. »'Wie soll man das nennen – einen Brief an einen Eisenwarenhändler von seinem Neffen, der erfährt, dass seine Tante Nesselfieber hat? Ihr Dummköpfe aus dem Osten wisst so viel über das Schreiben von Liebesbriefen wie ein Grashüpfer aus Kansas über Schleppdampfer.'«

»'Meine liebe Miss Blye!', fuhr sie fort, 'würde so eine Anrede einen rosa Zuckerguss und einen kleinen roten Zuckervogel auf ihre Hochzeitstorte bringen? Wie lange wollen Sie mit solchem Zeug ein Publikum im Gerichtssaal halten? Kommen Sie lieber zur Sache und nennen Sie mich 'Tweedlums Babe' und 'Honeysuckle' und unterschreiben Sie als 'Mamas eigener Big Bad Puggy Wuggy Boy', wenn Sie wollen, dass sich das Rampenlicht auf Ihre spärlichen grauen Haare konzentriert. Werden Sie richtig sentimental!'«

»Danach steckte Vaucross seinen Stift die unauslöschliche Würze und fortan lasen sich seine Nachrichten entsprechend. Ich konnte mir vorstellen, wie sich die Geschworenen aufrichteten und die Frauen sich gegenseitig die Hüte zerrissen, um sie zu hören, wenn die Briefe vorgelesen wurden. Und ich konnte mir vorstellen, dass Mr. Vaucross so viel Berühmtheit erlangen würde, wie es Erzbischof Cranmer*, die Brooklyn Bridge oder Käse auf Salat je erlangt haben. Er schien sehr erfreut über diese Aussichten.«

[* Thomas Cranmer, englischer Erzbischof von Canterbury, Reformator und Märtyrer.]

»Sie einigten sich auf einen Abend; und ich stand auf der Fifth Avenue vor einem feierlichen Restaurant und beobachtete sie. Ein gerichtlicher Zusteller kam herein und überreichte Vaucross die Papiere an seinen Tisch. Alle sahen sie an, und er sah so stolz aus wie Cicero. Ich ging zurück in mein Zimmer und zündete mir eine Fünf-Cent-Zigarre an, denn ich wusste, dass die 10.000 Dollar so gut wie uns gehörten.«

»Etwa zwei Stunden später klopfte jemand an meine Tür. Da standen Vaucross und Miss Artemisia, und sie klammerte sich – ja, Sir, klammerte sich an seinen Arm. Und sie erzählten mir, sie seien ausgegangen und hätten geheiratet. Und sie sprachen ein paar belanglose Worte über Liebe und so. Dann legten sie ein Bündel auf den Tisch, sagten 'Gute Nacht' und gingen.«

»Und deshalb sage ich«, schloss Ferguson Pogue, »dass eine Frau zu sehr mit ihrer natürlichen Berufung und ihrem Mauschelinstinkt beschäftigt ist, wie er ihr zur Selbsterhaltung und zum Vergnügen gegeben ist, als dass sie in speziellen Bereichen große Erfolge erzielen könnte.«

»Was war in dem Bündel, das sie zurückgelassen haben?«, fragte ich mit meiner üblichen Neugierde.

»Nun«, sagte Ferguson, »eine Fahrkarte für die Eisenbahn bis nach Kansas City und zwei Paar alte Hosen von Mr. Vaucross.«

DER RUF DER ZÄHMUNG

Nach der Amtseinführung* – die durch die Anwesenheit der Rough Riders[13] reibungslos verlief – besuchte bekanntlich eine Herde dieser kompetenten und loyalen Ex-Krieger die große Stadt.

[* erste Amtseinführungszeremonie von Präsident Theodore Roosevelt, die 1901 in Buffalo, New York, stattfand].

Die Zeitungsreporter kramten aus ihren Koffern die alten breitkrempigen Hüte und Ledergürtel hervor, die sie für gewöhnlich bei den 'North Beach Fish Fries' tragen [hier das Fischebraten am North Beach in Queens/New York gemeint], und mischten sich unter die Besucher.

Abgesehen von der Verwendung des wunderbaren Plurals 'tenderfeet' [empfindliche Füße/Anfänger] in jeder der Geschichten der Schreiber, wurde kein Schaden angerichtet.

Die Westler betrachteten wenig interessiert die Wolkenkratzer, nur bis hoch zu dritten Stock, gähnten über den Broadway, kauerten in den großen Stühlen in den Hotelfluren und sahen insgesamt so gelangweilt und niedergeschlagen aus wie ein Mitglied der alten und ehrenwerten Artillerie, das während einer Scheinschlacht von seinem Kammerdiener getrennt wurde.

Aus dieser Sightseeing-Delegation von König Teddys[14] Gentlemen der Royal Bear-hounds [königliche Bärenjäger] fiel ein gewisser Greenbrier Nye aus Pin Feather, Arizona, heraus.

Der tägliche Wirbelsturm des Berufsverkehrs auf der Sixth Avenue riss ihn aus der Gesellschaft seiner Partner. Der Staub von tausend raschelnden Röcken füllte seine Augen. Das mächtige Tosen der Züge, die über den Himmel rasten [die New Yorker Hochbahn], machte ihn taub. Die grellen Blitze von zweimal 'zehnhundert' strahlenden Augen verwirrten seine Sicht.

Der Sturm war so plötzlich und gewaltig, dass Greenbriers erster Impuls war, sich hinzulegen und instinktiv nach einer Wurzel zu greifen. Doch dann erinnerte er sich daran, dass die Störung menschlich und nicht elementar war, und er wich mit einem Grinsen in eine Türöffnung zurück.

Die Reporter hatten geschrieben, dass, außer den breitkrempigen Hüten, der Westen auf diesen Gauchos des Nordens nicht sichtbar war. Der Himmel schärfe ihre Augen!

Der Anzug aus schwarzem Diagonalstoff, zerknittert an unmöglichen Stellen; der leuchtend blaue 'for-in-hand' [Krawattenknoten'], fabrikmäßig vorgebunden; der niedrige, umgeschlagene Kragen, ein Muster aus den Tagen von Seymour und Blair[15], weiß glasiert wie die Buchstaben an den Fenstern der 'geöffnet-Tag-und-Nacht-außer-Sonntag'- Restaurants'; die Beulen an den Knien vom Sattelgriff; die eigentümliche Stellung des halbgeschlossenen rechten Daumens und der Finger vom steifen Griff des kreisenden Lassos; die tief eingedrungene Wetterbräune, die die heißeste Sonne von Cape May [gegenüber von New York in New Jersey gelegen] niemals erreichen kann; die selten blinzelnden blauen Augen, die die eilende Menge unbewusst in Viergruppen teilten, als würden sie aus einem Korral herausgezählt; die abgesonderte Einsamkeit und Feierlichkeit des Ausdrucks, wie bei einem Kaiser oder einem, dessen Horizont nicht weiter als einen Tagesritt entfernt war – diese Markenzeichen des Westens waren bei Greenbrier Nye eingeprägt. Oh ja, lieber Leser, er trug einen breitkrempigen Hut, genau wie die Briefträger des Madison Square Post Office, die am Sonntagnachmittag den Bronx Park hochlaufen.

Plötzlich sprang Greenbrier Nye in die treibende Herde großstädtischer Rinder, packte einen Mann, zerrte ihn aus dem Strom und verpasste ihm einen Schlag auf das Schlüsselbein, der ihn gegen eine Wand schleuderte.

Das Opfer zog seinen Hut zurück, mit dem wütenden Blick eines New Yorkers, der eine Freveltat erlitten hat und darüber an die 'Trib' [New York Tribune, Zeitung] schreiben will, doch er schaute seinen Angreifer an und wusste, dass der Schlag aus Liebe und Zuneigung erfolgte, so wie es im Westen üblich ist, wo man seine Freunde mit Schmähungen, Aufruhr und Faustschlägen begrüßt und seine Feinde mit Anstand und Ordnung empfängt, so wie es das kluge Zielen einer Begrüßungs-Pistolenkugel erfordert.

»Gott in den Bergen!«, rief Greenbrier und hielt sich am Vorderbein seines Bullen fest. »Kann das Longhorn[16] Merritt sein?«

Der andere Mann war – oh, schauen Sie auf dem Broadway an irgendeinem Tag nach diesem Muster – Geschäftsmann – neuester Rollrand-Derbyhut - guter Friseur, gute Verdauung und guter Schneider.

»Greenbrier Nye!«, rief er aus und ergriff die Hand, die ihn geschlagen hatte. »Mein lieber Freund! Ich bin so froh, dich zu sehen! Wie bist du – oh, um genau zu sein – zu den Amtseinführungsfeiern gekommen – ich erinnere mich, dass du dich den Rough Riders angeschlossen hast. Du musst natürlich mitkommen und mit mir zu Mittag essen.«

Greenbrier drückte ihn traurig, aber bestimmt an die Wand mit einer Hand, die die Größe, Form und Farbe eines McClellan-Sattels [von der US-Kavallerie benutzt] hatte.

»Longy«, sagte er mit einer melancholischen Stimme, die den Verkehrslärm störte, »was haben sie mit dir gemacht? Du benimmst dich wie ein normaler Bürger. Sie haben dich als Insassen in ein Stadtverzeichnis gesteckt. Du hast aus dir noch nie einen solch schrecklichen Johnny Branch[17] Abklatsch gemacht, wie draußen in der Gila [Sonora Wüste]. Komm und iss mit mir zu Mittag!' Du hast Fraß in diesen Zeiten niemals abgelehnt.«

»Ich lebe seit sieben Jahren in New York«, sagte Merritt. »Es ist acht Jahre her, dass wir in der Mannschaft von Old Man Garcia Kühe zusammengetrieben haben. Nun, lass uns jedenfalls in ein Café gehen. Es hört sich gut an, wenn es wieder 'Fraß' genannt wird.«

Sie bahnten sich einen Weg durch die Menge zu einem Hotel und trieben, wie durch ein Naturgesetz, an die Bar.

»Sag was«, forderte Greenbrier auf.

»Ein trockener Martini«, sagte Merritt.

»Oh Gott«, rief Greenbrier, »und dennoch haben wir beide einmal dieselben rosa Gila-Monster [Gila-Krustenechse, große und kräftig gebaute Tiere] an den Wänden desselben Hotels in Cañon Diablo hochkriechen sehen! Ein trockener – ach, vergiss das. Whiskey pur für mich – und sie gehen auf dich.«

Merritt lächelte und bezahlte.

Sie aßen in einem kleinen Anbau des Speisesaals, der mit dem Café verbunden war. Merritt lenkte die Wahl seines Freundes, die auf Schinken und Eier hinauslief, geschickt auf ein Selleriepüree, ein Lachskotelett, eine Rebhuhnpastete und einen begehrten Salat um.

»An dem Tag«, sagte Greenbrier betrübt, »an dem ich nicht mehr als einen Drink vor dem Essen vertragen kann, an dem ich einen Freund treffe, den ich seit acht Jahren nicht mehr gesehen habe, an einem zwei mal vier Meter großen Tisch in einer Dreißig-Cent-Stadt, um ein Uhr am dritten Tag der Woche, möchte ich, dass mich neun Broncos vierzig Mal über ein 640 Morgen großes Stück Land jagen. Hast du die Statistik?«

»Recht so, alter Mann«, lachte Merritt. »Kellner, bringen Sie einen Absinth-Frappé und – was willst du, Greenbrier?«

»Whiskey pur«, jammerte Nye. »Früher hast du den aus dem Flaschenhals getrunken, Longy – direkt aus dem Flaschenhals auf einem galoppierenden Pony – Arizona Redeye [billiger Whisky], nicht diesen Ab-oh – ach, was solls? Sie gehen auf dich.«

Merritt schob die Weinkarte unter sein Glas.

»Na gut. Ich nehme an, du denkst, ich bin von der Stadt verwöhnt, aber ich bin ein genauso guter Westler wie du, Greenbrier, aber irgendwie kann ich mich nicht entschließen, wieder dorthin zurückzugehen.«

»New York ist bequem – sehr bequem. Ich verdiene gut, und ich lebe es aus. Keine nassen Decken mehr und kein Herdenreiten in Schneestürmen, kein Speck und kalter Kaffee und keine Vergnügungen nur alle sechs Monate für mich. Ich denke, ich werde in Zukunft hier abhängen.«

»Heute Abend sehen wir uns das Theater an, Greenbrier, und danach gehen wir essen im – «

»Ich sage dir, was du bist, Merritt«, sagte Greenbrier und legte einen Ellbogen in den Salat und den anderen in die Butter. »Du bist eine konzentrierte, verweichlichte, bedingungslose, kurzärmelige, schlappohrige Miss Sally Walker [?]«

»Gott schuf dich senkrecht und geeignet, um im Spagat zu reiten und Schimpfwörter im Original zu benutzen. Doch du hast sein Werk vergehen lassen, indem du nach New York gezogen bist, dir kleine Schuhe mit Schnüren angezogen hast und Grimassen schneidest, wenn du sprichst.«

»Ich habe gesehen, wie du einen Stier in 42 ½ Sekunden eingefangen und gefesselt hast. Wenn du jetzt einen sehen würdest, würdest du dem Polizeipräsidenten darüber schreiben.«

»Und diese Mumpitz-Drinks, mit denen du deinen Körper impfst – diese kleinen Essenzen aus Schlüsselblume mit Eicheln drin und schmerzstillende Cocktails – die passen überhaupt nicht zum Wesen des Mannseins. Ich hasse es, dich so zu sehen.«

»Nun, Mr. Greenbrier«, sagte Merritt in einem entschuldigenden Tonfall, »in gewisser Weise hast du recht.«

»Manchmal«, fuhr er fort, »fühle ich mich, als wäre ich an der Flasche aufgezogen worden. Aber ich sage dir, New York ist komfortabel – sehr komfortabel.«

»Es hat etwas an sich – die Sehenswürdigkeiten, die Menschenmassen, die Art, wie es sich jeden Tag verändert, die besondere Ausstrahlung, die einem ein kilometerlanges Befestigungsseil um den Hals zu legen scheint, dessen anderes Ende irgendwo an der vierunddreißigsten Straße befestigt ist. Ich weiß nicht, was es ist.«

»Gott weiß es«, sagte Greenbrier traurig, »und ich weiß es. Der Osten hat dich verschlungen. Du warst Rehfleisch, und jetzt bist du Kalb. Du erinnerst mich an eine Japonica [Blumenart] im Schaufenster. Du wurdest unter Dach und Fach gebracht. 'Requiescat in hoc signo'*. Du machst mich durstig.«

[* Möge er in diesem Zeichen ruhen]

»Einen grünen Chartreuse, hierher«, sagte Merritt zum Kellner.

»Whiskey pur«, seufzte Greenbrier, »und sie gehen auf dich, du Abtrünniger der Round-ups [Einfangen einer Herde].«

»Ja, schuldig, mit der Bitte um Gnade«, sagte Merritt. »Du weißt nicht, wie es ist, Greenbrier. Es ist so komfortabel hier, dass – «

»Bitte leih mir dein Riechsalz«, flehte Greenbrier, »bevor ich umfalle. Wenn ich nicht gesehen hätte, wie du einmal in Phoenix drei Bluffer aus Mazatzal City mit einer leeren Waffe geblufft hast – «

Greenbriers Stimme erstarb vor lauter Kummer.

»Zigarren!«, rief er dem Kellner barsch zu, um seine Gefühle zu verbergen.

»Eine Schachtel türkische Zigaretten für mich«, sagte Merritt.

»Die gehen auf dich«, rief Greenbrier und hatte Mühe, seine Verachtung zu verbergen.

Um sieben Uhr dinierten sie in einem Restaurant der Klasse 'wo-man-gut-isst'. An diesem Abend hatte sich dort eine große Menge Leute versammelt. Hell erstrahlten die Lichter über blonde Frauen hinweg und ta – na ja, vergessen wir es – tapferen Männern.

Das Orchester spielte bezaubernd. Kaum hatte ein Kellner ihnen das Trinkgeld eines Gastes in die Hand gedrückt, brach es in einen wahren Klangrausch aus. Je mehr Bier man ihm spendete, desto mehr Meyerbeer gab es einem*. Das ist Reziprozität. [* witziges Wortspiel. Bier = engl. *beer*; Meyer*beer* ist ein deutscher Komponist]

135

Merritt gab sich beim Abendessen große Mühe. Greenbrier war sein alter Freund, und er mochte ihn. Er überredete ihn, einen Cocktail zu trinken.

»Ich nehme den Andorntee-Tee«, sagte Greenbrier, »um der alten Zeiten willen. Aber ich würde Whiskey pur vorziehen. Die gehen auf dich.«

»Richtig!«, sagte Merritt. »Und jetzt schau dir mal die Speisekarte an und sieh nach, ob dich an irgendeiner Stelle etwas anspringt.«

»Legt mich auf mein Lavabett!«, sagte Greenbrier mit geweiteten Augen.

»All diese Nahrungsmittel auf dem Fraß-Wagen!«, stöhnte er. »Was ist das? Ein Pferd mit Atemnot? Ich passe. Aber schau dir das mal an! Hier ist Verpflegung für zwanzig Herdentriebe, alle in verschiedene Richtungen buchstabiert. Warte, und lass mich sehen.«

Nachdem die Speisen bestellt waren, wandte sich Merritt der Weinkarte zu.

»Dieser Medoc ist nicht schlecht«, schlug er vor.

»Sie bist der Doc«, sagte Greenbrier. »Ich würde lieber Whiskey pur trinken. Das geht auf dich.«

Greenbrier sah sich im Raum um. Der Kellner brachte die Dinge und räumte Geschirr ab. Er beobachtete. Er sah ein New Yorker Restaurantpublikum, das sich amüsierte.

»Wie waren die Aussichten, als die Gila verlassen hast?«, fragte Merritt.

»Gut«, sagte Greenbrier. »Siehst du die Dame in der rot gesprenkelten Seide dort am Tisch? Nun, sie könnte gerne ihre Bohnen an meinem Lagerfeuer aufwärmen. Ja, die Aussichten waren gut.«

»Sie sieht so schön aus wie ein weißer Mustang«, fuhr er fort, »den ich einmal am Black River gesehen habe.«

Als der Kaffee kam, stellte Greenbrier einen Fuß auf die Sitzfläche des Stuhls neben ihm.

»Du meintest, es sei komfortable Stadt, Longy«, sagte er nachdenklich. »Ja, es ist eine komfortable Stadt. Sie ist etwas anderes als das sonstige Flachland im blauen Norden.«

»Wie nennst du den Kuddelmuddel in dem Henkeltopf, Longy? Ach ja, Täubchen in einer Geldrolle. Sie sind die Rolle wert.«

»Der weiße Mustang hat so eine Art, den Kopf zu drehen und die Mähne zu schütteln – sieh sie dir an, Longy. Wenn ich meine Ranch zu einem guten Preis verkaufen könnte, ich glaube, ich würde – «

»'Garr-song!'« [garçon], rief er plötzlich mit einer Stimme, die jedes Messer und jede Gabel im Restaurant lähmte.

Der Kellner stürzte auf den Tisch zu.

»Noch zwei von den Cocktails«, gab Greenbrier als Bestellung auf.

Merritt sah ihn an und lächelte vielsagend.

»Sie gehen auf mich«, sagte Greenbrier und blies eine Rauchwolke zur Decke.

DIE UNBEKANNTE MENGE

Der Dichter Longfellow – oder war es Konfuzius, der Erfinder der Weisheit – bemerkte:

'Das Leben ist echt, das Leben ist ernst …

… und die Dinge sind nicht, was sie scheinen.'

Da die Mathematik die einzig wahre Regel ist, mit der Fragen des Lebens gemessen werden können, sollten wir unser Thema auf jeden Fall an die gerade Kante und die ausgewogene Spalte der großen Göttin zwei-und-zwei-macht-vier anpassen. Zahlen – unanfechtbare Summen der Addition – sollen entgegengesetzten Elementen, welche es auch immer geben mag, gegenübergestellt werden.

Ein Mathematiker würde nach der Lektüre der obigen zwei Gedichtzeilen sagen: 'Hm! Junge Gentlemen, wenn wir davon ausgehen, dass X plus – das heißt, das Leben real ist, dann sind auch die Dinge (alles, was das Leben umfasst) real. Alles, was real ist, ist das, was es zu sein scheint.

Wenn wir dann aber die These betrachten, dass 'die Dinge nicht das sind, was sie zu sein scheinen', warum … '

Aber das ist Ketzerei und keine Poesie. Wir umwerben jetzt die süße Nymphe Algebra; wir möchten Sie, lieber Leser, in die Gegenwart des schwer fassbaren, verführerischen, verfolgten, befriedigenden, geheimnisvollen X führen.

Kurz vor Beginn dieses Jahrhunderts hatte Septimus Kinsolving, ein alter New Yorker, eine Eingebung:

Auf ihn geht die Entdeckung zurück, dass Brot aus Mehl und nicht aus Weizentermingeschäften hergestellt wird. Kinsolving erkannte, dass die Mehlernte knapp war und dass die Börse keinen spürbaren Einfluss auf das Wachsen des Weizens hatte, und eroberte den Mehlmarkt.

Das Ergebnis war, dass Leute wie Sie und ich oder meine Vermieterin zusätzlich zwei Cent hinlegen mussten, wenn man ein Fünf-Cent-Brot kaufte, die an Mr. Kinsolving als Beweis für seinen Scharfsinn gingen.

Ein zweites Ergebnis war, dass Mr. Kinsolving mit 2.000.000 Dollar Gewinn aus dem Spiel ging.

Mr. Kinsolvings Sohn Dan war auf dem College, als das mathematische Experiment mit den Broten durchgeführt wurde.

Dan kam in den Ferien nach Hause und fand den alten Herrn in einem roten Morgenmantel auf der Veranda seines stattlichen roten Backsteinhauses am Washington Square, wo er 'Little Dorrit' [Roman von Charles Dickens] las.

Er hatte sich aus dem Geschäft zurückgezogen, mit genügend der zusätzlich aufgebrachten Zwei-Cent-Stücke aus den Brotkäufern, die, nebeneinandergelegt, fünfzehnmal um die Erde reichen und die Staatsschulden von Paraguay decken würden.

Dan schüttelte seinem Vater die Hand und eilte dann nach Greenwich Village, um seinen alten Schulfreund Kenwitz zu besuchen.

Dan hatte Kenwitz immer bewundert. Kenwitz war blass, kraushaarig, intensiv, ernsthaft, mathematisch, fleißig, altruistisch, sozialistisch und ein natürlicher Gegner von Oligarchien. Er hatte auf ein Studium verzichtet und lernte Uhrmacher im Juweliergeschäft seines Vaters. Dan lächelte immer, war jovial, gutmütig und tolerant gegenüber Königen und Lumpensammlern gleichermaßen.

Die beiden passten bei bester Laune zusammen, denn sie waren Gegensätze. Und dann ging Dan zurück zum College und Kenwitz zu seinen Aufzugsfedern – und zu seiner Privatbibliothek im hinteren Teil des Juweliergeschäfts.

Vier Jahre später kehrte Dan zum Washington Square zurück, mit Bildung im Bereich B.A. [Business Administration/Betriebswirtschaft] und zwei Jahren Europa auf dem Buckel.

Er warf einen ehrfürchtigen Blick auf Vater Septimus Kinsolvings kunstvollen Grabstein in Greenwood und machte mit dem Anwalt der Familie einen mühsamen Exkurs durch maschinengeschriebene Dokumente; dann eilte er, sich als einsamer und hoffnungsloser Millionär fühlend, hinunter zum alten Juweliergeschäft auf der anderen Seite der Sixth Avenue.

Kenwitz nahm eine Lupe von seinem Auge, holte seinen Vater aus einem schmuddeligen Hinterzimmer heraus und verließ das Innere der Uhren, um nach draußen zu gehen.

Er ging mit Dan fort, und sie setzten sich auf eine Bank am Washington Square. Dan hatte sich nicht sehr verändert; er war unverwüstlich und hatte eine Würde, die sich zu einem Grinsen zu entspannen schien. Kenwitz war ernster, intensiver, gelehrter, philosophischer und sozialistischer.

»Jetzt weiß ich Bescheid«, sagte Dan schließlich. »Ich habe es aus den großen Anwalts-Lichtgestalten herausgeholt, die mir die Sammlungen von Anleihen und Zaster des armen alten Vaters übergeben haben. Alles zusammen beläuft sich auf 2.000.000 Dollar, Ken. Und ich habe gehört, dass er es aus den Leuten herausgepresst hat, die ihre Pennies für einen Laib Brot in der kleinen Bäckerei um die Ecke bezahlen.«

»Du hast Wirtschaft studiert, Dan, und du weißt alles über Monopole, die Masse, Kraken und die Rechte der Werktätigen. Ich habe noch nie über diese Dinge nachgedacht. Football und der Versuch, meinen Mitmenschen gegenüber ehrlich zu sein, waren so ziemlich alles, was ich auf dem College gelernt habe.«

»Ja, antwortete Dan, aber seit ich zurück bin und herausgefunden habe, wie Vater sein Geld verdient hat, habe ich nachgedacht. Ich würde es diesen Leuten, die zu viel Geld für Brot hergeben mussten, sehr gerne zurückzahlen. Ich weiß, dass das meine Einkünfte ziemlich schmälern würde, aber ich würde es ihnen gerne recht machen. Gibt es eine Möglichkeit, das zu tun, auf die alte Art und Weise?«

Kenwitz' große schwarze Augen leuchteten feurig. Sein dünnes, intellektuelles Gesicht nahm fast einen sardonischen Zug an. Er ergriff Dans Arm mit dem Griff eines Freundes und Richters.

»Das kannst du nicht tun!«, sagte er mit Nachdruck. »Eine der Hauptstrafen für euch Männer mit unrechtmäßig erworbenem Reichtum ist, dass ihr, wenn ihr bereut, feststellt, dass ihr nicht mehr in der Lage seid, Wiedergutmachung oder Entschädigung zu leisten. Ich bewundere deine guten Absichten, Dan, aber du kannst nichts tun. Diese Menschen wurden ihrer kostbaren Pennies beraubt. Es ist zu spät, das Übel wiedergutzumachen. Du kannst es ihnen nicht zurückzahlen.«

»Natürlich«, sagte Dan und zündete sich seine Pfeife an, »können wir nicht jeden Einzelnen dieser Trottel aufspüren

142

und ihnen das richtige Wechselgeld zurückgeben. Es gibt so furchtbar viele von ihnen, die ständig Brot kaufen. Die haben einen komischen Geschmack – ich habe mir noch nie etwas aus Brot gemacht, außer einem getoasteten Cracker mit Roquefort. Aber wir könnten ein paar von ihnen finden und etwas von Dads Geld dorthin zurückschicken, wo es herkommt. Ich würde mich besser fühlen, wenn ich das könnte. Es scheint hart für die Leute zu sein, für so etwas Weiches wie Brot betrogen zu werden. Es würde einem nichts ausmachen, bei einem gebratenen Hummer oder teuflischen Krabben betrogen zu werden. Streng dich an und denk nach, Ken. Ich will so viel Geld zurückzahlen, wie ich kann.«

»Es gibt viele Wohltätigkeitsorganisationen«, sagte Kenwitz fast mechanisch.

»Das wäre einfach«, sagte Dan in einer Rauchwolke von seiner Pfeife.»Ich könnte der Stadt einen Park schenken oder dem Krankenhaus ein Spargelbeet stiften. Aber ich will nicht, dass Paul mit dem Erlös aus dem Goldbarren davongeht, den wir Peter verkauft haben. Es sind die Brote, die ich abdecken will, Ken.«

Die dünnen Finger von Kenwitz bewegten sich schnell.

»Weißt du, wie viel Geld man bräuchte, um die Verluste der Verbraucher in diesen Zeiten der Mehl-Knappheit zurückzuzahlen«, fragte er.

»Nein, das weiß ich nicht«, sagte Dan mit fester Stimme. »Mein Anwalt sagt mir, dass ich zwei Millionen habe.«

»Selbst wenn du hundert Millionen hättest«, sagte Kenwitz vehement, »könntest du nicht ein Tausendstel des Schadens beheben, der angerichtet wurde. Du kannst dir nicht vorstellen, welche Übel sich durch falsch verteilten Reichtum angesammelt haben. Jeder Penny, der den mageren Geldbörsen der Armen abgerungen wurde, hat ihnen tausendfachen Schaden zugefügt. Du verstehst das nicht. Du siehst nicht, wie hoffnungslos dein Wunsch ist, Wiedergutmachung zu leisten. Nicht in einem einzigen Fall kann es gelingen.«

»Halt dich zurück, Philosoph!«, sagte Dan. »Der Penny kennt keinen Kummer, den der Dollar nicht heilen könnte.«

»Nicht in einem einzigen Fall«, wiederholte Kenwitz. »Ich werde dir einen nennen, und dann sehen wir weiter.«

»Thomas Boyne hatte eine kleine Bäckerei drüben in der Varick Street. Er verkaufte Brot an die ärmsten Leute. Als die Mehlpreise stiegen, musste er den Brotpreis erhöhen. Seine Kunden waren zu arm, um das zu bezahlen, Boynes Geschäft scheiterte und er verlor sein Kapital von 1.000 Dollar – alles, was er auf der Welt hatte.«

Dan Kinsolving schlug mit der Faust und mit voller Kraft auf die Parkbank: »Ich nehme den Fall an«, rief er. »Bring mich zu Boyne. Ich werde ihm seine tausend Dollar zurückzahlen und ihm eine neue Bäckerei kaufen.«

»Stell deinen Scheck aus«, sagte Kenwitz, ohne sich zu bewegen, »und beginnen dann damit, Schecks für die Zahlung der Folgekosten auszustellen. Stell den nächsten Scheck über 50.000 Dollar aus. Boyne wurde nach seinem Scheitern verrückt und zündete das Gebäude an, aus dem er gerade vertrieben werden sollte. Der Schaden belief sich auf so viel. Boyne starb in einer Anstalt.«

»Bleib bei der Sache«, sagte Dan. »Ich kann keine Versicherungsgesellschaften auf meiner Wohltätigkeitsliste entdecken.«

»Stelle deinen nächsten Scheck über 100.000 Dollar aus«, fuhr Kenwitz fort. »Der Sohn von Boyne geriet nach der Schließung der Bäckerei auf die schiefe Bahn und wurde des Mordes angeklagt. Er wurde letzte Woche nach einem dreijährigen Rechtsstreit freigesprochen, und der Staat nimmt die Steuerzahler für diese Kosten in Anspruch.«

»Zurück zur Bäckerei!«, rief Dan ungeduldig aus. »Die Regierung hat es nicht nötig, in der Brotschlange zu stehen.«

»Der letzte Punkt dieses Falles ist – komm, ich zeige es dir«, sagte Kenwitz und stand auf.

Der sozialistische Uhrmacher war glücklich. Er war von Natur aus ein Millionärs-Hetzer und von Beruf Pessimist. Kenwitz würde Ihnen in einem Atemzug versichern, dass Geld nur böse und korrupt sei und dass Ihre nagelneue Uhr eine Reinigung und ein neues Sperrrad braucht.

145

Er führte Kinsolving in südlicher Richtung vom Platz weg und in die zerlumpte, von Armut gezeichnete Varick Street. Er führte den reumütigen Sprössling der Finanz-Krake die enge Treppe eines schäbigen Backsteinhauses hinauf. Dort klopfte er an eine Tür, und eine klare Stimme forderte sie auf, einzutreten.

In dem fast kahlen Raum saß eine junge Frau an einer Nähmaschine. Sie nickte Kenwitz wie einer vertrauten Person zu. Ein kleiner Sonnenstrahl, der durch das schmuddelige Fenster fiel, gab ihrem vollen Haar die Farbe des Wappenschilds eines alten Toskaners.

Sie schenkte Kenwitz ein kräuselndes Lächeln und einen etwas verwirrten fragenden Blick.

Kinsolving stand da und betrachtete ihre klare und pathetische Schönheit in herzzerreißendem Schweigen. So kamen sie in die Gegenwart der letzten Stufe des Falls.

»Wie viele diese Woche, Miss Mary?«, fragte der Uhrmacher. Ein Berg von groben grauen Hemden lag auf dem Boden.

»Fast dreißig Dutzend«, sagte die junge Frau fröhlich. »Ich habe fast vier Dollar verdient. Ich mache Fortschritte, Mr. Kenwitz. Ich weiß kaum, was ich mit so viel Geld anfangen soll.«

Ihre Augen drehten sich mit leuchtendem Glanz in Dans Richtung. Ein kleiner rosa Fleck zeichnete sich auf ihrer runden, blassen Wange ab.

Kenwitz gluckste wie ein teuflischer Rabe.

»Miss Boyne«, sagte er, »darf ich Ihnen Mr. Kinsolving vorstellen, den Sohn des Mannes, der vor fünf Jahren für die Preiserhöhung beim Brot gesorgt hat. Er meint, er würde gerne etwas tun, um denjenigen zu helfen, die durch diese Tat in Mitleidenschaft gezogen wurden.«

Das Lächeln verschwand aus dem Gesicht der jungen Frau. Sie erhob sich und deutete mit dem Zeigefinger auf die Tür. Diesmal schaute sie Kinsolving direkt in die Augen, aber es war kein Blick, der Freude verkündete.

Die beiden Männer gingen die Varick Street hinunter. Kenwitz, der all seinen Pessimismus, seinen Groll und seinen Hass auf die Finanz-Krake an die Oberfläche kommen ließ, stichelte in einem beißenden Wortschwall gegen die geldgierige Seite seines Freundes. Dan schien zuzuhören, dann wandte er sich Kenwitz zu und reichte ihm herzlich die Hand.

»Ich bin dir dankbar, Ken, alter Mann«, sagte er beiläufig – »tausendfach dankbar.«

»Mein Gott, du bist ja verrückt!«, rief der Uhrmacher und setzte zum ersten Mal seit Jahren seine Brille ab.

Zwei Monate später betrat Kenwitz eine große Bäckerei am unteren Broadway mit einer Brille mit goldenen Rändern, die er für den Inhaber repariert hatte.

Eine Lady gab einer Verkäuferin gerade eine Bestellung auf, als Krawitz an ihr vorbeiging.

»Diese Brote kosten zehn Cents«, sagte die Verkäuferin.

»Ich bekomme sie in der Stadt immer für acht Cent«, sagte die Lady. »Lassen Sie das mit der Bestellung. Ich werde auf meinem Heimweg dort vorbeifahren.«

Die Stimme klang vertraut. Der Uhrmacher hielt inne.

»Mr. Kenwitz!«, rief die Lady herzhaft. »Wie geht es Ihnen?«

Kenwitz versuchte, sein sozialistisches und wirtschaftliches Verständnis mit ihrer wunderbaren Pelzboa und der draußen wartenden Kutsche in Einklang zu bringen.

»Nun, Miss Boyne!«, begann er.

»Mrs. Kinsolving«, korrigierte sie. »Dan und ich haben vor einem Monat geheiratet.«

DIE SACHE IST DAS STÜCK[18]

Dank der Bekanntschaft eines Zeitungsreporters, der ein paar Freikarten hatte, konnte ich mir ein paar Abende zuvor die Vorstellung in einem der beliebten Varietéhäuser ansehen.

Eine der Nummern war ein Geigensolo eines auffällig aussehenden Mannes, der nicht viel älter als vierzig war, aber sehr graues, dichtes Haar hatte. Da ich kein Musikliebhaber bin, ließ ich die Abfolge der Geräusche an meinen Ohren vorbeiziehen, während ich den Mann betrachtete.

»Vor ein oder zwei Monaten gab es eine Geschichte über diesen Kerl«, sagte der Reporter. »Sie gaben mir den Auftrag dazu. Ich sollte eine Kolumne schreiben, die sehr leicht und witzig sein sollte. Der Chef scheint die lustige Note zu mögen, die ich den lokalen Ereignissen gebe. Oh ja, ich arbeite gerade an einer Possen-Komödie.«

»Nun, ich bin zum Haus gegangen und habe alle Details besorgt, aber ich bin bei dieser Arbeit sicherlich gescheitert. Ich bin weggegangen und habe stattdessen einen komischen Bericht über eine Beerdigung in der East Side geschrieben. Und warum? Nun, ich habe es irgendwie nicht geschafft, meinen komischen Haken einzuschlagen, aber vielleicht könntest du eine einaktige Tragödie als Vorstück zur Hauptaufführung daraus machen. Ich werde dir die Details geben.«

Nach der Varieté-Aufführung trug mir mein Freund, der Reporter, die Fakten bei einem Würzburger [Bier] vor.

Als er geendet hatte, sagte ich: »Ich sehe keinen Grund, warum das nicht eine verdammt gute, lustige Geschichte werden sollte. Diese drei Leute hätten sich nicht absurder und grotesker aufführen können, wenn sie echte Schauspieler in einem echten Theater gewesen wären. Ich denke wirklich, dass die ganze Welt eine Bühne ist, und alle Männer und Frauen die Schauspieler. 'Die Sache ist das Stück', so zitiere ich Mr. Shakespeare. Also, versuche es«, sagte mein Freund der Reporter.

»Das werde ich«, sagte ich, und das tat ich auch, schon um ihm zu zeigen, wie er daraus eine humorvolle Kolumne für seine Zeitung hätte machen können.

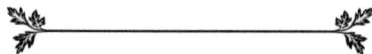

Es steht ein Haus in der Nähe des Abingdon Square [Park in New York]. Im Erdgeschoss befindet sich seit fünfundzwanzig Jahren ein kleiner Laden, in dem Spielwaren, Schreibwaren und Bürobedarf verkauft werden.

Eines Abends vor zwanzig Jahren fand in den Räumen über dem Laden eine Hochzeit statt. Die Witwe Mayo besaß das Haus und den Laden. Ihre Tochter Helen wurde an diesem Tag mit Frank Barry verheiratet, und John Delaney war der Trauzeuge des Bräutigams.

Helen war achtzehn Jahre alt, und ihr Bild war einmal in einer Morgenzeitung, neben den Schlagzeilen einer Geschichte über eine 'Massenmörderin aus Butte, Montana', abgedruckt worden. Doch nachdem das Auge des Betrachters und sein Verstand die Verbindung dazu verweigert hatte, griff er zu seiner Lupe und las unter dem Porträt ihre Beschreibung als eine aus einer Reihe von prominenten Schönheiten und Attraktiven der Lower West Side.

Frank Barry und John Delaney waren 'prominente' junge Schönlinge der gleichen Sorte und Busenfreunde, von denen man erwartete, dass sie sich jedes Mal, wenn sich der Vorhang hob, gegeneinander zuwenden würden. Wer sein Geld für Orchesterplätze und Fiktion bezahlt, erwartet das.

Das ist die erste komische Idee, die in der Geschichte auftaucht.

Beide hatten sich ein großes Rennen um Helens Hand geliefert. Als Frank gewann, schüttelte John ihm die Hand und beglückwünschte ihn – ehrlich, das tat er.

Nach der Zeremonie rannte Helen nach oben, um ihren Hut aufzusetzen. Sie hatte in einem Reisekleid geheiratet, denn sie und Frank würden sofort für eine Woche nach Old Point Comfort [in Virginia am Meer gelegen] fahren. Unten wartete die übliche Horde kichernder 'Höhlenbewohner' mit alten Halbstiefeln und Papiertüten in ihren Händen, die mit Maismehl gefüllt waren.

Dann gab es ein Klappern der Feuertreppe, und in ihr Zimmer sprang der verrückte und in sie vernarrte John Delaney, dem eine feuchte Locke auf die Stirn fiel.

Er machte seiner verlorenen Liebschaft heftige und verwerfliche Liebesbekundungen, in denen er sie bat, mit ihm an die Riviera oder in die Bronx oder an irgendeinen alten Ort zu fliehen, oder wegzueilen, wo es einen italienischen Himmel und dolce far niente [süßes Nichtstun] gibt.

Es hätte Blaney* vom Hocker gerissen, wenn er gesehen hätte, wie Helen ihn zurückwies. Mit flammenden und verächtlichen Augen ließ sie ihn regelrecht verdorren, indem sie von ihm verlangte, ihr zu sagen, was er damit meinte, in dieser Weise mit respektablen Leuten zu sprechen.

[* Harry Clay Blaney, Schauspieler und später bekannten Theater-Produzent in New York]

In wenigen Augenblicken hatte sie ihn in die Flucht geschlagen. Die Männlichkeit, die er vorher hatte, verließ ihn. Er verbeugte sich tief und sagte etwas von 'unwiderstehlichem Impuls' und 'für immer die Erinnerung in seinem Herzen tragen … '

Daraufhin schlug sie ihm vor, die erste Feuerleiter nach unten zu nehmen.

»Ich werde fortgehen«, sagte John Delaney, »bis in die hintersten Winkel der Erde. Ich kann nicht in deiner Nähe bleiben und wissen, dass du einem anderen gehörst. Ich werde nach Afrika gehen und dort inmitten anderer Landschaften danach streben – «

»Um Himmels Willen, geh raus«, sagte Helen. »Es könnte jemand reinkommen.«

Er kniete nieder, und sie reichte ihm eine weiße Hand, damit er ihr einen Abschiedskuss geben konnte.

Mädels, war das nicht der auserwählte Segen, den euch der große kleine Gott Amor jemals gewähren kann? Den Kerl, den ihr wollt, fest im Griff haben, und den, den ihr nicht wollt, mit einer feuchten Locke auf der Stirn vor euch knien zu lassen und von Afrika und der Liebe zu schwärmen, die trotz allem für immer wie ein Amaranth in seinem Herzen blühen wird?

Eure Macht zu kennen und die süße Sicherheit eures eigenen glücklichen Zustandes zu fühlen; den Unglücklichen mit gebrochenem Herzen in fremde Gefilde zu schicken, während man sich selbst beglückwünschst, dass die Nägel gut maniküert sind, als er seinen letzten Kuss auf deine Knöchel drückt – lasst Euch sagen, Mädels, es ist galaktisch – lasst es euch niemals entgehen.

Und dann, natürlich – wie haben Sie es nur erraten – öffnete sich die Tür und der Bräutigam schritt herein, rasend eifersüchtig.

Der Abschiedskuss wurde auf Helens Hand gedrückt, und aus dem Fenster und die Feuerleiter hinunter sprang John Delaney, Richtung Afrika.

Jetzt ein wenig langsame Musik, wenn Sie wollen – eine schwache Geige, nur ein Hauch einer Klarinette und eine Brise vom Cello, und stellen Sie sich die Szene vor:

Frank, weißglühend, mit dem Schrei eines zu Tode Verwundeten, der aus ihm herausbricht. Helen stürzt zu ihm und klammert sich an ihn, versucht zu erklären.

Er ergreift ihre Handgelenke und reißt sie von seinen Schultern – einmal, zweimal, dreimal schwenkt er sie hin und her – der Bühnenmanager wird Ihnen zeigen, wie – und wirft sie von sich weg zu Boden, ein zusammengekauertes, zerquetschtes, stöhnendes Ding. Niemals, schreit er, wird er sich ihr Gesicht wieder ansehen und stürzt aus dem Haus und durch die staunenden Ansammlungen der Gäste.

Und nun, da es sich um die 'Sache' und nicht um das 'Stück' handelt, muss das Publikum in die reale Lobby der Welt hinausgehen und während der zwanzigjährigen Pause, die bis zum erneuten Aufgehen des Vorhangs vergehen muss, heiraten, sterben, ergrauen, reich, arm, glücklich oder traurig werden.

Mrs. Barry erbte den Laden und das Haus. Mit ihren achtunddreißig Jahren hätte sie so manche Achtzehnjährige bei einer Schönheitsshow hinsichtlich Einzelbewertungen und Gesamtergebnis übertrumpfen können. Nur wenige Leute erinnerten sich an ihre Hochzeitskomödie, aber sie machte kein Geheimnis daraus. Sie verpackte sie weder in Lavendel noch in Mottenkugeln, noch verkaufte sie sie an eine Zeitschrift.

Eines Tages hielt ein gut verdienender Anwalt mittleren Alters, der seine Anwaltspapier und Tinte bei ihr gekauft hatte, über den Ladentisch hinweg um ihre Hand an.

»Ich bin Ihnen wirklich sehr dankbar«, sagte Helen fröhlich, »aber ich habe vor zwanzig Jahren einen anderen

Mann geheiratet. Er war mehr eine Gans als ein Mann, aber ich glaube, ich liebe ihn immer noch. Ich habe ihn seit etwa einer halben Stunde nach der Trauung nicht mehr gesehen. Wollten Sie Kopiertinte oder nur Schreibflüssigkeit?«

Der Anwalt verbeugte sich mit altmodischer Anmut über den Tresen und drückte ihr einen respektvollen Kuss auf den Handrücken. Helen seufzte. Abschiedsgrüße, wie romantisch sie auch sein mochten, waren vielleicht übertrieben. Hier war sie achtunddreißig, schön und bewundert, und alles, was sie von ihren Liebhabern zu bekommen schien, waren Annäherungsversuche und Adieus. Schlimmer noch, mit dem letzten hatte sie auch noch einen Kunden verloren.

Die Geschäfte liefen schlecht, und sie hängte ein 'Zimmer-zu-vermieten'-Schild aus. Zwei große Zimmer im dritten Stock wurden für geeignete Bewohner vorbereitet. Die Mieter kamen und gingen, und wenn sie gingen, dann mit Bedauern, denn das Haus von Mrs. Barry war der Inbegriff von Sauberkeit, Komfort und Geschmack.

Eines Tages kam Ramonti, der Geiger, und belegte das vordere Zimmer oben. Der Lärm und das Getöse anderorts in der Stadt beleidigten sein feines Ohr, und so hatte ihn ein Freund in diese Oase in der Wüste des Lärms geschickt. Ramonti mit seinem noch jugendlichen Gesicht, seinen dunklen Augenbrauen, seinem kurzen, spitzen, fremdländischen, braunen Bart, seinem distinguierten grauen Haarschopf und seinem künstlerischen Temperament, das sich in seiner leichten, fröhlichen und sympathischen Art zeigte, war ein willkommener Mieter in dem alten Haus nahe dem Abingdon Square.

Helen selbst wohnte in der Etage über dem Laden. Die Architektur des Hauses war einzigartig und malerisch. Der Flur war groß und fast quadratisch. An einer Seite führte eine offene Treppe in das darüber liegende Stockwerk. Diesen Raum hatte sie als Wohnzimmer und Büro eingerichtet. Dort stand ihr Schreibtisch und schrieb sie ihre Geschäftsbriefe; und dort saß sie abends bei einem warmen Feuer und einem hellen roten Licht und nähte oder las.

Ramonti fand die Atmosphäre so angenehm, dass er viel Zeit dort verbrachte und Mrs. Barry von den Wundern von Paris erzählte, wo er bei einem besonders berüchtigten und lärmenden Fiedler gelernt hatte.

Dann kommt Untermieter Nr. 2, ein gut aussehender, melancholischer Mann Anfang 40 mit einem braunen, geheimnisvollen Bart und seltsam flehenden, eindringlichen Augen. Auch er empfindet die Gesellschaft von Helen als begehrenswert. Mit den Augen eines Romeo und der Zunge eines Othello bezauberte er sie mit Geschichten aus fernen Ländern und umwarb sie mit respektvollen Anspielungen. Vom ersten Augenblick an verspürte Helen in der Gegenwart dieses Mannes einen wunderbaren und unwiderstehlichen Kitzel. Seine Stimme brachte sie irgendwie schnell zurück in die Tage ihrer Jugendliebe. Dieses Gefühl wuchs, und sie gab ihm nach, und es führte sie zu der instinktiven Überzeugung, dass er ein Teil in dieser alten Romanze gewesen war.

Und dann übersprang sie mit der Vernunft einer Frau (oh ja, die gibt es manchmal) die üblichen Syllogismen [eine Form des deduktiven Schließens, Logik, logisches Schlussfolgern], die Theorie und die Logik und war sich sicher, dass ihr Mann zu ihr zurückgekehrt war, denn sie sah in seinen Augen die Liebe, die keine Frau verkennen kann, und tausend Tonnen von Reue und Bedauern, die Mitleid erweckten, was der erwiderten Liebe gefährlich nahekommt, welche die conditio sine qua non [unabdingbare Voraussetzung] in dem Haus ist, das Jack gebaut hat[19].

Aber sie gab kein Zeichen. Ein Ehemann, der für zwanzig Jahre um die Ecke geht und dann wieder hereinkommt, sollte nicht erwarten, dass er seine Pantoffeln bequem in der Nähe finden wird oder ein Streichholz für seine Zigarre bereit liegt. Es muss eine Sühne, eine Erklärung und möglicherweise eine Strafe geben. Ein kleines Fegefeuer, und dann, wenn er richtig demütig wäre, könnte man ihn vielleicht wieder in Ehren aufnehmen. Und so gab sie kein Zeichen, dass sie etwas wusste oder ahnte.

Und mein Freund, der Reporter, konnte daran nichts Komisches finden! Er wurde mit dem Auftrag hinausgeschickt, eine brüllende, lustige, brillante Geschichte zu schreiben über – aber ich will nicht über einen Bruder herziehen – lasst uns mit der Geschichte fortfahren.

Eines Abends hielt Ramonti in Helens Empfangsraum an und erklärte seine Liebe mit der Zärtlichkeit und dem Eifer des entrückten Künstlers. Seine Worte waren eine helle Flamme des göttlichen Feuers, das im Herzen eines Mannes glüht, der ein Träumer und Macher zugleich ist.

157

»Aber bevor Sie mir eine Antwort geben«, fuhr er fort, bevor sie ihm Übereifer vorwerfen konnte, »muss ich Ihnen sagen, dass 'Ramonti' der einzige Name ist, den ich Ihnen anbieten kann. Mein Manager hat ihn mir gegeben. Ich weiß nicht, wer ich bin und woher ich komme. Meine erste Erinnerung ist, dass ich meine Augen in einem Krankenhaus geöffnet habe. Ich war ein junger Mann und lag schon seit Wochen dort. Mein Leben davor ist mir völlig unbekannt. Man erzählte mir, dass man mich mit einer Wunde am Kopf auf der Straße gefunden hatte und ich mit einem Krankenwagen dorthin gebracht worden war. Sie dachten, ich sei wohl gestürzt und mit dem Kopf auf die Steine aufgeschlagen. Es gab keinerlei Hinweise darauf dafür, wer ich war. Ich habe mich nie erinnern können.«

»Nachdem ich aus dem Krankenhaus entlassen wurde, begann ich mit dem Geigenspiel. Ich hatte Erfolg damit. Mrs. Barry – ich kenn ihren Namen nicht, ich weiß nur, dass ich Sie liebe. Als ich Sie das erste Mal sah, war mir klar, dass Sie die einzige Frau auf der Welt für mich sind und … « Und dann kamen noch eine Menge solcher Sprüche.

Helen fühlte sich wieder jung. Zuerst überkamen sie eine Welle des Stolzes und ein süßer kleiner Schauer der Eitelkeit, und dann sah sie Ramonti in die Augen, und ein gewaltiges Pochen durchfuhr ihr Herz. Mit diesem Pochen hatte sie nicht gerechnet. Es überraschte sie. Der Musiker war zu einem wichtigen Faktor in ihrem Leben geworden, ohne dass es ihr bewusst gewesen war.

»Mr. Ramonti«, sagte sie traurig (das war nicht auf der Bühne, sondern im alten Haus in der Nähe des Abingdon

Square), »es tut mir schrecklich leid, aber ich bin eine verheiratete Frau.«

Und dann erzählte sie ihm die traurige Geschichte ihres Lebens, wie es eine Heldin früher oder später tun muss, entweder vor einem Theaterdirektor oder vor einem Reporter. Ramonti nahm ihre Hand, verbeugte sich tief, küsste sie und ging hinauf in sein Zimmer.

Helen setzte sich und blickte traurig auf ihre Hand. Das konnte sie gut. Drei Freier hatten sie geküsst, ihre Rotschimmel bestiegen und waren davongeritten.

Eine Stunde später kam der geheimnisvolle Fremde mit den eindringlichen Augen. Helen saß in der Weidenschaukel und strickte ein nutzloses Ding aus Baumwolle. Er sprang die Treppe herab und blieb für ein Gespräch. Er setzte sich ihr gegenüber an den Tisch und schüttete ebenfalls seine Liebesgeschichte aus. Und dann sagte er: »Helen, erinnerst du dich nicht an mich? Ich glaube, ich habe es in deinen Augen gesehen. Kannst du die Vergangenheit verzeihen und dich an die Liebe erinnern, die zwanzig Jahre gedauert hat? Ich habe dir tiefes Unrecht getan – ich hatte Angst, zu dir zurückzukehren – aber meine Liebe hat meine Vernunft überwältigt. Kannst du, willst du mir verzeihen?«

Helen stand auf. Der geheimnisvolle Fremde hielt eine ihrer Hände in einer starken und zitternden Umklammerung.

Da stand sie nun, und ich bedauere die Bühne, dass sie nicht eine Szene wie diese und die Schilderung ihrer Gefühle erworben hat.

Sie stand mit geteiltem Herzen da. Die frische, unvergessliche, jungfräuliche Liebe zu ihrem Bräutigam war die ihre; die geschätzte, heilige, verehrte Erinnerung an ihre erste Wahl erfüllte ihre halbe Seele. Sie lehnte sich an dieses reine Gefühl. Ehre und Glaube und süße, beständige Romantik banden sie daran. Aber die andere Hälfte ihres Herzens und ihrer Seele war von etwas anderem erfüllt – einem späteren, umfassenderen, näheren Einfluss. Und so kämpfte das Alte gegen das Neue.

Und während sie zögerte, ertönte aus dem Zimmer über ihr die leise, klagende, flehende Musik einer Geige. Die Hexe, die Musik, verzaubert manche der Edelsten. Die Dohlen können am Ärmel picken, ohne zu verletzen, aber wer sein Herz auf dem Trommelfell trägt, bekommt es nicht weit vom Hals weg.

Diese Musik und der Musikant riefen sie, und auf ihrer Seite hielten die Ehre und die alte Liebe sie zurück.

»Verzeih mir«, flehte er.

»Zwanzig Jahre sind eine lange Zeit, um von demjenigen getrennt zu sein, den man zu lieben behauptet«, erklärte sie mit einem Hauch von Fegefeuer.

»Wie soll ich es sagen?«, bettelte er. »Ich werde dir nichts verheimlichen. Als er in jener Nacht ging, folgte ich ihm. Ich war wahnsinnig vor Eifersucht. Auf einer dunklen Straße schlug ich ihn nieder. Er stand nicht mehr auf. Ich untersuchte ihn. Sein Kopf hatte einen Stein getroffen. Ich hatte nicht die Absicht, ihn zu töten. Ich war verrückt vor

Liebe und Eifersucht. Ich versteckte mich in der Nähe und sah, wie ein Krankenwagen ihn wegbrachte. Obwohl du ihn geheiratet hast, Helen – «

»Wer sind Sie?«, rief die Frau mit weit aufgerissenen Augen und riss ihre Hand weg.

»Erinnerst du dich nicht an mich, Helen – derjenige, der dich immer am meisten geliebt hat? Ich bin John Delaney. Wenn du mir verzeihen kannst – «

Aber sie war schon weggerannt. Sie sprang, stolperte, eilte, flog die Treppe hinauf zur Musik und zu ihm, der sie vergessen hatte, der sie aber in jedem seiner beiden Existenzen für die seine gehalten hatte, und während sie hinaufstieg, schluchzte, weinte und sang sie: »Frank! Frank! Frank!«

Drei Sterbliche, die mit den Jahren jonglieren, als wären es Billardkugeln, und mein Freund, der Reporter, konnte nichts Komisches daran finden!

EIN STREIFZUG DURCH DIE APASIE[20]

Meine Frau und ich trennten uns an diesem Morgen auf unsere übliche Weise. Sie ließ ihre zweite Tasse Tee stehen, um mir zur Haustür zu folgen. Dort zupfte sie mir den unsichtbaren Fussel vom Revers (der universelle Akt der Frau, um ihr Eigentum zu manifestieren) und forderte mich auf, mich um meine Erkältung zu kümmern. Ich war nicht erkältet.

Dann kam ihr Abschiedskuss – der flache Kuss der Häuslichkeit, mit dem Geschmack von Young Hyson [Teesorte]. Sie hatte keine Angst vor Experimenten, vor Abwechslungen, die ihre grenzenlosen Gewohnheiten würzen. Mit dem geschickten Griff eines langen Fehlverhaltens verschob sie meine gut sitzende Krawatte; und dann, als ich die Tür schloss, hörte ich ihre morgendlichen Pantoffeln zu ihrem abkühlenden Tee zurücktrippeln.

Als ich mich auf den Weg machte, hatte ich keine Ahnung oder Vorahnung von dem, was passieren würde.

Der Angriff kam plötzlich.

Viele Wochen lang hatte ich fast Tag und Nacht an einem aufsehenerregenden Eisenbahnprozess gearbeitet, den ich erst wenige Tage zuvor triumphal gewonnen hatte. In der Tat hatte ich viele Jahre lang fast ununterbrochen an Gerichtsfällen gearbeitet. Der gute Doktor Volney, mein Freund und Arzt, hatte mich ein- oder zweimal gewarnt.

»Wenn du nicht kürzertrittst, Bellford«, sagte er, »wirst du irgendwann plötzlich zusammenbrechen. Entweder deine Nerven oder dein Gehirn werden nachgeben. Sag mir, vergeht eine einzige Woche, in der du nicht in der Zeitung von einem Fall von Aphasie liest – von einem verirrten Mann, der, namenlos umherläuft, dessen Vergangenheit und Identität ausgelöscht sind – und das alles wegen dieses kleinen Hirngerinnsels, das durch Überarbeitung oder Sorgen entstanden ist?«

»Ich habe immer gedacht«, sagte ich, »dass dieses Gerinnsel in diesen Fällen eigentlich nur in den Gehirnen der Zeitungsreporter zu finden ist.«

Doktor Volney schüttelte den Kopf. »Diese Krankheit existiert wirklich«, sagte er. »Du brauchst eine Abwechslung oder eine Pause. Gerichtssaal, Büro und zuhause – das ist der einzige Weg, den du gehst. Zur Erholung liest du Gesetzbücher. Du solltest die Warnungen beizeiten ernst nehmen.«

»Jeden Donnerstagabend«, sagte ich abwiegelnd, »spielen meine Frau und ich Cribbage. Sonntags liest sie mir den wöchentlichen Brief von ihrer Mutter vor, und dass Gesetzbücher keine Freizeitbeschäftigung sind, muss erst noch bewiesen werden.«

Als ich an diesem Morgen spazieren ging, dachte ich an Doktor Volneys Worte. Ich fühlte mich so gut wie sonst auch – vielleicht geistig sogar besser als gewöhnlich.

163

Ich war mit steifen und verkrampften Muskeln aufgewacht, weil ich lange auf dem unbequemen Sitz eines Personenwagens der Eisenbahn geschlafen hatte. Ich lehnte meinen Kopf gegen den Sitz und versuchte zu denken. Nach einiger Zeit sagte ich zu mir selbst: 'Ich muss irgendeinen Namen haben'. Ich durchsuchte meine Taschen. Keine Karte, kein Brief, kein Papier und kein Monogramm konnte ich finden. Aber ich fand in meiner Manteltasche fast 3.000 Dollar in Scheinen in großer Stückelung. »Ich muss natürlich jemand sein«, wiederholte ich zu mir selbst und begann erneut zu überlegen.

Der Wagen war gut gefüllt mit Männern, die, wie ich mir sagte, ein gemeinsames Interesse haben mussten, denn sie unterhielten sich angeregt und schienen in bester Laune und Stimmung zu sein. Einer von ihnen – ein stämmiger, bebrillter Herr, umhüllt von einem ausgeprägten Geruch nach Zimt und Aloe – nahm mit einem freundlichen Nicken die freie Hälfte meines Sitzes ein und faltete eine Zeitung auf.

In den Lesepausen unterhielten wir uns, wie es sich für Reisende gehört, über aktuelle Themen. Ich fand mich in der Lage, das Gespräch über solche Themen mit Erfolg fortzusetzen, zumindest wie ich mich erinnern kann. Nach einiger Zeit sagte mein Begleiter:

»Sie sind bestimmt einer von uns. Der Westen schickt gerade viele gute Männer. Ich bin froh, dass der Kongress in New York stattfindet; ich war noch nie im Osten. Mein Name ist R. P. Bolder – Bolder & Son, aus Hickory Grove, Missouri.«

Obwohl ich unvorbereitet war, habe ich mich der Notlage angepasst, wie es Menschen tun, wenn sie sich in einer solchen befinden. Jetzt musste ich eine Taufe abhalten und gleichzeitig Baby, Pfarrer und Elternteil sein. Meine Sinne halfen meinem langsamen Gehirn auf die Sprünge. Der penetrante von Medikamenten meines Begleiters lieferte eine Idee; ein Blick in seine Zeitung, wo mein Auge auf eine auffällige Anzeige stieß, half mir weiter.

»Mein Name«, sagte ich flüchtig, »ist Edward Pinkhammer. Ich bin Drogist und wohne in Cornopolis, Kansas.«

»Ich wusste, dass Sie Drogist sind«, sagte mein Mitreisender freundlich. »Ich habe die schwielige Stelle an Ihrem rechten Zeigefinger gesehen, wo der Griff des Stößels reibt. Natürlich sind Sie ein Delegierter auf unserem Nationalkongress.«

»Sind diese Männer alle Drogisten?«, fragte ich verwundert.

»Das sind sie. Dieser Wagen ist aus dem Westen gekommen. Und sie sind auch Drogisten der alten Schule – keine dieser Patent-Tabletten-und-Granulat-Apotheker, die Spielautomaten anstelle einer Rezepttheke benutzen. Wir filtrieren unsere eigenen Schmerzmittel und rollen unsere eigenen Pillen, und wir sind nicht darüber erhaben, im Frühjahr auch ein paar Gartensamen zu verkaufen und ein Nebengeschäft mit Süßwaren und Schuhen zu führen.«

»Ich sage Ihnen, 'Hampinker', ich habe eine Idee für diesen Kongress – denn neue Ideen sind das, was sie wollen.«

»Sie kennen doch die Regalflaschen mit dem Brechweinstein und dem Rochellesalz [besser bekannt als Seignettesalz], Ant. et Pot. Tart. und Sod. et Pot. Tart. Das eine ist Gift, das andere harmlos.«

»Es ist leicht, ein Etikett mit dem anderen zu verwechseln, und wo bewahren Drogisten sie meistens auf? So weit voneinander entfernt wie möglich, in verschiedenen Regalen. Das ist nicht gut so. Ich sage, man sollte sie nebeneinander aufbewahren, sodass man, wenn man das eine will, es immer mit dem anderen vergleichen kann, um Fehler zu vermeiden. Verstehen Sie das?«

»Das scheint mir ein sehr guter Gedanke zu sein«, sagte ich.

»In Ordnung! Wenn ich das auf dem Kongress vorbringen, unterstützen Sie es. Wir werden einige dieser östlichen Orangenphosphat- und Massagecreme-Professoren, die meinen, sie seien die einzigen Lutschtabletten auf dem Markt, wie wasserlösliche Pillen aussehen lassen.«

»Wenn ich Ihnen behilflich sein kann«, sagte ich und wärmte mich auf, »die beiden Flaschen mit – äh – «

»Weinstein aus Antimon und Pottasche und Weinstein aus Soda und Pottasche.«

»Sie werden von nun an nebeneinanderstehen«, schloss ich mit fester Stimme.

»Nun, da ist noch etwas«, sagte Mr. Bolder. »Was bevorzugen Sie als Hilfsstoff bei der Verarbeitung einer Pillenmasse – Magnesiakarbonat oder pulverisierte Glycyrrhiza radix [Wurzeln bestimmter Süßholzarten]?«

»Das – äh – Magnesia«, antwortete ich, weil es leichter zu auszusprechen war als das andere Wort.

Mr. Bolder schaute mich misstrauisch durch seine Brille an.

»Ich nehme Glycyrrhiza«, sagte er. »Magnesium verklumpt.«

»Hier ist wieder einer dieser vorgetäuschten Aphasie-Fälle«, sagte er dann, als er mir seine Zeitung reichte und den Finger auf einen Artikel legte.

»Ich glaube nicht an so etwas. Ich halte neun von zehn davon für Betrug. Ein Mann hat die Nase voll von seinem Geschäft und seinem Umfeld und will sich amüsieren. Er haut irgendwohin ab, und wenn man ihn findet, gibt er vor, sein Gedächtnis verloren zu haben – er weiß seinen eigenen Namen nicht mehr und erkennt nicht einmal das Muttermal auf der linken Schulter seiner Frau.«

»Aphasie! Pah! Warum können sie nicht zu Hause bleiben und da vergessen?«

Ich nahm die Zeitung und las. Nach den ins Auge stechenden Schlagzeilen fand ich das Folgende:

167

'DENVER, 12. Juni: Elwyn C. Bellford, ein prominenter Anwalt, ist seit drei Tagen auf mysteriöse Weise von zu Hause verschwunden, und alle Bemühungen, ihn ausfindig zu machen, waren vergeblich. Bellford ist ein bekannter und angesehener Bürger mit einer großen und lukrativen Anwaltspraxis. Er ist verheiratet und besitzt ein schönes Haus und die umfangreichste Privatbibliothek des Staates. Am Tag seines Verschwindens hob er eine größere Geldsumme von seiner Bank ab. Es gibt niemanden, der ihn gesehen hat, nachdem er die Bank verlassen hatte. Mr. Bellford war ein Mann mit einem ungewöhnlich ruhigen und häuslichen Auftreten und schien sein Glück in seinem Heim und seinem Beruf zu finden. Wenn es überhaupt einen Anhaltspunkt für sein seltsames Verschwinden gibt, dann ist es die Tatsache, dass er seit einigen Monaten in einen wichtigen Rechtsfall im Zusammenhang mit der Q. Y. und Z - Railroad Company vertieft war. Es wird befürchtet, dass Überarbeitung seinen Verstand beeinträchtigt haben könnte. Es werden alle Anstrengungen unternommen, um den Aufenthaltsort des Vermissten zu ermitteln.'

»Mir scheint, Sie sind ein wenig zynisch, Mr. Bolder«, sagte ich, nachdem ich die Depesche gelesen hatte. »Das klingt für mich nach einem echten Fall. Warum sollte dieser Mann, der wohlhabend, glücklich verheiratet und geachtet ist, plötzlich alles aufgeben? Ich weiß, dass solche Gedächtnislücken vorkommen und dass es Menschen gibt, die ohne Namen, ohne Geschichte und ohne Heimat dastehen.«

»Oh, völliger Unsinn!«, sagte Mr. Bolder. »Sie sind auf Spaß aus. Heutzutage gibt es zu viel Bildung. Männer wissen über Aphasie Bescheid und benutzen sie als Ausrede. Die Frauen sind auch klug. Wenn alles vorbei ist, schauen sie dir in die Augen, so wissenschaftlich wie du willst, und sagen: 'Er hat mich hypnotisiert.'«

Mit seinen Kommentaren und seiner Philosophie lenkte mich Mr. Bolder ab, half mir aber nicht weiter.

Wir kamen gegen zehn Uhr abends in New York an. Ich fuhr mit dem Taxi zu einem Hotel und trug meinen Namen als 'Edward Pinkhammer' in das Register ein, und während ich dies tat, fühlte ich einen herrlichen, wilden, berauschenden Schwung in mir – ein Gefühl von unbegrenzter Freiheit, von neu errungenen Möglichkeiten.

Ich war gerade erst in die Welt hineingeboren worden. Die alten Fesseln – was immer sie auch gewesen waren – wurden von meinen Händen und Füßen gelöst. Die Zukunft lag vor mir, ein klarer Weg, wie ihn ein Säugling betritt, und ich konnte ihn mit der Bildung und Erfahrung eines Mannes beschreiten.

Ich dachte, der Hotelangestellte hätte mich fünf Sekunden zu lange angeschaut. Ich hatte kein Gepäck.

»Der Drogistenkongress«, sagte ich. »Mein Koffer ist irgendwie nicht angekommen.«

Ich zog eine Geldrolle heraus.

»Ah!«, sagte er und zeigte einen goldglänzenden Zahn, »wir haben eine ganze Reihe von Delegierten aus dem Westen hier zu Gast.«

Er läutete mit einer Glocke nach dem Jungen.

Ich bemühte mich, meiner Rolle Farbe zu geben.

»Es gibt eine wichtige Bewegung unter uns Westlern«, sagte ich, »in Bezug auf eine Empfehlung an den Kongress, dass die Flaschen mit dem Antimon-Kalium-Weinstein und dem Natrium-Kalium-Weinstein in zusammenstehend im Regal aufbewahrt werden sollen.«

»Der Gentleman auf die Drei-Vierzehn«, sagte der Angestellte hastig.

Ich wurde in mein Zimmer gebracht.

Am nächsten Tag kaufte ich mir einen Koffer und Kleidung und begann, das Leben eines Edward Pinkhammer zu führen. Ich belastete mein Gehirn nicht mit dem Versuchen, Probleme der Vergangenheit zu lösen.

Es war ein faszinierender und prickelnder Becher, den mir die große Inselstadt an die Lippen hielt. Ich trank dankbar davon. Die Schlüssel von Manhattan gehören dem, der sie zu tragen vermag. Du musst entweder der Gast der Stadt sein oder ihr Opfer.

Die folgenden paar Tage waren wie Gold und Silber. Edward Pinkhammer, dessen Geburt nur um Stunden zurückliegt, spürte die seltene Freude, in eine so vergnügliche Welt getroffen zu sein, in ihrer ganzen Fülle und Ungehemmtheit.

Ich saß wie gebannt auf den Zauberteppichen in Theatern und Dachgärten, die einen in fremde und reizvolle Länder voller ausgelassener Musik, hübscher Mädchen und grotesker, drollig-extravaganter Parodien auf die menschliche Art entführten.

Ich ging hierhin und dorthin, wie es mir gefiel, ohne an Raum, Zeit oder Verhalten gebunden zu sein. Ich speiste in merkwürdigen Kabaretts, an noch merkwürdigeren *tables d'hôte*[21]zu den Klängen ungarischer Musik und dem wilden Geschrei quecksilbriger Künstler und Bildhauer. Oder auch, wo das Nachtleben im elektrischen Licht wie ein kinetoskopisches Bild bebt, und wo man die Hutmoden der Welt und ihre Juwelen und die Menschen, die sie schmücken, und die Männer, die das alles möglich machen, für gute Laune und spektakuläre Effekte trifft.

Und zwischen all diesen Szenen, die ich erwähnt habe, habe ich eine Sache gelernt, die ich vorher nicht wusste. Und zwar, dass der Schlüssel zur Freiheit nicht in den Händen der Konzession liegt, sondern dass die Konvention ihn hält.

Die Konvention hat eine Mautstelle, an der man zahlen muss, sonst darf man das Land der Freiheit nicht betreten. In allem Glitzern, der scheinbaren Unordnung, der Parade, der Hemmungslosigkeit sah ich dieses Gesetz, unauffällig und doch wie Eisen, herrschen. Deshalb müsst ihr in Manhattan diese ungeschriebenen Gesetze befolgen, dann werdet ihr die freiesten der Freien sein. Wenn du dich weigerst, dich an sie zu halten, legst du dir Fesseln an.

Manchmal suchte ich, je nach Lust und Laune, die stattlichen, leise murmelnden palmengeschmückten Lounges auf, die von hochgeborenem Leben und zarter Zurückhaltung erfüllt waren, um dort zu speisen.

Dann wieder fuhr ich die Wasserstraßen an den Ufern der Insel mit Dampfern hinunter, die mit lärmenden, herausgeputzten, Angestellten und Verkäuferinnen gefüllt waren, die schamlos ihren primitiven Liebesspielen nachgingen.

Und dann war da immer noch der Broadway – der glitzernde, opulente, verschlagene, sich stets verändernde, begehrenswerte Broadway – der einem wie eine Opiumabhängigkeit ans Herz wuchs.

Als ich eines Nachmittags mein Hotel betrat, versperrte mir ein stämmiger Mann mit einer großen Nase und einem schwarzen Schnurrbart den Weg im Korridor. Als ich an ihm vorbeigehen wollte, grüßte er mich mit beleidigender Vertrautheit.

»Hallo, Bellford!«, rief er laut. »Was zum Teufel treibst du in New York? Ich wusste nicht, dass dich irgendetwas von deiner alten Bücherhöhle weglocken kann. Ist Mrs. B. dabei, oder betreibst du das kleine Geschäft allein?«

»Sie haben sich geirrt, Sir«, sagte ich kalt und ließ meine Hand aus seinem Griff los. »Mein Name ist Pinkhammer. Sie werden mich entschuldigen.«

Der Mann trat an meine Seite, offensichtlich erstaunt. Als ich zum Tresen ging, hörte ich, wie er einen Pagen rief und etwas über Blanko-Telegrafenformulare sagte.

»Geben Sie mir meine Rechnung«, sagte ich zu dem Angestellten, »und lassen Sie mein Gepäck in einer halben Stunde herunterbringen. Ich habe keine Lust, dortzubleiben, wo ich von Betrügern belästigt werde.«

An diesem Nachmittag zog ich in ein anderes Hotel, ein gediegenes, altmodisches in der unteren Fifth Avenue.

Etwas abseits des Broadways gab es ein Restaurant, in dem man fast im Freien in einer tropischen Pflanzenwelt bedient werden konnte. Die Ruhe, der Luxus und der perfekte Service machten es zu einem idealen Ort, um zu Mittag zu essen oder sich zu erfrischen.

Eines Nachmittags suchte ich mir dort einen Tisch zwischen den Farnen, als ich fühlte, wie mich jemand am Ärmel packte.

»Mr. Bellford!«, rief eine erstaunlich sanfte Stimme.

Ich drehte mich schnell um und sah eine allein sitzende Dame – eine Dame um die dreißig, mit überaus schönen Augen, die mich ansah, als wäre ich ihr guter Freund.

»Du wolltest gerade an mir vorbeigehen«, sagte sie anklagend. »Sag nicht, dass du mich nicht kennst. Warum sollten wir uns nicht die Hand geben – wenigstens einmal in fünfzehn Jahren?«

Ich reichte ihr sofort die Hand und setzte mich ihr gegenüber an den Tisch. Mit meinen Augenbrauen rief ich einen herumschwebenden Kellner herbei. Die Dame schäkerte mit einem Orangeneis. Ich bestellte eine *Crème de Menthe*. Ihr Haar war rötlich-bronzefarben. Man konnte es nicht betrachten, weil man den Blick nicht von ihren Augen abwenden konnte, aber man war sich dessen bewusst, wie man sich des Sonnenuntergangs bewusst ist, wenn man in der Dämmerung in die Tiefen eines Waldes blickt.

»Sind Sie sicher, dass Sie mich kennen?«, fragte ich.

»Nein«, sagte sie und lächelte. »Da war ich mir nie sicher.«

»Was würden Sie denken«, sagte ich etwas ängstlich, »wenn ich Ihnen sagen würde, dass ich Edward Pinkhammer heiße, aus Cornopolis, Kansas?«

»Was würde ich denken?«, wiederholte sie mit einem fröhlichen Blick. »Dass du Mrs. Bellford nicht mit nach New York genommen hättest. Ich wünschte, du hättest es getan. Ich hätte Marian gerne gesehen.«

Ihre Stimme senkte sich leicht – »du hast dich nicht sehr verändert, Elwyn.«

Ich spürte, wie ihre wunderbaren Augen meine und mein Gesicht genauer untersuchten.

»Ja, so ist es«, ergänzte sie, und es lag ein leiser, frohlockender Ton in ihrem letzten Ton. »Ich sehe es jetzt. Du hast es nicht vergessen. Du hast es weder ein Jahr noch einen Tag noch eine Stunde lang vergessen. Ich habe dir gesagt, dass du das nie kannst.«

Ich stocherte ängstlich mit meinem Strohhalm in der *Crème de Menthe.*

»Ich bin sicher, dass ich Sie um Verzeihung bitten würde«, sagte ich, etwas unruhig wegen ihres Blicks. »Aber das ist ja gerade das Problem. Ich habe es vergessen. Ich habe alles vergessen.«

Sie missachtete mein Dementi. Sie lachte köstlich über etwas, das sie in meinem Gesicht zu sehen schien.

»Ich habe gelegentlich von dir gehört«, fuhr sie fort. »Du bist ein ziemlich großer Anwalt im Westen – in Denver, nicht wahr, oder in Los Angeles? Marian muss sehr stolz auf dich sein. Ich nehme an, du wusstest, dass ich sechs Monate nach dir geheiratet habe. Du hast es vielleicht in den Zeitungen gelesen. Allein die Blumen haben zweitausend Dollar gekostet.«

Sie hatte von fünfzehn Jahren gesprochen. Fünfzehn Jahre sind eine lange Zeit.

»Wäre es zu spät«, fragte ich etwas zaghaft, »Ihnen zu gratulieren?«

»Nicht, wenn du es jetzt wagst«, antwortete sie mit einer so feinen Unerschrockenheit, dass ich schwieg und begann, mit dem Daumennagel Muster in den Stoff meiner Hose zu knittern.

»Sag mir eines«, sagte sie und beugte sich zu mir herüber, »was ich schon seit vielen Jahren wissen möchte – natürlich nur aus weiblicher Neugier – hast du es seit jener Nacht jemals gewagt, weiße Rosen zu berühren, zu riechen oder zu betrachten – weiße Rosen, die von Regen und Tau benetzt waren?«

Ich nahm einen Schluck *Crème de Menthe*.

»Es wäre wohl sinnlos«, sagte ich seufzend, »wenn ich wiederholen würde, dass ich mich an diese Dinge überhaupt nicht erinnern kann. Mein Gedächtnis ist völlig im Eimer. Ich brauche nicht zu sagen, wie sehr ich das bedaure.«

Die Dame stützte ihre Arme auf den Tisch, und wieder verschmähten ihre Augen meine Worte und wanderten auf ihrem eigenen Weg direkt zu meiner Seele. Sie lachte leise, mit einem seltsamen Klang, es war ein Lachen des Glücks – ja, und der Zufriedenheit – und des Elends. Ich versuchte, den Blick von ihr abzuwenden.

»Du lügst, Elwyn Bellford«, hauchte sie glückselig. »Oh, ich weiß, dass du lügst!«

Ich starrte stumpf in den Farn um mich herum.

»Mein Name ist Edward Pinkhammer«, sagte ich. »Ich bin mit den Delegierten des nationalen Drogistenkongresses gekommen. Es ist eine Bewegung im Gange, die eine neue Regal-Position für die Flaschen von Antimonweinsäure und Kaliumweinsäure anstrebt und an der Sie wahrscheinlich wenig Interesse haben werden.«

Eine glänzende Landauer-Kutsche hielt vor dem Eingang. Die Dame erhob sich. Ich nahm ihre Hand und verbeugte mich.

»Es tut mir sehr leid«, sagte ich zu ihr, »dass ich mich nicht erinnern kann. Ich könnte es erklären, aber ich fürchte, Sie würden es nicht verstehen. Sie werden mir den Pinkhammer nicht zugestehen, und ich kann mir beim besten Willen die – die Rosen und andere Dinge nicht vorstellen.«

»Auf Wiedersehen, Mr. Bellford«, sagte sie mit ihrem fröhlichen, traurigen Lächeln, als sie in ihre Kutsche stieg.

An diesem Abend hatte ich das Theater besucht und als ich in mein Hotel zurückkehrte, erschien wie von Zauberhand ein ruhiger, dunkel gekleideter Mann an meiner Seite, der sich mit einem Seidentaschentuch die Fingernägel abzureiben schien.

»Mr. Pinkhammer«, sagte er und widmete seine Aufmerksamkeit vor allem seinem Zeigefinger, »darf ich Sie bitten, mit mir ein kleines Gespräch zu führen? Hier gibt es ein Zimmer.«

»Gewiss«, antwortete ich.

Er führte mich in einen kleinen, privaten Salon. Dort saßen eine Dame und ein Herr. Die Dame, so vermutete ich, hätte ungewöhnlich gut ausgesehen, wären ihre Züge nicht durch einen Ausdruck von großer Sorge und Müdigkeit getrübt gewesen.

Sie hatte eine gute Figur und besaß Gesichtszüge, die meiner Fantasie gefielen. Sie trug ein Reisekleid, sah mich mit einem ernsten, äußerst besorgten Blick an und drückte eine unsichere Hand auf ihre Brust.

Ich glaube, sie wäre nach vorne gesprungen, aber der Herr hielt sie mit einer beherrschenden Handbewegung davon ab. Dann kam er selbst auf mich zu. Er war ein Mann von vierzig Jahren, ein wenig grau an den Schläfen und mit einem starken, nachdenklichen Gesicht.

»Bellford, alter Mann«, sagte er herzlich, »ich bin froh, dich wiederzusehen. Natürlich wissen wir, dass alles in Ordnung ist. Ich habe dich ja gewarnt, dass du es übertrieben hast. Jetzt gehst du mit uns zurück und du bist im Handumdrehen wieder du selbst.«

Ich lächelte ironisch.

»Ich bin so oft 'gebellforded' worden«, sagte ich, »dass es seinen Schrecken verloren hat. Trotzdem kann es auf die Dauer ermüdend sein. Wären Sie bereit, die Hypothese in Betracht zu ziehen, dass ich Edward Pinkhammer heiße und Sie noch nie in meinem Leben gesehen habe?«

Bevor der Mann etwas erwidern konnte, kam ein weinerlicher Schrei von der Frau. Sie sprang an seinem zurückhaltenden Arm vorbei. »Elwyn«, schluchzte sie und warf sich auf mich und klammerte sich fest. »Elwyn«, rief sie wieder, »brich mir nicht das Herz. Ich bin deine Frau – rufe einmal meinen Namen – nur einmal. Ich würde dich lieber tot sehen als so.«

Ich löste respektvoll, aber bestimmt ihre Arme.

»Madam«, sagte ich mit ernster Stimme, »verzeihen Sie, wenn ich Ihnen gegenüber anmerke, dass Sie eine Ähnlichkeit vorschnell annehmen. Es ist schade«, fuhr ich mit einem amüsierten Lachen fort, als mir der Gedanke kam, »dass dieser Bellford und ich nicht wie Tartrate von Natrium und Antimon zur Identifizierung nebeneinander im selben Regal aufbewahrt werden können. Um die Anspielung zu verstehen«, schloss ich unbekümmert, »müssen Sie vielleicht ein Auge auf die Beratungen des Nationalen Drogistenkongresses haben.«

Die Lady wandte sich an ihren Begleiter und ergriff seinen Arm.

»Was ist los, Doktor Volney? Oh, was ist los?«, stöhnte sie.

Er führte sie zur Tür.

»Gehen Sie eine Weile auf Ihr Zimmer«, hörte ich ihn sagen. »Ich werde bleiben und mit ihm reden. Sein Verstand? Nein, ich glaube nicht – nur ein Teil des Gehirns. Ja, ich bin sicher, er wird sich erholen. Gehen Sie auf Ihr Zimmer und lassen Sie mich bei ihm.«

Die Frau verschwand. Der dunkel gekleidete Mann ging ebenfalls nach draußen und manikürte sich noch immer nachdenklich. Ich glaube, er wartete im Flur.

»Ich würde mich gerne ein wenig mit Ihnen unterhalten, Mr. Pinkhammer, wenn ich darf«, sagte der Herr, der zurückblieb.

»Nun gut, wenn Sie wollen«, antwortete ich, »und entschuldigen Sie, wenn ich es mir bequem mache; ich bin ziemlich müde.«

Ich streckte mich auf einer Couch am Fenster aus und zündete mir eine Zigarre an. Er holte sich einen Stuhl.

»Lassen Sie uns zur Sache kommen«, sagte er beschwichtigend. »Ihr Name ist nicht Pinkhammer.«

»Das weiß ich so gut wie Sie«, sagte ich kühl. »Aber ein Mann muss einen Namen haben, irgendeinen. Ich kann Ihnen versichern, dass mir der Name Pinkhammer nicht übermäßig gefällt, aber wenn man sich plötzlich taufen lässt, scheinen sich die schönen Namen nicht aufdrängen zu wollen. Aber denken wir nur, es wäre Scheringhausen oder Scroggins gewesen! Ich glaube, ich bin mit Pinkhammer sehr gut gefahren.«

»Ihr Name«, sagte der andere Mann ernst, »ist Elwyn C. Bellford. Sie sind einer der ersten Anwälte in Denver. Sie leiden an einem Anfall von Aphasie, der dazu geführt hat, dass Sie Ihre Identität vergessen haben. Die Ursache dafür war die Überbeanspruchung durch Ihren Beruf und vielleicht auch ein Leben, das zu wenig natürliche Erholung und Vergnügen bot. Die Lady, die gerade den Raum verlassen hat, ist Ihre Frau.«

»Sie ist das, was ich eine gut aussehende Frau nennen würde«, sagte ich nach einer juristischen Pause. »Ich bewundere besonders den Braunton ihres Haares.«

»Sie ist eine Ehefrau, auf die man stolz sein kann. Seit ihrem Verschwinden vor fast zwei Wochen hat sie kaum ein Auge zugetan. Wir erfuhren, dass Sie in New York waren, durch ein Telegramm von Isidore Newman, einem Reisenden aus Denver. Er sagte, er habe Sie hier in einem Hotel getroffen, und Sie hätten ihn nicht erkannt.«

»Ich glaube, ich erinnere mich an den Anlass«, sagte ich. »Der Mann nannte mich 'Bellford', wenn ich mich nicht irre. Aber meinen Sie nicht, dass es jetzt an der Zeit ist, dass Sie sich vorstellen?«

»Ich bin Robert Volney – Doktor Volney. Ich bin seit zwanzig Jahren dein enger Freund und seit fünfzehn Jahren dein Arzt. Ich bin mit Mrs. Bellford gekommen, um dich aufzuspüren, sobald wir das Telegramm erhalten hatten. Versuche es, Elwyn, alter Mann – versuche, dich zu erinnern!«

»Was nützt es, es zu versuchen?«, fragte ich mit einem kleinen Stirnrunzeln. »Sie sagen, Sie sind Arzt. Ist Aphasie heilbar? Wenn ein Mensch sein Gedächtnis verliert, kehrt es dann langsam oder plötzlich zurück?«

»Manchmal allmählich und unvollkommen; manchmal so plötzlich, wie es verschwunden ist.«

»Werden Sie die Behandlung meines Falles übernehmen, Doktor Volney?«, fragte ich.

»Alter Freund«, sagte er, »ich werde alles tun, was in meiner Macht steht, und ich werde alles getan haben, was die Wissenschaft tun kann, um dich zu heilen.«

»Sehr gut«, sagte ich. »Dann kannst du mich als deinen Patienten betrachten. Alles ist jetzt vertraulich – berufliche Verschwiegenheit.«

»Natürlich«, sagte Doktor Volney.

Ich erhob mich von der Couch. Jemand hatte eine Vase mit weißen Rosen auf den mittleren Tisch gestellt – ein Büschel weißer Rosen, frisch arrangiert und duftend. Ich warf sie weit aus dem Fenster, dann legte ich mich wieder auf die Couch.

»Es wird das Beste sein, Bobby«, sagte ich, »wenn diese Heilung plötzlich stattfindet. Ich bin das alles sowieso leid. Du kannst jetzt gehen und Marian herbringen.«

»Aber, oh, Doc«, sagte ich seufzend, während ich ihm einen kleinen Tritt gegen das Schienbein versetzte. »Aber guter alter Doc – es war herrlich!«

EIN STADTBERICHT

Die Städte sind voller Stolz,
sie fordern sich gegenseitig heraus –
die eine von ihrem Berghang,
die andere von ihrem vollen Strand.
R. KIPLING.

Stellen Sie sich einen Roman über Chicago oder Buffalo oder Nashville, Tennessee vor! Es gibt nur drei große Städte in den Vereinigten Staaten, die 'Städte mit Geschichten' sind – New York natürlich, New Orleans und, die Beste von allen, San Francisco – FRANK NORRIS.

Der Osten ist der Osten und der Westen ist San Francisco, sagen die Kalifornier. Die Kalifornier sind eine Rasse; sie sind nicht nur Bewohner eines Staates. Sie sind die Südstaatler des Westens. Die Chicagoer sind ihrer Stadt nicht weniger treu, aber wenn man sie fragt, warum, stottern sie und sprechen von Fischen im See und dem neuen 'Odd Fellows Building' [die Odd Fellows sind ein international tätiger, humanitärer und philanthropischer, weltlicher Orden], aber die Kalifornier gehen ins Detail.

Natürlich haben sie bei dem Klima ein Argument, das sich eine halbe Stunde lang gut für Sie anhört, während Sie dabei an Ihre eigenen Kohlenrechnungen und schwere Unterwäsche denken. Aber sobald die Kalifornier das Schweigen von Ihnen mit Überzeugung verwechseln, überkommt sie der schiere Wahnsinn, und sie stellen sich die Stadt der 'Golden Gate' [Meerenge mit der berühmten Brücke darüber] als das Bagdad der Neuen Welt vor.

So weit, so gut, eine Widerlegung ist nicht nötig. Aber, liebe Cousins und Cousinen (von Adam und Eva abstammend), es ist ein übereilt, handelnder Mensch, der seinen Finger auf die Landkarte legt und sagt: 'In dieser Stadt kann es keine Romantik geben – was könnte hier schon passieren?' Ja, es ist eine kühne und unüberlegte Tat, in einem Satz Geschichte, Romantik und Rand & McNally infrage zu stellen [auch Rand McNally, US-amerikanischer Verlag u. a. für Landkarten etc.]

NASHVILLE – eine Stadt, ein Lieferhafen und die Hauptstadt des Bundesstaates Tennessee – liegt am Cumberland River und an den N. C. & St. L. und der L. & N. Railroads. Die Stadt gilt als das wichtigste Bildungszentrum des Südens.

Ich verließ den Zug um 20 Uhr. Nachdem ich den Thesaurus [sucht Synonyme und verwandte Wörter] vergeblich nach Adjektiven durchsucht hatte, muss ich hier ersatzweise einen Vergleich in Form eines Rezepts anstellen.

Man nehme einen Londoner Nebel zu 30 Teilen; Malaria zu 10 Teilen; Gaslecks zu 20 Teilen; Tautropfen, die bei Sonnenaufgang in einer Ziegelei gesammelt werden, zu 25 Teilen; Geruch von Geißblatt zu 15 Teilen. Jetzt Mischen.

Die Mischung gibt Ihnen eine ungefähre Vorstellung von einem Nashville-Nieselregen. Es ist nicht so duftend wie eine Mottenkugel und auch nicht so dick wie Erbsensuppe, aber es reicht aus – es wird reichen.

Ich fuhr in einem Anhänger zum Hotel. Ich musste mich sehr zusammenreißen, um nicht auf das Dach zu klettern und Sidney Carton* zu imitieren. Das Gefährt wurde von Tieren aus einer vergangenen Epoche gezogen und von etwas Dunklem und Emanzipiertem gesteuert.

[* Sidney Carton ist ein zentraler Charakter in einer Novelle von Charles Dickens. Er ist ein gewiefter junger Engländer, brilliant aber depressiv, ein zynischer Trinker, voller Selbstmitleid]

Ich war müde und schläfrig, und als ich im Hotel ankam, bezahlte ich eilig die fünfzig Cent die man verlangte (mit entsprechendem 'Lagniappe' [Trinkgeld] wie ich Ihnen versichern kann). Ich kannte die dortigen Gewohnheiten, und ich wollte nichts hören von seinen ehemaligen Herrn oder irgendetwas, das vor dem Krieg passiert war.

Das Hotel war eines von der Sorte, das als 'renoviert' bezeichnet wird. Das bedeutet neue Marmorsäulen im Wert von 20.000 Dollar, Fliesen, elektrisches Licht und Messing-Spucknäpfe in der Lobby, sowie ein neuer L. & N.-Fahrplan [Eisenbahn] und eine Lithografie des Lookout Mountain in jedem der großen Zimmer darüber.

Das Management war ohne Tadel, die Aufmerksamkeit voll erlesener Südstaaten-Höflichkeit, der Service so langsam wie das Vorankommen einer Schnecke und so gut gelaunt wie Rip Van Winkle [eine Figur aus einem Roman von Washington Irving]. Das Essen war es wert, dafür tausend Meilen zu reisen. Es gibt kein anderes Hotel auf der Welt, in dem man solche 'Hühnerleber en brochette' bekommt.

Beim Abendessen fragte ich einen Neger-Kellner, ob in der Stadt etwas los sei. Er dachte eine Minute lang ernsthaft nach und antwortete dann: »Nun, Boss, ich glaube nicht, dass nach Sonnenuntergang überhaupt noch etwas los ist.«

Der Sonnenuntergang war schon vorüber, er war längst im Nieselregen untergegangen. Dieses Spektakel blieb mir also verwehrt. Aber ich ging dennoch im Nieselregen auf die Straßen, um zu sehen, was es dort geben könnte.

Die Stadt ist auf einem hügeligen Gelände gebaut, und die Straßen werden für 32.470 Dollar pro Jahr elektrisch beleuchtet.

Als ich das Hotel verließ, gab es einen Rassen-Aufstand. Auf mich zu stürmte eine Kompanie von Freigelassenen oder Arabern oder Zulus, bewaffnet mit – nein, ich sah mit Erleichterung, dass es keine Gewehre, sondern Kutscher-Peitschen waren. Und ich sah schemenhaft eine Karawane schwarzer, klobiger Fahrzeuge. Auf die beruhigenden Rufe »ich fahre Sie wohin Sie wollen in der Stadt, Boss, für 50 Cent«, schlussfolgerte ich, dass ich lediglich ein potenzieller 'Fahrgast' und kein Opfer war.

Ich ging durch lange Straßen, die alle bergauf führten, und fragte mich, wie diese Straßen jemals wieder herunterkamen. Vielleicht taten sie das nicht, bis sie 'planiert' wurden. Auf einigen der 'Hauptstraßen' sah ich hier und da Lichter in den Geschäften; ich sah Straßenbahnen vorbeifahren, die würdige Bürger hin und her beförderten; ich sah Menschen vorbeigehen, die sich unterhielten, und hörte ein halblautes Lachen aus einer Limonaden- und Eisdiele.

Die Straßen, die nicht zur Hauptstraße gehörten, schienen Häuser zu beherbergen, die dem Frieden und der Häuslichkeit geweiht waren. In vielen von ihnen leuchteten Lichter hinter diskret zugezogenen Fensterläden; auf ein paar Klavieren erklang ordentliche und tadellose Musik.

Es gab in der Tat wenig 'zu tun'. Ich wünschte, ich wäre vor Sonnenuntergang gekommen. So kehrte ich in mein Hotel zurück.

Im November 1864 war der konföderierte General Hood gegen Nashville vorgerückt, wo er eine Unionstruppe unter General Thomas einkesselte. Diese rückten daraufhin aus und besiegten die Konföderierten in einem schrecklichen Kampf.

Mein ganzes Leben lang habe ich von der ausgezeichneten Treffsicherheit des Südens in seinen friedlichen Konflikten in den Kautabak-Regionen gehört, sie bewundert und miterlebt.

Doch in meinem Hotel erwartete mich eine Überraschung. In der großen Lobby gab es zwölf helle, neue, imposante, geräumige Spucknäpfe aus Messing, hoch genug, um als Urnen bezeichnet zu werden, und mit so großen Öffnungen, dass eine bessere Werferin eines Damen-Baseballteams in der Lage gewesen wäre, einen Ball aus fünf Schritten Entfernung in eines von ihnen zu werfen.

Doch obwohl eine 'schreckliche Schlacht' getobt hatte und immer noch tobte, hatte der Feind nicht gelitten. Hell, neu, imposant, geräumig und unangetastet standen sie da.

Aber ... da gab es eine Andeutung von Jefferson Brick!* – der Kachelboden – der schöne Kachelboden! Ich konnte nicht umhin, an die Schlacht von Nashville zu denken und, wie es meine törichte Gewohnheit ist, einige Schlüsse über die vererbte angebliche Treffsicherheit zu ziehen [es geht um Spuren vom Kautabak-Spucken].

[* Ein fiktiver Kriegsreporter in einem Roman von Charles Dickens, die Karikatur eines lauten Journalismus und ein Beispiel für das Getöse in amerikanischen Zeitungen].

Hier sah ich zum ersten Mal 'Major' (aus unangebrachter Höflichkeit) Wentworth Caswell. Ich erkannte in ihm einen bestimmten Typ, in dem Moment, als meine Augen unter seinem Anblick litten. Eine Ratte hat keinen geografischen Lebensraum. Mein alter Freund A. Tennyson hatte einmal gesagt, so gut, wie fast alles, was er sagte:

'Prophet, verfluche mir die geschwätzige Lippe, und verfluche das britische Ungeziefer, die Ratte.'

Betrachten wir das Wort 'britisch' als austauschbar 'ad lib' [nach Belieben]. Eine Ratte ist eine Ratte.

Dieser Mann jagte durch die Hotellobby wie ein ausgehungerter Hund, der vergessen hatte, wo er einen Knochen vergraben hatte. Sein Gesicht war sehr groß, rot, breiig und von einer schläfrigen Massivität, wie das von Buddha. Er besaß eine einzige Tugend – er war sehr glatt rasiert. Das Zeichen des Tieres erscheint nicht deutlich auf einem Menschen, solange er nicht mit einem Stoppelbart herumläuft. Ich glaube, wenn er an diesem Tag sein

Rasiermesser nicht benutzt hätte, hätte ich seine Annäherungsversuche abgewehrt, und der Verbrecherkalender der Welt wäre um einen weiteren Mord verschont geblieben.

Ich stand zufällig nur wenige Meter von einem Spucknapf entfernt, als Major Caswell das Feuer auf ihn eröffnete. Ich war aufmerksam genug gewesen, um zu erkennen, dass die angreifende Truppe Gatlings [Schnellfeuerkanonen] anstelle von Eichhörnchengewehren benutzte; also wich ich so schnell aus, dass der Major die Gelegenheit nutzte, sich bei mir, einem Nichtkombattanten, zu entschuldigen. Er hatte eine äußerst geschwätzige Lippe. Innerhalb von vier Minuten war er mein Freund geworden und hatte mich zur Bar geschleppt. Ich möchte hier anmerken, dass ich selbst ein Südstaatler bin. Aber ich bin weder von Beruf noch von Berufung einer. Ich lehne die Krawatte, den Schlapphut, die Prince Albert Uhrenkette, die Anzahl der von Sherman* zerstörten Baumwollballen und den Kautabak ab. Wenn das Orchester den Dixie spielt, juble ich nicht. Ich rutsche auf dem ledernen Ecksitz ein wenig tiefer und, nun ja, bestelle noch ein Würzburger [Bier] und wünsche mir, Longstreet** hätte es getan – aber was nützt das schon?

[* William T. Sherman, erfolgreicher aber sehr grausamer General auf der Seite der Nordstaaten im amerikanischen Bürgerkrieg, der seine Aktionen nicht nur gegen Soldaten, sondern auch gegen Land und Leute richtete (verbrannte Erde). In den Südstaaten ist er auch nach Generationen noch verhasst, da er nicht nur siegte, sondern den Gegner auch demütigte. Er beendete aber auf eine neue Weise sehr effektiv den Krieg und eine Lebensart der Gentlemen-Pflanzer, deren Grundlage auch die Sklaverei war].

[** James Longstreet war ein General auf der Seite der Südstaaten. Er hatte Erfolge, aber auch einen Einsatz bei der Schlacht von Gettysburg und dort nach Auffassung vieler Fehler machte. Mancher im Süden schiebt ihm eine Schuld am Verlust des Krieges zu].

Major Caswell schlug mit der Faust auf die Theke, und das erste Geschütz in Fort Sumter* hallte wieder. Als er den letzten Schuss in Appomattox** abfeuerte, begann ich zu hoffen. Aber dann begann er mit Stammbäumen und zeigte, dass Adam nur ein Cousin dritten Grades eines Nebenzweigs der Familie Caswell war. Nachdem er sich der Genealogie entledigt hatte, widmete er sich, zu meinem Missfallen, seinen privaten Familienangelegenheiten. Er sprach von seiner Frau, verfolgte ihre Abstammung bis zu Eva zurück und dementierte profan jedes mögliche Gerücht, dass sie Verwandte im Land Nod*** gehabt haben könnte.

[* Der Angriff auf Fort Sumter im Jahre 1861 gilt als Beginn des Amerikanischen Bürgerkrieges]

[** Hier fand eine Serie von Kämpfen während des Bürgerkriegs statt, an deren Ende die Kapitulation der Nord-Virginia-Armee, die wichtigste Armee der Südstaaten, stand]

[*** dorthin ging Kain, nachdem er seinen Bruder Abel erschlagen hatte, wo er eine Familie gründete, die zahlreiche Nachkommen hatte.

Inzwischen hatte ich den Verdacht, dass er durch lautes Geschwätz die Tatsache verschleiern wollte, dass er die Getränke bestellt hatte, um mich zum Bezahlen zu verleiten. Aber als sie da waren, knallte er mit lautem Schlag einen Silberdollar hin. Daraufhin war natürlich ein Nachschlag obligatorisch. Und als ich diesen bezahlt hatte, verabschiedete ich mich brüsk von ihm, denn ich wollte nichts mehr von ihm. Doch bevor ich meine Entlassung erwirken konnte, schwärmte er lautstark von einem Einkommen, das seine Frau bezog, und zeigte eine Handvoll Silbergeld.

Als ich an der Rezeption meinen Schlüssel erhielt, sagte der Angestellte höflich zu mir: »Wenn Sie dieser Mann Caswell belästigt hat und Sie sich beschweren möchten, werden wir ihn hinauswerfen lassen. Er ist eine Plage, ein Faulpelz und hat keine bekannten Einkommensquellen, obwohl er die meiste Zeit über Geld zu verfügen scheint. Aber wir scheinen nicht in der Lage zu sein, eine Möglichkeit zu finden, ihn legal hinauszuwerfen.«

»Aber nein«, sagte ich nach einigem Nachdenken, »ich sehe keinen Grund, um eine Beschwerde einzureichen. Aber ich möchte zu Protokoll geben, dass ich mich nicht um seine Gesellschaft kümmere. Ihre Stadt«, fuhr ich fort, »scheint eine ruhige Stadt zu sein. Welche Art von Unterhaltung, Abenteuer oder Aufregung habt ihr dem Fremden in euren Toren zu bieten?«

»Nun, Sir«, sagte der Angestellte, »nächsten Donnerstag findet hier eine Vorstellung statt. Ich werde nachsehen und Ihnen die Ankündigung zusammen mit dem Eiswasser auf Ihr Zimmer schicken lassen. Gute Nacht.«

191

Nachdem ich auf mein Zimmer gegangen war, schaute ich aus dem Fenster. Es war erst etwa zehn Uhr, aber ich blickte auf eine stille Stadt. Der Nieselregen setzte sich fort, durchsetzt mit schummrigen Lichtern, die so weit auseinanderlagen wie die Johannisbeeren in einem Kuchen, der an der 'Ladies' Exchange'* verkauft wurde.

[* auch Woman's Exchange. Eine Non-Profit Organisation, die Frauen hilft ein finanzielle stabiles, produktives Leben zu führen].

'Ein ruhiger Ort', sagte ich zu mir selbst, als mein erster Schuh auf die Decke des Zimmers unter mir stieß. 'Hier gibt es nichts von dem Leben, das den Städten im Osten und Westen Farbe und Vielfalt verleiht. Nur eine gute, gewöhnliche, eintönige Geschäftsstadt.'

Nashville nimmt einen Spitzenplatz unter den Produktionszentren des Landes ein. Es ist der fünftgrößte Stiefel- und Schuhmarkt in den Vereinigten Staaten, die größte Stadt für die Herstellung von Süßigkeiten und Crackern im Süden und betreibt einen enormen Großhandel mit Trockenwaren, Lebensmitteln und Medikamenten.

Ich muss Ihnen erzählen, wie ich nach Nashville gekommen bin, und ich versichere Ihnen, dass diese Abschweifung für mich ebenso langweilig ist wie für Sie. Ich war geschäftlich anderweitig unterwegs, hatte aber den Auftrag einer Literaturzeitschrift aus dem Norden, dort vorbeizuschauen und eine persönliche Verbindung zwischen der Publikationsabteilung und einer ihrer Autorinnen, Azalea Adair, herzustellen.

Adair (außer der Handschrift gab es keinen Hinweis auf die Persönlichkeit) hatte einige Essays (verlorene Kunst!) und Gedichte eingesandt, die die Redakteure bei ihrem Ein-Uhr-Mittagessen zustimmend fluchen ließen. Also beauftragten sie mich, besagte Adair aufzuspüren und sie vertraglich für zwei Cent pro Wort in die Enge zu treiben, bevor ein anderer Verlag ihr zehn oder zwanzig bot.

Um neun Uhr am nächsten Morgen, nach meinen 'Hühnerlebern en brochette' (probieren Sie sie, wenn Sie dieses Hotel finden), machte ich mich auf den Weg in den Nieselregen, der immer noch für eine unbestimmte Dauer anhielt. An der ersten Ecke stieß ich auf Onkel Caesar. Er war ein stämmiger Neger, älter als die Pyramiden, mit grauer Wolle und einem Gesicht, das mich an Brutus erinnerte, und ebenfalls an den verstorbenen König Cettiwayo*. Er trug den bemerkenswertesten Mantel, den ich je gesehen oder zu sehen erwartet hatte. Er reichte ihm bis zu den Knöcheln und war einst von konföderationsgrauer Farbe gewesen. Aber Regen, Sonne und Alter hatten ihn so stark verändert, dass eine 'Joseph's Coat' [Josephs Mantel, eine kletternde Floribunda-Rose mit leuchtenden Blüten] daneben zu einem trüben Monochrom verblasst wäre. Ich muss bei diesem Mantel verweilen, denn er hat mit der Geschichte zu tun – einer Geschichte, auf die man so lange warten muss, weil man in Nashville kaum erwarten kann, dass etwas passiert.

[* auch Cettywaio, Cetawayo, Cetgewayo, Ketchwayo – König und Oberbefehlshaberdes Zulu-Reichs von 1873-1884. Er wollte den Krieg gegen die Briten vermeiden, scheiterte aber mit seinen Friedensbemühungen. Der Krieg ging verloren (1879)]

Einst muss es der Militärmantel eines Offiziers gewesen sein. Der dazugehörige Umhang war verschwunden, aber auf der ganzen Vorderseite war er einst wunderbar mit Posamentenverschlüssen und Quasten verziert; doch nun waren die Posamentenverschlüsse und Quasten verschwunden. An ihrer Stelle waren mit großer Geduld neue Posamentenverschlüsse angenäht worden (ich vermute, von einer überlebenden 'schwarzen Mammy'), die aus raffiniert gedrehter Hanfschnur bestanden. Diese Schnur war ausgefranst und zerzaust. Sie muss mit geschmackloser, aber akribischer Hingabe als Ersatz für verschwundene Prachtstücke in den Mantel eingearbeitet worden sein, denn sie folgte getreu den Kurven der längst verschwundenen Posamentenverschlüsse. Und um die Komik und das Pathos des Kleidungsstücks zu vervollständigen, waren alle Knöpfe bis auf einen weg. Nur der zweite Knopf von oben blieb übrig. Der Mantel wurde durch andere Schnüre zusammengehalten, die durch die Knopflöcher hindurch zusammengebunden waren oder durch andere Löcher, die auf der gegenüberliegenden Seite grob durchgestochen wurden. Noch nie war ein so seltsames Kleidungsstück so fantastisch geschmückt und in so vielen bunten Farbtönen. Der einzige Knopf hatte die Größe eines halben Dollars, war aus gelbem Horn und mit grobem Zwirn angenäht.

Dieser Neger stand an einem Wagen, der so alt war, dass Ham persönlich [einer der biblischen Söhne von Noah] damit eine bereitstehende Kolonne hätte bilden können, nachdem er die Arche mit den beiden Tieren vorne dran verlassen hatte. Als ich mich näherte, öffnete er die Tür, holte einen Staubwedel heraus, fuchtelte damit herum, ohne ihn zu benutzen, und sagte in tiefem, grollendem Ton:

»Kommen Sie herein, hier gibt es kein einziges Staubkorn – ich komme gerade von einer Beerdigung zurück.«

Ich schloss daraus, dass die Kutschen bei solchen feierlichen Anlässen extra gereinigt wurden, und schaute die Straße hinauf und hinunter und stellte fest, dass es wenig Auswahl unter den zu mietenden Fahrzeugen gab, die den Bordstein säumten. Ich suchte in meinem Notizbuch nach der Adresse von Azalea Adair.

»Ich möchte in die Jessamine Street 861«, sagte ich und wollte gerade in den Wagen steigen. Doch für einen Augenblick versperrte mir der dicke, lange, gorillaartige Arm des alten Negers den Weg. Auf seinem massigen und finsteren Gesicht blitzte für einen Moment ein Blick von plötzlichem Misstrauen und Feindseligkeit auf. Dann, mit schnell wiederkehrender Überzeugung, fragte er ganz unverblümt: »Was wollen Sie dort, Boss?«

»Was geht Sie das an?«, fragte ich ein wenig schroff.

»Nichts, Sir, wirklich nichts«, erwiderte er. »Aber es ist ein einsamer Teil der Stadt, und es gibt nur wenige Leute, die dort etwas zu tun haben. Kommen Sie rein. Die Sitze sind sauber – ich komme gerade von einer Beerdigung.«

Eineinhalb Meilen müssen es bis zum Ende unserer Reise gewesen sein. Ich hörte nichts außer dem furchterregenden Rattern der alten Kutsche auf dem unebenen Ziegelsteinpflaster; ich roch nichts außer dem Nieselregen, der jetzt noch mehr nach Kohlenrauch und einer Mischung aus Teer und Oleanderblüten duftete. Alles, was ich durch die beschlagenen Fenster sehen konnte, waren zwei Reihen von schummrigen Häusern.

Die Stadt hat eine Fläche von 10 Quadratmeilen, 181 Meilen Straßen, von denen 137 Meilen gepflastert sind, ein Wasserwerkssystem, das 2.000.000 Dollar gekostet hat, mit 77 Meilen an Leitungen.

861 Jessamine Street war ein verfallenes Herrenhaus. Dreißig Meter von der Straße entfernt stand es in einem prächtigen Hain aus Bäumen und ungeschnittenen Büschen. Eine Reihe von Buchsbaumsträuchen überragte es und verdeckte fast den Lattenzaun; das Tor wurde durch eine Seilschlinge geschlossen gehalten, die den Torpfosten und den ersten Pfosten des Tores umschloss. Aber wenn man hineinging, sah man, dass 861 nur noch eine Hülle war, ein Schatten, ein Gespenst von einstiger Pracht und Größe. Aber was die Geschichte anbelangt, war ich noch nicht hineingegangen.

Als der Gaul aufgehört hatte zu klappern und die müden vier Beine zur Ruhe kamen, reichte ich meinem 'Jehu' [ein biblischer Kommandeur der Wagen des Königs Ahab] seine fünfzig Cent mit einem zusätzlichen Vierteldollar, wobei ich dabei ein Glühen bewusster Großzügigkeit verspürte. Er lehnte es ab.

»Das macht zwei Dollar, Sir«, sagte er.

»Wie kann das sein?«, fragte ich. »Ich habe deutlich gehört, wie Sie vor dem Hotel gerufen haben: 'Fünfzig Cents in jeden Teil der Stadt'.«

»Es macht zwei Dollar, Sir«, wiederholte er hartnäckig. »Es ist ein weiter Weg vom Hotel.«

»Es liegt innerhalb der Stadtgrenzen, und zwar sehr nahe«, argumentierte ich. »Denken Sie nicht, dass Sie einen Yankee-Grünschnabel aufgegabelt haben.«

»Sehen Sie die Hügel dort drüben?«, fuhr ich fort und deutete in Richtung Osten (ich selbst konnte sie wegen des Nieselregens nicht sehen). »Nun, ich bin auf ihrer anderen Seite geboren und aufgewachsen. Du alter dummer Neger, kannst du die einen Menschen nicht von den anderen unterscheiden, wenn du sie siehst?«

Das grimmige Gesicht von 'König Cettiwayo' wurde weicher. »Sind Sie aus dem Süden, Sir? Ich glaube, Sie haben mich mit ihren Schuhen getäuscht. Für einen Mann aus dem Süden sind sie an den Zehen etwas spitz, um sie zu tragen.«

»Dann kostet es wohl fünfzig Cent?«, sagte ich unerbittlich.

Sein früherer Gesichtsausdruck, eine Mischung aus Gier und Feindseligkeit, kehrte zurück, blieb zehn Sekunden und verschwand dann.

»Boss«, sagte er, »fünfzig Cents sind richtig; aber ich brauche zwei Dollar, ich muss unbedingt zwei Dollar haben. Ich verlange sie nicht jetzt, da ich weiß, woher Sie kommen; ich sage nur, dass ich heute Abend zwei Dollar brauche, und das Geschäft geht sehr schlecht.«

Ruhe und Zuversicht legten sich auf seine schweren Züge. Er hatte mehr Glück gehabt, als er gehofft hatte. Anstatt ein Greenhorn aufzugabeln, das keine Ahnung von Tarifen hatte, war er auf ein kulturelles Erbe gestoßen.

»Du verflixter alter Gauner«, sagte ich und griff in meine Tasche, »man sollte dich der Polizei ausliefern.«

Zum ersten Mal sah ich ihn lächeln. Er wusste es; er wusste es. ER WUSSTE ES.

Ich gab ihm zwei Ein-Dollar-Scheine. Als ich sie ihm überreichte, bemerkte ich, dass einer von ihnen schlechte Zeiten hinter sich hatte. Die rechte obere Ecke fehlte, und der Schein war in der Mitte zerrissen, aber wieder zusammengefügt worden. Ein Streifen von blauem Seidenpapier, der über den Riss geklebt wurde, bewahrte den Gebrauch als Zahlungsmittel.

Genug von dem afrikanischen Banditen für den Moment: Ich war froh, ihn los zu sein, hob das Verschluss-Seil an und öffnete ein knarrendes Tor.

Das Haus war, wie ich schon sagte, nur eine Hülle. Ein Pinsel hatte es seit zwanzig Jahren nicht mehr berührt. Ich konnte nicht verstehen, warum ein starker Wind es nicht wie ein Kartenhaus zum Einsturz bringen sollte, bis ich wieder auf die Bäume schaute, die es eng umarmten – Bäume, die die Schlacht von Nashville gesehen hatten und immer noch ihre schützenden Äste gegen Sturm, Feinde und Kälte um das Haus legten.

Ich wurde von Azalea Adair empfangen, fünfzig Jahre alt, weißhaarig, eine Nachfahrin der Kavaliere, so dünn und zerbrechlich wie das Haus in dem sie lebte, gekleidet in das billigste aber sauberste Kleid, das ich je gesehen habe, mit der schlichten Miene einer Königin.

Das Empfangszimmer schien eine Quadratmeile groß zu sein, denn es gab nichts darin außer einigen Reihen von Büchern in unlackierten Regalen aus weißem Kiefernholz, einem Tisch mit rissiger Marmorplatte, einem Flickenteppich, einem haarlosen Sofa aus Rosshaar und zwei oder drei Stühlen.

Ja, es gab ein Bild an der Wand, eine farbige Kreidezeichnung eines Stiefmütterchenstraußes. Ich sah mich nach dem Porträt von Andrew Jackson [siebter Präsident der Vereinigten Staaten] und dem Tannenzapfen-Hängekorb um, aber sie waren nicht da.

Azalea Adair und ich hatten ein Gespräch, von dem ich Ihnen ein wenig erzählen möchte.

Sie war ein Produkt des alten Südens, sanft aufgewachsen in einem behüteten Leben. Ihr Wissen war nicht breit gefächert, aber es war tiefgründig und in seinem etwas engen Rahmen von großartiger Originalität. Sie war zu Hause erzogen worden, und ihr Wissen über die Welt beruhte auf Schlussfolgerungen und Inspiration.

Aus solchen Menschen besteht die kostbare, kleine Gruppe der Essayisten.

Während sie sich mit mir unterhielt, strich ich immer wieder über meine Finger und versuchte, unbewusst, sie vom fehlenden Staub an den Halbleder-Buchrücken der Werke von Lamb, Chaucer, Hazlitt, Marcus Aurelius, Montaigne und Hood [Dichter, Philosophen] zu reinigen. Sie war exquisit, sie war eine wertvolle Entdeckung. Heutzutage weiß fast jeder zu viel – oh, so viel zu viel – vom wirklichen Leben.

Ich konnte deutlich erkennen, dass Azalea Adair sehr arm war. Ein Haus und ein Kleid hatte sie, sonst nicht viel, dachte ich mir. So lauschte ich, hin- und hergerissen zwischen meiner Pflicht gegenüber der Zeitschrift und meiner Loyalität gegenüber den Dichtern und Essayisten, die Thomas [Unionsgeneral im Bürgerkrieg] im Tal von Cumberland bekämpften.

Ich lauschte ihrer Stimme, die wie die eines Cembalos klang, und stellte fest, dass ich nicht von Verträgen sprechen konnte. In Anwesenheit der neun Musen [die Töchter des Zeus] und der drei Grazien [griechische Göttinnen] zögerte man, das Thema auch nur kurz anzuschneiden. Es würde ein weiteres Gespräch geben müssen, nachdem ich meine Fähigkeit fürs Geschäft wiedererlangt hatte. Aber ich erwähnte meine Mission, und für den nächsten Nachmittag um drei Uhr war die Besprechung des Geschäftsvorschlags angesetzt.

»Ihre Stadt«, sagte ich, als ich mich zum Aufbruch bereit machte (das ist die Zeit für belanglose Allgemeinplätze), »scheint ein ruhiger, behäbiger Ort zu sein. Ein Heimatort, würde ich sagen, in dem gewöhnlich wenig Außergewöhnliches passiert.«

»Man betreibt hier einen umfangreichen Handel mit Öfen und Hohlgeschirr mit dem Westen und Süden, und die Mühlen haben eine tägliche Kapazität von mehr als 2.000 Fässern«, sagte ich.

Azalea Adair schien nachzudenken: »So habe ich das noch nie gesehen«, sagte sie mit einer aufrichtigen Intensität, die ihr eigen zu sein schien. »Ist es nicht so, dass die Dinge an den stillen, ruhigen Orten geschehen? Ich denke, als Gott am ersten Montagmorgen mit der Erschaffung der Erde begann, hätte man sich aus dem Fenster lehnen und hören können, wie der nasse Schlamm von seiner Kelle plätscherte, während er die ewigen Hügel aufbaute. Was hat das lauteste Projekt der Welt – ich meine den Turmbau zu Babel - letztendlich ergeben? Eineinhalb Seiten Esperanto in der North American Review« [ältestes Literaturmagazin in den USA].

»Natürlich«, sagte ich phrasenhaft, »ist die menschliche Natur überall gleich; aber in manchen Städten gibt es mehr Farbe – mehr Drama und Bewegung und mehr Romantik als in anderen.«

»Oberflächlich betrachtet«, sagte Azalea Adair. »Ich bin gedanklich viele Male in einem goldenen Luftschiff um die Welt gereist, das auf zwei Flügeln schwebte – Gedrucktes und Träume.«

»Ich habe (auf einer meiner imaginären Reisen) gesehen, wie der Sultan der Türkei eine seiner Frauen, die ihr Gesicht in der Öffentlichkeit entblößt hatte, mit seinen eigenen Händen an einer Bogensehne erhängte. Ich habe gesehen, wie ein Mann in Nashville seine Theaterkarten zerrissen hat, weil seine Frau mit einem mit Reispuder bedeckten Gesicht ausgegangen ist. In San Franciscos Chinatown habe ich gesehen, wie das Sklavenmädchen Sing Yee langsam, Zentimeter für Zentimeter, in kochendes Mandelöl getaucht wurde, um sie dazu zu bringen, zu schwören, dass sie ihren amerikanischen Liebhaber nie wieder sehen würde. Sie gab nach, als das kochende Öl drei Zentimeter über ihr Knie reichte. Neulich Abend sah ich auf einer Euchre-Party [Spieleabend] in East Nashville, wie Kitty Morgan von sieben ihrer Schulkameraden und lebenslangen Freunde totgeschlagen wurde, weil sie einen Maler geheiratet hatte. Das kochende Öl brutzelte hier so hoch wie ihr Herz; aber ich wünschte, Sie hätten das feine kleine Lächeln sehen können, das sie von Tisch zu Tisch trug. Oh ja, es ist eine eintönige Stadt. Nur ein paar Meilen entfernt von roten Backsteinhäusern und Schlamm und Holzlagern.«

Jemand klopfte mit hohlem Klang an der Rückseite des Hauses. Azalea Adair hauchte eine leise Entschuldigung und ging dem Geräusch nach. Nach drei Minuten kam sie zurück, mit aufgehellten Augen, einer leichten Röte auf den Wangen und zehn Jahren, die ihr von den Schultern genommen worden waren.

»Sie müssen eine Tasse Tee trinken, bevor Sie gehen«, sagte sie, »und dazu einen Zuckerkuchen.«

Sie griff nach einer kleinen eisernen Glocke und schüttelte sie. Herein schlurfte ein kleines Negermädchen, etwa zwölf Jahre alt, barfuß, nicht sehr gepflegt, das mich mit dem Daumen im Mund und gewölbten Augen anstarrte.

Azalea Adair öffnete ein winziges, abgenutztes Portemonnaie und zog eine Dollarnote heraus, eine Dollarnote, bei der die rechte obere Ecke fehlte, die in zwei Teile zerrissen und mit einem Streifen blauen Seidenpapiers wieder zusammengeklebt war. Es war einer der Scheine, die ich dem räuberischen Neger gegeben hatte – daran gab es keinen Zweifel.

»Geh zu Mr. Bakers Laden an der Ecke, Impy«, sagte sie und reichte dem Mädchen die Dollarnote, »und hol ein Viertelpfund Tee – die Sorte, die er mir immer schickt – und Zuckerkuchen für zehn Cent. Und jetzt beeile dich.«

»Der Teevorrat im Haus ist gerade aufgebraucht«, erklärte sie mir.

Impy ging durch die Hintertür. Bevor das Schlürfen ihrer harten, nackten Füße auf der hinteren Veranda verklungen war, erfüllte ein wilder Schrei – ich war sicher, dass es ihrer war – das hohle Haus. Dann mischte sich der tiefe, schroffe Ton einer wütenden Männerstimme unter die weiteren Schreie und unverständlichen Worte des Mädchens.

Azalea Adair erhob sich ohne Überraschung oder Gefühlsregung und verschwand. Zwei Minuten lang hörte ich das heisere Grollen der Männerstimme, dann so etwas wie einen Schwur und ein leichtes Handgemenge, und sie kehrte ruhig zu ihrem Stuhl zurück.

»Dies ist ein geräumiges Haus«, sagte sie, »und ich habe einen Mieter für einen Teil davon. Es tut mir leid, dass ich meine Einladung zum Tee zurückziehen muss. Es war unmöglich, die Sorte, die ich immer benutze, im Laden zu bekommen. Vielleicht kann mich Mr. Baker morgen damit versorgen.«

Ich war mir sicher, dass Impy keine Zeit gehabt haben konnte, das Haus zu verlassen. Ich erkundigte mich nach den Straßenwagen und verabschiedete mich. Als ich schon auf dem Weg war, fiel mir ein, dass ich Azalea Adairs Namen noch nicht erfahren hatte. Aber morgen würde es auch gehen.

Noch am selben Tag begann ich den Weg der Ungerechtigkeit zu gehen, den mir diese ereignislose Stadt aufzwang. Ich war nur zwei Tage in der Stadt, aber in dieser Zeit gelang es mir, schamlos auf telegrafischem Weg zu lügen und – nach der Tat, wenn das der richtige juristische Ausdruck ist – Komplize eines Mordes zu werden.

Als ich um die Ecke meines Hotels bog, ergriff mich der afrikanische Kutscher mit dem vielfarbigen, unverwechselbaren Mantel, schwang die Kerkertür seines umherziehenden Sarkophags auf, flirtete mit seinem Staubwedel und begann sein Ritual: »Steigen Sie ein, Boss. Die Kutsche ist sauber – komme gerade von einer Beerdigung zurück. Fünfzig Cents zu jedem … «

Und dann erkannte er mich und grinste breit. »Verzeihung, Boss, Sie sind doch der Mann, der mit mir heute Morgen rausgefahren ist. Ich danke Ihnen dafür, Sir.«

»Ich fahre morgen Nachmittag um drei wieder zur Nummer 861«, sagte ich, »und wenn Sie dann hier sind, können Sie mich fahren. Sie kennen also Miss Adair?«, schloss ich und dachte dabei an meine Dollarnote.

»Ich habe für ihrem Vater gearbeitet, Richter Adair«, antwortete er.

»Ich schätze, dass sie ziemlich arm ist«, sagte ich. »Sie hat nicht viel Geld, oder?«

Einen Augenblick lang sah ich wieder in die grimmige Miene von 'König Cettiwayo', dann verwandelte er sich wieder in einen erpresserischen alten Negerkutscher.

»Sie wird nicht verhungern, Sir«, sagte er langsam. »Sie hat Unterstützung, Sir, sie hat Unterstützung.«

»Ich werde Ihnen fünfzig Cent für die Fahrt zahlen«, sagte ich.

»Das ist völlig in Ordnung, Sir«, antwortete er bescheiden. »Ich habe die zwei Dollar nur heute Morgen gebraucht, Boss.«

Ich ging zum Hotel und log über die Drahtverbindung. Ich telegrafierte dem Magazin: 'A. Adair verlangt acht Cents pro Wort.'

Die Antwort, die zurückkam, war: 'Gebe es ihr schnell, du Trottel.'

Kurz vor dem Abendessen überfiel mich 'Major' Wentworth Caswell mit dem Gruß eines lang vermissten Freundes. Ich habe nur wenige Männer getroffen, die ich so sofort gehasst habe und bei denen es so schwierig war, sie wieder loszuwerden.

Ich stand an der Bar, als er mich überfiel; deshalb konnte ich ihm nicht mit der Friedensfahne ins Gesicht winken. Ich hätte gern für die Getränke bezahlt, in der Hoffnung, dadurch einem weiteren zu entgehen; aber er war einer jener verachtenswerten, brüllenden Werbefritzen, die jeden Cent, den sie für ihre Torheiten verschwenden, mit Blaskapellen und Feuerwerkskörpern begleiten müssen.

Mit dem Anschein, Millionen zu verdienen, zog er zwei Ein-Dollar-Scheine aus einer Tasche und warf einen davon auf die Theke. Ich schaute noch einmal auf die Dollarnote, bei der die obere rechte Ecke fehlte, die in der Mitte zerrissen und mit einem Streifen blauen Seidenpapiers geflickt war. Es war wieder mein Geldschein. Es hätte kein anderer sein können.

Ich ging hinauf in mein Zimmer. Der Nieselregen und die Eintönigkeit einer tristen, ereignislosen Südstadt hatten mich müde und lustlos gemacht. Ich erinnere mich, dass ich kurz vor dem Schlafengehen den rätselhaften Dollarschein (welcher der Schlüssel zu einer ungeheuer guten Detektivgeschichte über San Francisco hätte sein können) gedanklich entsorgte, indem ich schläfrig zu mir sagte: 'Es scheint, als ob viele Leute hier Aktien des 'Mietkutschenfahrer-Trust' besitzen. Der zahlt auch pünktlich seine Dividenden. Ich frage mich, ob ... '

Dann schlief ich ein.

Am nächsten Tag war 'König Cettiwayo' auf seinem Posten und klapperte meine Knochen über die Steine hinaus zur Nummer 861. Er sollte warten und mich wieder zurückklappern, wenn ich bereit war.

Azalea Adair sah blasser, sauberer und gebrechlicher aus als am Tag zuvor. Nachdem sie den Vertrag für acht Cent pro Wort unterschrieben hatte, wurde sie noch blasser und begann, aus ihrem Stuhl zu rutschen. Ohne große Mühe gelang es mir, sie auf das antediluvianische [vorzeitliche] Rosshaarsofa zu setzen, dann lief ich auf den Bürgersteig und rief dem kaffeefarbenen Piraten zu, er solle einen Arzt holen.

Mit einer Weisheit, die ich ihm nicht zugetraut hätte, ließ er sein Gespann stehen und lief zu Fuß die Straße hinauf, da er den Wert von Schnelligkeit erkannt hatte. In zehn Minuten kehrte er mit einem ernsten, grauhaarigen und fähigen Mediziner zurück. In wenigen Worten (die jeweils weit weniger als acht Cent wert waren) erklärte ich ihm meine Anwesenheit in dem hohlen, mysteriösen Haus. Er verbeugte sich mit vornehmem Verständnis und wandte sich dem alten Neger zu.

»Onkel Caesar«, sagte er ruhig, »laufe zu mir nach Hause und bitte Miss Lucy, dir einen Krug voll frischer Milch und einen halben Becher Portwein zu geben. Und komm schnell damit zurück. Fahre nicht – sondern renne. Ich möchte, dass du noch irgendwann in dieser Woche zurückkommst.«

Mir kam der Gedanke, dass auch Dr. Merriman ein Misstrauen gegenüber der Schnelligkeit der Rösser des Landpiraten hegte.

Nachdem Onkel Caesar schwerfällig aber zügig die Straße hinaufgegangen war, musterte mich der Doktor mit großer Höflichkeit und ebenso sorgfältiger Berechnung, bis er zu dem Schluss gekommen war, dass ich in Ordnung sei.

»Es ist nur ein Fall von unzureichender Ernährung«, sagte er. »Anders gesagt, es ist die Folge von Armut, Stolz und Hungersnot. Mrs. Caswell hat viele treue Freunde, die ihr gerne helfen würden, aber sie will nichts annehmen, außer von diesem alten Neger, Onkel Caesar, der einst ihrer Familie gehörte.«

»Mrs. Caswell!«, rief ich überrascht. Dann schaute ich auf den Vertrag und sah, dass sie ihn mit 'Azalea Adair Caswell' unterzeichnet hatte.

»Ich dachte, sie sei Miss Adair«, sagte ich.

»Verheiratet mit einem betrunkenen, wertlosen Faulpelz, Sir«, sagte der Arzt. »Es heißt, dass er ihr sogar die kleinen Summen stiehlt, die ihr alter Diener zu ihrem Unterhalt beisteuert.«

Als die Milch und der Wein gebracht worden waren, brachte der Arzt die Lebensgeister von Azalea Adair bald wieder zurück. Sie setzte sich auf und erzählte von der Schönheit der Herbstblätter, die gerade Saison hatten, und deren Farbenpracht. Sie bezeichnete ihren Ohnmachtsanfall leichthin als Folge eines alten Herzklopfens. Impy fächelte ihr zu, als sie auf dem Sofa lag.

Der Arzt wurde noch woanders erwartet, und ich folgte ihm zur Tür. Ich sagte ihm, dass es in meiner Macht und in meinen Absichten läge, Azalea Adair einen angemessenen Vorschuss auf künftige Beiträge für die Zeitschrift zu gewähren, und er schien zufrieden.

»Übrigens«, sagte er, »vielleicht interessiert es Sie, dass Sie einen königlichen Kutscher hatten. Der Großvater des alten Caesar war ein König im Kongo. Caesar selbst hat königliche Züge, wie Sie vielleicht bemerkt haben.«

Als der Doktor sich entfernte, hörte ich drinnen Onkel Caesars Stimme: »Hat er beide von den zwei Dollar von dir bekommen, Miss Zalea?«

»Ja, Caesar«, hörte ich Azalea Adair schwach antworten. Und dann ging ich hinein und schloss die Geschäftsverhandlungen mit unserer Beitragenden ab. Ich übernahm die Verantwortung, fünfzig Dollar vorzustrecken, was ich als notwendige Formalität für unsere Abmachung ansah. Und dann fuhr mich Onkel Caesar zurück zum Hotel.

Hier endet die ganze Geschichte, soweit ich sie als Beobachter bezeugen kann. Der Rest ist nur eine bloße Wiedergabe von Tatsachen.

Gegen sechs Uhr machte ich mich auf zu einem Spaziergang. Onkel Caesar stand an seiner Ecke. Er öffnete die Tür seines Wagens, schwenkte seinen Staubwedel und begann mit seiner deprimierenden Formel: »Steigen Sie ein, Sir. Fünfzig Cents bis irgendwo hin in der Stadt – der Wagen ist blitzsauber, er kommt gerade von einer Beerdigung – «

Und dann erkannte er mich. Ich glaube, seine Sehkraft wurde langsam schlecht. Sein Mantel hatte ein paar mehr verblichene Farbtöne angenommen, die Schnüre waren ausgefranst und zerfetzt, der letzte Knopf – der Knopf aus gelbem Horn – war weg. Er war ein kunterbunter Nachfahre von Königen, dieser Onkel Caesar!

Etwa zwei Stunden später sah ich eine aufgeregte Menge, die den Eingang eines Drugstores belagerte. In einer Wüste, in der nichts passiert, war das wie Manna, und so drängte ich mich hinein. Auf einer improvisierten Couch aus leeren Kisten und Stühlen lag der sterbliche Körper von Major Wentworth Caswell. Ein Arzt untersuchte ihn auf Lebenszeichen. Sein Urteil lautete, dass sie durch Abwesenheit auffielen.

Der frühere Major war auf einer dunklen Straße tot aufgefunden und von neugierigen und entnervten Bürgern in den Drugstore gebracht worden. Das verstorbene menschliche Wesen war in einen furchtbaren Kampf verwickelt gewesen – das ergaben die Anzeichen. Obwohl faul und von verwerflicher Natur, war er auch ein Kämpfer gewesen. Aber er hatte verloren. Seine Hände waren noch so fest zusammengepresst, dass sich seine Finger nicht öffnen ließen. Die freundlichen Bürger, die ihn gekannt hatten, standen um ihn herum und suchten in ihrem Wortschatz nach guten Worten für ihn, wenn das möglich war. Ein gut aussehender Mann sagte nach reiflicher Überlegung: »Als 'Cas' etwa fünf Jahre alt war, war er einer der besten Buchstabierer in der Schule.«

Während ich so dastand, entspannten sich die Finger der rechten Hand des 'vergangenen Mannes', die an der Seite einer weißen Kieferkiste herunterhing, und ließen etwas zu meinen Füßen fallen. Ich deckte es leise mit einem Fuß ab und hob es wenig später auf und steckte es ein. Ich schloss daraus, dass seine Hand in seinem letzten Kampf diesen Gegenstand unabsichtlich gegriffen und in einem Todesgriff gehalten haben musste.

Im Hotel war an diesem Abend das Hauptgesprächsthema, abgesehen von Politik und Prohibition, das Ableben von Major Caswell. Ich hörte einen Mann zu einer Gruppe von Zuhörern sagen:

»Meiner Meinung nach, meine Herren, wurde Caswell von einigen dieser nichtsnutzigen Nigger wegen seines Geldes ermordet. Er hatte heute Nachmittag fünfzig Dollar, die er mehreren Herren im Hotel gezeigt hatte. Als man ihn fand, hatte er das Geld nicht bei sich.«

Am nächsten Morgen verließ ich die Stadt um neun Uhr, und als der Zug die Brücke über den Cumberland River überquerte, nahm ich einen gelben Mantelknopf aus Horn in der Größe eines Fünfzig-Cent-Stücks, an dem ausgefranste Enden einer groben Schnur hingen, aus der Tasche und warf ihn aus dem Fenster in das träge, schlammige Wasser unter mir.

Ich frage mich, was in Buffalo los ist!

PSYCHE UND DER PSKYSCRAPER*

[* Wortspiel mit 'Psyche' und 'Skyscraper' (Wolkenkratzer)]

Wenn Sie ein Philosoph sind können Sie Folgendes tun: Sie können auf die Spitze eines hohen Gebäudes gehen, auf ihre Mitmenschen 300 Fuß unter Ihnen hinunterschauen und sie wie Insekten verachten.

Wie die nutzlosen schwarzen Wasserwanzen auf den Sommerteichen krabbeln und kreisen und wuseln sie idiotisch herum, ohne Ziel und Zweck. Sie bewegen sich nicht einmal mit der bewundernswerten Intelligenz von Ameisen, denn Ameisen wissen immer, wann sie nach Hause gehen. Die Ameise ist von niederem Stand, aber sie wird oft nach Hause kommen und ihre Pantoffeln anziehen, während Sie auf Ihrem erhöhten Stand stehen bleiben.

Der Mensch erscheint dem Philosophen auf dem Dach nur als ein kriechender, verächtlicher Käfer. Makler, Dichter, Millionäre, Schuhputzer, Schönheiten, Kohleneimerträger und Politiker werden zu kleinen schwarzen Flecken, die auf Straßen, die nicht breiter sind als der eigene Daumen, größeren schwarzen Flecken ausweichen.

Von diesem hohen Aussichtspunkt aus wird die Stadt selbst zu einer unverständlichen Masse verzerrter Gebäude und unmöglicher Perspektiven degradiert; der verehrte Ozean ist ein Ententeich; die Erde selbst ein verlorener Golfball.

All die trivialen Dinge des Lebens sind verschwunden. Der Philosoph blickt in den unendlichen Himmel über ihm und lässt seine Seele unter dem Einfluss seiner neuen Sichtweise wachsen. Er fühlt, dass er der Erbe der Ewigkeit und das Kind der Zeit ist. Auch der Weltraum sollte ihm aufgrund seines unsterblichen Erbes gehören, und er ist begeistert von dem Gedanken, dass seine Art eines Tages diese geheimnisvollen Luftstraßen zwischen den Planeten überqueren wird.

Die winzige Welt unter seinen Füßen, auf der diese hoch aufragende Stahlkonstruktion wie ein Staubkorn auf einem Himalaya-Berg ruht, ist nur eines von unzähligen solcher wirbelnden Atome. Was sind die Ambitionen, die Errungenschaften, die armseligen Eroberungen und Liebschaften dieser rastlosen schwarzen Insekten da unten im Vergleich zu der heiteren und schrecklichen Unermesslichkeit des Universums, das über und um ihre unbedeutende Stadt liegt?

Es ist garantiert, dass der Philosoph diese Gedanken haben wird. Sie wurden ausdrücklich aus den Philosophien der Welt zusammengestellt und mit dem richtigen Fragepunkt am Ende niedergeschrieben, um die unveränderlichen Grübeleien der tiefen Denker auf hohen Plätzen darzustellen. Und wenn der Philosoph den Aufzug nach unten nimmt, ist sein Geist weiter, sein Herz ist in Frieden, und seine Vorstellung von der Kosmogonie der Schöpfung ist so weit wie die Schnalle an Orions Sommergürtel.

Aber wenn Sie zufällig Daisy heißen, in einem Süßwarenladen in der Eighth Avenue arbeiteten und in einem kleinen, kalten Flurzimmer wohnen würden, fünf mal acht Fuß groß, sechs Dollar pro Woche verdienten und zehn Cent für das Mittagessen ausgeben würden, neunzehn Jahre alt wären, um 6.30 Uhr aufstünden und bis 9 Uhr abends arbeiteten würden und nie Philosophie studiert hätten, dann würden die Dinge von der Spitze eines Wolkenkratzers aus vielleicht nicht so aussehen.

Zwei Männer buhlten um die Hand von Daisy, die Unphilosophische. Der eine war Joe, der den kleinsten Laden in New York besaß. Er hatte etwa die Größe eines Werkzeugkastens der D.P.W. [Department of Public Works, kümmert sich um öffentliche Infrastucturprojekte etc.] und klebte wie ein Schwalbennest an einer Ecke eines Wolkenkratzers in der Innenstadt.

Sein Warenvorrat bestand aus Obst, Bonbons, Zeitungen, Liederbüchern, Zigaretten und saisonaler Limonade. Als der strenge Winter an seinen gefrorenen Schlössern rüttelte und Joe sich selbst und das Obst ins Innere verfrachten musste, gab es im Laden gerade noch Platz für den Inhaber, seine Waren, einen Herd von der Größe eines Essigkübels und einen Kunden.

Joe gehörte zu der Welt, die uns ständig mit süßen Klängen und Früchten in Atem hält. Er war ein tüchtiger amerikanischer junger Mann, der Geld zur Seite gelegt hatte, und der wollte, dass Daisy ihm half, es auszugeben. Dreimal hatte er sie schon darum gebeten.

»Ich habe Geld gespart, Daisy«, war sein Liebeslied, »und du weißt, wie sehr ich dich will. Mein Laden ist nicht sehr groß, aber – «

214

»Oh, in der Tat?«, war der Wechselgesang der Unphilosophischen. »Ich habe gehört, dass Wanamaker's versucht, dich zu überreden, einen Teil deiner Fläche für nächstes Jahr unterzuvermieten.«

Daisy ging jeden Morgen und Abend an Joes Ecke vorbei. »Hallo, 'Zwei auf Vier!'« [Meter Grundfläche], war ihr üblicher Gruß. »Mir scheint, dein Laden sieht leerer aus als sonst. Du hast wohl eine Packung Kaugummi verkauft.«

»Hier ist nicht viel Platz«, antwortete Joe mit seinem zögerlichen Grinsen, »außer für dich, Daisy. Ich und der Laden warten auf dich, wann immer du uns nimmst. Meinst du nicht, dass du das schon bald tun wirst?«

»Laden!« – ein feiner Hohn kam durch Daisys hochgezogene Nase zum Ausdruck – »Sardinenbüchse! Du wartest auf mich, sagst du? Meine Güte, du müsstest schon hundert Pfund Süßigkeiten wegwerfen, bevor ich da rein passen würde, Joe.«

»Ich hätte nichts gegen einen solchen Tausch«, sagte Joe schmeichelnd.

Daisys persönlicher Bereich war in jeder Hinsicht eingeschränkt. Sie musste seitwärts zwischen der Theke und den Regalen des Süßwarenladens hindurchgehen. In ihrem eigenen Flur-Schlafzimmer war die Gemütlichkeit an die Grenze der Kohäsion gebracht worden. Die Wände waren so nah beieinander, dass die Tapeten auf ihnen ein perfektes Babel der Geräusche bildete. Sie konnte mit einer Hand das Gas anzünden und mit der anderen die Tür schließen, ohne den Blick von der Reflexion ihrer braunen Pompadour-Frisur im Spiegel abzuwenden. Sie hatte Joes Bild in einem vergoldeten Rahmen auf der Kommode und manchmal … aber als Nächstes dachte sie immer an Joes lustigen kleinen Laden, der wie eine Seifenkiste an die Ecke des großen Gebäudes geheftet war, und dann verflog ihre Stimmung in einem Anflug von Lachen.

Daisys anderer Verehrer folgte Joe einige Monate später. Er kam in das Haus, in dem sie lebte, um dort zu wohnen. Sein Name war Dabster, und er war ein Philosoph. Obwohl er noch jung war, stachen seine Errungenschaften hervor wie kontinentale Aufkleber auf einem Koffer aus Passaic (N. J.). Das Wissen hatte er aus Enzyklopädien und Handbüchern mit nützlichen Informationen entwendet; aber was die Weisheit anbetraf, so wurde er, als sie ihn verließ, schniefend auf der Straße zurückgelassen, ohne so viel wie die Nummer ihres Autos zu kennen [ohne viel von der Weisheit zu wissen, ist hier gemeint].

Er konnte und würde Ihnen den Wasseranteil und die muskelbildenden Eigenschaften von Erbsen und Kalbfleisch nennen, den kürzesten Vers in der Bibel, das Gewicht der Schindelnägel, die erforderlich sind, um 256 Schindeln in einem Abstand von vier Zoll zur Wetterseite hin zu befestigen, die Einwohnerzahl von Kankakee, Illinois, die Theorien von Spinoza, der Name des zweiten Lakaien von Mr. H. McKay Twombly, die Länge des Hoosac-Tunnels, die beste Zeit, um ein brütendes Huhn aufs Nest zu setzen, das Gehalt des Eisenbahnpostboten zwischen Driftwood und Red Bank Furnace, Pa., und die Anzahl der Knochen im Vorderbein einer Katze.

216

Die Belastung des Lernens war für Dabster kein Handicap. Seine Statistiken waren die Petersilienzweige, mit denen er das Festmahl aus Smalltalk garnierte, das er einem vorsetzte, wenn er der Meinung hatte, dass dies nach seinem Geschmack war.

Immer wieder benutzte er sie als Bollwerk beim Essen in der Pension. Er feuerte eine Salve von Zahlen über das Gewicht eines Fußes Stabeisen von 5 x 2 3/4 Zoll und die durchschnittliche jährliche Niederschlagsmenge in Fort Snelling, Minnesota, auf Sie ab und sicherte sich mit seiner Gabel das beste Stück Huhn auf dem Teller, während man versucht war, sich einigermaßen zu sammeln, um ihn schwach zu fragen, warum ein Huhn die Straße überquert.

Solchermaßen gut bewaffnet und mit einem gewissen Maß an gutem Aussehen ausgestattet, mit Haaröl versehen, wie man es im Einkaufszentrum um drei Uhr nachmittags sieht, wurde er für Joe vom liliputanischen Imperium offenbar zu einem Rivalen, der seiner Waffens würdig war. Aber Joe hatte keine Waffen dabei; und selbst wenn, hätte er in seinem Laden keinen Platz dafür gehabt.

An einem Samstagnachmittag, gegen vier Uhr, hielten Daisy und Mr. Dabster vor Joes Stand. Dabster trug einen Seidenhut, und – nun ja, Daisy war eine Frau, und der Hut hatte keine Chance, wieder in seine Schachtel zu kommen, bevor Joe ihn gesehen hatte. Ein Ananas-Kaugummi war der vermeintliche Grund für den Besuch. Joe lieferte ihn durch die offene Seite seines Ladens. Beim Anblick des Hutes wurde er weder blass, noch schwankte er.

»Mr. Dabster wird mich auf das Dach des Gebäudes mitnehmen, um die Aussicht zu genießen«, sagte Daisy, nachdem sie ihre Bewunderer gegenseitig vorgestellt hatte. »Ich war noch nie auf einem Wolkenkratzer. Ich schätze, es muss dort oben sehr schön und lustig sein.«

»Hm!«, sagte Joe.

»Das Panorama«, sagte Mr. Dabster, »das sich dem Betrachter von der Spitze eines hohen Gebäudes bietet, ist nicht nur erhaben, sondern auch lehrreich. Miss Daisy hat ein ausgesprochenes Vergnügen vor sich.«

»Dort oben ist es genauso windig wie hier unten«, sagte Joe. »Bist du warm genug angezogen, Daisy?«

»Aber sicher! Ich bin gut eingepackt«, sagte Daisy und lächelte verschmitzt über seine Stirnfalten.

»Du siehst aus wie eine Mumie in einer Kiste, Joe«, fuhr sie fort. »Hast du vielleicht gerade eine Bestellung über eine Packung von Erdnüssen oder einen weiteren Apfel angenommen? Dein Lager sieht furchtbar überfüllt aus.«

Daisy kicherte über ihren Lieblingswitz, und Joe musste mit ihr lachen.

»Ihr Quartier ist etwas begrenzt, Mister – er – er«, bemerkte Dabster, »im Vergleich zur Größe dieses Gebäudes.«

»Soweit ich weiß«, fuhr er fort, ist die Fläche an den Seiten etwa 340 mal 100 Fuß groß. Damit würden Sie eine proportionale Fläche einnehmen, als würde man die Hälfte von Belutschistan auf ein Gebiet so groß wie die Vereingten Staaten östlich der Rocky Mountains bringen, mit der Provinz Ontario und Belgien dazugerechnet.

»Ist das so, Sportsfreund?«, sagte Joe freundlich. »Sie sind ein Schlaumeier, wenn es um Zahlen geht, das stimmt. Was glauben Sie, wie viele Quadratpfund Heuballen ein Esel fressen könnte, wenn er lange genug aufhören würde zu schreien, um eine Minute und fünf Achtel still zu halten?«

Ein paar Minuten später stiegen Daisy und Mr. Dabster aus einem Aufzug in die oberste Etage des Wolkenkratzers. Dann ging es eine kurze, steile Treppe hinauf und hinaus auf das Dach. Dabster führte sie zur Brüstung, damit sie auf die schwarzen Punkte hinuntersehen konnte, die sich auf der Straße unter ihr bewegten.

»Was ist das?«, fragte sie zitternd. Sie war noch nie auf so einer Höhe gewesen.

Und dann muss Dabster den Philosophen auf dem Turm spielen und ihre Seele in die Unermesslichkeit des Raumes führen.

»Zweibeiner«, sagte er feierlich. »Sehen Sie nur, was aus ihnen wird, selbst aus der kleinen Höhe von 340 Fuß – bloße krabbelnde Insekten, die wahllos hin und her laufen.«

»Oh, so etwas sind sie nicht«, rief Daisy plötzlich aus, »das sind Leute! Ich habe ein Auto gesehen. Oh je, sind wir so hoch oben?«

»Gehen Sie hier entlang«, sagte Dabster.

Er zeigte ihr die große Stadt, die wie eine geordnete Ansammlung von Spielzeugen weit unten lag, hier und da angestrahlt von den ersten Beleuchtungen des frühen Winternachmittags. Und dann die Bucht und das Meer im Süden und Osten, die geheimnisvoll im Himmel verschwanden.

»Das gefällt mir nicht«, erklärte Daisy mit besorgten blauen Augen. »Gehen wir hinunter.«

Aber der Philosoph ließ sich die Gelegenheit nicht entgehen. Er würde sie die Größe seines Verstandes sehen lassen, den Halbnelson [ein Haltegriff beim Ringen], den er um die Unendlichkeit gelegt hatte, und das Gedächtnis für Statistiken. Und dann würde sie sich nie mehr damit begnügen, Kaugummi im kleinsten Laden New Yorks zu kaufen.

Und so begann er von der Winzigkeit des menschlichen Tuns zu schwärmen und davon, dass selbst eine so geringe Entfernung Erdboden den Menschen und seine Werke wie ein Zehntel eines Dollars aussehen ließ, dreifach berechnet, und dass man das siderische System und die Maximen des Epiktet bedenken, um Trost zu finden.

»Ich kann Ihnen nicht mehr folgen«, sagte Daisy. »Ich finde es furchtbar, so hoch oben zu sein, dass die Leute wie Flöhe aussehen. Einer von denen, die wir sahen, hätte Joe sein können. Meine Güte, wir könnten jetzt genauso gut in New Jersey sein! Ich habe Angst hier oben!«

Der Philosoph lächelte schadenfroh.

»Die Erde«, sagte er, »ist selbst nur wie ein Weizenkorn im Raum. Schauen Sie mal hoch.«

Daisy blickte ängstlich nach oben. Der kurze Tag war vorbei, und die Sterne kamen zum Vorschein.

»Der Stern dort oben«, sagte Dabster, »ist die Venus, der Abendstern. Sie ist 66.000.000 Meilen von der Sonne entfernt.«

»Unsinn«, sagte Daisy mit einem kurzen Aufblitzen des Geistes, »was glauben Sie, woher ich komme – aus Brooklyn? Susie Price, in unserem Laden … ihr Bruder hat ihr ein Ticket nach San Francisco geschickt – das sind nur dreitausend Meilen.«

Der Philosoph lächelte nachsichtig.

»Unsere Welt«, sagte er, »ist 91.000.000 Meilen von der Sonne entfernt. Es gibt achtzehn Sterne der ersten Größenordnung, die 211.000 Mal weiter von uns entfernt sind als die Sonne. Wenn einer von ihnen erlöschen würde, würde es drei Jahre dauern, bis wir sehen würden, wie sein Licht erlöscht.«

»Es gibt sechstausend Sterne der sechsten Größenordnung. Es dauert sechsunddreißig Jahre, bis das Licht eines dieser Sterne die Erde erreicht. Mit einem Achtzehn-Fuß-Teleskop können wir 43.000.000 Sterne sehen, einschließlich der Sterne der dreizehnten Größenordnung, deren Licht 2.700 Jahre braucht, um uns zu erreichen. Jeder dieser Sterne – «

»Sie lügen«, rief Daisy wütend. »Sie versuchen, mir Angst zu machen. Und das haben Sie geschafft; ich will runter!«

Sie stampfte mit dem Fuß auf.

»Arcturus – «, begann der Philosoph beschwichtigend, aber er wurde aber durch eine Demonstration aus der Weite der Natur unterbrochen, die er mit seinem Gedächtnis statt mit seinem Herzen zu schildern suchte, denn für den Herzensforscher der Natur sind die Sterne ausdrücklich am Firmament angebracht, um den Liebenden, die unter ihnen glücklich umherwandern, ein sanftes Licht zu geben. Und wenn man in einer Septembernacht auf Zehenspitzen steht und seine Geliebte auf dem Arm hat, kann man die Sterne fast mit der Hand berühren.

Drei Jahre hat es in der Tat gedauert, bis uns ihr Licht erreichte!

Aus dem Westen kam ein Meteor, der das Dach des Wolkenkratzers fast wie zur Mittagszeit erhellte. Seine feurige Parabel zeichnete sich gegen den Himmel im Osten ab. Er zischte, und Daisy schrie auf.

»Lassen Sie mich runter«, schrie sie vehement, »Sie – sie Rechenkünstler!«

Dabster brachte sie zum Aufzug und in diesen hinein. Ihre Augen funkelten wild und sie zitterte, als der Aufzug in die Tiefe fuhr.

Draußen vor der Drehtür des Wolkenkratzers verlor sie der Philosoph. Sie war verschwunden, und er stand verwirrt da, ohne Zahlen oder Statistiken, die ihm helfen konnten.

Joes Geschäft war recht flau verlaufen, und es gelang ihm, sich eine Zigarette anzuzünden und einen kalten Fuß an den lauwarmen Ofen zu setzen.

Die Tür wurde aufgerissen, und Daisy stürzte lachend und weinend, Obst und Bonbons verstreuend, in seine Arme.

»Oh, Joe, ich war oben auf dem Wolkenkratzer. Ist das nicht gemütlich und warm und heimelig hier? Ich bin bereit für dich, Joe, wann immer du mich willst.«

EIN VOGEL AUS BAGDAD

Zum Verständnis: Bei dieser Geschichte geht es um ein Wortspiel mit dem englischen Wort 'lay', was legen (ein Ei) oder liegen bedeuten kann.

Zweifellos ging viel vom Geist und Genie des Kalifen Harun Al Rashid auf den Markgrafen August Michael von Paulsen Quigg über.

Quiggs Restaurant befindet sich in der Fourth Avenue – jener Straße, die die Stadt in ihrem Wachstum vergessen zu haben scheint. Die Fourth Avenue – geboren und aufgewachsen in der Bowery [Gebiet in New York City] – wandert voller guter Vorsätze nach Norden.

Dort, wo sie die Fourteenth Street kreuzt, stolziert sie für einen kurzen Moment majestätisch im Schein der Museen und billigen Theater. Vielleicht wird sie noch eine passende Partnerin für ihren hochgeborenen Schwesterboulevard im Westen oder ihren brüllenden, polyglotten, breitbauchigen Vetter im Osten finden.

Sie führt am Union Square vorbei; und hier scheinen die Hufe der Wagenpferde im Einklang zu donnern und an den Schritt marschierender Heere zu erinnern – hurra!

Aber jetzt kommen die stillen und schrecklichen Berge – Gebäude, quadratisch wie Festungen, hoch wie die Wolken, die den Himmel verschließen, und wo sich Tausende von Sklaven den ganzen Tag über Schreibtische beugen. In den Erdgeschossen gibt es nur kleine Obstläden und Wäschereien und Buchläden, in deren Fenstern Exemplare von 'Littell's Living Age' [meist wöchentlich erscheinendes Magazin mit einer Auswahl aus englischen und amerikanischen Zeitschriften] und Romane von G. W. M. Reynold zu sehen sind. Und dann – arme Fourth Avenue! – gleitet die Straße in eine mittelalterliche Einsamkeit. Auf jeder Seite gibt es Geschäfte, die sich mit 'Antiquitäten' beschäftigen.

Sagen wir, es ist Nacht. Männer in rostigen Rüstungen stehen in den Fenstern und bedrohen die eilenden Autos mit erhobenen, rostigen Eisenhandschuhen. Kettenhemden und Helme, Donnerbüchsen, Cromwell'sche Brustpanzer, Luntenschlösser, Krise [Dolche mit gewellter Klinge] und die Schwerter und Dolche einer Armee toter und vergangener Kavaliere schimmern matt im gespenstischen Licht. Hier und da taumeln aus einer mit Laternen oder Phosphor beleuchteten Eckkneipe zitternde, heimgekehrte Bürger, ermutigt durch den konsumierten Inhalt der Bierkrüge zu ihrer furchterregenden Reise entlang der mit den blutbefleckten Waffen der Gefallenen gesäumten Allee.

Was für eine Straße könnte sich hier behaupten, eingeschlossen von diesen Resten des Todes und betrampelt von diesen gespenstischen Bürgern, in deren versunkenen Herzen kaum noch ein guter Schrei oder ein Tra-la-la übrig blieb?

Nicht die Fourth Avenue. Nicht nach der flimmernden, aber belebenden Pracht des Little Rialto [Theater] – nicht nach den widerhallenden Trommelschlägen des Union Square. Es gibt keinen Grund zu weinen, meine Damen und Herren, dies ist nur der Selbstmord einer Straße. Mit einem

Schrei und einem Krachen stürzt die Fourth Avenue kopfüber in den Tunnel an der Thirty-fourth und wird nie wieder gesehen.

In der Nähe des traurigen Schauplatzes der Auflösung der Durchgangsstraße stand das bescheidene Restaurant von Quigg. Es steht immer noch da, wenn man einen Blick auf die bröckelnde Fassade aus rotem Backstein wirft, auf das Schaufenster, das mit Orangen, Tomaten, Kuchen, Torten und Spargel in Dosen gefüllt ist – Hummer aus Pappmaschee und zwei Malteserkätzchen, die auf einem Salatbündel schlafen – wenn Sie sich an einen der kleinen Tische setzen wollen, auf deren Stoffdecken in den gelbsten Kaffeeflecken die Spur des japanischen Vormarsches nachgezeichnet ist – wenn Sie dort sitzen wollen, mit einem Auge auf Ihrem Regenschirm und dem anderen auf der falschen Flasche, aus der Sie die gefälschte Sauce trinken, die uns der verfluchte Scharlatan untergejubelt hat, der sich als unser lieber alter Herr und Freund, der 'Edelmann in Indien' ausgibt.

Quiggs Titel kam durch seine Mutter zu ihm. Eine ihrer Vorfahren war eine Markgräfin von Sachsen. Sein Vater war ein tapferer Tammany [politische, oft korrupte Seilschaft der Demokraten in New York]. Aufgrund der Verwässerung seines Erbes stellte er fest, dass er weder ein regierender Potentat werden noch einen Job im Rathaus bekommen konnte. Also eröffnete er ein Restaurant. Er war ein Mann, der viel nachdachte und las. Das Geschäft gab ihm ein Auskommen, obwohl er ihm wenig Aufmerksamkeit schenkte. Die eine Seite seines Hauses verschaffte ihm ein poetisches und romantisches Abenteuer. Die andere gab ihm den rastlosen Geist, der ihn nach Abenteuern suchen ließ.

Tagsüber war er Quigg, der Gastwirt. Nachts war er der Markgraf, der Kalif, der Prinz von Böhmen, der in der Stadt auf der Suche nach dem Seltsamen, dem Geheimnisvollen, dem Unerklärlichen, dem Abgründigen war.

Eines Abends, um 9 Uhr, als das Restaurant schloss, machte sich Quigg auf die Suche. In seiner Erscheinung mischten sich das Fremde, das Militärische und das Künstlerische, als er seinen Mantel unter dem kurz geschnittenen braunen und grauen Bart zuknöpfte und sich nach Westen zu den zentraleren Lebensadern der Stadt wandte. In seiner Tasche hatte er eine Reihe von beschrifteten Kärtchen aufbewahrt, ohne die er sich nie vor die Tür bewegte. Jede dieser Karten konnte in seinem eigenen Restaurant für ihren Nennwert eingelöst werden. Einige Karten berechtigten lediglich zum Bezug einer Suppe oder eines Sandwiches und eines Kaffees; andere berechtigten den Inhaber zu einem, zwei, drei oder mehr Tagen voller Mahlzeiten; einige wenige Karten galten für einzelne Standardmahlzeiten; einige wenige waren im Grunde genommen Essensmarken, die eine Woche lang gültig waren.

Was Reichtum und Macht anging, hatte Markgraf Quigg nichts, aber er hatte das Herz eines Kalifen – und man möge ihm verzeihen, wenn sein Kopf nicht an die Höhe von Harun Al Rashid heranreichte. Vielleicht hatten einige der Goldstücke in Bagdad weniger Wärme und Hoffnung unter die Leidenden in den Basaren gebracht als Quiggs Rindereintopf bei den Fischern und einäugigen Calenders* von Manhattan. [* vielleicht meint O. Henry 'Calendars', Charaktere aus den 'Arabischen Nächten', Derwische, die sich dem Fasten und Beten verschrieben haben].

227

Als Quigg seinen Weg fortsetzte, auf der Suche nach einer Romanze, die ihn ablenken würde, oder nach einer Notlage, bei der er helfen könnte, wurde er auf eine sich schnell sammelnde Menschenmenge aufmerksam, die an einer Ecke des Broadway und der Querstraße, durch die durchschnitt, johlte, kämpfte und tobte.

Er eilte zu der Stelle und erblickte einen jungen Mann von äußerst melancholischer und besorgter Erscheinung, der sich den Zeitvertreib leistete, mitten auf der Straße Silbergeld aus seinen Taschen zu werfen. Bei jeder Handbewegung des Großzügigen drängte sich die Menge mit Freudenschreien an die fallende Gabe. Der Verkehr wurde unterbrochen. Ein Polizist, der sich in der Mitte der Menge befand, beugte sich oft zu Boden, während er die Blockierer aufforderte, weiterzugehen.

Der Markgraf sah auf einen Blick, dass hier sein Hunger nach Wissen über die abnorme Arbeitsweise des menschlichen Herzens gestillt würde. Er begab sich rasch an die Seite des jungen Mannes und nahm seinen Arm.

»Kommen Sie sofort mit«, sagte er mit der tiefen, aber befehlenden Stimme, die schon seine Kellner zu fürchten gelernt hatten.

»Gefasst«, bemerkte der junge Mann und sah mit ausdruckslosen Augen zu ihm auf. »Gefasst von einem schmerzfrei arbeitenden Zahnarzt. Bring mich weg, Flatty [Spitznamen für einen Polizisten], und sag es mir. Manche legen Eier, manche nicht. Wann ist man ein Huhn?«

Noch immer von innerem Kummer ergriffen, aber gefügig, ließ er sich von Quigg wegführen und die Straße hinunter zu einem kleinen Park.

Dort, auf einer Bank sitzend, sprach derjenige, auf den ein Zipfel des Mantels des großen Kalifen herabgefallen war, mit Freundlichkeit und Diskretion und versuchte zu erfahren, welches Übel über den anderen gekommen war, das seine Seele beunruhigte und ihn zu einer solch unbedachten und ruinösen Verschwendung seiner Substanz und seiner Vorräte getrieben hat.

»Ich habe die Monte-Cristo-Nummer gespielt [Geld unter den Leuten verteilt], wie sie in Pompton, N. J., üblich ist, nicht wahr?«, fragte der junge Mann.

»Sie haben kleine Münzen auf die Straße geworfen, damit die sich die Leute danach bücken«, sagte der Markgraf.

»Das ist es. Du besorgst dir so viel Bier, wie du tragen kannst, und dann wirfst du Hühnerfutter – oh, verflucht sei das Wort Huhn, und Hühner, Federn, Hähne, Eier und alles, was damit zusammenhängt!«

»Junger Herr«, sagte der Markgraf freundlich, aber mit Würde, »ich bitte Sie nicht um Ihr Vertrauen, aber ich lade Sie ein, es mir zu schenken. Ich kenne die Welt und ich kenne die Menschheit. Der Mensch ist mein Studienobjekt, wenn ich ihn auch nicht so betrachte, wie der Wissenschaftler einen Käfer oder der Philanthrop die Objekte seiner Wohltätigkeit durch einen Schleier von Theorie und Unwissenheit betrachtet. Es ist mein Vergnügen und meine Ablenkung, mich für die besonderen und komplizierten Missgeschicke zu interessieren, die das Leben in einer großen Stadt meinen Mitmenschen auferlegt.«

»Sie kennen vielleicht die Geschichte des glorreichen und unsterblichen Herrschers, des Kalifen Harun Al Rashid, dessen weise und wohltätige Ausflüge unter sein Volk in der Stadt Bagdad ihm das Privileg verschafften, so viel von ihrer Not zu lindern. In meiner bescheidenen Art trete ich in seine Fußstapfen. Ich suche Romantik und Abenteuer in den Straßen der Stadt – nicht in verfallenen Schlössern oder verfallenen Palästen. Für mich sind die größten Wunder der Magie diejenigen, die sich in den Herzen der Menschen abspielen, wenn sie von den wütenden und vielfältigen Kräften einer überfüllten Bevölkerung beeinflusst werden.«

»In ihrem seltsamen Verhalten heute Abend scheint mir eine Geschichte zu lauern. Ich erkenne in Ihrem Verhalten etwas Tieferes als die übermütige Verschwendungssucht eines Verschwenders. Ich sehe in Ihrem Antlitz gewisse Spuren von verzehrendem Kummer oder Verzweiflung. Ich wiederhole: Ich bitte Sie um Ihr Vertrauen. Ich bin nicht ohne eine gewisse Macht, zu lindern und zu beraten. Wollen Sie mir nicht vertrauen?«

»Meine Güte, wie Sie reden!«, rief der junge Mann aus, und ein Schimmer der Bewunderung verdrängte für einen Moment die dumpfe Traurigkeit in seinen Augen. »Sie haben die Astor-Bibliothek [öffentliche Bibliothek] zu einer Zusammenfassung vorangegangener Kapitel entpellt. Ich denke an den alten Türken, von dem Sie sprechen. Ich habe 'Tausendundeine Nacht' gelesen, als ich ein Kind war. Er war eine Art Bill Devery [Polizeichef in New York] und Charlie Schwab [Industrieller und Stahlmagnat] in einer Person. Aber glauben Sie mir, Sie könnten die ganze Nacht mit verzauberten Tüchern herumfuchteln und Geister im Rauch aus Kupferflaschen aufsteigen lassen, ohne mich je zu berühren. In meinem Fall wird das nicht möglich sein.«

»Vielleicht, wenn ich Ihre Geschichte hören könnte«, sagte der Markgraf mit seinem erhabenen, ernsten Lächeln.

»Ich werde sie in etwa neun Worten erzählen*«, sagte der junge Mann mit einem tiefen Seufzer, »aber ich glaube nicht, dass Sie mir helfen können. Wenn Sie nicht so gut raten können, geht es für Sie zurück an den Bosporus auf ihrem 'magischen Linoleum' [witzig gemeint, moderner 'Teppichbelag'.«

[* kurz erzählt, Anspielung auf die neun Worte im Brief von Paulus an die Galater]

DIE GESCHICHTE VON DEM JUNGEN MANN UND DEM RÄTSEL DES GESCHIRRMACHERS

»Ich arbeite in Hildebrant's Sattel- und Geschirrladen in der Grant Street«, begann er. »Ich arbeite dort seit fünf Jahren. Ich bekomme 18 Dollar die Woche. Das ist genug zum Heiraten, oder? Nun, ich werde aber nicht heiraten.«

»Der alte Hildebrant ist einer dieser komischen Holländer [der Begriff wurde oft auch für deutschstämmige Personen benutzt], die immer Witze reißen. Er hat eine Million Rätsel und Dinge, die er vom Urgroßvater der Rogers Brothers [bekannte Kabaret-Darsteller] gefälscht hat.«

Bill Watson arbeitet auch dort. Ich und Bill müssen Tag für Tag diese 'Maronen' ertragen [engl. 'chestnuts', langweilige, ausgeleierte Witze, Kalauer]. Warum tun wir das? Man kann bei jedem Anheuser-Busch einen Job ergattern [Großbrauerei], aber ..

… dort ist auch Laura.«

»Wer das ist? Das ist die Tochter des alten Mannes.«

»Sie kommt jeden Tag in den Laden – etwa neunzehn, und das Ebenbild der Blondine, die auf den Palisaden des Rheins sitzt und die Muschelsammler in die Brandung lockt. Das Haar hat die Farbe von Strohmatten und die Augen sind schwarz und glänzend wie das beste Pferdegeschirr – stellen Sie sich das vor!«

»Und ich? Nun, entweder ich oder Bill Watson.«

»Sie behandelt uns beide gleich. Bill ist ihr gegenüber geradezu psychopathisch; und ich – nun, Sie haben ja gesehen, wie ich heute Nacht den Straßenbelag des Great Maroon Way mit Silber beschichtet habe. Das war wegen Laura. Ich war besoffen, Eure Hoheit, und ich wusste nicht, was ich tat.«

»Warum? Na, der alte Hildebrant sagte heute Nachmittag zu mir und Bill: 'Jungs, ich habe ein Rätsel für euch. Ein junger Mann, der nicht auf Rätsel antworten kann, der ist nicht so gut im Geschäft, um für eine Familie zu sorgen – ist das nicht so – nein?'«

»Und er gibt uns ein Rätsel auf – ein 'Conundrum' [engl. Begriff für schwieriges Rätsel, echtes Problem, Wortspiel oder auch Scherzfrage], wie manche es nennen – und er kichert innerlich und lässt uns bis morgen früh Zeit, die Antwort darauf zu finden.«

»Und er sagt, dass derjenige von uns, der das schlagfertige Ende errät, am Mittwochabend zu ihm nach Hause zur Geburtstagsfeier seiner Tochter kommt.«

»Und das bedeutet, dass sich Laura für den einen entscheidet, wer auch immer von uns hingeht, denn sie sehnt sich natürlich nach einem Ehemann, und das bin entweder ich oder Bill Watson, denn der alte Hildebrant mag uns beide und will, dass sie jemanden heiratet, der das Geschäft weiterführt, nachdem er sein letztes Paar Zugriemen genäht hat.«

»Das Rätsel? Nun, es war dieses: 'Welches Huhn legt (liegt) am längsten? Stell Sie sich das vor! Welches Huhn legt (liegt) am längsten? Ist es nicht typisch für einen Holländer, das Glück eines Mannes durch so eine dumme Idee aufs Spiel zu setzen? Also, was soll das bringen? Was ich nicht über Hühner weiß, würde mehrere Brutschränke füllen. Sie sagen, Sie imitieren den alten Araber, der in Bagdad – Bibliotheken gegründet hat. Nun, können Sie eine Fee herbeipfeifen, die diese Hühnerfrage löst, oder nicht?«

Als der junge Mann aufhörte, erhob sich der Markgraf und schritt einige Minuten lang vor der Parkbank hin und her. Schließlich setzte er sich wieder und sagte in ernstem und eindrucksvollem Ton:

»Ich muss gestehen, Sir, dass ich in den acht Jahren, die ich mit der Suche nach Abenteuern und bei der Linderung von Notlagen zugebracht habe, noch nie auf einen interessanteren oder verwirrenderen Fall gestoßen bin. Ich fürchte, dass ich bei meinen Nachforschungen und Beobachtungen die Hühner übersehen habe. Was ihre Gewohnheiten, ihre Legezeiten und -arten, ihre vielen Varianten und Kreuzungen, ihre Lebensspanne, ihre – «

»Oh, machen Sie kein Ibsen-Drama daraus«, unterbrach der junge Mann schnippisch. »Rätsel – vor allem die des alten Hildebrant – müssen nicht ernsthaft ausgearbeitet werden. Es sind leichte Themen, wie sie Sim Ford [?] und Harry Thurston Peck [Wissenschaftler, Autor, Editor, Historiker, Kritiker] gerne behandeln.«

»Aber irgendwie kann ich die Antwort nicht so einfach finden. Bill Watson vielleicht – aber vielleicht auch er nicht. Morgen wird es sich zeigen.«

»Nun, Eure Majestät, ich bin jedenfalls froh, dass Sie sich die Zeit vertrieben haben. Ich schätze, Mr. Al Rashid selbst wäre wieder aufgetaucht, wenn einer seiner Untertanen ihn vor dieses Rätsel gestellt hätte. Ich sage Gute Nacht. Friede sei mit euch und was ihr das von Allah nennen mögt.«

Der Markgraf, immer noch mit düsterer Miene, reichte ihm die Hand.

»Ich kann mein Bedauern gar nicht richtig ausdrücken«, sagte er traurig. »Noch nie war ich nicht in der Lage, in irgendeiner Weise zu helfen.«

»Welche Art von Huhn legt (liegt) am längsten? Das ist ein rätselhaftes Problem. Ich glaube, es gibt eine Henne, die Plymouth Rock genannt wird und – «

»Hören Sie auf damit«, sagte der junge Mann. »Das Geschäft eines Kalifen ist sehr ernst. Ich nehme nicht an, dass Sie noch nicht einmal etwas Lustiges an der Verteidigung von John D. Rockefeller durch einen Prediger finden würden. Nun, gute Nacht, Eure Hoheit.«

Wie gewohnt begann der Markgraf in seinen Taschen zu kramen.

Er zog ein Gutschein-Kärtchen hervor und reichte sie dem jungen Mann:

»Tun Sie mir den Gefallen und nehmen Sie es trotzdem an«, sagte er. »Es könnte die Zeit kommen, in der sie Ihnen von Nutzen sein könnte.«

»Danke!«, sagte der junge Mann und steckte sie achtlos ein. »Mein Name ist Simmons.«

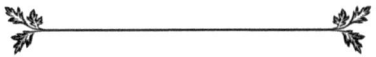

Schande über den, der andeuten will, dass das Interesse des Lesers ganz und gar dem Markgrafen August Michael von Paulsen Quigg folgen soll. Ich wäre in der Tat auf einem Irrweg, wenn ich nicht dem des Herzens des Lesers folgen würde. So lasst uns dann am morgigen Tage schnell durch die Tür von Hildebrant, dem Geschirrmacher, hineinspähen.

Hildebrants 200 Pfund Körpergewicht ruhten auf einer Bank, wo er gerade eine Silberschnalle an einen Sprungriemen aus Rohleder anbrachte.

Bill Watson kam als Erster herein.

»Nun«, sagte Hildebrant und zitterte am ganzen Körper, wie es der gemeinen Selbstgefälligkeit eines des Scherzkekses entspricht. »Welches Huhn legt (liegt) am längsten? Hast du es erraten?«

»Äh – nun, ich glaube schon«, sagte Bill und rieb sich unterwürfig das Kinn. »Ich glaube schon, Herr Hildebrant – das, welches am längsten lebt – ist das richtig?«

»Nein!«, sagte Hildebrant und schüttelte heftig den Kopf. »Du hast die Antwort nicht erraten.«

Bill ging weiter und zog sich eine Überschürze und das Junggesellendasein an.

Da kam der junge Mann aus dem Fiasko der Tausendundeine Nacht herein – blass, melancholisch, hoffnungslos.

»Nun«, sagte Hildebrant, »hast du es erraten? Was für ein Huhn legt (liegt) am längsten?«

Simmons betrachtete ihn mit düsterer Grausamkeit in seinen Augen. Sollte er diesen Berg von verderblichem Humor verfluchen – ihn verfluchen und sterben? Warum sollte … aber da war Laura.

Verbissen und sprachlos steckte er die Hände in die Manteltaschen und stand auf. Seine Hand begegnete der seltsamen Berührung mit dem Kärtchen des Markgrafen.

Er zog es heraus und betrachtete es, wie Männer, die gehängt werden sollten, eine krabbelnde Fliege betrachten.

In Quiggs fetter, runder Handschrift stand darauf geschrieben: »Gut für ein Brathähnchen durch den Überbringer.«

Simmons blickte mit blitzenden Augen auf.

»Ein totes!«, sagte er.

»Gut«, brüllte Hildebrant und rüttelte mit großem Vergnügen am Tisch. »Du hast recht! Du kommst um acht Uhr zu mir nach Hause zur Party.«

DIE BESTEN WÜNSCHE ZUM FEST

Es gibt keine Weihnachtsgeschichten mehr zu schreiben. Die Belletristik ist erschöpft, und die Zeitungsartikel, das Nächstbeste, werden von cleveren jungen Journalisten produziert, die früh geheiratet und eine ausgesprochen pessimistische Sicht auf das Leben haben. Daher müssen wir uns zur Abwechslung auf sehr fragwürdige Quellen beschränken – Fakten und Philosophie. Wir beginnen mit … wie auch immer Sie es nennen wollen.

Kinder sind pestartige kleine Tiere, mit denen wir unter verwirrend vielen Bedingungen zurechtkommen müssen. Besonders wenn sie von kindlichem Kummer überwältigt werden, sind wir am Ende unserer Kräfte. Wir erschöpfen unseren spärlichen Trostvorrat und zwingen sie dann, schluchzend, in den Schlaf. Dann suchen wir im Staub von einer Million Jahren und fragen Gott, warum. So rufen wir aus der Rattenfalle heraus. Was die Kinder betrifft, so versteht sie niemand außer alten Mägden, Buckligen und Hirtenhunden.

Nun zu den Fakten im Fall der Stoffpuppe, dieses heruntergekommene, verwahrloste Wesen, und denen des 25. Dezembers.

Am Zehnten dieses Monats verlor das Kind des Millionärs seine Stoffpuppe. Im Palast des Millionärs am Hudson River gab es viele Diener, die das Haus und das Grundstück durchwühlten, aber den verlorenen Schatz nicht finden konnten.

Das Kind war fünf Jahre alt und gehörte zu jenen perversen kleinen Biestern, die oft die Sensibilität wohlhabender Eltern verletzen, wenn sie ihre Zuneigung auf ein vulgäres, billiges Spielzeug richten, anstatt auf diamantenbesetzte Automobile und Pony-Wagen.

Das Kind war zutiefst betrübt. Das war dem Millionär, den der Stoffpuppenmarkt ungefähr so viel interessierte wie Bay State Gas [ein Gaslieferant, weit weg von New York], unerklärlich. Auch die Dame des Hauses, die Mutter des Kindes, konnte es nicht verstehen, die sich ganz nach den Gepflogenheiten verhielt – zumindest fast, wie wir sehen werden.

Das Kind weinte untröstlich, seine Augen verschwanden in den Höhlen, es lief x-beinig, wurde spindeldürr und 'corykilvertisch'[22] in vielerlei anderer Hinsicht.

Der Millionär lächelte und klopfte zuversichtlich an seine Schatztruhe. Das Beste aus der Produktion der französischen und deutschen Spielzeughersteller wurde per Sonderlieferung in die Villa gebracht, aber Rachel wollte sich nicht trösten lassen. Sie weinte um ihr Stoffkind und war für einen hohen Schutzzoll gegen alle ausländischen Dummheiten der Spielzeugindustrie.

Dann wurden Ärzte mit den feinsten Manieren und Stoppuhren hinzugezogen. Einer nach dem anderen plapperte vergeblich über Eisenpeptomanganat, Seereisen und Hypophosphite, bis ihre Stoppuhren anzeigten, dass 'Bill Rendered' [personifiziert für 'übergebene Rechnung'] zur Vorlage fällig war. Dann rieten sie, wie echte Männer, die

Stoffpuppe so schnell wie möglich zu finden und ihrem trauernden 'Elternteil' zurückzugeben.

Das Kind schnupperte an Therapeutika, kaute an einem Daumen und jammerte nach ihrer Betsy. Und die ganze Zeit über kamen Telegramme vom Weihnachtsmann, die besagten, dass er bald hier sein würde, und die uns aufforderten, einen wahren christlichen Geist zu zeigen und die Billardzimmer, die Rentenversicherungspolitik und die 'Platoon-Systeme' [strategische Zusammenstellung von Spielern im Baseball oder American Football], aufzugeben, um ihn willkommen zu heißen.

Überall verbreitete sich der Geist der Weihnacht. Die Banken verweigerten Kredite, die Pfandleiher hatten ihre Bande von Helfern verdoppelt, auf den Straßen stieß man sich mit roten Schlitten ans Schienbein, Thomas und Jeremiah [ein Cocktail mit diesem Namen] blubberten an den Bars vor sich hin, während man, auf einem Fuß stehend, wartete. Stechpalmenkränze [traditionelle Weihnachtskränze in den USA] der Gastfreundschaft hingen in den Schaufenstern der Läden, und diejenigen, die sie hatten, machten ihr Geschäft. Keiner wusste so recht, was die besten Kugeln waren – Three Ball [ein Billardspiel], High Ball [Cocktail], Mottenkugel oder Schneeball. Es war nicht die Zeit, um die Stoffpuppe oder sein Herz zu verlieren.

Wäre Doktor Watsons ermittelnder Freund[23] hinzugezogen worden, um dieses mysteriöse Verschwinden aufzuklären, hätte er an der Wand des Millionärs vielleicht ein Exemplar von 'Der Vampir' entdeckt. Das hätte durch

Eingebung schnell den Schluss nahegelegt: 'Ein Stück Stoff, ein Knochen und ein Büschel Haare'.

Und so wäre er draufgekommen:

'Flip', ein schottischer Terrier, der neben der Stoffpuppe im Herzen des Kindes, hüpfte durch die Gänge – das Haarbüschel! Natürlich!

X, stellte die unentdeckte Menge dar – die Stoffpuppe.

Aber der Knochen? Was ist mit dem Knochen?

Nun, wenn Hunde Knochen finden, dann – Rätsel gelöst!

Es wäre ein leichtes und ergiebiges Unterfangen, Flips Vorderpfoten zu untersuchen. Schau, Watson! Erde – getrocknete Erde zwischen den Zehen. Natürlich, der Hund … aber Sherlock war nicht da. Also müssen andere es tun. Topografie und Architektur müssen ins Spiel kommen.

Der Palast des Millionärs nahm einen großzügigen Platz ein. Davor befand sich ein Rasen, der so dicht gemäht war wie das Gesicht eines Süd-Iren zwei Tage nach der Rasur. An der einen Seite und zur anderen Straße hin befanden sich ein bis auf das letzte Blatt getrimmter Lustgarten, die Garage und die Stallungen.

Der schottische Welpe hatte die Stoffpuppe aus dem Kinderzimmer geschändet, sie in eine Ecke des Rasens geschleppt, ein Loch gegraben und sie nach der Art unvorsichtiger Bestatter vergraben.

Damit ist das Rätsel gelöst, und wir müssten keine Schecks für den subkutanen[24] Zauberer ausstellen.

Kommen wir nun zum Kern der Sache, liebe Leser, dem weihnachtlichen Kern der Sache.

Fuzzy war wieder einmal betrunken – nicht randalierend oder hilflos oder geschwätzig, wie Sie oder ich es sein könnten, sondern anständig, angemessen und harmlos, wie es sich für einen Gentleman gehört, der vom Pech verfolgt ist.

Fuzzy war ein Soldat des Unglücks. Die Straße, der Heuhaufen, die Parkbank, die Küchentür, die bittere Runde der Wohltätigkeits-Betten mit angeschlossener Dusche und Bad, die kleinen Beutezüge und die unbedeutenden Großzügigkeiten der großen Städte – sie waren die Kapitel seiner Lebensgeschichte.

Fuzzy ging in Richtung des Flusses, die Straße entlang, an die eine Seite des Hauses und des Grundstücks des Millionärs grenzte. Er sah ein Bein von Betsy, der verlorenen Stoffpuppe, aus ihrem vorzeitigen Grab in einer Ecke des Zauns ragen, wie der Hinweis auf einen Liliputaner-Mord. Er zerrte den geschundenen Säugling hervor, klemmte ihn unter den Arm und machte sich auf den Weg, wobei er ein Straßenlied von seinen Brüdern trällerte, das keine Puppe hören sollte, die zu einem behüteten Leben erzogen worden war.

Gut für Betsy, dass sie keine Ohren hatte und auch gut für sie, dass sie keine Augen hatte, ausgenommen die nichts sehenden schwarzen Kreise, denn die Gesichter von Fuzzy und dem Scotch-Terrier waren die von Brüdern, und das Herz keiner Stoffpuppe könnte es ertragen, zweimal zur Beute solch furchterregender Ungeheuer zu werden.

Auch wenn Sie es nicht wissen, Grogans Saloon liegt in der Nähe des Flusses und am Fuß der Straße, die Fuzzy entlangging. Im Grogan's herrschte bereits Weihnachtsstimmung.

Fuzzy kam mit seiner Puppe herein. Er dachte sich, dass er sich als Darsteller auf dem Saturnfest[25] ein paar Tropfen aus dem Trinkbecher verdienen könnte.

Er setzte Betsy auf die Theke und sprach sie laut und humorvoll an, wobei er seine Rede mit übertriebenen Komplimenten und Zärtlichkeiten würzte, als würde er seine Freundin unterhalten. Die umstehenden Faulenzer und Säufer erkannten die Farce und brüllten vor Lachen. Der Barkeeper gab Fuzzy einen Drink. Oh, ja, viele von uns haben Stoffpuppen.

»Einer für die Dame?«, schlug Fuzzy frech vor und heftete sich einen weiteren Beitrag für die Kunst ans Revers.

Er begann, in Betsy Möglichkeiten zu sehen. Sein erster Abend war ein Erfolg gewesen. Visionen von einer Varieté-Tournee durch die Stadt kamen ihm in den Sinn.

In einer Gruppe in der Nähe des Ofens saßen 'Pigeon' McCarthy, 'Black Riley' und 'Ein-Ohr Mike', gut und unangenehm bekannt in dem harten Schusterjungenviertel, das das linke Flussufer verdunkelte. Sie reichten sich gegenseitig eine Zeitung hin und her. Der Artikel, auf den jeder mit seinem kräftigen, stumpfen Zeigefinger zeigte, war eine Anzeige mit der Überschrift 'Hundert Dollar Belohnung'.

Um sie sich zu verdienen, musste man die Stoffpuppe zurückbringen, die in der Villa des Millionärs verloren gegangen, sich verirrt hatte oder gestohlen worden war. Es schien, als wütete der Kummer noch immer ungebremst in der Brust des allzu treuen Kindes.

Flip, der Terrier, hüpfte und schüttelte seinen absurden Schnurrbart vor ihr, unfähig, sie abzulenken. Sie weinte um ihre Betsy im Angesicht der laufenden, sprechenden, Mama-sagenden, Augen schließenden französischen Puppen. Die Anzeige war die letzte Möglichkeit.

Black Riley kam hinter dem Ofen hervor und näherte sich Fuzzy auf seine einseitige, gekrümmte Art.

Der erfolgsverwöhnte Weihnachtsdarsteller, aufgeblasen vom Erfolg, hatte Betsy unter den Arm geklemmt und wollte sich gerade auf den Weg machen, um anderswo spontane Termine wahrzunehmen.

»Sag mal, Sportsfreund«, sagte Black Riley zu ihm, »wo hast du denn die Puppe her?«

»Diese Puppe?«, fragte Fuzzy und berührte Betsy mit seinem Zeigefinger, um sicher zu sein, dass sie gemeint war. Diese Puppe wurde mir vom Kaiser von Belutschistan geschenkt. Ich habe siebenhundert andere in meinem Landhaus in Newport. Diese Puppe – «

»Lass die Scherze«, sagte Riley. »Du hast sie geklaut oder bei dem Haus auf dem Hügel aufgesammelt, wo – aber das ist jetzt egal. Du willst fünfzig Cent für die Stofffetzen nehmen, und zwar schnell. Das Kind meines Bruders zu Hause will vielleicht damit spielen. Na – was ist?«

Er holte die Münze hervor.

Fuzzy lachte ihm ein gurgelndes, freches, alkoholisches Lachen ins Gesicht. Geh zum Büro von Sarah Bernhardts Manager [berühmte Schauspielerin] und schlagen Sie ihm vor, sie für einen Abend freizustellen, damit sie das Tackytown Lyceum und die Literary Coterie unterhalten kann. Sie werden das Duplikat von Fuzzys Lachen hören.

Black Riley musterte Fuzzy schnell mit seinem blaubeerfarbenen Auge, wie es ein Ringer tut. Es juckte ihn in den Fingern, den Räuber zu spielen und dem Stegreif-Spaßvogel, der unbewusst einen Engel bei sich hatte, die Lumpenpuppe zu entreißen, aber er hielt sich zurück.

Fuzzy war dick und kräftig und groß. Drei Zoll wohlgenährter Körperbau, der durch schmuddeliges Leinen vor den Winter-Winden geschützt war, lagen zwischen seiner Weste und seiner Hose. Unzählige kleine, kreisförmige Falten an den Ärmeln und Knien seines Mantels zeugten von der Qualität seiner Knochen und Muskeln. Seine kleinen, blauen Augen, die in der Feuchtigkeit von Selbstlosigkeit und Verrücktheit gebadet waren, blickten einen freundlich, aber nicht beschämend an. Er war (englisch) 'whiskerly', 'whiskily', fleischig und beeindruckend. Black Riley zögerte also.

[* O. Henry rudert wieder in seinem eigenen Vokabular herum, mit 'whiskerly und whiskily'. Beide Worte gibt es nicht. Das ähnliche Wort 'whiskery' bedeutet backenbärtig. 'Whiskers' sind Schnurrhaare z. B. von Katzen oder ein Backenbart beim Mann. Und 'whiskily' könnte 'versoffen' bedeuten]

»Was würdest du dann dafür nehmen?«, fragte er.

»Geld«, sagte Fuzzy mit heiserer Entschlossenheit, »kann sie nicht kaufen.«

Er war berauscht von der ersten süßen Erfahrung der Errungenschaft des Künstlers. Eine blassblaue, erdfleckige Stoffpuppe auf einen Bartresen zu stellen, mit ihr ein mimisches Gespräch zu führen und zu sehen, wie sein Herz vor lauter Beifall hüpft und seine Kehle von den kostenlosen Getränken brennt, die ihm zu Ehren ausgeschenkt werden – konnte ihn eine niedrige Münze von solchen Leistungen freikaufen? Sie werden erkennen, dass Fuzzy das Temperament dazu hatte.

Fuzzy ging mit dem Gang eines trainierten Seelöwen auf der Suche nach anderen Cafés, die er erobern konnte.

Obwohl die Dämmerung noch kaum sichtbar war, begannen die Lichter die Stadt schlagartig zu erhellen, wie Popcorn, das in einer tiefen Pfanne zerplatzt. Der mit Ungeduld erwartete Heiligabend lugte über die Schwelle der

Stunde. Millionen von Menschen hatten sich auf das Fest vorbereitet. Die Städte würden rot getaucht werden. Sie, sie selbst, haben die Hörner gehört und sind den Kapriolen der Saturnalien[25] ausgewichen.

'Pigeon' McCarthy, Black Riley und 'Ein-Ohr Mike' unterhielten sich aufgeregt vor dem Grogan's. Sie waren schmalbrüstige, blasse Gestalten, keine Kämpfer in freier Wildbahn, aber in ihrer eigenen Art der Kriegsführung gefährlicher als die schrecklichsten Türken. Fuzzy hätte in einer Schlacht alle drei fertigmachen können. Bei einem Zusammentreffen ohne Regeln war er bereits verloren.

Sie hatten ihn gerade eingeholt, als er und Betsy Costigan's Casino betraten. Sie lenkten ihn ab und hielten ihm die Zeitung unter die Nase. Fuzzy konnte lesen – und erkannt mehr.

»Jungs«, sagte er, »ihr seid wirklich verdammt gute Freunde. Gebt mir eine Woche Zeit, darüber nachzudenken.«

Die Seele eines echten Künstlers lässt sich nur schwer verdrängen.

Die jungen Männer wiesen ihn vorsichtig darauf hin, dass Anzeigen keine Seele hätten und dass die Unzulänglichkeiten des Tages vielleicht nicht durch das Morgen ausgeglichen werden könnten.

»Ein kühler Hunderter«, sagte Fuzzy nachdenklich und etwas schwammig.

»Jungs«, sagte er wieder, »ihr seid wahre Freunde. Ich gehe hin und hole mir die Belohnung. Das Showgeschäft ist nicht mehr das, was es einmal war.«

Die Nacht brach immer deutlicher herein. Die drei folgten ihm bis zum Fuß der Anhöhe, auf der das Haus des Millionärs stand. Dort wandte sich Fuzzy mit Schärfe in der Stimme an sie.

»Ihr seid ein Rudel weichgesichtiger Beagle-Hunde«, brüllte er. »Geht weg.«

Sie gingen weg – ein Stück weit.

In der Tasche von 'Pigeon' McCarthy befand sich ein acht Zoll langes Stück eines Ein-Zoll-Gasrohrs. An einem Ende und in der Mitte befand sich ein Bleistopfen. Eine Hälfte davon war fest mit Lötzinn vollgestopft. Black Riley trug eine Schrotflinte bei sich, denn er war ein herkömmlicher Ganove. 'Ein-Ohr Mike' verließ sich auf ein Messing-Schlagring – ein Erbstück in der Familie.

»Warum holen und tragen«, sagte Black Riley, »wenn es jemand für euch tut? Soll er es doch zu uns bringen, oder – was?«

»Wir können ihn in den Fluss werfen«, sagte 'Pigeon' McCarthy, »mit einem Stein an den Füßen.«

»Ihr Burschen macht mich müde«, sagte 'Ein-Ohr Mike' traurig. »Hat denn keiner von euch jemals etwas von

Fortschritt gehört? Ein bisschen Benzin auf ihn spritzen und ihn dann auf die Straße werfen – nun?«

Fuzzy trat durch das Tor des Millionärs und ging im Zickzack auf den sanft leuchtenden Eingang des Herrenhauses zu. Die drei Kobolde traten an das Tor heran und warteten – auf beiden Seiten davon. Selbstsicher befühlten sie ihr kaltes Metall und die Ledermäntel.

Fuzzy läutete die Türglocke und lächelte töricht und verträumt. Ein Urinstinkt veranlasste ihn, nach dem Knopfverschluss seines rechten Handschuhs zu greifen. Aber er trug keine Handschuhe, und so ließ er die linke Hand verlegen fallen.

Der entsprechende Bedienstete, dessen Aufgabe es war, die Türen für Seiden- und Spitzenkleidung zu öffnen, schreckte beim ersten Anblick von Fuzzy zurück. Aber ein zweiter Blick erfasste seinen Pass, seine Eintrittskarte, seine Willkommensbürgschaft – die verlorene Stoffpuppe der Tochter des Hauses, die unter seinem Arm baumelte.

Fuzzy wurde in eine große Halle geführt, die vom Schein unsichtbarer Lichter erhellt war. Der Helfershelfer ging weg und kam mit einer Magd und dem Kind zurück.

Die Puppe wurde der Trauernden zurückgegeben. Sie drückte ihren verlorenen Liebling an ihre Brust und stampfte dann mit dem unmäßigen Egoismus und der Offenheit der Kindheit mit dem Fuß auf und heulte Hass und Furcht vor dem abscheulichen Wesen, das sie aus den Tiefen von Kummer und Verzweiflung gerettet hatte.

Fuzzy zwängte sich in eine undankbare Haltung und versuchte, mit einem idiotischen Lächeln und schnatterndem Smalltalk, den aufkeimenden Verstand der jungen Dame zu bezirzen, doch das Kind weinte und wurde weggezerrt, wobei es seine Betsy eng umarmte.

Da kam der Sekretär, blass, geschliffen, poliert, in Pumps gleitend, großen Pomp und Förmlichkeit zelebrierend. Er zählte Fuzzy zehn Zehn-Dollar-Scheine in die Hand, ließ dann seinen Blick auf die Tür fallen, übergab ihn an James, den Wächter der Tür, schaute mit dem anderen auf den unliebsamen Verdiener der Belohnung und ließ sich von seinen Pumps in die Sekretariatsgefilde tragen.

James sammelte Fuzzy mit seinem eigenen befehlenden Blick ein und fegte ihn bis zur Eingangstür.

Als das Geld die schmutzige Handfläche von Fuzzy berührte, war sein erster Instinkt, die Flucht zu ergreifen; aber ein zweiter Gedanke hielt ihn von diesem Fehler der Etikette zurück.

Es gehörte ihm, man hatte es ihm gegeben. Es – und, oh, welch ein Elysium eröffnete sich dem Blick seines geistigen Auges! Er war herunter an den Fuß der Leiter gestürzt; er war hungrig, obdachlos, freundlos, zerlumpt, kalt, dahintreibend; und er hielt den Schlüssel zu einem Paradies aus Honig in der Hand, nach dem er sich sehnte.

Die Feenpuppe hatte mit ihrer mit Lumpen gefüllten Hand einen Zauberstab geschwungen, und nun standen ihm, wohin er auch gehen mochte, die verzauberten Paläste mit glänzenden Fußbänken und magischen roten Flüssigkeiten in glänzenden Gläsern offen.

Er folgte James zur Tür.

Dort hielt er inne, als der Lakai das große Mahagoniportal öffnete, um ihn in die Vorhalle zu führen.

Hinter den schmiedeeisernen Toren auf dem dunklen Highway schlenderten Black Riley und seine beiden Kumpane lässig umher und fummelten unter ihren Mänteln an den unvermeidlich tödlichen Waffen, die ihnen die Belohnung für die Stoffpuppe einbringen sollten.

Fuzzy blieb vor der Tür des Millionärs stehen und besann sich. Wie kleine Mistelzweige an einem toten Baum begannen bestimmte lebendige grüne Gedanken und Erinnerungen seinen verwirrten Geist zu schmücken. Er war allerdings ziemlich betrunken, und die Gegenwart begann zu verblassen. Diese Kränze und Girlanden aus Stechpalmen mit ihren scharlachroten Beeren, die die große Halle fröhlich machten – wo hatte er so etwas schon einmal gesehen? Irgendwoher kannte er polierte Böden und den Duft frischer Blumen im Winter, und – und irgendjemand sang ein Lied im Haus, das er schon einmal gehört zu haben glaubte. Jemand sang und spielte auf einer Harfe. Natürlich, es war Weihnachten, dachte Fuzzy, er musste ziemlich betrunken gewesen sein, um das zu übersehen.

Und dann verließ er die Gegenwart, und aus einer unmöglichen, verschwundenen und unwiderruflichen Vergangenheit kehrte ein kleines, reinweißes, vergängliches, vergessenes Gespenst zu ihm zurück – der Geist des 'noblesse oblige'. Einem Gentleman fallen gewisse Dinge zu.

James öffnete die Außentür. Ein Lichtstrahl ging den Kiesweg hinunter zum Eisentor. Black Riley, McCarthy und 'Ein-Ohr Mike' sahen es und zogen achtlos ihren finsteren Kordon enger um das Tor.

Mit einer herrischeren Geste, als sie der Herr von James jemals benutzt hatte oder benutzen könnte, zwang Fuzzy den Diener, das Tor zu schließen. Ja, einem Gentleman fallen gewisse Dinge zu. Besonders in der Weihnachtszeit.

»Es ist üb – üblich«, sagte er zu dem aufgeregte James, »dass ein Gentleman, der am Heiligabend zu Besuch kommt, der Dame des Hauses die Weihnachtsgrüße überbringt. Verstehen Sie das? Ich werde mich nicht von der Stelle rühren, bis ich der Dame des Hauses die Weihnachtsgrüße überbracht habe. Verstanden?«

Es folgte ein Streit. James verlor. Fuzzy erhob seine Stimme und schickte sie unangenehm durch das Haus. Ich habe nicht gesagt, dass er ein Gentleman ist. Er war einfach ein Landstreicher, zu dem einem Geist gekommen war.

Eine Glocke aus Sterling-Silber läutete. James ging zurück, um sie zu beantworten, und ließ Fuzzy in der Halle zurück. James erklärte irgendwo irgendjemandem etwas.

Dann kam er zurück und führte Fuzzy in die Bibliothek.

Einen Moment später trat die Dame ein. Sie war schöner und heiliger als jedes Bild, das Fuzzy jemals gesehen hatte. Sie lächelte und sagte etwas von einer Puppe. Fuzzy verstand das nicht; er erinnerte sich an nichts, was mit einer Puppe zu tun hatte.

Ein Lakai brachte zwei kleine Gläser mit Sekt auf einem Tablett mit Sterling-Silber Stempel. Die Dame nahm eines. Das andere wurde Fuzzy gereicht.

Als sich seine Finger um den schlanken Stiel des Glases schlossen, verließen ihn für einen kurzen Moment seine Fähigkeiten. Er richtete sich auf, und die Zeit, die für die meisten von uns so unangenehm ist, drehte sich zurück, um Fuzzy entgegenzukommen.

Vergessene Weihnachtsgespenster, weißer als die falschen Bärte des üppigsten Weihnachtsmanns, stiegen in den Dämpfen des Whiskys auf, den er im Grogans getrunken hatte. Was hatte die Villa des Millionärs mit einer langen, getäfelten Virginia-Halle zu tun, in der die Reiter um eine silberne Punschschüssel gruppiert waren und zum alten Trinkspruch des Hauses tranken? Und warum sollte das Getrappel der Hufe der Droschkenpferde auf der gefrorenen Straße in irgendeiner Weise mit dem Geräusch der gesattelten Jäger zu tun haben, die unter dem Schutz der Westveranda stampften? Und was hatte Fuzzy mit all dem zu tun?

Die Dame, die ihn über ihr Glas hinweg ansah, ließ ihr herablassendes Lächeln wie eine falsche Morgendämmerung verschwinden. Ihre Augen wurden ernst. Sie sah etwas unter den Lumpen und dem Scotch-Terrier-Bart, das sie nicht verstand. Aber das war auch nicht wichtig.

Fuzzy hob sein Glas und lächelte ausdruckslos.

»Verzeihung, Lady«, sagte er, »aber ich konnte nicht gehen, ohne mit der Dame des Hauses ein paar Komplimente auszutauschen. Gegen die Prinzipien eines Gentleman ist nichts einzuwenden.«

Und dann begann er mit der alten Begrüßung, die im Haus Tradition war, als die Männer noch Spitzenrüschen und Puder trugen.

»Die Segnungen eines neuen Jahres – «

Fuzzys Gedächtnis ließ ihn im Stich. Die Dame sprach weiter:

» – seien auf diesem Herd.«

» – der Gast – stammelte Fuzzy.

»Und auf derjenigen, die – «, fuhr die Dame mit einem aufmunternden Lächeln fort.

»Ach, lassen Sie es gut sein«, sagte Fuzzy etwas unhöflich. »Ich kann mich nicht erinnern. Nehmen Sie einen kräftigen Schluck.«

Fuzzy hatte seinen Pfeil verschossen. Sie tranken. Die Dame lächelte wieder das Lächeln ihrer Kaste. James kam herbei sie und geleitete ihn wieder zur Haustür. Die Harfenmusik schwank noch immer leise durch das Haus.

Draußen hauchte Black Riley seine kalten Hände an und umarmte das Tor.

»Ich frage mich«, sagte die Lady zu sich selbst und grübelte, »wer – aber es waren so viele, die gekommen sind. Ich frage mich, ob die Erinnerung ein Fluch oder ein Segen für sie ist, nachdem sie so tief gefallen sind.«

Fuzzy und sein Begleiter waren fast an der Tür. Die Dame rief: »James!«

James schlenderte unterwürfig zurück und ließ Fuzzy, dessen kurzer Funke des göttlichen Feuers erloschen war, unsicher zurück.

Draußen stampfte Black Riley mit seinen kalten Füßen auf den Boden und drückte seine Hand fester um das Stück Gasrohr.

»Sie werden diesen Herrn nach unten begleiten«, sagte die Dame, »nach unten. Und dann sagen Sie Louis, er soll den Mercedes rausholen und ihn dorthin bringen, wo er hin will.«

EINE NACHT IN NEU-ARABIEN [New York]

O. Henrys Schaffenskraft beginnt sich zu verändern; ob sich die Dinge verschlechtern oder er so abhebt, dass niemand die Geschichten mehr versteht, bleibt Ansichtssache. Er war schon lange dem Alkohol verfallen, befand sich immer öfters in einem Delirium tremens und verstarb im Jahre des Erscheinens dieses Buches an den Folgen. New York wird zu dem von Kalifen bevölkerten 'Neu-Arabien', und 'Bagdad on the Subway' (Bagdad an der U-Bahn). Er denkt hier an 'Tausendundeine Nacht', wo eine nicht endende Geschichte die Grundlage der Handlung bildet. Entsprechend 'dehnt' er seine Geschichte aus und bietet dem Leser mittendrin sogar an, mit dem Lesen aufzuhören. Neben dem Einfügen der – wie üblich – notwendigen Anmerkungen, musste diese Geschichte hin und wieder etwas freier übersetzt und gefasst werden, um sie durchgehend leserlicher und verständlicher zu machen.

In ihren Palästen, Basaren, Khans [hier Gasthäuser gemeint] und Nebenstraßen, wimmelt es von Al-Rashids [in der westlichen Welt – im Gegensatz zu den Muslimen – wurde er als märchenhafte Gestalt aus Tausendundeine Nacht wahrgenommen] in den verschiedensten Verkleidungen, die Ablenkung und Opfer für ihre ungezügelte Großzügigkeit suchen.

Man kann kaum einen armen Bettler finden, dem sie seine Beute unbesorgt überlassen, noch einen Unglücklichen, den sie nicht mit den Mitteln eines neuen Unglücks überhäufen wollen. Man wird kaum einen Hungernden finden, der nicht die Gelegenheit hatte, seinen Gürtel in Geschenkbibliotheken enger zu schnallen, noch einen armen Gelehrten, der nicht errötete, angesichts des Feiertagskorbes mit dem Sellerie-gekrönten Truthahn, der ihm von der almosenverteilenden Pressmaschine mit lautem Getöse durch seine Tür gedrückt wurde.

So schleichen denn die einäugigen Kalender*, der kleine Bucklige und der sechste Bruder des Barbiers, ängstlich durch die von Harun [Al-Rashid] heimgesuchten Straßen, in der Hoffnung, den Diensten der umherstreifenden Horde kalifoider Sultane zu entgehen.

[* Mitglied einer Derwisch-Sekte, die sich dem Fasten und Gebet verschrieben hat]

Man würde Unterhaltung für viele Arabische Nächte von den Geschichten derjenigen geboten bekommen, die der Großzügigkeit der Kommandierenden des Heers der Gläubigen entkommen sind. Bis zum Morgengrauen könnte man auf dem verzauberten Teppich sitzen und den Geschichten lauschen, die von dem mächtigen Flaschengeist Roc-Ef-El-Er erzählt werden, der die 'Vierzig Diebe' schickte, um die Ölpflanzen von Ali Baba zu stehlen; von dem guten Kalifen Kar-Neg-Ghe, der Paläste verschenkte, von den sieben Reisen Sailbads, des Sünders, der auf hölzernen Ausflugsdampfern zwischen den Inseln herumfuhr; vom Fischer und der Flasche; von der Pension der Barmezide [Scheinwohltäter]; von Aladins Aufstieg zum Reichtum durch seine wunderbare Gasuhr. Aber jetzt, wo zehn Sultane auf eine Scheherazade[26] kommen, wird sie für zu wertvoll gehalten, um sich vor der Bogensehne zu fürchten [hier Werkzeug des Erhängens]. Infolgedessen erlahmt die Kunst des Erzählens. Und während die kleinen Kalifen die glücklichen Armen und die resignierten Unglücklichen von Deckung zu Deckung jagen, um sie mit seltsamen Gnaden und geheimnisvollen Wohltaten zu überhäufen, kommt aus dem arabischen Hauptquartier allzu oft der Bericht, dass der Gefangene sich weigerte, 'zu reden'.

Diese Zurückhaltung der Schauspieler, die die traurigen Komödien ihrer von der Philanthropie gepeinigten Welt aufführen, muss bis zu einem gewissen Grad die Unzulänglichkeiten dieser mühsam zusammengetragenen Geschichte erklären, die wie folgt heißen soll:

DIE GESCHICHTE DES KALIFEN, DER SEIN GEWISSEN ERLEICHTERTE

Der alte Jacob Spraggins mischte sich auf seiner 1.200 Dollar teuren Anrichte aus Eichenholz etwas Scotch und Lithiumwasser [eine Art Mineralwasser]. Das Getränk muss ihn inspiriert haben, denn gleich darauf schlug er mit der Faust auf die gevierteilte Eiche und rief das leere Esszimmer:

»Bei den Koksöfen der Hölle, das müssen diese zehntausend Dollar sein! Wenn ich das geregelt kriege, wird es gut sein.«

Nachdem er auf die gewöhnlichste Art und Weise Ihr Interesse geweckt hat, wird die Handlung der Geschichte unterbrochen, und Sie können mürrisch eine Art langweilige Biografie betrachten, die fünfzehn Jahre zuvor beginnt.

Als der alte Jacob noch ein junger Jacob war, arbeitete er als Brecherjunge in einem Kohlebergwerk in Pennsylvania.

Ich weiß nicht, was ein Brecherjunge ist, aber seine Beschäftigung scheint darin zu bestehen, mit blassem Blick und einem Essgeschirr an einer Kohlenhalde zu stehen, um sich für Zeitschriftenartikel fotografieren zu lassen. Jedenfalls war Jacob einer.

Aber anstatt mit neun Jahren an Überarbeitung zu sterben und seine hilflosen Eltern und Brüder der Gnade des Reservefonds der Gewerkschaft für Streikende zu überlassen, spannte er seine Pferde an, steckte ab und zu ein oder zwei Dollar in ein Nebengeschäft und war mit fünfundvierzig Jahren 20.000.000 Dollar wert.

So! Jetzt ist es vorbei. Sie hatten kaum Zeit zum Gähnen, oder? Ich habe Biografien gesehen, die – aber lassen Sie uns nichts anmerken.

Ich möchte jetzt, dass Sie Jacob Spraggins, Esq. betrachten, nachdem er die siebte Stufe seiner Karriere erreicht hatte. Gemeint sind folgende Stufen: Die erste – bescheidene Herkunft; die zweite – verdiente Beförderung; die dritte – Aktionär; die vierte – Kapitalist; die fünfte – Treuhandmagnat; die sechste – reicher Übeltäter; die siebte – Kalif; die achte – x …

… die achte Stufe soll der höheren Mathematik überlassen werden.

Mit fünfundfünfzig zog sich Jacob aus dem aktiven Geschäft zurück, doch das Einkommen eines Zaren rollte immer noch auf ihn zu, aus Kohle, Eisen, Immobilien, Öl, Eisenbahnen, Manufakturen und Unternehmen.

Nichts davon berührte Jakobs Hände im Rohzustand. Es war ein sterilisierter Zuwachs, sorgfältig gereinigt, entstaubt und ausgeräuchert, bis es in den weißen Fingern seines Privatsekretärs seine endgültige Form als makellose Schecks erreichte.

Jacob baute einen Drei-Millionen-Dollar-Palast auf einem Eckgrundstück an der Nabob Avenue in New Bagdad [New York] und begann zu spüren, wie der Mantel des verstorbenen H. A. Rashid auf ihn herabstieg. Schließlich legte sich Jacob seinen Umhang um, stieg in einen Vierspänner und wurde ein lizenzierter Jäger unseres mesopotamischen Proletariats.

Wenn das Einkommen eines Mannes so groß ist, dass der Metzger ihm tatsächlich die Art von Steak schickt, die er bestellt, beginnt er, über sein Seelenheil nachzudenken.

Nun dürfen die verschiedenen Stufen oder Klassen der Reichen nicht vergessen werden. Der Kapitalist kann die Höhe seines Reichtums auf einen Dollar genau beziffern. Der Treuhandmagnat 'schätzt'es. Der reiche Übeltäter drückt Ihnen eine Zigarre in die Hand und leugnet, dass er P.D. & Q. gekauft hat. Der Kalif lächelt nur und spricht von Hammerstein[27] und den musikalischen Mädchen.

Es gibt einen Bericht über einen gewaltigen Streit zwischen einem Magnaten und seiner Frau beim Frühstück in einer 'Wo-man-gut speist-Kneipe', wobei die Kluft beim Geld darin bestand, dass die Frau ihr Vermögen um 3.000.000 Dollar höher einschätzte als ihr zukünftiger Scheidungskandidat.

Nun, ich selbst habe von einem ähnlichen Streit zwischen einem Mann und seiner Frau gehört, weil er fünfzig Cent weniger in seinen Taschen fand, als er dachte. Schließlich sind wir alle Menschen – Graf Tolstoi, R. Fitzsimmons, Peter Pan und der Rest von uns.

Lassen Sie sich nicht entmutigen, weil die Geschichte zu einer Art moralischem Essay für intellektuelle Leser zu verkommen scheint …

.. doch bald wird es Dialoge und Bühnengeschehen geben.

Als Jakob zum ersten Mal begann, die Größe eines Nadelöhrs mit den Kamelen im Zoo zu vergleichen, und ob die wirklich eher durchgehen, als würde ein Reicher ins Reich Gottes kommen, entschied er sich für organisierte Wohltätigkeit. Er ließ seine Sekretärin einen Scheck über eine Million an die Universal Benevolent Association of the Globe schicken.

Vielleicht haben Sie schon einmal durch ein Gitter vor einem verfallenen Lagerhaus nach einem Nickel geschaut, der Ihnen dort durchgefallen ist, aber das tut hier nichts zur Sache.

Der Verein bestätigte den Empfang seiner Gunst vom 24. Ultimo, zusammen mit der nachstehend erwähnten Anlage. Diese war ein eingeklebter Ausschnitt aus einer Zeitung, getrennt durch eine Doppellinie, aber noch immer recht nahe an der Sache. Unter der Überschrift 'Kuriositäten der Tagesnachrichten', fand er seinen falsch geschriebenen Namen, mit einer wesentlich kleineren Summe, und dass ein 'Jasper Spargyous' die Summe von '100.000 Dollar' an die U. B. A. of G. gespendet habe.

Weiterhin stand geschrieben: 'Ein Kamel mag einen Magen für jeden Tag in der Woche haben; aber ich wage es nicht, ihm Barthaare zuzusprechen, aus Furcht vor dem großen Unmut in Washington [er meint den schnurrbärtigen Präsidenten, der ja keinem Kamel ähnlich sein soll, entweder Theodore Roosevelt (bis 1909) oder William Howard Taft (ab 1909)]; aber wenn es Barthaare hat, wird keines davon durch ein Nadelöhr gegangen sein, durch die Bemühungen dieses reichen Mannes in die K. of H. [?] einzutreten. Wir behalten uns das Recht vor, bestimmte Teile oder alle Angebote abzulehnen; gez. S. Peter, Sekretär und Regulator.'

Als Nächstes wählte Jacob das bestdotierte College aus, das er finden konnte, und schenkte ihm ein Laboratorium im Wert von 200.000 Dollar.

Das College hatte keinen entsprechenden wissenschaftlichen Kurs, nahm aber das Geld an und baute stattdessen eine aufwendige Toilette, was keine Umleitung von Geldern war, soweit Jacob das jemals hätte herausfinden können.

Die Fakultät trat zusammen und lud Jacob ein, zu kommen und seinen A B C Abschluss zu machen. Bevor sie die Einladung verschickten, lächelten sie, strichen das C, fügten die richtigen Satzzeichen hinzu, und alles war gut.

Bei einem Spaziergang über den Campus, bevor er die Kappe und den Talar für seine 'Promotion' erhielt, sah Jacob zwei Professoren in der Nähe spazieren gehen.

Ihre Stimmen, die sich längst an die Akustik im Hörsaal gewöhnt hatten, drangen ungewollt an sein Ohr.

»Da geht der neueste, 'chevalier d'industrie'« [hier reicher akademischer Hochstapler gemeint] sagte einer von ihnen, »um bei uns ein Antidepressiva zu kaufen. Er bekommt morgen sein Diplom.«

»In foro conscientiae« [moralisch vertretbar aber nicht unbedingt legal], sagte der andere. »Schmeißen wir einen halben Ziegelstein auf ihn.«

Jakob verstand das Latein nicht, aber die Ziegelstein-Beleidigung verstand er wohl. Es gab keine Alraune [giftige Pflanze] in dem 'Ehrentrank des Lernens', den er gekauft hatte. Das war vor der Verabschiedung des Pure Food and Drugs Act [staatlich überwachtes Reinheitsgebot für Lebensmittel und Medizin].

Jacob war jetzt der Menschenfreundlichkeit, im großen Stil betrieben, überdrüssig:

'Wenn ich sehen könnte, wie die Leute glücklicher werden', sagte er zu sich selbst, 'wenn ich sie selbst sehen und hören könnte, wie sie ihre Dankbarkeit für das, was ich für sie getan habe, zum Ausdruck bringen, würde ich mich besser fühlen. Das Spenden von Geldern an Institutionen und Vereine ist ungefähr so befriedigend, wie Geld in einen kaputten Spielautomaten zu werfen.'

Jakob folgte seiner Nase, die ihn durch ungepflegte Straßen zu den Häusern der Ärmsten führte.

»Genau das Richtige!«, sagte Jacob. »Ich werde zwei Flussdampfer chartern, sie mit diesen unglücklichen Kindern und – sagen wir – zehntausend Puppen und Trommeln und tausend Kühltruhen mit Eiscreme vollpacken und ihnen einen herrlichen Ausflug raus zur Bucht [the 'Sound' bei Long Island] bescheren. Die Meeresbrise auf dieser Reise sollte den Makel des Geldes wegblasen, das schneller zu mir hereinkommt, als ich es aus dem Kopf kriegen kann.«

Etwas von Jacobs wohlwollenden Absichten muss vorab durchgesickert sein, denn eine riesige Person mit kahlem Gesicht und einem Mund, der aussah, als sollte ein Schild darüber hängen mit der Aufschrift 'Briefe hier einwerfen', hakte einen Finger bei ihm ein und setzte ihn in einen Raum zwischen einer Barbierstange und einem Stapel Ascheimer ab. Aus dem Schlitz des 'Postamts' kamen Worte – glatte, heisere Worte, die wie mit Samthandschuhen gesprochen wurden, aber so klangen, als könnten sie jeden Moment ihre bloßen Knöchel zeigen:

»Sag mal, Sportsfreund, weißt du eigentlich, wo du hier bist? Das ist das Viertel von Mike O'Grady, in dem du dich rumtreibst – verstanden? Mike hat das Bauchweh-Privileg für jedes Kind in der Nachbarschaft – verstanden? Und wenn hier Picknicks oder rote Luftballons verteilt werden, bezahlt Mike das mit seinem Geld. Misch dich nicht ein, sonst gibts was auf die Fresse. Ihr – Siedler und Reformer mit euren Soziallogien und euren gekauften Polizisten habt diesen Bezirk sowieso in eine ziemliche Klemme gebracht. Mit euren Studenten und Professoren, die die Getränkestände belagern, und den Kutschen, die die Straßen bevölkern, trauen sich die Leute hier nicht mehr aus den Häusern. Überlass sie Mike. Sie gehören ihm, und er weiß, wie man mit ihnen umgeht. Bleib auf deiner eigenen Seite der Stadt. Bist du jetzt schlauer, Onkel, oder willst du dich mit Mike O'Grady um den Weihnachtsmanngürtel in diesem Bezirk streiten?«

Es war klar, dass der Platz in diesem moralischen Weinberg besetzt war. Also bedrohte 'Kalif' Spraggins die Menschen auf den Basaren der East Side nicht mehr. Um dennoch seinen wachsenden finanziellen Überschuss in Grenzen zu halten, verdoppelte er notgedrungen wieder seine Spenden an organisierte Wohltätigkeitsorganisationen, schenkte der Y.M.C.A. seiner Heimatstadt eine Schmetterlingssammlung im Wert von 10.000 Dollar und schickte den Hungernden in China einen Scheck, der groß genug war, um für alle ihre Götter neue Smaragdaugen und diamantenbesetzte Zähne zu kaufen. Doch keine dieser gutherzigen Handlungen schien das Herz des Kalifen zu beruhigen. Er versuchte wieder, seinen Wohltaten eine persönliche Note zu verleihen, indem er Pagen und Kellnern 10- und 20-Dollar-Scheine als Trinkgeld gab. Dafür erntete er viel Spott und Hohn von den

Untergebenen, die mit Respekt Zuwendungen annehmen, die der erbrachten Leistung angemessen sind.

Er suchte sich eine ehrgeizige und talentierte, aber arme junge Frau und kaufte ihr die Hauptrolle in einer neuen Komödie. Vielleicht wäre er bei dieser Philanthropie weitere 50.000 Dollar seines schwerfälligen Geldes losgeworden, hätte er es nicht versäumt, ihr Briefe zu schreiben. Aber sie verlor den 'Prozess aus Mangel an Beweisen' [hier sind der Mangel an Beweisen der Zuneigung des Wohltäters gemeint], während sich sein Kapital weiter anhäufte und sein 'optikos needleorum camelibus'[28] – die Krankheit des reichen Mannes – ungelindert blieb.

Im 3.000.000-Dollar-Haus von Kalif Spraggins lebte seine Schwester Henrietta, die früher in einer Fünfundzwanzig-Cent-Kantine in Coketown, Pa., für die Bergarbeiter gekocht hatte und die jetzt John Mitchell [damaliger Präsident der Arbeitergewerkschaft] nur noch zwei Finger ihrer Hand zum Schütteln angeboten hätte. Und dort lebte auch seine Tochter Celia, neunzehn Jahre alt, zurück aus dem Internat, wo sie von Privatlehrern in Restaurant-Sprachen und solchen Dingen auf Hochglanz gebracht wurde.

Celia ist die Heldin. Damit die Darstellung ihrer Reize durch den Künstler auf dieser Seite Ihre Fantasie nicht beschwindelt, möchte ich Ihnen ihre offizielle Beschreibung geben. Sie war ein hübsches, unbeholfenes, lautes, eher schüchternes, braunhaariges Mädchen mit blassem Teint, hellen Augen und einem ewigen Lächeln. Sie hatte eine gesunde, von Spraggins geerbte Vorliebe für einfaches Essen, lockere Kleidung und die Manieren der unteren Klassen. Sie war zu gesund und jung, um die Last des Reichtums zu spüren. Sie hatte einen breiten Mund, in den sie die Pfefferminz-Pepsin-Tabletten hineinwarf, die sie wie den Münzhagel aus dem Spielautomaten rasseln ließ, wohin sie auch ging, und sie konnte den 'Hornpipe' [Hornpfeife, hier der gleichnamige alte englischer Matrosentanz gemeint] pfeifen. Behalten Sie dieses Bild im Kopf, und lassen Sie den Künstler sein Schlimmstes tun.

Eines Tages schaute Celia aus dem Fenster und verschenkte ihr Herz an den jungen Laufburschen des Lebensmittelhändlers. Der Empfänger war in diesem Moment damit beschäftigt, seinem Pferd die Ruhe der Unsterblichkeit und ihm mit dem Schicksal des Bösen zu drohen, weshalb er die Übergabe des Herzens nicht bemerkte. Ein Pferd sollte stillstehen, wenn man eine Kiste mit ganz frisch gelegten Eiern aus dem Wagen hebt.

Junge Leserin, Sie hätten diesen jungen Mann vom Lebensmittelhändler selbst gern gehabt. Aber Sie hätten ihm Ihr Herz nicht geschenkt, weil Sie es für einen Rittmeister aufsparen, oder für einen Schuhfabrikanten mit einer trägen Leber, oder für etwas Ruhiges, aber Reiches in grauem Tweed in Palm Beach. Oh, ich weiß Bescheid. Deshalb bin ich froh, dass der junge Mann des Lebensmittelhändlers für Celia bestimmt war und nicht für Sie.

Der junge Mann des Lebensmittelhändlers war schlank und geradlinig und bewegte sich so sicher und leichtfüßig wie der Mann auf der Rückseite der Zeitschriften der die neuen reibungsfreien Rollhosenträger vorführt. Er trug eine graue Fahrradmütze auf dem Hinterkopf, sein Haar war strohfarben und lockig, und sein sonnenverbranntes Gesicht sah aus wie eines, das viel lächelt, wenn er nicht gerade Lieferwagenpferde die Lehre von der ewigen Strafe predigt. Er schleppte importierte, hochwertige A1-Lebensmittel mit sich herum, als wären es nur die Sachen, die er in einfachen Pensionen ausliefert; und wenn er seine Peitsche in die Hand nahm, erinnerte man sich sofort an Mr. Tackett und sein Erscheinungsbild mit seinem 'kopflosen Umhang' [30].

Die Händler lieferten ihre Waren durch ein Seitentor an der Rückseite des Hauses ab; der Wagen des Lebensmittelhändlers kam immer gegen zehn Uhr morgens.

Drei Tage lang beobachtete Celia den Lieferburschen und fand jedes Mal etwas Neues, das sie an der erhabenen und fast herablassenden Art bewunderte, mit der er die erlesensten Geschenke von Pomona [griechische Göttin des Obstsegens, wohl eher nicht die gleichnamige Stadt in Kalifornien gemeint, die für ihre Orangenproduktion bekannt ist], von Ceres [römische Göttin des Ackerbaus] und den Konservenfabriken herumwarf. Dann wandte sie sich an Annette.

Es war Annette McCorkle, um genau zu sein das zweite Hausmädchen, das selbst einen Absatz in der Geschichte verdient hat. Annette Fletcher hat eine große Anzahl von Liebesromanen gelesen, die sie in einer öffentlichen Bibliothek kostenlos erhalten hat (gestiftet von einem der größten Kalifen der Branche). Sie war Celias enge Freundin und Kumpanin, auch wenn Tante Henrietta das nicht wusste, aber man kann es sich denken.

»Oh, Kanarienvogelsamen!« ['meine Güte!' gemeint], rief Annette in Richtung von Celia aus. »Ist das nicht eine peinliche Situation? Du bist du eine Erbin von einem großen Vermögen und verliebst dich gleich auf den ersten Blick in ihn! Er ist darüber hinaus so ein lieber Junge und steht über seinem Beruf. Aber er ist nicht so zu beeindrucken wie die meisten Lieferburschen der Lebensmittelhändler. Mich beachtet er nie.«

»Aber mich schon«, sagte Celia.

»Natürlich, die Reichen – «, begann Annette, wobei sie den nicht unberechtigten weiblichen Stachel aus der Scheide zog.

»Ach, du bist nicht so schön«, sagte Celia mit ihrem breiten, entwaffnenden Lächeln. »Das bin ich aber auch nicht; aber er soll nicht wissen, dass mit meinem Aussehen, so wie es ist, auch Geld verbunden ist. Das ist nur fair. Jetzt möchte ich, dass du mir eine deiner Hauben und eine Schürze leihst, Annette.«

»Oh, Marshmallows!« ['oh, lieber Gott' hätte man auch nehmen können], rief Annette. »Ich verstehe. Ist das nicht schön? Es ist genau wie mit 'Lurline*, die Linkshänderin; oder: die Fehler eines Knopflochmachers'. Ich wette, er wird sich als Graf entpuppen.«

[* Loreley-Oper (1859) von William Vincent Wallace. Mit 'Linkshänderin' ist wohl das oft ungeschickte Auftreten der Hauptdarstellerin gemein. Was es mit dem Knopflochmacher auf sich hat, war nicht zu ergründen]

Im Haus gab es einen langen Flur (oder 'Durchgang', wie man ihn im Land der Colonels nennt), der auf einer Seite vergittert war und an der Rückseite des Hauses entlanglief. Der junge Mann des Lebensmittelhändlers ging durch diesen Gang, um seine Waren auszuliefern. Eines Morgens lief er dort an einem Mädchen mit leuchtenden Augen, blassem Teint und einem breiten, lächelnden Mund vorbei, das eine Dienstmädchenmütze und eine Schürze trug. Aber da er mit einem Korb 'Early Drumhead' Salat und 'Trophy' Tomaten und drei Bündeln Spargel und sechs Gläsern der teuersten Queen-Oliven beladen war, bemerkte er lediglich, dass sie eines der Dienstmädchen sein musste.

Als er aber hinausging, trat er hinter sie, und sie pfiff die 'Fisher's Hornpipe' [der alter englischer Matrosentanz] so laut und deutlich, dass alle Piccoloflöten der Welt sich vor Scham in ihre Kisten hätten verkriechen müssen.

Der junge Mann des Lebensmittelhändlers blieb stehen und schob seine Mütze zurück, bis sie ihm hinten am Kragenknopf hing.

»Das ist ganz fantastisch, mein Kind«, sagte er.

»Mein Name ist Celia, wenn Sie so gütig wären«, sagte die Pfeifende und blendete ihn mit einem drei Zoll breiten Lächeln.

»Das ist schon in Ordnung. Ich bin Thomas McLeod. In welchem Teil des Hauses arbeiten Sie?«

»Ich bin das zweite Stubenmädchen.«

»Kennen Sie die 'Falling Waters'?«

»Nein«, sagte Celia, »wir kennen niemanden. Wir sind zu schnell reich geworden, das heißt, Mr. Spraggins ist es.«

»Ich werde euch 'bekannt machen'«, sagte Thomas McLeod. »Es ist ein Strathspey [ein schottischer Tanz] – der erste Cousin des Hornpipe« [der englische Matrosentanz, den Celia gepfiffen hatte].

Wenn Celias Pfeifen die Piccoloflöten außer Gefecht setzte, so brachte Thomas McLeods Pfeifen die größten Flöten dazu, nach ihren Löchern zu suchen. Er konnte sogar Bässe pfeifen.

Als er innehielt, wäre Celia bereit gewesen, in seinen Lieferwagen zu springen und mit ihm bis zum Ende des Piers und weiter zur Fähre der Charon-Linie zu fahren.

»Ich bin morgen um 10.15 Uhr da«, sagte Thomas, »mit etwas Spinat und einer Kiste Mineralwasser.«

»Ich werde dieses – 'wie auch immer du es nennst' – üben«, sagte Celia. »Ich kann eine gute Zweitstimme pfeifen.«

Die Vorgänge des Werbens sind persönlich und gehören nicht in die allgemeine Literatur. Sie sollten nur in der Werbung für 'Iron Tonic' [Multivitamintrank mit hohem Eisenanteil] und in den geheimen Statuten der Frauenhilfsgruppe des Alten Ordens der Rattenfalle ausführlich beschrieben werden. Aber die vornehme Schriftstellerei kann eine Beschreibung bestimmter Stadien ihres Fortschritts enthalten, ohne in die Zuständigkeit des Röntgenapparats oder der Parkpolizei einzugreifen.

Es kam der Tag, an dem Thomas McLeod und Celia am Ende der vergitterten 'Flurs' verweilten.

»Sechzehn pro Woche ist nicht viel«, sagte Thomas und ließ seine Mütze auf den Schulterblättern ruhen.

Celia blickte durch das Gitterwerk an und pfiff einen Todesmarsch. Beim Einkaufen mit Tante Henrietta am Vortag hatte sie diesen Betrag für ein Dutzend Taschentücher ausgegeben.

»Vielleicht bekomme ich nächsten Monat eine Gehaltserhöhung«, sagte Thomas.

»Ich werde morgen um die gleiche Zeit mit einem Sack Mehl und der Wäscheseife vorbei kommen«, sagte er dann.

»In Ordnung«, sagte Celia. »Annettes verheirateter Cousin zahlt nur 20 Dollar im Monat für eine Wohnung in der Bronx.«

Sie rechnete nicht einen Moment lang mit dem Geld der Spraggins, denn sie kannte Tante Henriettas unbesiegbaren Kastenstolz und Papas Macht als Geldkoloss, und ihr war klar, dass, wenn sie sich für Thomas entschied, sie und der junge Mann ihres Lebensmittelhändlers eine lange Zeit lang für ihren Lebensunterhalt pfeifen gehen müssten.

Es kam ein weiterer Tag, an dem Thomas die Würde der Nabob Avenue [Standort des Hauses von der Familie Spraggins] mit 'The Devil's Dream' [des Teufels Traum] verletzte und eifrig zwischen seinen Zähnen pfiff.

»Gestern auf achtzehn pro Woche erhöht«, sagte er. »Ich habe die Preise für Wohnungen um Morningside [Stadtteil von Manhattan] herum erkundet. Du solltest dir die Schürzenbänder lösen und die Kapuze abnehmen, altes Mädchen.«

»Wird das reichen? Ich habe Betty gebeten, mir zu zeigen, wie man einen Cottage Pudding [Landhaus Pudding] macht. Ich denke, wir könnten ihn auch als Flat Pudding [Wohnungspudding] bezeichnen, wenn wir das wollten.«

»Und dabei keine Lügen erzählen«, sagte Thomas.

»Und ich kann fegen und putzen und abstauben – das lernt ein Stubenmädchen natürlich auch. Und wir könnten abends Duette pfeifen.«

»Der alte Mann hat gesagt, er würde mich zu Weihnachten auf zwanzig erhöhen, wenn Bryan* sich keinen schlimmeren Namen für einen Republikaner einfallen ließe als 'Aufschieber'«, sagte der junge Mann des Lebensmittelhändlers.

[* gemeint ist William Jennings Bryan, der demokratische Präsidentschaftskandidat, der den Republikaner Willam Howard Taft (Präsident von 1909 bis 1913] 'the Great Postponer' (den großen Aufschieber) genannt hat]

»Ich kann nähen«, sagte Celia, »und ich weiß, dass man den Mann vom Gaswerk dazu bringen muss, erst seinen Ausweis zu zeigen, wenn er kommt, um den Zähler zu überprüfen; und ich weiß, wie man Quittenmarmelade macht und Fenstervorhänge anbringt.«

»Verdammt!, du bist in Ordnung, Cele. Ja, ich glaube, wir können es mit achtzehn Dollars schaffen.«

Als er in den Wagen sprang, ignorierte Celia, das falsche 'zweite Stubenmädchen' die Gefahr entdeckt zu werden und rannte schnell zum Tor.

»Und, oh Tommy, ich vergaß«, rief sie leise. »Ich glaube, ich könnte dir Krawatten nähen.«

»Vergiss es«, sagte Thomas entschlossen.

»Und noch etwas«, fuhr sie fort. »Aufgeschnittene Gurken vertreiben nachts die Kakerlaken.«

»Und den Schlaf auch, darauf kannst du wetten«, sagte Mr. McLeod. »Ja, ich glaube, wenn ich heute Nachmittag auf der West Side eine Lieferung zu machen habe, werde ich in einem Möbelhaus vorbeischauen, das ich kenne.«

Gerade als der Wagen davonfuhr, schlug der alte Jacob Spraggins mit der Faust auf die Anrichte und machte die eingangs erwähnte geheimnisvolle Bemerkung über zehntausend Dollar, an die Sie sich vielleicht erinnern. Das rechtfertigt die Überlegung, dass sich manche Geschichten, wie auch das Leben und in den Brunnen gefallene Welpen im Kreis bewegen.

Schmerzlich, aber kurz müssen wir jetzt Jakobs Worte näher beleuchten.

Der Grundstein für sein Vermögen wurde gelegt, als er zwanzig war. Ein armer Kohlenhauer (haben Sie schon einmal von einem reichen Kohlengräber gehört?) hatte ein paar Dollar gespart und ein kleines Stück Land an einem Hang gekauft, auf dem er versuchte, Mais anzubauen. Nichts war gewachsen. Jakobs Nase, die wie eine Wünschelrute war, sagte ihm, dass sich darunter eine Kohleader befände. Er kaufte dem Bergmann das Land für 125 Dollar ab und verkaufte es einen Monat später für 10.000 Dollar. Zum Glück hatte der Bergmann noch genug von seinem Geld übrig, um sich ordentlich zu besaufen, sobald er die Nachricht hörte.

Und so wurde Jakob vierzig Jahre später von einem plötzlichen Gedanken beflügelt: Wenn er den Erben oder Rechtsnachfolgern des unglücklichen Bergmanns diese Geldsumme zurückerstatten könnte, würde er vielleicht eine Begnadigung und Nepenthe [in der griechischen Mythologie ein Arzneimittel, das Angst und Kummer beseitigen kann] bekommen.

Und jetzt muss es schnell gehen, denn wir haben hier etwa viertausend Worte und keine einzige Träne vergossen, keinen Scherz gemacht, keinen Safe geknackt oder eine Pistole oder einen Flaschenkorken knallen lassen.

Der alte Jacob heuerte ein Dutzend Privatdetektive an, um die Erben des alten Bergarbeiters Hugh McLeod zu finden, falls es welche gab.

Haben Sie das verstanden, lieber Leser? Natürlich weiß ich genauso gut wie Sie, dass Thomas der Erbe sein wird. Ich hätte den Namen verschweigen können, aber warum das Geheimnis immer bis zum Schluss aufbewahren? Ich sage, es soll in der Mitte kommen, damit die Leute dort aufhören können zu lesen, wenn sie wollen.

Nachdem die Detektive etwa dreitausend Dollar – ich meine Meilen – mit falschen Hinweisen verschwendet hatten, trieben sie Thomas schließlich im Lebensmittelgeschäft in die Enge und ließen sich von ihm das Geständnis entlocken, dass Hugh McLeod sein Großvater gewesen war und dass es keine anderen Erben gab.

Sie arrangierten ein Treffen für ihn und den alten Jacob an einem Morgen in einem ihrer Büros.

Jakob mochte den jungen Mann sehr. Er mochte es, wie er ihn direkt ansah, wenn er sprach, und wie er seine Fahrradmütze über eine rosafarbene Vase auf dem Mitteltisch warf.

Jakobs System der Wiedergutmachung hatte einen kleinen Schönheitsfehler. Er war nicht der Ansicht, dass der Vorgang, um perfekt zu sein, ein Geständnis beinhalten sollte. So gab er sich als Freund und Vertreter des Käufers des Grundstücks aus, der ihn geschickt hatte, um den Kaufpreis zu erstatten, um damit sein Gewissen zu beruhigen.

»Nun, Sir«, sagte Thomas, »das klingt für mich wie eine illustrierte Postkarte aus Süd-Boston mit der Aufschrift 'Wir amüsieren uns hier'. Ich kenne das Spiel nicht. Sind das zehntausend Dollar in echtem Geld, oder muss ich so viele Coupons sparen, um es zu bekommen?«

Der alte Jakob zählte ihm zwanzig Fünfhundertdollarscheine vor.

Das war besser, dachte er, als ein Scheck. Thomas steckte sie nachdenklich in seine Tasche. »Großvaters schickt seinen besten Dank«, sagte er, »an denjenigen, der es geschickt hat.«

Jakob redete weiter, fragte ihn nach seiner Arbeit, wie er seine Freizeit verbrachte und welche Ziele er verfolgte. Je mehr er von Thomas sah und hörte, desto besser gefiel er ihm. Er hatte nicht viele junge Männer in 'Bagdad' [New York] getroffen, die so offen und gesund waren.

»Ich würde Sie gerne zu mir nach Hause einladen«, sagte er. »Ich könnte Ihnen helfen, Ihr Geld zu investieren oder anzulegen. Ich bin ein sehr wohlhabender Mann. Ich habe eine Tochter, die fast erwachsen ist, und ich möchte, dass Sie sie kennenlernen. Es gibt nicht viele junge Männer, die ich gerne zu ihr schicken würde.«

»Ich bin Ihnen dankbar«, sagte Thomas. »Ich bin nicht gut darin, Besuche zu machen. Für mich ist es normalerweise der Seiteneingang. Und außerdem bin ich mit einem Mädchen verlobt, das die Pfirsichernte in Delaware in der Blütezeit würde sterben lassen. Sie ist ein Dienstmädchen in einem Haus, in das ich Waren ausliefere. Aber sie wird dort nicht mehr lange arbeiten. Vergessen Sie nicht, ihrem Freund die besten Grüße meines Großvaters zu bestellen. Sie müssen mich jetzt entschuldigen; mein Wagen steht draußen mit einer Menge 'Grünzeug', das ausgeliefert werden muss. Auf Wiedersehen, Sir.«

Um elf Uhr lieferte Thomas einige Sträuße Petersilie und Salat auf dem Anwesen der Spraggins ab. Thomas war jung, unbeschwert, erst zweiundzwanzig, und als er zurückkam, nahm er eine Handvoll Fünfhundert-Dollar-Scheine heraus und wedelte achtlos vor Celias Augen damit herum.

Annette warf der Köchin ein paar Augen zu, die so groß waren wie eine Rahmzwiebel.

»Habe ich nicht gesagt, dass er ein Graf ist«, sagte sie, nachdem sie die Sache begriffen hatte. »Er wollte sich nie mit mir abgeben.«

»Aber du hast gesagt, er hat Geld gezeigt«, sagte die Köchin.

»Hunderttausende«, sagte Annette. »Er trug es lose in seinen Taschen herum. Und er hat mich nie angeschaut.«

»Es wurde mir heute ausgezahlt«, erklärte Thomas Celia draußen. »Es kam aus dem Nachlass meines Großvaters. Sag mal, 'Cele', was bringt es, jetzt zu warten? Ich höre heute Abend auf zu arbeiten. Warum können wir nicht nächste Woche heiraten?«

»Tommy«, sagte Celia. »Ich bin kein Stubenmädchen. Ich habe dich reingelegt. Ich bin Miss Spraggins – Celia Spraggins. In den Zeitungen steht, dass ich eines Tages vierzig Millionen Dollar wert sein werde.«

Thomas zog seine Mütze zum ersten Mal, seit wir ihn kennen, gerade auf den Kopf. »Ich nehme an«, sagte er, »ich nehme an, dass du mich dann nächste Woche nicht heiraten wirst. Aber du kannst pfeifen.«

»Nein«, sagte Celia, »ich werde dich nächste Woche nicht heiraten. Mein Vater würde nie zulassen, dass ich den Assistenten eines Lebensmittelhändlers heirate. Aber ich werde dich heute Abend heiraten, Tommy, wenn du es willst.«

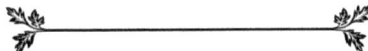

Der alte Jacob Spraggins kam um 21.30 Uhr in seinem Automobil nach Hause. Die Marke des Wagens müssen Sie leider erraten; ich gebe Ihnen eine nicht eine subventionierte Vorstellung; wäre es eine Straßenbahn gewesen, hätte ich Ihnen die Strom-Spannung und die Anzahl der Räder nennen können, die sie hatte.

Jakob rief nach seiner Tochter; er hatte ihr eine Rubinhalskette gekauft und wollte von ihr hören, was für ein netter, fürsorglicher, lieber alter Vater er war.

Es gab eine kurze Suche im Haus nach ihr, und dann kam Annette, glühend mit der reinen Flamme der Wahrheit und Loyalität, gut gemischt mit Neid und Histrionie[29]. »Oh, Sir«, sagte sie und fragte sich, ob sie sich erst hinknien sollte, »Miss

Celia rennt gerade in diesem Moment mit einem jungen Mann durch das Seitentor davon, um zu heiraten. Ich konnte sie nicht aufhalten, Sir. Sie sind mit einem Taxi weggefahren.«

»Welcher junge Mann?«, brüllte der alte Jacob.

»Ein Millionär, wenn Sie so wollen, Sir – ein reicher Adliger in Verkleidung. Er trägt sein Geld bei sich, und die rote Paprika und die Zwiebeln, die er immer vorbeibringt, waren nur dazu da, uns zu blenden, mein Herr. Mich schien er nie zu bemerken.«

Jakob eilte hinaus, um das Taxi noch zu erwischen, das ihn hergebracht hatte. Der Chauffeur war aufgehalten worden, weil er versuchte, sich im Wind eine Zigarette anzuzünden.

»Hör zu, Gaston, oder Mike, oder wie auch immer Sie sich nennen, fahren Sie schnell um die Ecke und schauen, ob Sie ein Taxi sehen können. Wenn ja, dann halten Sie an.«

Einen Block weiter war ein Taxi in Sicht. Gaston oder Mike, der die Augen halb geschlossen hatte und an seine Zigarette dachte, nahm die Spur auf, drängte das Taxi fast an den Bordstein und stellte es.

»Was zum Teufel machen Sie denn da?«, rief der Taxifahrer.

»Papa!«, kreischte Celia.

»Der Mittelsmann von Großvaters reumütigem Freund!«, sagte Thomas. »Ich frage mich, was jetzt auf seinem Gewissen lastet.«

»Tausend Donnerschläge«, sagte Gaston, oder Mike. »Ich habe kein Streichholz mehr.«

»Junger Mann«, sagte später der alte Jacob streng, als sie zurückgekommen waren, »was ist mit dem Stubenmädchen, mit dem du verlobt warst?«

Ein paar Jahre später betrat der alte Jacob das Büro seines Privatsekretärs.

»Die Amalgamated Missionary Society bittet um eine Spende von 30.000 Dollar für die Bekehrung der Koreaner«, sagte der Sekretär.

»Übergehen Sie sie«, sagte Jacob.

»Die Universität von Plumville schreibt, dass ihr jährliches Stiftungsgeld von 50.000 Dollar, überfällig ist.«

»Sagen Sie ihnen, es wurde gestrichen.«

»Die Wissenschaftliche Gesellschaft von Clam Cove, Long Island, bittet um 10.000 Dollar für den Kauf von Alkohol zur Konservierung von Präparaten.«

»In den Papierkorb damit.«

»Die Society for Providing Healthful Recreation for Working Girls [Gesellschaft für die Erholung von arbeitenden Mädchen] will 20.000 Dollar von Ihnen, um einen Golfplatz anzulegen.«

»Sagen Sie ihnen, sie sollen einen Bestatter aufsuchen.«

»Vergessen Sie alle«, fuhr Jacob fort. »Ich habe aufgehört, gut zu sein. Ich brauche jeden Dollar, den ich zusammenkratzen oder sparen kann.«

»Ich möchte, dass Sie an die Direktoren aller Unternehmen, an denen ich beteiligt bin, schreiben und eine 10-prozentige Kürzung der Gehälter vorschlagen. Und übrigens – als ich hereinkam, sah ich ein halbes Stück Seife in einer Ecke des Flurs liegen. Ich möchte, dass Sie mit der Putzfrau über Verschwendung sprechen. Ich habe kein Geld zum Wegwerfen. Und übrigens – wir haben den Markt von Essig doch ganz gut im Griff, oder?«

»Unsere 'Globe Spice & Seasons Company'« [Globe Kräuter und Gewürze Gesellschaft], sagte der Sekretär, »kontrolliert zurzeit den Markt.«

»Erhöhen Sie den Essig um zwei Cents pro Gallone. Benachrichtigen Sie alle unsere Filialen.«

Plötzlich entspannte sich das plumpe rote Gesicht von Spraggins zu einem breiigen Grinsen. Er ging zum Schreibtisch des Sekretärs hinüber und zeigte einen kleinen roten Fleck auf seinem dicken Zeigefinger.

»Er hat zugebissen«, sagte er, »und er hat den Zahn noch keine drei Wochen – Jaky McLeod, das Kind meiner Celia. Wenn er einundzwanzig ist, wird er hundert Millionen wert sein, wenn ich es für ihn anhäufen kann.«

Als er gerade gehen wollte, drehte sich der alte Jacob an der Tür um und sagte:

»Machen Sie bei der Essig-Preiserhöhung lieber drei Cent statt zwei. Ich bin in einer Stunde zurück und unterschreibe die Briefe.«

Die wahre Geschichte des Kalifen Harun Al Rashid besagt, dass er gegen Ende seiner Herrschaft der Menschenfreundlichkeit überdrüssig wurde und alle seine früheren Lieblinge und Gefährten seiner Streifzüge aus 'Tausendundeiner Nacht' enthaupten ließ. Glücklich sind wir in diesen Tagen der Aufklärung, wenn das einzige Todesurteil, das uns die Kalifen ausstellen können, die Form einer Rechnung eines Händlers hat.

DAS MÄDCHEN UND DIE MACHT
DER GEWOHNHEIT

GEWOHNHEIT – eine Neigung oder Eigenschaft, die durch Gepflogenheit oder häufige Wiederholung erworben wird.

Die Kritiker haben jede Inspirationsquelle beschimpft, außer einer. Auf diese Quelle sind wir für unser moralisches Thema angewiesen.

Als wir uns auf die alten Meister stürzten, gruben sie schadenfroh die Parallelen zu unseren Kolumnen aus. Als wir uns bemühten, das wirkliche Leben darzustellen, warfen sie uns vor, wir wollten Henry George, George Washington, Washington Irving und Irving Bacheller imitieren. Wir schrieben über den Westen und den Osten, und sie warfen uns sowohl Jesse [Jesse James, Bandit] als auch Henry James [Schriftsteller] vor.

Wir schrieben aus dem Herzen – und sie sagten etwas über eine gestörte Leber. Wir nahmen einen Text aus Matthäus oder – ja, aus dem Deuteronomium [fünftes Buch Mose], aber die Prediger hämmerten auf die Idee mit der Inspiration ein, bevor wir mit der Schrift beginnen konnten.

Folglich, an die Wand gedrängt, greifen wir für unser Thema auf das zuverlässige, alte, moralische, unanfechtbare Vademekum [Lehrbuch] zurück – das ungekürzte Wörterbuch.

Miss Merriam war Kassiererin bei Hinkle's. Hinkle's ist eines der großen Restaurants in der Innenstadt. Es liegt in dem, was die Zeitungen das 'Finanzviertel' nennen. Jeden Tag von 12 bis 14 Uhr war Hinkle's voll von hungrigen Kunden – Botenjungen, Stenografen, Maklern, Besitzern von Bergwerksaktien, Promotoren, Erfindern mit anhängigen Patenten – und auch Leuten mit Geld.

Der Kassiererposten bei Hinkle's war keine Sinekure [müheloses, einträgliches Amt]. Hinkle machte Eier und toastete, machte Pfannkuchen und Kaffee für zahlreiche Kunden, und er bewirtete (ein Wort, so gut, wie 'Dinner servieren') viele mehr. Man könnte sagen, dass Hinkles Frühstücksklientel ein Kontingent war, aber seine Mittagsklientel war eine Horde.

Miss Merriam saß auf einem Hocker an einem Schreibtisch, der an drei Seiten von einem starken, hohen Käfig aus geflochtenem Messingdraht umgeben war. Durch eine bogenförmige Öffnung an der Unterseite hindurch, schieben Sie die Rechnung des Kellners und das Geld, während ihr Herz klopft.

Denn Miss Merriam war reizend und tüchtig. Sie konnte 45 Cent von einem 2-Dollar-Schein abziehen und ihren Heiratsantrag ablehnen, noch bevor Sie – Nächster bitte! – ihre Chance vertan haben. Sie konnte kühl und gefasst bleiben, während sie ihre Rechnung einkassierte, das richtige Wechselgeld herausgeben, Ihr Herz gewinnen, Ihnen den Zahnstocherstand zeigen und Sie auf einen viertel Cent besser einschätzen als Bradstreet [Geschäftsverzeichnis] auf tausend, und das in weniger Zeit, als man braucht, um ein Ei mit einem von Hinkles Streuern zu pfeffern.

Es gibt eine alte und würdevolle Anspielung auf das 'grimmige Licht, das auf einen Thron herunterkommt'. Das Licht, das auf den Käfig der jungen Kassiererin fällt, ist auch etwas Wildes. Für den Ausspruch ist der andere 'Bursche' verantwortlich*.

[* entnommen aus 'Idylls of the King' (Idyllen des Königs, König Arthur gemeint) einem der bekanntesten Werke des 'Burschen' Alfred, Lord Tennyson]

Jeder männliche Kunde von Hinkle's, von den A.D.T.-Jungs [hier Lieferboten gemeint] bis zu den Bordsteinmaklern ['curbstone brokers, Makler die mit Kunden auf der Straße Geschäfte machten], verehrte Miss Merriam. Wenn sie ihre Rechnungen bezahlten, umwarben sie sie mit jeder List, die die Kunst des Amors kennt. Zwischen den Maschen des Messinggeländers gingen Lächeln, Augenzwinkern, Komplimente, zärtliche Schwüre, Einladungen zum Abendessen, Seufzer, schmachtende Blicke und fröhliches Geplänkel hin und her, was von der begabten Miss Merriam zielsicher zurückgeworfen wurde.

Es gibt keine bessere Position als die der jungen Kassiererin. Sie sitzt dort wie die die Königin des Handelsgerichtshofs; sie ist die Herzogin der Dollars und des Respekts, die Gräfin der Komplimente und Münzen, die Hauptdarstellerin der Liebe und des Mittagessens. Du nimmst von ihr ein Lächeln und einen kanadischen Dime und gehst unbehelligt deiner Wege. Du zählst das eine oder andere heitere Wort, das sie dir zuwirft, so wie Geizhälse ihre Schätze zählen, und du steckst, ohne nachzuzählen, das Kleingeld für einen Fünfer ein. Vielleicht verstärkt die messingvergitterte Unnahbarkeit ihren Charme – jedenfalls ist sie ein Engel in einer Bluse, makellos, gepflegt, maniküert, verführerisch, helläugig, bereit, wachsam – Psyche, Circe und Ate in einem, die dich nach deinem Steak-mittel von deinen Zahlungsmitteln trennt [Wortspiel von O. Henry, engl. medium ist = mittel (medium gebraten) oder Zahlungsmittel]

Die jungen Männer, die bei Hinkle's 'ihr Brot brachen', rechneten nie mit dem Kassierer ab, ohne einen Austausch von Geplänkel und offenen Komplimenten. Viele von ihnen gaben sich noch mehr Mühe und versprachen Theaterkarten und Pralinen. Die älteren Herren sprachen ganz offen von Orangenblüten, wobei sie die zaghaften Blütenblätter des Werbens in der Regel durch Anspielungen auf ihre Wohnungen in Harlem [ein eher armer Stadtteil von New York] verwelken ließen. Ein Makler, der durch spekulative Kupfergeschäfte ausgequetscht worden war [große Verluste gemacht hat], machte Miss Merriam regelmäßiger einen Heiratsantrag, als er dort aß.

Während einer lebhaften Mittagspause unterhielt sich Miss Merriam, während sie Geld für Schecks entgegennahm, in etwa so:

»Guten Morgen, Mr. Haskins – Sir? – das ist ganz natürlich, danke – seien Sie nicht ganz so frech ... Hallo, Johnny – zehn, fünfzehn, zwanzig – mach dich fort, oder sie nehmen dir die Buchstaben von der Mütze ... Ich bitte um Verzeihung – zählen Sie noch mal nach, bitte – Oh, nicht der

Rede wert ... Vaudeville? [Revuetheater, später auch Kino] –
danke, nicht ihren Film – ich wollte Carter [die Schauspielerin
Catherine Carter] in Hedda Gabler [Drama von Ibsen] am
Mittwochabend mit Mr. Simmons sehen ... Verzeihung, ich
dachte, das wäre ein Quarter [Vierteldollar] ...
Fünfundzwanzig und fünfundsiebzig ist ein Dollar – haben
Sie sich schon an Schinken und Kohl gewöhnt. Ich verstehe,
Billy ... Mit wem sprechen Sie? – nun – Sie bekommen gleich
alles ... Oh, verdammt! Mr. Bassett – Sie treiben immer Ihre
Scherze – nicht wahr? – Vielleicht heirate ich Sie eines Tages.
Drei, vier und fünfundsechzig ist fünf ... Behalten Sie die
Bemerkungen bitte für sich, wenns geht ... Zehn Cents? –
Verzeihung, die Rechnung lautet auf siebzig, vielleicht ist es
eine Eins statt einer Sieben ... Oh, mögen Sie es so,
Mr. Saunders? – manche bevorzugen es pompös; aber man
sagt, diese Cleo de Merody [Ballerina] passt zu feinen
Gesichtszügen ... und zehn ist fünfzig ... Mach dich fort,
Kumpel, und verwechsle dies nicht mit einem
Kassenhäuschen auf Coney Island [Vergnügungspark] ...
Huh? – warum, ist wohl von Macy's – das passt doch gut,
oder? Oh, nein, es ist nicht zu kühl – diese leichten Stoffe sind
diese Saison der letzte Schrei ... Kommen Sie, bitte, das ist
das dritte Mal, dass Sie es versuchen ... Was? Vergessen Sie
es, ich kenne diesen bleierne Quartermünze wie einen alten
Freund ... Fünfundsechzig? – man muss ihr Gehalt erhöht
haben, Mr. Wilson ... Ich habe Sie am Dienstagnachmittag
auf der Sixth Avenue gesehen, Mr. De Forest – schick? – Oh,
mein Gott! – Wer ist sie? ...Was damit los ist? – nun, das ist
kein Geld – ein kolumbianischer Halbdollar? – nun, wir sind
ja nicht in Südamerika ... Ja, ich mag es gerührt am liebsten
– Freitag? – Tut mir leid, aber ich habe meine Jiu-Jitsu-Stunde
am Freitag – am Donnerstag, dann ... Danke – das wurde mir

heute Morgen schon sechzehn Mal gesagt – ich muss wohl schön sein … Lassen Sie das, bitte. Was glauben Sie, wer ich bin? Mr. Westbrook, glauben Sie das wirklich? – gute Idee! – einer – achtzig und zwanzig sind ein Dollar – ich danke Ihnen vielmals, aber ich fahre niemals mit Gentlemen im Automobil aus – mit ihrer Tante – nun, was ist etwas anderes, vielleicht … Bitte werden Sie nicht frech – ihre Rechnung war fünfzehn Cents, glaube ich – bitte gehen Sie zur Seite und lassen Sie … Hallo, Ben – kommst du Donnerstag Abend? – ein Herr schickt eine Schachtel Pralinen vorbei, und … vierzig und sechzig sind ein Dollar, und einer macht zwei … «

Etwa in der Mitte eines Nachmittags schlug die Schwindel verursachende Göttin Vertigo zu – deren anderer Name Fortuna ist – plötzlich einen alten, wohlhabenden und exzentrischen Bankier, als er auf dem Weg zur Straßenbahn an Hinkle's vorbeiging. Ein wohlhabender und exzentrischer Bankier, der in der Straßenbahn fährt, ist – kommen Sie bitte näher, es sind noch andere dort.

Ein Samariter, ein Pharisäer, ein Mann und ein Polizist, die als Erste zur Stelle waren, hoben den Banker McRamsey auf und trugen ihn in Hinkles Restaurant. Als der gealterte, aber unverwüstliche Bankier seine Augen öffnete, sah er eine schöne Vision, die sich mit einem mitleidigen, zärtlichen Lächeln über ihn beugte, seine Stirn mit Kraftbrühe badete und seine Hände mit etwas Eis aus einem Behälter abrieb. Mr. McRamsey seufzte, verlor einen Westenknopf, blickte mit tiefer Dankbarkeit auf seine schöne Bewahrerin und kam dann wieder zu sich.

Auf zur Seaside Library* für alle, die sich auf eine Romanze freuen! Der Bankier McRamsey hatte eine alte und angesehene Frau, und seine Gefühle gegenüber Miss Merriam waren ausschließlich väterlicher Natur. Er unterhielt sich eine halbe Stunde lang interessiert mit ihr – nicht so, wie es bei seinen Gesprächen während der Geschäftszeiten üblich war. Am nächsten Tag brachte er Mrs. McRamsey zu Miss Meriam, um sie zu treffen. Das alte Ehepaar war kinderlos – sie hatten lediglich eine verheiratete Tochter, die in Brooklyn lebte.

[* Die 'Seaside Library' (Bücherei am Meer) war ein sehr erfolgreiches Verlagshaus in New York für billige, oft kopierte Unterhaltung]

Um es kurz zu machen: Die schöne Kassiererin gewann die Herzen des guten alten Ehepaars. Sie kamen immer wieder zu Hinkle's; sie luden sie in ihr altmodisches, aber prächtiges Haus in einem der East Seventies ein. Miss Merriams gewinnende Liebenswürdigkeit, ihre süße Offenheit und ihr impulsives Herz eroberten sie im Sturm.

Sie sagten hundertmal, dass Miss Merriam sie so sehr an ihre 'verlorene' Tochter erinnerte. Die Matrone aus Brooklyn [Tochter], geborene Ramsey, hatte die Figur eines fetten Buddhas und ein Gesicht wie das Ideal eines Kunstfotografen. Miss Merriam hingegen war ganz anders, eine Kombination aus Kurven, Lächeln, Rosenblättern, Perlen, Satin und Mädchen auf Haartonika-Postern.

Genug der Albernheiten von Eltern.

Einen Monat, nachdem das würdige Paar Miss Merriam kennengelernt hatte, trat sie eines Nachmittags vor Hinkle und legte ihr Amt als Kassiererin nieder.

»Sie werden mich adoptieren«, sagte sie dem verzweifelten Restaurantbesitzer. »Das sind komische alte Leute, aber ganz liebe. Und was für ein tolles Haus sie haben! Hör zu, Hinkle, es hat keinen Sinn zu reden – ich bin darauf aus, braune Klamotten und Brillen in einem Flitzer zu tragen oder wenigstens einen Herzog zu heiraten. Trotzdem fällt es mir schwer, aus dem alten Käfig auszubrechen. Ich habe so lange an der Kasse gearbeitet, dass ich mich komisch fühle, wenn ich etwas anderes mache. Ich werde es sehr vermissen, die Leute zu veräppeln, wenn sie anstehen, um den Buchweizen-Pfannkuchen zu bezahlen. Aber ich kann mir diese Chance nicht entgehen lassen. Sie sind sehr gut, Hinkle. Ich werde mich prächtig amüsieren. Du schuldest mir 9 Dollar und 62 Cents für die Woche. Lass die Hälfte weg, wenn's dir wehtut, Hinkle.«

Und das taten sie, die McRamseys. Aus Miss Merriam wurde Miss Rosa McRamsey. Und sie würdigte den Übergang. Schönheit ist nur oberflächlich, aber die Nerven liegen sehr nahe an der Haut. Nerven – aber würden Sie bitte hier noch einmal das Zitat lesen, mit dem diese Geschichte beginnt?

Die McRamseys schütteten Geld aus wie den den Champagner zu Hause, um ihr Adoptivkind 'aufzupolieren'. Modeschöpfer, Tanzlehrer und Privatlehrer bekamen es. Miss – äh – McRamsey war dankbar, liebevoll und versuchte, Hinkles zu vergessen. Um der Anpassungsfähigkeit des amerikanischen Mädchens alle Ehre zu machen, verschwand Hinkle's die meiste Zeit aus ihrem Gedächtnis und ihrer Sprache.

Nicht jeder wird sich daran erinnern, als der Earl of Hitesbury in die East Seventy _____ Street in Amerika kam. Er war nur ein mittelmäßiger Earl ohne Schulden, und er erregte wenig Aufsehen. Aber Sie werden sich sicherlich an den Abend erinnern, an dem die Daughters of Benevolence [Töchter der Wohlfahrt] ihren Basar im W —— f-A —— , einem Hotel, veranstalteten. Sie selbst, lieber Leser, haben sich dort aufgehalten und Fannie einen Brief auf dem Hotelpapier geschrieben und ihn abgeschickt, nur um ihr zu zeigen, dass Sie dort …

… oder haben Sie es nicht getan? Nun gut, das war natürlich an dem Abend, an dem das Baby krank war.

Auf dem Basar waren die McRamseys prominent vertreten. Miss Merr – äh – McRamsey war außergewöhnlich schön. Der Earl of Hitesbury war ihr gegenüber sehr aufmerksam, seit er vorbeigekommen war, um sich Amerika anzuschauen. Auf dem Wohltätigkeitsbasar sollte die Angelegenheit zu Ende gebracht werden. Ein Earl ist so gut wie ein Herzog. Sogar besser. Sein Ansehen mag geringer sein, aber seine Außenstände sind ebenfalls geringer.

Unsere ehemalige junge Kassiererin wurde einem Stand zugewiesen. Von ihr wurde erwartet, dass sie wertlose Artikel zu überhöhten Preisen an Adlige und Snobs verkauft. Der Erlös des Basars sollte dazu dienen, den armen Kindern der Slums ein Weihnachtsessen zu spendieren …

… Sagen Sie mal, haben Sie sich jemals gefragt, woher sie die Essen für die anderen 364 Tage bekommen?

Miss McRamsey – schön, mit Herzklopfen, aufgeregt, charmant, strahlend – flatterte in ihrem Stand herum. Ein nachgeahmtes Messinggitter mit einer kleinen gewölbten Öffnung schirmte sie ab, und sie wähnte sich deshalb wohl kurzzeitig an alter Stelle.

Der Earl kam, selbstsicher, zart, einfühlsam, bewundernd, sehr bewundernd, und stellte sich vor das offene Schalterfenster.

»Sie sehen bezaubernd aus, wissen Sie – glauben Sie meinen Worten – meine Liebe«, sagte er mit betörender Stimme.

Miss McRamsey wirbelte herum: »Hören Sie auf mit den Witzen«, sagte sie kühl und forsch. »Was glauben Sie, mit wem Sie hier reden? Ihre Rechnung, bitte. Oh, mein Gott! … «

Die Besucher des Basars wurden auf einen Tumult aufmerksam und drängten sich um einen bestimmten Stand. Der Earl of Hitesbury stand in der Nähe und zog an seinem blassblonden und verwirrten Schnurrbart.

»Miss McRamsey ist in Ohnmacht gefallen«, erklärte jemand.

DIE PUDDINGPROBE*

[* Puddingprobe ('Proof of the pudding) ist ein Ausdruck im Englischen der bedeutet, dass man den Wert, die Qualität oder die Wahrheit einer Sache nur durch ausprobieren beurteilen kann]

Der Frühling blinzelte Redakteur Westbrook vom 'Minerva Magazine' mit einem glasigen Blick an und lenkte ihn von seinem Weg ab. Er hatte in seiner Lieblingsecke eines Broadway-Hotels zu Mittag gegessen und war auf dem Rückweg in sein Büro, als sich seine Füße in den frühlingshaften Verlockungen verfangen hatten. Das heißt, er bog in der sechsundzwanzigsten Straße nach Osten ab, überquerte sicher den frühlingshaften Elan der Fahrzeuge auf der Fifth Avenue und schlängelte sich durch die Fußwege des blühenden Madison Square.

Die milde Luft und die Umgebung des kleinen Parks erweckten fast den Eindruck einer Pastorale; das Farbmotiv war grün – der vorherrschende Ton bei der Schöpfung von Mensch und Vegetation.

Das kahle Gras zwischen den Wegen hatte die Farbe von Grünspan, ein giftiges Grün, das an die Horde verwahrloster Menschen erinnerte, die den Boden im Sommer und Herbst bevölkert hatten. Die aufbrechenden Knospen der Bäume kamen denjenigen seltsam vor, die ihre botanischen Kenntnisse bei einem künstlerisch geschmückten Fischgericht erworben haben. Der Himmel darüber war von jenem blassen Aquamarin, auf das die Dichter der Ballsal-Poetry 'true' (treu) und 'Sue' und 'coo' (Taubenruf) reimen].

Die einzige natürliche und unverfälschte Farbe, die man sehen konnte, war das angebliche Grün der neu gestrichenen Bänke – ein Farbton, der zwischen der Farbe einer eingelegten Gurke und der eines schwarzen Cravenette-Regenmantels aus dem letzten Jahr lag. Aber für das städtisch-geprägte Auge von Redakteur Westbrook war die Landschaft ein Meisterwerk.

Und nun, ob Sie zu denen gehören, die hereinstürmen, oder zu denen, die sich nicht trauen, müssen Sie einen kurzen Einblick in die Gedankengänge des Redakteurs erhalten.

Redakteur Westbrook war zufrieden und heiter gestimmt.

Die April-Nummer der Minerva war bereits vor dem zehnten Tag des Monats vollständig verkauft – ein Zeitungshändler in Keokuk [Stadt in Iowa] hatte geschrieben, er hätte noch fünfzig Exemplare mehr verkaufen können, wenn er sie gehabt hätte.

Die Eigentümer des Magazins hatten sein Redakteurs-gehalt erhöht; er hatte in seinem Haus gerade ein Juwel von einem kürzlich importierten Koch beschäftigt, der Angst vor Polizisten hatte [wahrscheinlich wurde er gesucht].

Die Morgenzeitungen hatten eine Rede, die er bei einem Verlegerbankett gehalten hatte, in vollem Umfang veröffentlicht.

Außerdem hallten in seinem Kopf die jubelnden Töne eines herrlichen Liedes wider, das ihm seine charmante junge Frau vorgesungen hatte, bevor er an diesem Morgen seine

Wohnung in der Stadt verließ. Sie hatte sich in letzter Zeit mit Begeisterung der Musik gewidmet und früh und fleißig geübt.

Als er ihr ein Kompliment über die Verbesserung ihrer Stimme gemacht hatte, hatte sie ihn vor Freude über sein Lob geradezu umarmt. Er spürte auch die wohltuende, stärkende Medizin der ausgebildeten Krankenschwester – Frühling – die sanft über die Stationen der rekonvaleszenten Stadt trippelte.

Während Redakteur Westbrook zwischen den Reihen der Parkbänke schlenderte (die sich bereits mit Landstreichern und den Hütern einer gesetzlosen Kindheit füllten), fühlte er sich am Ärmel gepackt und festgehalten.

In dem Verdacht, dass man ihn anbetteln wollte, drehte er sich mit einem kalten und unergiebigen Gesicht um und sah, dass es sich bei seinem 'Entführer' um Dawe – Shackleford Dawe – handelte, schmuddelig, fast zerlumpt, und dass das Vornehme in ihm durch die tieferen Prägungen des Schäbigen hindurch kaum sichtbar war.

Während sich der Redakteur von seiner Überraschung erholt, wird Ihnen eine blitzschnelle Biografie von Dawe angeboten.

Er war ein Schriftsteller und ein alter Bekannter von Westbrook. Einst hätten sie sich gegenseitig als alte Freunde bezeichnen können. Dawe hatte damals etwas Geld und wohnte in einem anständigen Mietshaus in der Nähe von Westbrooks Wohnung. Die beiden Familien gingen oft gemeinsam ins Theater und zum Essen. Mrs. Dawe und Mrs. Westbrook wurden 'allerbeste' Freundinnen.

Dann, eines Tages, verschluckte ein kleiner Tentakel der Krake – nur um sich selbst zu amüsieren – Dawes finanzielle Mittel. Er zog in das Viertel Gramercy Park um, wo man für ein paar Kröten pro Woche unter achtarmigen Kronleuchtern und gegenüber von Carrara-Marmor-Kaminsimsen auf seiner Truhe sitzen und den Mäusen beim Spielen auf dem Boden zusehen kann.

Dawe dachte, er könne vom Verfassen von Belletristik leben. Ab und zu verkaufte er eine Geschichte. Er reichte viele bei Westbrook ein. Die Minerva druckte auch ein oder zwei von ihnen; der Rest wurde zurückgeschickt.

Westbrook schickte mit jedem abgelehnten Manuskript einen sorgfältigen und gewissenhaften persönlichen Brief, in dem er ausführlich begründete, warum er das Manuskript für unverkäuflich hielt. Redakteur Westbrook hatte seine eigene klare Vorstellung davon, was gute Belletristik ausmacht. Das hatte Dawe auch.

Mrs. Dawe kümmerte sich hauptsächlich um die Bestandteile der spärlichen Mahlzeiten, die sie zusammenkratzen konnte. Eines Tages hatte Dawe ihr von den Vorzügen bestimmter französischer Schriftsteller vorgeschwärmt. Beim Abendessen setzten sie sich zu einem Gericht, das ein hungriger Schuljunge in einem Happen hätte verschlingen können, und Dawe trug ihr etwas vor.

»Das ist Maupassant*-Mischmasch«, sagte Mrs. Dawe kritisierend. »Auch wenn es keine Kunst ist, wünschte ich mir, dass du mir eine fünfgängige Marion-Crawford**-Serie servieren würdest, mit einem Ella-Wheeler-Wilcox***-Sonett zum Dessert. Ich bin hungrig.«

[* berühmter französischer Erzähler, ** Schriftsteller (USA) in Italien geboren und dort, nach seiner Rückkehr, verstorben. Er studierte auch an verschieden Universitäten in Deutschland, *** Schriftstellerin (USA)]

So weit vom Erfolg entfernt war Shackleford Dawe, als er Redakteur Westbrook am Madison Square am Ärmel zupfte. Es war das erste Mal seit mehreren Monaten, dass der Redakteur Dawe gesehen hatte.

»Na, 'Shack', bist du das?«, sagte Westbrook etwas unbeholfen, denn die Form seines Satzes schien auf das veränderte Aussehen des anderen hinzuweisen.

»Setz dich einen Moment«, sagte Dawe und zupfte an seinem Ärmel. »Das hier ist mein Büro. So wie ich aussehe, kann ich nicht in deines kommen.«

»Oh, setz dich – du wirst nicht in Ungnade fallen. Die halbzerlumpten 'Vögel' auf den anderen Bänken werden dich für einen tollen Fassadenkletterer halten. Sie werden nicht wissen, dass du nur ein Redakteur bist.«

»Willst du rauchen, Shack?«, sagte Redakteur Westbrook und ließ sich vorsichtig auf die giftiggrüne Bank sinken. Er gab immer anmutig nach, wenn er nachgab.

Dawe schnappte nach der Zigarre, wie ein Eisvogel nach einem Sonnenbarsch oder ein Mädchen nach einer Schokoladencreme schnappt.

»Ich habe gerade – «, begann der Redakteur.

»Oh, ich weiß, red nicht weiter«, sagte Dawe. »Gib mir ein Streichholz. Du hast natürlich nur zehn Minuten Zeit. Wie hast du es geschafft, an meinem Bürogehilfen vorbeizukommen und in mein Heiligtum einzudringen? Jetzt wirft der gerade seinen Stock nach einem Hund, der die Schilder 'Rasen betreten verboten' nicht lesen konnte.«

»Wie läuft es mit dem Schreiben?«, fragte der Redakteur.

»Schau mich an«, sagte Dawe, »da bekommst du deine Antwort. Setz jetzt nicht diesen verlegenen, freundlich-aufrichtigen Blick auf und frage mich, warum ich keinen Job als Weinvertreter oder Taxifahrer bekomme.«

»Ich kämpfe bis zum bitteren Ende. Ich weiß, dass ich gute Romane schreiben kann, und ich werde euch zwingen, es zuzugeben. Bevor ich mit euch fertig bin, werde ich euch dazu bringen, die Schreibweise von 'Bedauern' in 'S-c-h-e-c-k' zu ändern.«

Redakteur Westbrook blickte durch seine Nasenbrille mit einem süßlich-traurigen, allwissenden, mitfühlenden, skeptischen Ausdruck – dem urheberrechtlich geschützten Ausdruck des Redakteurs, der von dem nicht erfolgreichen Manuskriptablieferer belagert wird.

»Hast du die letzte Geschichte gelesen, die ich dir geschickt habe – 'Das Alarum* der Seele'?«, fragte Dawe.

[* Ruf, Aufruf, Alarmierung]

»Sorgfältig«, sagte Westbrook. »Ich habe bei dieser Geschichte gezögert, Shack, das habe ich wirklich. Sie hatte einige gute Seiten. Ich wollte dir einen Brief schreiben, den ich dir beilegen wollte, wenn du sie zurückbekommst. Ich bedauere – «

»Vergiss das Bedauern«, sagte Dawe grimmig. »Es hat weder Balsam noch Stachel in sich. Ich will nur wissen, warum. Komm zuerst mit den guten Seiten heraus.«

»Die Geschichte«, sagte Westbrook nach einem unterdrückten Seufzer bedächtig, »ist um eine beinahe originelle Handlung herum geschrieben. Die Charakterisierung – das Beste, was du gemacht hast. Der Aufbau – fast ebenso gut, abgesehen von ein paar schwachen Stellen, die durch ein paar Änderungen und Ergänzungen verstärkt werden könnten. Es war eine gute Geschichte, außer – «

»Ich beherrsche doch die englische Sprache, oder?«, unterbrach Dawe.

»Ich habe dir immer gesagt«, meinte der Herausgeber, »dass du einen besonderen Stil hast.«

»Was ist dann das Problem – «

»Es ist immer das Gleiche«, sagte Redakteur Westbrook. »Du arbeitest wie ein Künstler auf deinen Höhepunkt hin. Und dann verwandelst du dich in einen Fotografen. Ich weiß nicht, welche Form von hartnäckigem Wahnsinn dich erfasst hat, aber das ist es, was du mit allem tust, was du schreibst.«

»Nein, ich ziehe den Vergleich mit dem Fotografen zurück. Ab und zu gelingt es auch der Fotografie, trotz ihrer unmöglichen Perspektive, einen flüchtigen Blick auf die Wahrheit zu erhaschen. Aber du verdirbst jedes Dénouement [jede Auflösung] durch diese flachen, tristen, verwischenden Pinselstriche, die ich so oft beklagt habe. Würdest du dich auf den literarischen Gipfel deiner dramatischen Sinne erheben und sie in den hohen Farben malen, die die Kunst erfordert, würde der Postbote weniger sperrige, selbstadressierte Umschläge an deiner Tür hinterlassen.«

»Oh, Klimpern und Rampenlicht!«, rief Dawe spöttisch. »Du hast immer noch diesen alten Sägewerksdrama-Knick in deinem Gehirn. Wenn der Mann mit dem schwarzen Schnurrbart die goldhaarige Bessie entführt, muss die Mutter, deiner Auffassung nach, im Scheinwerferlicht knien und die Hände heben und sagen: 'Möge der Himmel bezeugen, dass ich weder Tag noch Nacht ruhen werde, bis der herzlose Schurke, der mein Kind gestohlen hat, die Last der Rache eines anderen spürt!'«

Redakteur Westbrook erlaubte sich ein Lächeln unnachgiebiger Selbstgefälligkeit.

»Ich denke«, sagte er, »dass sich die Frau im wirklichen Leben mit diesen oder ähnlichen Worten ausdrücken würde.«

»Nicht in sechshundert Nächten wird das passieren, außer auf der Bühne«, sagte Dawe scharf.

»Ich sage dir, was sie im wirklichen Leben sagen würde. Sie würde sagen: 'Was! Bessie wird von einem fremden Mann weggeführt? Großer Gott! Da kommt ein Problem nach dem anderen! Hol meinen anderen Hut, ich muss schnell zur Polizeiwache. Warum hat niemand auf sie aufgepasst, möchte ich wissen? Geh mir aus dem Weg, sonst werde ich nicht fertig. Nicht diesen Hut, sondern den braunen mit den Samtschleifen. Bessie muss verrückt gewesen sein. Sie ist sonst schüchtern gegenüber Fremden. Ist das zu viel Puder? Mein Gott! Wie ich mich aufrege!'«

»So würde sie reden«, fuhr Dawe fort. »Im wirklichen Leben verfallen die Menschen bei emotionalen Krisen nicht in Heldentaten und Blankversen. Sie können es einfach nicht tun. Wenn sie bei solchen Gelegenheiten überhaupt reden, dann greifen sie auf dasselbe Vokabular zurück, das sie jeden Tag benutzen, und bringen ihre Worte und Ideen ein wenig mehr durcheinander, das ist alles.«

»Shack«, sagte Redakteur Westbrook eindringlich, »hast du jemals die verstümmelte und leblose Gestalt eines Kindes unter dem Kotflügel eines Straßenwagens aufgehoben, es in deinen Armen getragen und vor der verwirrten Mutter abgelegt? Hast du das jemals getan und den Worten des Kummers und der Verzweiflung zugehört, die ihr spontan über die Lippen kamen?«

»Das habe ich nie getan«, sagte Dawe. »Und du?«

»Nun, nein«, sagte Redakteur Westbrook mit einem leichten Stirnrunzeln. »Aber ich kann mir gut vorstellen, was sie sagen würde.«

»Das kann ich auch«, sagte Dawe.

Und nun war für Redakteur Westbrook der passende Zeitpunkt gekommen, das Orakel zu spielen und seinen rechthaberischen Autor mit weitschweifigen Worten zum Schweigen zu bringen. Es stand einem erfolglosen Schriftsteller nicht zu, Worte für die Helden und Heldinnen im Minerva Magazine zu diktieren, die den Theorien des Redakteurs widersprachen.

»Mein lieber Shack«, sagte er, »wenn ich etwas vom Leben weiß, dann, dass jede plötzliche, tiefe und tragische Emotion im menschlichen Herzen einen passenden, übereinstimmenden, konformen und angemessenen Ausdruck des Gefühls hervorruft. Wie viel von dieser unvermeidlichen Übereinstimmung zwischen Ausdruck und Gefühl der Natur und wie viel dem Einfluss der Kunst zuzuschreiben ist, ist schwer zu sagen.«

»Das erhaben-schreckliche Brüllen der Löwin, die ihrer Jungen beraubt wurde, steht dramaturgisch so weit über ihrem üblichen Wimmern und Schnurren, wie die königlichen und übernatürlichen Äußerungen Lears [King Lear in Shakespeares Schauspiel] über dem Niveau seiner senilen Äußerungen stehen. Aber es ist auch wahr, dass alle Männer und Frauen etwas haben, was man einen unbewussten dramatischen Sinn nennen könnte, der durch eine ausreichend tiefe und starke Emotion geweckt wird – einen

Sinn, den sie unbewusst von der Literatur und der Bühne erworben haben und der sie dazu veranlasst, diese Emotionen in einer Sprache auszudrücken, die ihrer Bedeutung und ihrem histrionischen[29] Wert entspricht.«

»Und 'im Namen der sieben heiligen Satteldecken des Sagittarius'*, woher haben die Bühne und die Literatur den Stunt?«, fragte Dawe.

[* O. Henry dreht wieder ab. Die Figur des Schützen im gleichnamigen Sternbild sitzt nicht auf einem Pferd (und auf Satteldecken), sondern ist als menschlicher Vorderteil Teil desselben].

»Aus dem Leben«, antwortete der Redakteur triumphierend.

Der Geschichtenschreiber erhob sich von der Bank und gestikulierte wortreich, aber stumm. Ihm fehlten die Worte, um seine Ablehnung angemessen zu formulieren.

Auf einer Bank in der Nähe öffnete ein mürrischer Faulenzer seine roten Augen und erkannte, dass seine moralische Unterstützung einem geknechteten Bruder gegenüber fällig war.

»Hau ihm eine rein, Jack«, rief er heiser zu Dawe. »Warum macht er so einen Lärm wie auf einer Penny-Arcade [ein Vergnügungszentrum mit Münzspielgeräten] unter den Leuten, die hierher auf den Platz kommen, um sich zu setzen und nachzudenken?«

Redakteur Westbrook schaute mit einer gespielten Müdigkeit auf seine Uhr.

»Sag mir«, fragte Dawe mit zornigem Verlangen, »welche besonderen Fehler in 'The Alarum of the Soul' haben dich veranlasst, es zu verwerfen?«

»Als Gabriel Murray«, sagte Westbrook, »zum Telefon geht und erfährt, dass seine Verlobte von einem Einbrecher erschossen wurde, sagt er – ich erinnere mich nicht an die genauen Worte, aber – «

»Ich schon«, sagte Dawe. »Er sagt: 'Verdammte Telefonzentrale'; sie unterbricht mich immer (und dann zu seinem Freund) 'Sag mal, Tommy, macht eine Kugel Kaliber 32 ein großes Loch? Das ist ziemlich großes Pech, nicht wahr? Kannst du mir einen Drink von der Anrichte holen, Tommy? Nein; pur; nichts dazu'.«

»Und dann«, fuhr der Redakteur fort, ohne eine Pause einzulegen, »als Berenice den Brief ihres Mannes öffnet, in dem er ihr mitteilt, dass er mit dem Manikürmädchen weggerannt ist, sind ihre Worte – wie waren sie noch – «

»Sie sagt«, schaltete sich der Autor ein: »'Na, was sagt man dazu'.«

»Absurd unpassende Worte«, so Westbrook, »die einen Antiklimax darstellen – und die Geschichte in hoffnungslose Trivialität stürzen. Schlimmer noch: Sie spiegeln das Leben falsch wider. Kein Mensch hat sich jemals in banaler

Umgangssprache geäußert, wenn er mit einer plötzlichen Tragödie konfrontiert wurde.«

»Falsch«, sagte Dawe und schloss hartnäckig seine unrasierten Kiefer. »Ich sage, dass kein Mann und keine Frau jemals 'hochtrabendes' Gerede von sich gibt, wenn sie auf einen echten Höhepunkt zusteuern. Sie reden ganz natürlich und noch ein bisschen schlimmer.«

Der Redakteur erhob sich von der Bank mit seiner Ausstrahlung von Nachsicht und seinen Kenntnissen über die Branche.

»Sag mir, Westbrook«, meinte Dawe, indem er ihn am Revers festhielt, »hättest du 'Das Alarum der Seele' akzeptiert, wenn du geglaubt hättest, dass die Handlungen und Worte der Figuren in den Teilen der Geschichte, die wir besprochen haben, lebensecht sind?«

»Es ist sehr wahrscheinlich, dass ich das getan hätte, wenn ich so dächte«, sagte der Redakteur. »Aber ich habe dir erklärt, dass ich das nicht tue.«

»Und wenn ich dir beweisen könnte, dass ich recht habe?«

»Es tut mir leid, Shack, aber ich fürchte, ich habe keine Zeit, jetzt weiter zu streiten.«

»Ich will mich nicht streiten«, sagte Dawe. »Ich will dir im echten Leben selbst beweisen, dass meine Ansicht die richtige ist.«

»Wie könnest du das anstellen?«, fragte Westbrook in einem überraschten Ton.

»Hör zu«, sagte der Schriftsteller ernst. »Ich habe mir einen Weg überlegt. Es ist mir wichtig, dass meine Theorie der lebensnahen Fiktion von den Magazinen als richtig anerkannt wird. Ich habe drei Jahre lang dafür gekämpft und bin bis auf den letzten Dollar heruntergekommen, und zwei Monatsmieten sind überfällig.«

»Bei der Auswahl der Romane für das Minerva Magazine habe ich das Gegenteil von deiner Theorie angewandt«, sagte der Redakteur, die Auflage ist gestiegen, von neunzigtausend auf – «

»Vierhunderttausend«, sagte Dawe. »Dabei hätte sie auf eine Million gesteigert werden müssen.«

»Du hast mir gerade etwas davon gesagt, dass du deine Lieblingstheorie demonstrieren willst«, sagte der Redakteur.

»Das werde ich«, antwortete Dawe. »Wenn du mir eine halbe Stunde deiner Zeit schenkst, werde ich dir beweisen, dass ich recht habe. Ich werde es mit Louise beweisen.«

»Deine Frau!«, rief Westbrook aus. »Und wie?«

»Nun, nicht unbedingt durch sie, aber mit ihr«, sagte Dawe. »Du weißt doch, wie treu und liebevoll Louise immer war. Sie glaubt, ich sei das einzige echte Präparat auf dem Markt, das die Handschrift des alten Mediziners trägt. Seit ich für die

Rolle des vernachlässigten Genies ausgewählt wurde, ist sie mir noch treuer und zugetaner denn je.«

»Sie ist in der Tat eine charmante und bewundernswerte Lebensgefährtin«, stimmte der Herausgeber zu. »Ich weiß noch, was für unzertrennliche Freunde sie und Mrs. Westbrook einst waren. Wir sind beide Glückspilze, Shack, solche Ehefrauen zu haben. Du musst Mrs. Dawe bald einmal mitbringen, und wir werden eines dieser geselligen Speisewärmer-Abendessen veranstalten, an denen wir früher so viel Freude hatten.«

»Später«, sagte Dawe. »Wenn es mir besser geht. Und jetzt erkläree ich dir von meinen Plan:«

»Als ich heute nach dem Frühstück gerade das Haus verlassen wollte – wenn man Tee und Haferflocken als Frühstück bezeichnen kann – erzählte mir Louise, dass sie ihre Tante in der neunundachtzigsten Straße besuchen würde. Sie sagte, sie würde um drei Uhr zurückkommen. Sie ist immer pünktlich auf die Minute. Es ist jetzt – «

Dawe blickte in Richtung der Taschenuhr des Redakteurs.

»Siebenundzwanzig Minuten vor drei«, sagte Westbrook und schaute auf seinen Zeitmesser.

»Wir haben gerade noch genug Zeit«, sagte Dawe. »Wir werden sofort zu meiner Wohnung gehen. Ich schreibe einen Zettel, adressiere ihn an sie und lege ihn auf den Tisch, wo sie ihn sehen wird, wenn sie zur Tür hereinkommt.«

»Du und ich werden im Esszimmer sein, versteckt hinter dem Türvorhang. In diesem Brief werde ich ihr sagen, dass ich für immer vor ihr geflohen bin, mit einer Wesensverwandten, die die Bedürfnisse meiner künstlerischen Seele versteht, wie sie es nie getan hat. Wenn sie es liest, werden wir ihre Handlungen beobachten und ihre Worte hören. Dann werden wir wissen, welche Theorie die richtige ist – deine oder meine.«

»Oh, niemals!«, rief der Redakteur kopfschüttelnd aus. »Das wäre unentschuldbar grausam. Ich könnte nicht zulassen, dass mit den Gefühlen von Mrs. Dawe auf diese Weise gespielt wird.«

»Beruhige dich«, sagte der Schriftsteller. »Ich denke, ich halte genauso viel von ihr wie du. Es ist sowohl zu ihrem als auch zu meinem Vorteil. Ich muss irgendwie einen Markt für meine Geschichten finden. Es wird Louise nicht schaden. Sie ist gesund und munter. Ihr Herz schlägt so stark wie eine Achtundneunzig-Cent-Uhr. Es dauert nur eine Minute, dann gehe ich raus und erkläre es ihr. Du bist es mir schuldig, mir eine Chance zu geben, Westbrook.«

Redakteur Westbrook gab schließlich nach, wenn auch nur halbherzig. Und in der Hälfte von ihm, die zustimmte, lauerte der Vivisektionist [31], der in uns allen steckt. Derjenige, der das Skalpell nicht benutzt hat, möge sich erheben und an seine Stelle treten.

Die beiden Experimentierer der Kunst verließen den Platz und eilten nach Osten und dann nach Süden, bis sie das Gramercy-Viertel erreichten. Innerhalb des hohen

Eisengeländers hatte der kleine Park sein schickes frühlingshaftes Grün angelegt und bewunderte sich selbst im Spiegel seines Brunnens.

Außerhalb der Umzäunung lehnte sich das hohle Viereck aus verfallenen Häusern, Hüllen eines vergangenen Adelsgeschlechts, wie in einem gespenstischen Tratsch über die vergessenen Taten der verschwundenen Qualität. 'Sic transit gloria urbis' [auch sic transit gloria mundi – so vergeht der Ruhm der Welt].

Ein oder zwei Häuserblocks nördlich des Parks lenkte Dawe den Redakteur wieder nach Osten, um dann, nachdem er eine kurze Strecke zurückgelegt hatte, in ein hoch aufragendes, aber schmales Wohnhaus mit einer üppig verzierten Fassade zu gelangen.

Sie kämpften sich bis in den fünften Stock vor, und Dawe drückte keuchend seinen Schlüssel in die Tür einer der vorderen Wohnungen.

Als sich die Tür öffnete, sah Redakteur Westbrook mit einem Gefühl des Mitleids, wie armselig und spärlich die Zimmer eingerichtet waren.

»Hol dir einen Stuhl, wenn du einen finden kannst«, sagte Dawe, »während ich Feder und Tinte besorge.«

»Hallo, was ist das? Hier ist eine Nachricht von Louise. Sie muss sie dort hingelegt haben, als sie heute Morgen ausgegangen ist.«

Er nahm einen Umschlag, der auf dem mittleren Tisch lag, und riss ihn auf. Er begann den Brief zu lesen, den er herausgezogen hatte, und nachdem er laut gesprochen hatte, las er ihn bis zum Ende durch. Dies sind die Worte, die Redakteur Westbrook hörte:

'LIEBER SHACKLEFORD:

Wenn du diese Zeilen erhältst, werde ich etwa hundert Meilen entfernt sein und immer noch unterwegs. Ich habe einen Platz im Chor der Occidental Opera Co. bekommen, und wir machen uns heute um zwölf Uhr auf den Weg. Ich wollte nicht verhungern und habe beschlossen, meinen eigenen Lebensunterhalt zu verdienen. Ich werde nicht zurückkommen. Mrs. Westbrook geht mit mir. Sie sagte, sie sei es leid, mit einer Kombination aus Phonograph, Eisberg und Wörterbuch zu leben, und sie kommt auch nicht zurück. Wir haben die Lieder und Tänze zwei Monate lang in aller Stille geübt. Ich hoffe, ihr werdet erfolgreich sein und gut zurechtkommen! Auf Wiedersehen.

LOUISE.'

Dawe ließ den Brief fallen, bedeckte sein Gesicht mit den zitternden Händen und schrie mit tiefer, vibrierender Stimme:

»Mein Gott, warum hast du mir diesen Kelch zu trinken gegeben? Da sie so falsch ist, lass die schönsten Gaben Deines Himmels, Glaube und Liebe, zu scherzenden Inbegriffen von Verrätern und Unholden werden!«

311

Die Brille von Redakteur Westbrook fiel auf den Boden. Die Finger einer Hand fummelten an einem Knopf seines Mantels herum, während er zwischen seinen blassen Lippen hervorstieß:

»Sag mal, Shack, ist das nicht ein Wahnsinnsbrief? Würde dich das nicht von deiner Sitzstange der Theorien stoßen, Shack? Ist das nicht die Hölle, Shack, ist es das nicht?«

NACH EIN UHR BEI ROONEY'S

Nur in der Lower East Side von New York leben noch Familien wie die Häuser Capulet und Montagu [die verfeindeten Familien aus Romeo und Julia]. Dort kämpfen sie nicht nach dem Regelbuch. Wenn man sich über einen Vertreter des gegnerischen Hauses lustig macht, kann man sich auf einen Kampf gefasst machen.

Auf dem Broadway können Sie Ihren Gegner ein Dutzend Blocks lang an der Nase herumziehen, und er wird nur nach der Polizei rufen, aber in der Domäne der East Side Tybalts und Mercutios [auch Charaktere aus Romeo und Julia] müssen Sie die Feinheiten des Benehmens bis zum Wimpernschlag und bis zu einem Zentimeter Ellbogenfreiheit an der Bar beachten, wenn sich unter den Gästen Feinde Ihres Hauses und ihrer Verwandtschaft befinden.

Als Eddie McManus, der den Capulets als 'Cork' McManus bekannt war, ins Dutch Mike's ging, um ein Bier zu trinken, und auf eine Gruppe Montagus stieß, die sich mit dem Gebräu vergnügte, begann er, die strengsten parlamentarischen Regeln zu beachten.

Die Höflichkeit verbot es ihm, den Saloon zu verlassen, ohne seinen Durst gestillt zu haben; die Vorsicht lenkte ihn an einen Platz an der Bar, wo der Spiegel die Bewegungen des Feindes verriet, die sein gleichgültiger Blick zu verschmähen schien; die Erfahrung flüsterte ihm zu, dass der Finger des Ärgers an diesem Abend zwischen den klappernden Krügen im Dutch Mike's zu finden sein würde.

Dicht an seiner Seite zog Brick Cleary, sein 'Mercutio', der Begleiter seiner Streifzüge, mit ihm herum.

So standen sie da, vier von der Mulberry Hill Gang und zwei von der Dry Dock Gang, und kümmerten sich so eifrig um ihre Manieren, dass Dutch Mike mit einem Auge seine 'Kunden' im Auge behielt und mit dem anderen den offenen Raum unter seiner Bar, in dem er sich gewöhnlich in Sicherheit brachte, wenn die ominöse Höflichkeit der rivalisierenden Vereinigungen zu den Formen von Kugeln und kaltem Stahl zerronnen war.

Aber wir haben nichts mit den Kriegen der Mulberry Hills und der Dry Docks zu tun. Wir müssen zu Rooney's, wo auf dem verdorbensten toten Zweig des Lebensbaums eine kleine blasse Orchidee blühen soll.

Die überstrapazierte Etikette gab schließlich nach. Es ist nicht bekannt, wer zuerst die Grenzen der 'punctilio' [Förmlichkeit] überschritten hat, aber die Folgen waren unmittelbar.

Buck Malone von den Mulberry Hills ließ mit einer Dewey-ähnlichen Schnelligkeit [welcher Dewey?] eine Acht-Zoll-Kanone von seinem Hurricane-Deck aus herumschwenken. Aber das Lächeln von McManus muss der Torpedo sein. Er glitt unter den Geschützen hindurch und rammte dem Kreuzer von Mulberry Hill eine knappe drei Zentimeter lange Messerklinge in die Rippen.

In der Zwischenzeit war Brick Cleary, ein Anhänger von Strategie, über den Mittagstisch geglitten und hatte den Schalter für die Elektrik umgelegt, sodass der Kampf allein im Licht der Geschütze ausgetragen werden konnte. Dutch Mike kroch aus seinem Versteck und rannte auf die Straße, um nach der Polizeizu rufen, anstatt nach einem Shakespeare, der den Cimmerian-Streit literarisch verewigen sollte.

Der Polizist kam und fand einen am Boden liegenden, blutenden Montagu, gestützt von drei verstörten und zurückhaltenden Anhängern des Hauses. Getreu der Moral der Bande wusste niemand, woher die Verletzung stammte. Es war kein Capulet zu sehen.

»Vergessen Sie die Fragen«, sagte Buck Malone zu dem Officer.»Klar weiß ich, wer's war. Ich schaffe es immer, einen scharfen Blick auf jeden Kerl zu werfen, der auftaucht und mich lächerlich macht. Nein, ich werde Ihnen seinen Namen nicht sagen. Ich kläre das mit ihm selbst. Ruhig, Jungs! Ja, ich werde mich selbst um seinen Fall kümmern. Ich werde keine Beschwerde einreichen.«

Um Mitternacht schlenderte McManus um einen Holzstapel in der Nähe eines Docks an der East Side und verweilte in der Nähe eines bestimmten Hydranten. Brick Cleary schlenderte zehn Minuten später zu dem Ort des Treffens. »Er wird vielleicht nicht singen«, sagte Brick, »und er wird es natürlich nicht verraten. Aber Dutch Mike schon. Er hat der Polizei gesagt, dass er es satthat, dass in seinem Haus geschossen wird. Es ist gerade ungünstig, weil Tim Corrigan ein Wochenende mit Königen in Europa ist. Nächsten Freitag ist er wieder zurück auf der Kaiser Wilhelm. Bis dahin musst du dich verkriechen. Tim wird es für uns in Ordnung bringen, wenn er zurückkommt.«

Das erklärt, warum Cork McManus eines Abends ins Rooney's ging und dort zum ersten Mal in seiner prekären Karriere in das helle, fremde Gesicht der Romanze blickte.

Bis Tim Corrigan von seinem Ausflug unter die Könige und Prinzen zurückkehrte und seinen großen weißen Finger in privaten Büros hochhielt, war es für Cork in keinem der alten Treffpunkte seiner Bande sicher. So lag er, verloren, im hohen Hinterzimmer eines Capulet, las rosafarbene Sportblätter und verfluchte die langsame Fahrt der Kaiser Wilhelm.

Es war am Donnerstagabend, als Corks Abgeschiedenheit für ihn unerträglich wurde. Niemals sehnte sich ein Herz so sehr nach einem Wasserbrunnen wie er, nach der kühlen Berührung eines vollen Kruges, nach der festen Sicherheit einer Fußschiene [am Tresen der Bar] in der Vertiefung seines Schuhs und den leisen, herzlichen Herausforderungen von Freundschaft und Schlagfertigkeit entlang und über die glänzenden Bars hinweg.

Aber er musste das Viertel meiden, in dem er bekannt war. Die Polizei suchte ihn überall, denn sie hatten nichts Neues zu berichten, und die Zeitungen berichteten wieder über das Versagen der Polizei bei der Bekämpfung der Banden.

Wenn sie ihn erwischten, bevor Corrigan zurückkam, konnte der große weiße Finger nicht mehr erhoben werden; dann wäre es zu spät gewesen. Aber Corrigan würde am nächsten Tag nach Hause kommen, und so war er sich sicher, dass ein kleiner Ausflug in dieser Nacht inmitten der derben Vergnügungen, die für ihn das Leben darstellten, nur eine geringe Gefahr darstellen würde.

Um halb eins stand McManus in einer dunklen Querstraße der Stadt und blickte auf den Namen 'Rooney's', der von Glühbirnen auf einem Schild über einem Fenster im zweiten Stock hervorgehoben wurde.

Er hatte von dem Ort gehört, und dass es sich um einen harten Treffpunkt handelte, aber er kannte weder die Stammgäste noch die Örtlichkeit. Er ließ sich von einigen untrüglichen Hinweisen leiten, die allen solchen Lokalen gemein sind, stieg die Treppe hinauf und betrat den großen Raum über dem Café [in Cafès wird hier auch Alkohol ausgeschenkt].

Hier standen etwa zwanzig oder dreißig Tische, die zu diesem Zeitpunkt etwa zur Hälfte mit Rooneys Gästen besetzt waren. Kellner servierten Getränke. An einem Ende hämmerte ein menschliches Pianola* mit betäubten Augen mit automatischer und wütender Unpräzision auf die Tasten.

[* ein Pianola ist eigentlich ein selbstspielender Klavier-Automat. Hier ein sehr mechanisch musizierender Klavierspieler gemeint]

In gnädigen Abständen brüllte oder quietschte ein Kellner ein Lied – Lieder voller 'Mr. Johnsons' und 'Babes' und 'Coons' – historische Wortgarantien für die Echtheit afrikanischer Melodien, komponiert von jungen Herren in roten Westen, die von den 'Baumwollfeldern und Reissümpfen' von New Yorks West Twenty-eighth Street stammten.

Für einen kurzen Moment müssen Sie mit mir Rooney bewundern, wie er seine Gäste empfängt, platziert, manipuliert und beschimpft.

Er ist neunundzwanzig. Er hat die Nase von Wellington, das Kinn von Dante, die Wangenknochen eines Irokesen, das Lächeln von Talleyrand, die Fußarbeit von Corbett und die Gelassenheit einer elfjährigen Maikönigin im Central Park der East Side.

Ihm zur Seite steht ein 'Leutnant' namens Frank, ein pummeliger, lässiger Kerl, gut gekleidet, der zwischen den Tischen umhergeht und darauf achtet, dass sich keine Langeweile einstellt.

317

Was gibt es nun am Rooney's, das all diesen Ärger verursacht? Bei Tageslicht ist es respektabler. Stämmige Damen mit Kindern, Fausthandschuhen, Taschen und nicht erzogenen Hunden, kommen an Nachmittagen auf einen Krug und einen Schwatz vorbei. Sogar bei Gaslicht sind die Ablenkungen recht melancholisch – Trinken und Rag-Time, und eine gelegentliche Überraschung, wenn der Kellner den Seifenschaum unter deinem klebrigen Glas abwischt.

Es gibt eine Antwort. Seelenwanderung! Die Seele von Sir Walter Raleigh* ist von seinem aufgeschlitzten Wams zu einer verwandten Heimat unter Rooneys sichtbarer karierter Weste gewandert. Rooney's ist seiner Zeit zwanzig Jahre voraus. Rooney hat das Embargo aufgehoben. Rooney hat seinen Mantel auf der feuchten Kreuzung der öffentlichen Meinung ausgebreitet, und jede Elisabeth, die darauf tritt, ist ebenso eine Königin wie eine andere gleichen Namens.

[* Sir Walter Raleigh (1553 – 1618) war ein englischer Staatsmann, Soldat, Spion, Schriftsteller und Entdecker unter Elisabeth I. Er spielte eine führende Rolle bei der Kolonialisierung von Nordamerika. Später wurde er im Zusammenhang mit politischen Intrigen auf Betreiben der Spanier enthauptet]

Achten Sie auf die Enthüllung des Geheimnisses. In Rooney's Ladies darf geraucht werden!

McManus setzte sich an einen freien Tisch. Er bezahlte das Glas Bier, das er bestellt hatte, kippte seinen schmalkrempigen Derby-Hut an den ziegelstaubigen Hinterkopf, wickelte seine Füße zwischen die Sprossen seines

318

Stuhls und stieß einen Seufzer der Zufriedenheit aus den Atemräumen seiner innersten Seele aus; denn dieses Honiggebräu war geklärte Süße für seinen Geschmack.

Die vorgetäuschte Fröhlichkeit, das hektische Glühen der falschen Gastfreundschaft, das selbstbewusste, freudlose Lachen, die vom Wein geborene Wärme, die laute Musik, die die Stunde aus der häufigen Zeit der schrecklichen und zersetzenden Stille zurückholte, die Anwesenheit von gut gekleideten und freimütigen Nutznießern von Rooneys Aufhebung der Beschränkungen für das geraucht Kraut, die vertrauten Gerüche von eingeweichten Zitronenschalen, schalem Bier und Peau d'Espagne [ein herbes Parfüm, auch für Frauen, und zur Speisewürzung gebraucht] – all das war Manna für Cork McManus, der hungrig war nach seiner Woche in der Wüste des hohen Hinterzimmers des Capulet.

Ein Mädchen betrat allein das Rooney's, schaute sich mit gemächlicher Geschwindigkeit um und setzte sich McManus gegenüber an seinen Tisch. Ihre Augen ruhten zwei Sekunden lang auf ihm, mit dem Blick, mit dem eine Frau alle Männer abtastet, denen sie zum ersten Mal begegnet. In dieser Zeitspanne wird sie sich für eines von zwei Dingen entscheiden – entweder nach der Polizei zu schreien oder ihn später zu heiraten.

Nach ihrer kurzen Inspektion legte das Mädchen eine abgenutzte rote Marokko-Einkaufstasche auf den Tisch, aus deren Ecke das unvermeidliche Bramsegel eines ausgefransten Spitzentaschentuchs flatterte. Nachdem sie beim sofort herbeigeeilten Kellner ein kleines Bier bestellt hatte, holte sie aus ihrer Tasche eine Schachtel Zigaretten und

319

zündete sich mit geringfügig übertriebener Leichtigkeit eine an. Dann schaute sie wieder in die Augen von Cork McManus und lächelte.

Sofort war das Schicksal von jedem der beiden besiegelt.

Der uneingeschränkte Wunsch eines Mannes, einer Frau auf den ersten Blick Kleider zu kaufen und Feuer für ein ganzes Leben zu machen [stets für sie zu sorgen], ist nicht ungewöhnlich bei dem bescheidenen Teil der Menschheit, der sich nicht für den Bradstreet [Eintrag in diesem Geschäftsalmanach] oder Wappen oder Shaws Stücke interessiert [Bernhard Shaw, irischer Dramatiker].

Liebe auf den ersten Blick hat es in der Blüte des Lebens schon das eine oder andere Mal gegeben; aber in der Regel findet man die Extempore-Manie [Extempore = improvisierte Einlage, Stegreifspiel] bei so einfachen Kreaturen wie der Taube, dem blaugefiederten Tölpel und dem Zehn-Dollar-pro-Woche-Angestellten. Die Dichter, Abonnenten aller belletristischen Zeitschriften und Schreiberlinge sollten das zur Kenntnis nehmen.

Mit dem Austausch des geheimnisvollen anziehenden Stroms kam bei jedem von ihnen sofort der Wunsch auf, zu lügen, sich zu verstellen, zu blenden und zu täuschen, was das Schlimmste an der heuchlerischen Störung ist, die man Liebe nennt.

»Noch ein Bier?«, schlug Cork vor. In seinen Kreisen galt dieser Satz als Visitenkarte, begleitet von einem Vorstellungsschreiben und Referenzen.

»Nein, danke«, sagte das Mädchen, zog die Augenbrauen hoch und wählte ihre konventionellen Worte sorgfältig. »Ich bin nur auf eine kleine Erfrischung vorbeigekommen.«

Die Zigarette zwischen ihren Fingern schien einer Erklärung zu bedürfen. »Meine Tante ist eine russische Lady«, schlussfolgerte sie, »und wir rauchen oft nach dem Abendessen eine Zigarette zu Hause.«

»Unsinn«, sagte Cork, den das Vorhandensein von gesellschaftlichem Flair bedrückte. »Ihre Finger sind so gelb wie meine.«

»Sagen Sie mal«, sagte das Mädchen und funkelte ihn mit leiser Empörung an, »für wen halten Sie mich eigentlich? Was was glauben Sie, mit wem Sie hier reden? Na?«

Sie war hübsch anzuschauen. Ihre Augen waren groß, braun, unerschrocken und hell. Unter ihrem flachen Matrosenhut, der keck auf einer Seite aufgesetzt war, scheitelte sich ihr krauses, gelbbraunes Haar und war hinten in einem dicken, hängenden Knoten zurückgezogen, tief und voll.

Ihr Kinn und ihr Hals hatten noch die Rundungen der Kindheit, aber ihre Wangen und Finger wurden etwas schmaler. Sie betrachtete die Welt mit Trotz, Misstrauen und mürrischem Staunen. Ihr eleganter, kurzer hellbrauner Mantel war verschmutzt und teuer. Zwei Zentimeter unter ihrem schwarzen Kleid hing der unterste Volant eines Unterrocks aus heliotroper Seide herab.

»Verzeihen Sie«, sagte Cork und sah sie voller Bewunderung an. »Ich habe es nicht so gemeint. Rauchen schadet sicher nicht, Maudy [Kurzform von Mathilda, er gibt ihr diesen Namen, in Unkenntnis des richtigen].«

»Das Rooney's«, sagte das Mädchen, sofort besänftigt von seiner Wiedergutmachung, »ist der einzige Ort, den ich kenne, wo eine Dame rauchen darf. Vielleicht ist es keine schöne Angewohnheit, aber die Tante lässt uns zu Hause rauchen. Und ich heiße nicht Maudy, wenn Sie so freundlich sind, sondern Ruby Delamere.«

»Das ist ein toller Name«, sagte Cork anerkennend. »Ich heiße McManus – Cor … äh … Eddie McManus.«

»Oh, dafür können Sie nichts«, lachte Ruby. »Sie brauchen sich nicht zu entschuldigen.«

Cork blickte ernst auf die große Uhr an Rooneys Wand. Die allgegenwärtigen Augen des Mädchens nahmen die Bewegung auf.

»Ich weiß, es ist spät«, sagte sie und griff nach ihrer Tasche, »aber Sie wissen doch, dass man eine Zigarette braucht, wenn man eine braucht. Ist das Rooney's nicht in Ordnung? Ich habe hier nie etwas Falsches gesehen. Ich war jetzt schon zweimal hier. Ich arbeite in einer Buchbinderei in der Third Avenue. Viele von uns Mädchen machen Überstunden, drei Nächte die Woche. Da darf man natürlich nicht rauchen. Ich bin auf dem Weg nach Hause hier vorbeigekommen, um eine zu rauchen. Es ist doch in Ordnung hier drin? Wenn nicht, werde ich nicht mehr kommen.«

»Es ist ein bisschen spät für Sie, um allein irgendwo herumzulaufen«, sagte Cork. »Ich kenne mich in diesem Laden nicht aus, aber Sie wollen sich ja auch nicht darin fotografieren lassen, um das Bild ihrem Sonntagsschullehrer zu schenken. Trinken Sie noch ein Bier und sagen Sie dann, dass ich Sie nach Hause begleiten soll.«

»Aber ich kenne Sie nicht«, sagte das Mädchen mit feiner Skrupellosigkeit. »Ich akzeptiere nicht die Gesellschaft von Herren, die ich nicht kenne. Meine Tante würde das nie erlauben.«

»Nun«, sagte Cork McManus und zog an seinem Ohr, »ich bin der letzte Schrei, der zu Kleidung mit Seitenschlitzen und Glockenröcken passt, wenn es darum geht, eine Lady zu begleiten. Sie werden mich bestimmt in Ordnung finden, Ruby. Und ich gebe Ihnen einen Tipp, wer ich bin. Mein 'Gouverneur' ist einer der härtesten Gauner an der Wall Street. Morgans Kutschpferd* wirft jedes Mal ein glücksbringendes Hufeisen ab, wenn der Alte den Kopf aus dem Fenster streckt.«

[* Wortspiel mit 'Morgan Horse', eine amerikanische Pferderasse]

»Und ich! Nun, ich bin in der Ausbildung an der Wall Street. Der Alte will mir zum nächsten Geburtstag einen Platz an der Börse verschaffen. Aber für mich klingt das alles wie eine saure Zitrone. Was ich mag, ist Golf und Jachten und – äh – na gut, sagen wir einen schnellen Zehn-Runden-Kampf zwischen Weltergewichtlern mit Ausgehhandschuhen.«

»Ich denke, Sie können mit mir bis zur Haustür gehen«, sagte das Mädchen zögernd, aber mit einem gewissen zufriedenen Flattern. »Aber ich habe noch nie etwas besonders Gutes über Wall-Street-Broker gehört, auch nicht über Sportsfreunde, die zu Preiskämpfen gehen. Haben Sie denn keine anderen Empfehlungen?«

»Ich glaube, Sie sind das bestaussehende Mädchen, das ich je in meinem Scheinwerferlicht in Little Old New York gesehen habe«, sagte Cork beeindruckend.

»Das reicht jetzt wohl. Sie sind ja ein richtiger Scherzkeks!« Sie modifizierte ihre tadelnden Worte durch einen tiefen, langen, strahlenden, lächelnden Blick auf ihren Kavalier. »Wir trinken unser Bier aus, bevor wir gehen, ja?«

Ein Kellner sang. Der Tabakrauch wurde dichter, trieb und stieg in Spiralen, Wellen, geneigten Schichten, Kumuluswolken, Katarakten und schwebenden Nebeln auf, wie ein fünftes Element, das aus den Rippen der alten vier Elemente entstanden war. Lachen und plaudern wurden lauter, angeregt durch Rooneys Liköre und Rooneys galante Gastfreundschaft gegenüber 'Lady Nikotin'.

Es schlug ein Uhr. Unten hörte man das Geräusch von Schließen und Verriegelnden der Türen. Frank zog vorsichtig die grünen Jalousien der vorderen Fenster herunter. Rooney ging in den dunklen Flur hinunter und stellte sich an die Eingangstür, die Zigarette in der hohlen Hand. Von nun an musste jeder, der Einlass begehrte, ein Gesicht zeigen, das Rooneys Falkenauge vertraut war – das Gesicht eines wahren Sportsmanns.

Cork McManus und die Buchbinderin unterhielten sich vertieft und stützten ihre Ellbogen auf den Tisch. Ihre Biergläser waren zur Seite geschoben, kaum angerührt, und der Schaum darauf war zu einem dünnen weißen Belag gesunken.

Mit dem Ein-Uhr-Schlag sind die abgestandenen Genüsse des Rooney's umgewandelt und gewürzt worden; nicht durch irgendeinen Zusatz auf der Liste der Ablenkungen, sondern weil von diesem Moment an die süßen Freuden zu gestohlenen wurden.

Das schalste Glas Bier bekam den Beigeschmack der Illegalität, der mildeste Rotweinpunsch versetzte Recht und Ordnung einen K. O.-Schlag, die harmlose und liebenswürdige Gesellschaft wurde zu Geächteten, die sich Autoritäten und Regeln widersetzten. Denn nach dem Ein-Uhr-Schlag an Orten wie dem Rooney's, wo es weder Bett noch Essen gibt, darf den Durstigen der Vier-Millionen-Stadt kein Getränk mehr vorgesetzt werden. So ist das Gesetz.

»Sagen Sie mal«, bemerkte Cork McManus und bedeckte den Tisch fast mit seiner wortgewaltigen Brust und seinen Ellbogen, »war das wirklich wahr, dass Sie in der Buchbinderei arbeiten und zu Hause wohnen – und dass Sie zufällig hier sind – und all das, was Sie mir erzählt haben?«

»Natürlich war es das«, antwortete das Mädchen voller Elan. »Was denken Sie denn? Glauben Sie, ich würde Sie anlügen? Gehen Sie runter in den Laden und frag sie. Ich habe es ohne Umschweife gesagt.«

»Ganz ohne Umschweife?«, sagte Cork. »Genau so will ich es haben, weil – «

»Weil was?«

»Ich ergebe mich«, sagte Cork. »Sie haben mich in der Hand. Sie sind das Mädchen, nach dem ich gesucht habe. Willst du bei mir bleiben, Ruby?«

»Möchtest du, dass ich es tue, Eddie?«

»Ganz bestimmt. Aber ich wollte eine ehrliche Geschichte über dich, weißt du. Wenn ein Kerl ein Mädchen hat – ein festes Mädchen – dann muss sie in Ordnung sein, weißt du. Sie muss reine Ware sein.«

»Du wirst sehen, dass ich reine Ware bin, Eddie.«

»Natürlich bist du das. Ich glaube dir, was du mir gesagt hast. Aber du kannst mir nicht vorwerfen, dass ich es herausfinden will. Man sieht nicht viele Mädchen, die nach Mitternacht in Lokalen wie Rooney's Zigaretten rauchen und so sind wie du.«

Das Mädchen errötete ein wenig und senkte den Blick. »Ich sehe es jetzt«, sagte sie kleinlaut. »Ich wusste nicht, wie schlimm es aussieht. Aber ich werde es nicht mehr tun. Und ich werde jeden Abend direkt nach Hause gehen und dort bleiben. Und ich werde die Zigaretten aufgeben, wenn du es sagst, Eddie – ich werde sie von dieser Minute an nicht mehr rauchen.«

Corks Gesichtsausdruck wurde formell, besitzergreifend, verurteilend und doch mitfühlend. »Eine Lady kann rauchen«, entschied er langsam, »zu bestimmten Zeiten und an bestimmten Orten. Warum? Weil sie eine Lady sein muss, um ihr zu helfen, das durchzuziehen.«

»Ich werde aufhören. Da ist nichts dabei«, sagte das Mädchen. Sie schnippte den Stummel ihrer Zigarette auf den Boden.

»Zu bestimmten Zeiten und an bestimmten Orten«, wiederholte Cork. »Wenn ich dich abends abhole, suchen wir uns eine dunkle Bank am Stuyvesant Square und ziehen ein oder zwei Züge. Aber kein Rooney's mehr um ein Uhr – verstanden?«

»Eddie, magst du mich wirklich?« Das Mädchen musterte seine harten, aber ehrlichen Züge eifrig und mit ängstlichen Augen.

»Ohne Umschweife.«

»Wann kommst du mich besuchen – wo ich wohne?«

»Donnerstag, übermorgen Abend. Passt dir das?«

»Gut. Ich werde auf dich warten. Komm gegen sieben. Geh heute Abend mit mir zur Haustür und ich zeige dir, wo ich wohne. Vergiss das nicht. Und geh vorher zu keinen anderen Mädchen, Mister! Ich wette, das wirst du aber.«

»Ohne Umschweife«, sagte Cork, »du lässt sie alle wie Stoffpuppen aussehen. Ehrlich, das tust du. Ich weiß, wann es passt. Ohne Umschweife tue ich das.«

Gegen die Eingangstür im Erdgeschoss wurden wiederholt schwere Schläge ausgeführt. Die lauten Stöße hallten im Zimmer darüber wider. Nur ein Hammer oder der Fuß eines Polizisten konnte der Urheber dieser Geräusche sein. Rooney sprang wie ein Ochsenfrosch in eine Ecke des Zimmers, schaltete das elektrische Licht aus und eilte schnell nach unten. Der Raum blieb völlig dunkel, bis auf den blinkenden roten Schein von Zigarren und Zigaretten. Eine zweite Salve von Krachen kam von der misshandelten Tür herauf. Eine kleine, raschelnde, murmelnde Panik regte sich unter den belagerten Gästen. Man konnte Frank beobachten, kühl, sanft, beruhigend, wie er im rosigen Schein des brennenden Tabaks von Tisch zu Tisch ging.

»Verhaltet euch alle still!«, lautete seine Warnung. »Redet nicht und macht keinen Lärm! Alles wird gut werden. Habt nicht die geringste Angst. Wir werden uns um euch alle kümmern.«

Ruby tastete über den Tisch, bis sich Corks feste Hand um die ihre schloss. »Hast du Angst, Eddie?«, flüsterte sie. »Hast du Angst, dass du eine freie Mitfahrt bekommst?«

»Ich habe keine Angst«, sagte Cork. »Ich schätze, Rooney war mal wieder zu langsam mit seinem Umschlag [Umschlag mit Bestechungsgeld]. Mach dir keine Sorgen, Mädchen, ich werde schon auf dich aufpassen.«

Doch die Gelassenheit von Mr. McManus reichte nur bis zur Haut und zu den Muskeln. Da die Polizei überall nach dem Angreifer von Buck Malone suchte und Corrigan immer noch auf den Wellen des Ozeans schwamm, spürte er, dass es für ihn das Ende seiner Karriere bedeuten würde, wenn er bei einer Polizeirazzia erwischt würde. Er wünschte, er wäre in dem hohen Hinterzimmer des wahren Capulet geblieben und hätte die rosafarbenen Extras gelesen.

Rooney schien unten die Haustür geöffnet und die Polizisten in der dunklen Halle in eine Besprechung verwickelt zu haben. Das wortlose, tiefe Knurren ihrer Stimmen drang die Treppe hinauf. Frank verwandelte sich an der oberen Tür in einen drahtlosen Nachrichtensender. Plötzlich schloss er die Tür, eilte in den hintersten Teil des Raumes und zündete eine schwache Gasdüse an.

»Hier entlang, Leute!«, rief er scharf. »Wir haben es eilig, aber keinen Lärm, bitte!«

Die Gäste drängten sich verwirrt nach hinten. Rooneys Leutnant klappte ein Paneel in der Wand auf, durch das man den Hinterhof überblicken konnte, und gab den Blick auf eine Leiter frei, die bereits zur Flucht bereitstand.

»Runter und raus, alle!«, befahl er. »Die Damen zuerst! Weniger reden, bitte! Nicht drängeln! Es besteht keine Gefahr.«

Als eine der Letzten warteten Cork und Ruby an dem offenen Paneel. Plötzlich riss sie ihn beiseite und klammerte sich heftig an seinen Arm.

»Bevor wir rausgehen«, flüsterte sie ihm ins Ohr, »bevor irgendetwas passiert, sag mir noch einmal, Eddie, magst du mich wirklich?«

»Ohne Umschweife«, sagte Cork und hielt sie mit einem Arm fest, »wenn es um dich geht, bin ich voll dabei.«

Als sie sich umdrehten, fanden sie sich verloren in der Dunkelheit wieder. Die letzten der flüchtenden Kunden waren bereits hinuntergestiegen. Sie hatten die Leiter schon halb über den Hof getragen, kicherten und beeilten sich, sie an einem angrenzenden niedrigen Gebäude abzustellen, über dessen Dach ihr einziger Weg in die Sicherheit führte.

»Wir können genauso gut bleiben und uns hinsetzen«, sagte Cork grimmig. »Vielleicht hält ja Rooney die Bullen sowieso ab.«

Sie setzten sich an einen Tisch, und ihre Hände kamen wieder zusammen, als mehrere Männer den dunklen Raum betraten und sich herantasteten. Einer von ihnen, Rooney selbst, fand den Schalter und knipste das elektrische Licht an. Der andere Mann war ein Polizist der alten Schule – ein großer Polizist, ein dicker Polizist, ein wütender, schroffer Polizist – kein schöner Polizist. Er ging auf die beiden am Tisch zu und grinste das Mädchen auf vertraute Weise an.

»Was macht ihr denn hier?«, fragte er.

»Wir sind auf eine Zigarette vorbeigekommen«, sagte Cork leise.

»Habt ihr etwas getrunken?«

»Nichts später als ein Uhr.«

»Raus hier – schnell!«, befahl der Polizist.

Dann änderte er seinen Befehl: »Hinsetzen!«, sagte er.

Er nahm Cork grob den Hut ab und musterte ihn scharfsinnig. »Ihr Name ist McManus.«

»Falsch geraten«, sagte Cork. »Ich heiße Peterson.«

»Cork McManus, oder so ähnlich«, sagte der Polizist. »Sie haben vor einer Woche in Dutch Mike's Saloon einem Mann ein Messer in den Bauch gestoßen.«

»Ach, vergessen Sie's!«, sagte Cork, der einen Hauch von Zweifel im Tonfall des Offiziers wahrnahm. »Sie verwechseln mich mit einem anderen.«

»Tue ich das? Nun, Sie werden jedenfalls mit mir aufs Revier kommen und sich überprüfen lassen. Die Beschreibung passt genau auf Sie.«

Der Polizist schob seine Finger unter Corks Kragen. »Kommen Sie!«, befahl er grob.

Cork warf einen Blick auf Ruby. Sie war blass, und ihre dünnen Nasenlöcher bebten. Ihr schneller Blick hüpfte von einem Männergesicht zum anderen, wenn sie sprachen oder sich bewegten. 'Was für ein Pech!' dachte Cork – 'Corrigan auf See, und Ruby, die er fast innerhalb einer Stunde traf und gleich wieder verlor! Irgendjemand auf der Polizeiwache würde ihn zweifellos wiedererkennen. Pech gehabt!'

Doch plötzlich sprang das Mädchen auf und warf sich mit beiden ausgestreckten Armen gegen den Polizisten. Sein Griff um Corks Kragen lockerte sich und er stolperte zwei oder drei Schritte zurück.

»Nicht so schnell, Maguire!«, rief sie in schriller Wut. »Lass die Hände von meinem Kerl! Du kennst mich, und du weißt, dass ich dir einen guten Rat gebe. Rühr ihn nicht mehr an! Er ist nicht der Typ, den du suchst – das steht fest.«

»Hör zu, Fanny«, sagte der Polizist, rot und wütend, »ich nehme dich auch mit, wenn du nicht aufpasst! Woher weißt du, dass das nicht der Mann ist, den ich suche? Was machst du hier mit ihm?«

»Woher ich das wissen soll?«, sagte das Mädchen, abwechselnd rot und weiß. »Weil ich ihn seit einem Jahr kenne. Er gehört zu mir. Müsste ich das nicht wissen? Und was mache ich hier mit ihm? Das ist ganz einfach.«

Sie bückte sich tief und griff irgendwo hinunter in einen Wirrwarr aus verschlungenen Stoffen, heliotrop und schwarz. Ein Gummiband schnappte und sie warf ein gefaltetes Bündel Geldscheine auf den Tisch zu Cork hin.

Das Geld richtete sich mit kleinen, gemächlichen Ruckbewegungen langsam auf.

»Nimm das, Jimmy, und lass uns gehen«, sagte das Mädchen. »Ich deklariere die übliche Dividende, Maguire«, sagte sie zu dem Offizier. »Du hattest schon deine übliche Fünf-Dollar-Bestechung an der üblichen Ecke um zehn.«

»Eine Lüge!«, sagte der Polizist und wurde rot. »Wenn du mir noch einmal in die Quere kommst, werde ich dich jedes Mal verhaften, wenn ich dich sehe.«

»Nein, das wirst du nicht«, sagte das Mädchen. »Und ich sage dir auch, warum. Zeugen haben gesehen, wie ich dir heute Nacht das Geld gegeben habe, und letzte Woche auch. Ich bin auf dich angesetzt worden.«

Cork steckte das Geldbündel vorsichtig in seine Tasche und sagte: »Komm, Fanny, lass uns noch etwas Chop Suey essen, bevor wir nach Hause gehen.«

»Verschwindet, schnell, ihr beiden, oder ich werde – «

Das Getöse des Polizisten verflüchtigte sich in Belanglosigkeit.

An der Straßenecke hielten die beiden an. Cork gab das Geld ohne ein Wort zurück. Das Mädchen nahm es und ließ es langsam in ihre Handtasche gleiten. Ihr Gesichtsausdruck war derselbe, den sie getragen hatte, als sie an jenem Abend das Rooney's betrat – sie betrachtete die Welt mit Trotz, Misstrauen und mürrischem Staunen.

»Ich denke, ich kann mich auch hier verabschieden«, sagte sie düster. »Du wirst mich natürlich nicht wiedersehen wollen. Wirst du – mir die Hand schütteln – Mr. McManus.«

»Ich wäre vielleicht nicht schlau geworden, wenn du es nicht verraten hättest«, sagte Cork. »Warum hast du es getan?«

»Du wärst sonst aufgegriffen worden, wenn ich es nicht getan hätte. Das ist der Grund. Ist das nicht Grund genug?«

Dann begann sie zu weinen. »Ehrlich, Eddie, ich wollte das beste Mädchen der Welt sein. Ich hasste es, das zu sein, was ich bin; ich hasste Männer; ich war fast bereit zu sterben, bis ich dich sah.«

»Und du schienst anders zu sein als alle anderen. Und als ich merkte, dass du mich auch magst, dachte ich, ich würde dich glauben lassen, dass ich gut bin, und ich würde gut sein.«

»Als du mich gebeten hast, zu mir nach Hause zu kommen und mich zu sehen, wäre ich lieber gestorben, als etwas Falsches zu tun. Aber was nützt es, darüber zu reden? Ich verabschiede mich, wenn du es willst, Mr. McManus.«

Cork zog an seinem Ohr. »Ich habe Malone niedergestochen«, sagte er. »Ich war derjenige, den der Bulle gesucht hat.«

»Ach, das ist schon in Ordnung«, sagte das Mädchen lustlos. »Das hat keinen Unterschied gemacht.«

»Und das mit der Wall Street war alles nur heiße Luft«, sagte McManus. »Ich treibe mich nur mit einer harten Gang auf der East Side herum.«

»Das war auch in Ordnung«, wiederholte das Mädchen. »Es hat keinen Unterschied gemacht.«

Cork richtete sich auf und zog seinen Hut tief herunter. »Ich könnte einen Job bei O'Brien's bekommen«, sagte er laut, aber nur zu sich selbst.

»Auf Wiedersehen«, sagte das Mädchen.

»Komm mit«, sagte Cork und nahm ihren Arm. »Ich kenne da einen Ort.«

Zwei Blocks weiter bog er mit ihr die Stufen eines roten Backsteinhauses hinauf, das auf einen kleinen Park hinausging.

»Was ist das für ein Haus?«, fragte sie und wich zurück. »Warum gehst du da rein?«

Eine Straßenlaterne leuchtete hell vor dem Haus. An einer Seite der verschlossenen Haustür befand sich ein Messingschild. Cork zog sie fest die Stufen hinauf. »Lies das«, sagte er.

Sie schaute auf den Namen auf dem Schild und stieß einen Schrei aus, der zwischen Stöhnen und Schreien lag.

»Nein, nein, nein, Eddie! Oh, mein Gott, nein! Ich werde das nicht zulassen – nicht jetzt! Lass mich los! Das wirst du nicht tun! Das kannst du nicht, das darfst du nicht! Nicht, nachdem du es weißt! Nein, nein, nein! Komm schnell weg! Oh, mein Gott! Bitte, Eddie, komm!«

Halb ohnmächtig taumelte sie und blieb in der Beuge seines Arms hängen. Corks rechte Hand tastete nach dem elektrischen Knopf und drückte ihn lange.

Ein anderer Polizist kam vorbei, sah die beiden und rannte die Treppe hinauf – wie schnell sie Ärger wittern, wenn Ärger im Anflug ist!

»Sie da! Was machen Sie mit dem Mädchen?«, rief er unwirsch.

»Sie ist gleich wieder in Ordnung«, sagte Cork. »Es ist eine saubere Sache.«

»Reverend Jeremiah Jones«, las der Polizist mit detektivischer Raffinesse vom Türschild ab.

»Korrekt«, sagte Cork. »Wir werden ohne Umschweife heiraten.«

DIE WAGHALSIGEN

Lassen Sie die Geschichte auf den sich entlang ziehenden Schienen der 'Non Sequitur Limited'[32] zerschellen, wenn Sie wollen, doch zuerst müssen Sie für einen Moment im Aussichtswagen 'Raison d'être'[33] Platz nehmen. Es ist für nicht länger als ein kurzes Essay über das Thema zu betrachten – nennen wir es: 'Was kommt um die Ecke'.

'Omne mundus in duas partes divisum est'[34] – Menschen, die Galoschen tragen und Kopfsteuer [gleicher Betrag pro Kopf] zahlen, und Menschen, die neue Kontinente entdecken. Es gibt keine Kontinente mehr zu entdecken; aber bis die Überschuhe veraltet sind und die Kopfsteuer sich zu einer Einkommenssteuer entwickelt hat, wird die andere Hälfte der Menschen bereits die Kanäle des Mars mit Radium-Eisenbahnen durchqueren.

Glück, Zufall und Abenteuer werden in den Wörterbüchern als Synonyme angegeben. Für den Wissenden hat jeder Begriff aber eine andere Bedeutung.

Glück ist ein Preis, den es zu gewinnen gilt. Abenteuer ist der Weg dorthin. Der Zufall ist das, was in den Schatten am Wegesrand lauern kann. Das Gesicht des Glücks ist strahlend und verführerisch; das des Abenteuers ist rot und heroisch. Das Gesicht des Zufalls ist das schöne Antlitz – perfekt, weil vage und träumerisch – das wir im Satz unserer Teetassen beim Frühstück sehen, während wir über unsere Koteletts und den Toast grummeln.

Der WAGHALSIGE ist einer, der die Hecken, die Haine und die Wiesen am Wegesrand im Auge behält, während er auf dem Weg zum Glück reist. Das ist der Unterschied zwischen ihm und dem Abenteurer. Der Verzehr der verbotenen Frucht war die beste Leistung, den ein Abenteurer je aufgestellt hat. Der Versuch, zu beweisen, dass es passiert ist, ist das höchste Werk des Abenteuerlustigen. Beides zu sein, stört die Kosmogonie [Erklärungsmodell] der Schöpfung.

Zünden wir also als fein zurechtgesägte und stadtangepasste Bürger unsere Pfeifen an, schimpfen mit den Kindern und der Katze, richten uns in der Weidenschaukel unter dem flackernden Gasstrahl am kühlsten Fenster ein und lesen diese kleine Geschichte von zwei modernen Anhängern des Zufalls.

»Haben Sie jemals die Geschichte über den Mann aus dem Westen gehört?«, fragte Billinger in dem kleinen Raum aus dunklem Eichenholz auf der linken Seite, wenn man in das Innere des Powhatan Clubs eindringt.

»Zweifellos«, sagte John Reginald Forster, stand auf und verließ den Raum.

Forster bekam seinen Strohhut (Strohhalme sind in und vielleicht wieder out, lange bevor dies gedruckt wird) von dem Jungen in der Kleiderablage und ging aus der Luft (wie Hamlet sagt)[35].

Billinger war es gewohnt, dass seine Geschichten beleidigt wurden, und hatte nichts dagegen.

Forster war in seiner Lieblingslaune und wollte weg von allem. Ein Mann, der mit sich selbst im Reinen sein will, muss seine Meinungen bestätigt bekommen und seine besonderen Stimmungen sollen von 'irgend so einem' geteilt werden. (Ich hatte 'irgendeinem' geschrieben. Ein A.D.T.-Junge [Telegramm-Lieferbote], der einmal ein Telegramm für mich entgegennahm, wies mich darauf hin, dass ich durch die Verwendung des zusammengesetzten Wortes Geld sparen könnte; dies hier ist ein umgekehrter Fall).

Forsters Lieblingsstimmung war die, dass er sich sehr wünschte, ein Gefolgsmann des Zufalls zu sein. Er war von Natur aus ein Abenteurer, aber Konvention, Geburt, Tradition und die einengenden Einflüsse des 'Stammes von Manhattan' hatten ihm das volle Privileg verwehrt.

Er hatte alle Hauptstraßen und viele der Nebenstraßen, die die Langeweile des Lebens lindern sollen, durchquert. Aber keine hatte ihm gereicht. Der Grund dafür war, dass er wusste, was am Ende einer jeden Straße zu finden war. Er wusste aus Erfahrung und Logik fast genau, wohin jede Abweichung von der Routine führen musste. Er fand eine deprimierende Eintönigkeit in all den Variationen, die die Musik seiner Sphäre der Melodie des Lebens aufgepfropft hatte. Er hatte nicht gelernt, dass die Welt zwar rund ist, der Kreis aber die quadriert worden ist und dass ihr wahres Interesse in 'was um die Ecke ist' besteht.

Forster ging vom Powhatan Club aus ziellos umher und versuchte, weder sein Urteilsvermögen noch sein Verlangen zu strapazieren, auf den Straßen, auf denen er sich bewegte. Er wäre froh gewesen, sich zu verirren, wenn es möglich gewesen wäre; aber er hatte keine Hoffnung darauf. Das Abenteuer und das Glück stehen in der 'Großen Stadt' auf Abruf bereit, aber Glück und Zufall sind orientalisch, wie eine verschleierte Dame in einer Sänfte, beschützt von einem speziellen Verkehrskommando aus Drachen. Quer durch die Stadt, Uptown und Downtown, können Sie sich bewegen, ohne sie zu sehen.

Am Ende eines einstündigen Spaziergangs stand Forster an der Ecke einer breiten, ruhigen Allee und blickte trübsinnig auf ein malerisches altes Hotel, das schwach, aber hell beleuchtet war. Trübsinnig, weil er wusste, dass er zu Abend essen musste, aber in diesem Hotel zu essen war kein Wagnis, denn es war eine seiner bevorzugten Karawansereien [Rasthaus an einer Karawanenstraße], und die Bedienung war so leise und schnell und das Essen so delikat, dass er den Hunger bedauerte, der durch die 'tote Perfektion' der dortigen Küche gestillt werden musste. Sogar die Musik schien dort immer 'da capo' [wieder von vorne] zu spielen.

Ihm kam der Gedanke, in einem billigen, ja sogar zweifelhaften Restaurant weiter unten in der Stadt zu speisen, wo die launischen Köche aus allen Ländern der Welt ihre nationalen Gerichte für den allesfressenden Amerikaner ausbreiten. Dort könnte etwas passieren, das aus der Routine herausfällt – er könnte auf ein Subjekt ohne Prädikat stoßen, einen Weg ohne Ende, eine Frage ohne Antwort, eine Ursache ohne Wirkung, einen Golfstrom im Salzmeer des Lebens. Er hatte sich nicht besonders für den Abend angezogen; er trug einen dunklen Geschäftsanzug, der auch dort nicht infrage gestellt werden würde, wo die Kellner die Spaghetti in aufgerollten Hemdsärmeln servieren.

Also begann John Reginald Forster, seine Kleidung nach Geld zu durchsuchen; denn je billiger man speist, desto sicherer muss man sein, bezahlen zu können. Alle dreizehn großen und kleinen Taschen seines Geschäftsanzugs durchsuchte er sorgfältig und fand keinen einzigen Penny. Sein Sparbuch wies ein Guthaben in fünfstelliger Höhe bei der Old Ironsides Trust Company aus, aber –

Forster wurde sich eines Mannes zu seiner Linken bewusst, der ihn offensichtlich mit einer gewissen Belustigung betrachtete. Er sah aus wie ein Geschäftsmann, um die dreißig, ordentlich gekleidet und in der Haltung eines Wartenden auf eine Straßenbahn. Aber auf dieser Straße gab es keine Straßenbahnlinie. Daher schienen seine Nähe und seine unverhohlene Neugierde für Forster den Charakter eines persönlichen Eindringens zu haben. Aber da er ein konsequenter Sucher nach dem 'Was um die Ecke ist' war, zeigte er keinen Groll, sondern lächelte nur halb verlegen über das amüsierte Grinsen des anderen.

»Erschöpft?«, fragte der Eindringling und kam näher.

»Scheint so«, sagte Forster. »Ich dachte, da wäre ein Dollar in – «

»Oh, ich weiß«, sagte der andere Mann und lachte. »Aber da war wohl keiner. Ich habe gerade das Gleiche erlebt, als ich um die Ecke kam. Ich habe in einer oberen Westentasche – ich weiß nicht, wie sie dort hingekommen sind – genau zwei Pennies gefunden. Sie wissen, was für ein Abendessen man für genau zwei Pennies bekommt!«

»Sie haben also noch nicht gegessen?«, fragte Forster.

»Nein, das habe ich nicht. Aber ich würde es gerne tun. Jetzt mache ich Ihnen einen Vorschlag«, fuhr er fort. »Sie sehen aus wie ein Mann, der beeindruckt. Ihre Kleidung sieht ordentlich und respektabel aus. Verzeihen Sie persönliche Anspielungen. Ich denke, auch mein Aussehen würde einer Prüfung durch einen Oberkellner standhalten. Ich schlage vor, wir gehen in dieses Hotel und speisen zusammen. Wir werden von der Speisekarte wählen wie Millionäre – oder, wenn Sie es vorziehen, wie Gentlemen in bescheidenen Verhältnissen, die einmal extravagant dinieren.«

»Wenn wir fertig sind, werden wir mit meinen beiden Pfennigen auslosen, wer von uns den Unmut und die Rache des Hauses ertragen muss. Mein Name ist Ives. Ich glaube, wir haben in der gleichen Lebenssituation gelebt – bevor unser Geld Flügel bekommen hat.«

»Sie sind dabei«, sagte Forster freudig.

Dies war zumindest ein Wagnis innerhalb der Grenzen des geheimnisvollen Landes des Zufalls – jedenfalls versprach es etwas Besseres als die schale Unverdaulichkeit eines 'Table d'hôte'[21].

Bald saßen die beiden an einem Ecktisch im Speisesaal des Hotels. Ives warf Forster einen seiner Pennys über den Tisch zu: »Lassen Sie uns darum spielen, wer von uns beiden die Bestellung aufgibt«, sagte er.

Forster verlor.

Ives lachte und begann, dem Kellner mit der konzentrierten, aber ruhigen Überlegung eines Menschen, der mit der Speisekarte aufgewachsen war, 'Flüssigkeiten' und Speisen zu nennen. Forster hörte zu und gab seine bewundernde Zustimmung zu der Bestellung.

»Ich bin ein Mann«, sagte Ives während der Austern, »der sein ganzes Leben lang auf der Suche nach dem ist, was er in seinem nächsten Leben finden wird. Ich bin nicht wie ein gewöhnlicher Abenteurer, der nach einer begehrten Beute sucht. Ich bin auch nicht wie ein Glücksspieler, der weiß, dass er einen bestimmten Einsatz entweder gewinnt oder verliert. Was ich will, ist ein Abenteuer zu erleben, dessen Ausgang ich nicht vorhersagen kann. Es ist für mich der Atem der Existenz, das Schicksal in seinen verborgensten Erscheinungsformen zu wagen.«

»Die Welt ist so sehr von Routine und Gravitation geprägt, dass es kaum einen Weg des Zufalls gibt, an dem nicht Schilder darüber informieren, was einen am Ende erwartet.«

»Ich bin wie der Beamte in einer umständlich und langsam arbeitenden Behörde, der sich immer bitterlich darüber beklagte, wenn jemand hereinkam, um nach Informationen zu fragen. 'Er wollte *wissen*, na, ihr wisst schon was!', war der die Bemerkung, die er gegenüber seinen Kollegen machte.«

»Nun, ich will es nicht wissen, ich will nicht nachdenken, ich will nicht raten – ich will meine Hand verwetten, ohne die Dinge zu sehen.«

»Ich verstehe«, sagte Forster erfreut. »Ich wollte schon oft in Worte fassen, was ich fühle. Sie haben es geschafft. Ich möchte das Risiko eingehen, das auf mich zukommt. Ich schlage vor, wir trinken eine Flasche Mosel zum nächsten Gang.«

»Einverstanden«, sagte Ives. »Ich bin froh, dass Sie meine Idee verstanden haben. Sie wird die Feindseligkeit des Hauses gegenüber dem Verlierer verstärken.«

»Wenn es Sie nicht ermüdet, werden wir das Thema weiter verfolgen. Nur selten habe ich einen echten Abenteurer getroffen – einen, der nicht nach einem Zeitplan und einer Karte vom Schicksal fragt, wenn er eine Reise beginnt. Aber je zivilisierter und weiser die Welt wird, desto schwieriger wird es, ein Abenteuer zu erleben, dessen Ende man nicht vorhersehen kann. In der elisabethanischen Zeit konnte man die Wache überfallen, Türklopfer abreißen und sich mit den Draufgängern in jeder beliebigen Ecke einer Wand vergnügen und 'ungestraft davonkommen'. Wenn man heute respektlos mit einem Polizisten spricht, bleibt der romantischsten Fantasie nichts anderes übrig, als zu vermuten, auf welchem Polizeirevier man landen wird.«

»Ich weiß, ich weiß«, sagte Forster und nickte zustimmend.

»Ich bin heute von einer dreijährigen Reise um den Globus nach New York zurückgekehrt«, fuhr Ives fort. »Die Dinge sind im Ausland nicht viel besser als zu Hause. Die ganze Welt scheint von Schlussfolgerungen überrollt zu werden. Das Einzige, was mich wirklich interessiert, ist eine Prämisse. Ich habe versucht, in Afrika Großwild zu schießen. Ich weiß, was ein Schnellfeuergewehr auf so viele Meter Entfernung anrichtet; und wenn ein Elefant oder ein Nashorn durch die Kugel fällt, macht mir das ungefähr so viel Spaß wie damals, als ich nach der Schule das Ergebnis für die lange Division an der Tafel ausrechnen musste.«

»Ich weiß, ich weiß«, sagte Forster.

»Vielleicht ist an Flugzeugen etwas dran«, fuhr Ives nachdenklich fort. »Ich habe es mit dem Ballonfahren versucht, aber es scheint nur eine einfache Angelegenheit von Wind und Ballast zu sein.«

»Frauen«, schlug Forster mit einem Lächeln vor.

»Frauen? Vor drei Monaten«, sagte Ives, »habe ich mich auf einem der Basare in Konstantinopel herumgetrieben. Ich bemerkte eine Dame, natürlich verschleiert, aber mit einem Paar besonders schöner Augen, die an einem der Stände Bernstein- und Perlenschmuck untersuchte. Bei ihr war ein Diener, ein großer Nubier, schwarz wie Kohle. Nach einer Weile kam der Diener allmählich auf mich zu und drückte mir ein Stück Papier in die Hand. Ich sah es mir an, als ich die Gelegenheit dazu hatte. Darauf war eilig mit Bleistift gekritzelt: 'Das gewölbte Tor des Nachtigallengartens heute Abend um neun'.«

»Erscheint Ihnen das als eine interessante Prämisse, Mr. Forster?«

»Nun, ich erkundigte mich und erfuhr, dass der Nachtigallengarten einem alten Türken gehörte, einem

Großwesir oder so etwas in der Art. Natürlich hielt ich Ausschau nach dem gewölbten Tor und war um neun Uhr dort. Derselbe nubische Diener öffnete pünktlich das Tor, und ich ging hinein und setzte mich mit der verschleierten Dame auf eine Bank an einem duftenden Brunnen.«

»Wir unterhielten uns recht lange. Es handelte sich um Myrtle Thompson, eine Journalistin, die für eine Zeitung in Chicago über die türkischen Harems schrieb. Sie sagte, ihr sei auf dem Basar der New Yorker Schnitt meiner Bekleidung aufgefallen und sie frage sich, ob ich nicht helfen könnte, etwas darüber in die Zeitungen der Metropole zu bringen.«

»Ich verstehe«, sagte Forster. »Ich verstehe.«

»Ich bin mit dem Kanu durch Kanada gefahren«, sagt Ives, »durch viele Stromschnellen und über viele Wasserfälle. Aber ich schien nicht das zu bekommen, was ich wollte, weil ich wusste, dass es nur zwei Möglichkeiten gab – entweder ich würde auf Grund gehen oder auf Meeresspiegelhöhe ankommen.«

»Ich habe alle Kartenspiele gespielt, aber die Mathematiker haben diesen Sport durch die Berechnung der Prozentsätze verdorben.«

»Ich habe in Zügen Bekanntschaften gemacht, ich habe auf Anzeigen geantwortet, ich habe an fremden Türen geklingelt, ich habe jede Chance ergriffen, die sich mir bot; aber es gab immer das konventionelle Ende – die logische Schlussfolgerung der Prämisse.«

»Ich weiß«, wiederholte Forster. »Ich habe das alles selbst gespürt. Aber ich hatte nur wenige Gelegenheiten, meine Chancen zu nutzen. Gibt es ein Leben, das so frei von Unmöglichkeiten ist wie das Leben in dieser Stadt? Es scheint eine Unzahl von Gelegenheiten zu geben, das Unbestimmbare auszuprobieren; aber keine von tausend Gelegenheiten führt dazu, dass man nicht dort landet, wo man erwartet hat, dass es aufhört. Ich wünschte, die U-Bahnen und Straßenbahnen würden einen genauso selten enttäuschen.«

»Die Sonne in den arabischen Nächten ist aufgegangen«, sagte Ives. »Es gibt keine Kalifen mehr. Die Vase des Fischers hat sich in eine Vakuumflasche verwandelt, die garantiert jeden Geist achtundvierzig Stunden lang kochen oder gefrieren lässt. Das Leben läuft mechanisch ab. Die Wissenschaft hat das Abenteuer getötet. Es gibt keine Möglichkeiten mehr, wie sie Kolumbus und der Mann, der die erste Auster aß, hatten. Das Einzige, was sicher ist, ist, dass es nichts Ungewisses mehr gibt.«

»Nun«, sagte Forster, »meine Erfahrungen waren nur die begrenzten des Stadtmenschen. Ich habe die Welt nicht so gesehen wie Sie; aber es scheint, dass wir sie mit der gleichen Meinung betrachten. Aber ich sage Ihnen, ich bin sogar dankbar für diesen kleinen Ausflug in die Grenzen des Zufälligen. Es mag mindestens einen atemlosen Moment geben, wenn die Rechnung für das Abendessen präsentiert wird. Vielleicht haben die Pilger, die ohne Skripten und Geldbeutel reisten, ja einen schärferen Geschmack am Leben gefunden als die Ritter der Tafelrunde, die mit einem Gefolge und beglaubigten Schecks von König Artus im Futter ihrer

Helme durch die Lande ritten. Und nun, wenn Sie Ihren Kaffee ausgetrunken haben, nehmen wir an, dass wir eine ihrer unzureichenden Münzen für den bevorstehenden Schicksalsschlag verwenden. Was habe ich oben?«

»Kopf«, rief Ives.

»Es ist Kopf«, sagte Forster und hob seine Hand. »Ich verliere, aber wir haben vergessen, uns auf einen Plan zu einigen, wie der Gewinner entkommen kann.«

»Ich schlage vor, dass Sie, wenn der Kellner kommt, eine Bemerkung über das Telefonieren mit einem Freund machen. Ich werde die Stellung und die Rechnung so lange halten, bis Sie Ihren Hut nehmen und gehen können. Ich danke Ihnen für diesen außergewöhnlichen Abend, Mr. Ives, und wünsche mir, dass wir noch weitere haben werden.«

»Wenn mich mein Gedächtnis nicht täuscht«, sagte Ives lachend, »ist die nächste Polizeistation in der MacDougal Street. Ich habe das Essen auch genossen, das kann ich Ihnen versichern.«

Forster winkte den Kellner mit dem Finger herbei. Victor, der Kellner, glitt mit einer motorischen Anstrengung, die mehr aus der Pneumatik als der Fußgängerbewegung kam, zum Tisch und legte die Karte mit dem Gesicht nach unten neben die Tasse des Verlierers. Forster nahm sie auf und addierte die Zahlen mit bedächtiger Sorgfalt. Ives lehnte sich bequem in seinem Stuhl zurück.

»Entschuldigen Sie«, sagte Forster, »aber ich dachte, Sie wollten Grimes wegen der Theaterparty am Donnerstagabend anrufen. Hatten Sie das vergessen?«

»Oh«, sagte Ives und setzte sich noch bequemer hin, »das kann ich später erledigen. Bringen Sie mir ein Glas Wasser, Kellner.«

»Sie wollen wohl auf Teufel komm raus dabei sein?«, fragte Forster.

»Ich hoffe, Sie haben nichts dagegen«, sagte Ives flehentlich. »Ich habe noch nie erlebt, dass ein Gentleman in einem öffentlichen Restaurant verhaftet wurde, weil er es um ein Abendessen betrogen hat.«

»Na gut«, sagte Forster ruhig. »Sie haben ein Recht darauf, einen Christen in der Arena sterben zu sehen, sozusagen als ihren Pousse-Café[36].«

Victor kam mit dem Glas Wasser und blieb stehen, mit der unbeteiligten Miene eines unerbittlichen Sammlers.

Forster zögerte eine für 15 Sekunden, dann holte er einen Stift aus der Tasche und kritzelte seinen Namen auf die Rechnung. Der Kellner verbeugte sich und nahm die Rechnung entgegen.

»Tatsache ist«, sagte Forster mit einem leicht verlegenen Lachen, » dass ich bezweifle, das zu sein, was man einen 'Spiele-Sportler' nennt, was dasselbe bedeutet wie ein 'Soldat des Glücks'. Ich muss ein Geständnis ablegen. Seit mehr als einem Jahr esse ich zwei- oder dreimal pro Woche in diesem Hotel. Ich unterschreibe immer nur meine Rechnungen.«

Und dann, mit einem Ton der Anerkennung in seiner Stimme: »Es war großartig von Ihnen, dass Sie geblieben sind, um mir dabei zu helfen, obwohl Sie der Meinung waren, dass ich kein Geld habe und dass Sie vielleicht mit hineingezogen werden.«

»Ich werde es wohl auch etwas zugeben müssen«, sagte Ives grinsend. »Mir gehört das Hotel. Ich betreibe es natürlich nicht, aber ich behalte immer eine Suite im dritten Stock für mich, wenn ich mich zufällig in die Stadt verirre.«

Er rief einen Kellner und sagte: »Ist Mr. Gilmore noch hinter der Rezeption? Na, gut. Sagen Sie ihm, dass Mr. Ives hier ist, und bitten Sie ihn, meine Zimmer herrichten und lüften zu lassen.«

»Ein weiteres Projekt, das durch das Unvermeidliche abgebrochen wurde«, so Forster. »Gibt es in der nächsten Nummer ein Rätsel ohne Antwort? Aber bleiben wir noch ein oder zwei Minuten bei unserem Thema, wenn Sie so wollen. Es kommt nicht oft vor, dass ich einen Mann treffe, der die Fehler versteht, die ich in meiner Existenz sehe. Ich bin verlobt und werde in einem Monat heiraten.«

»Ich gebe keinen Kommentar dazu ab«, sagte Ives.

»Richtig; ich werde mich dieser Beteuerung anschließen. Ich mag die Dame sehr; aber ich kann mich nicht entscheiden, ob ich mit ihr in der Kirche auftauchen oder mich nach

Alaska schleichen soll. Es ist derselbe Gedanke, über den wir gerade sprachen – für einen Mann fühlt es sich so an, was die Möglichkeiten betrifft. Jeder kennt die Routine – nach dem Frühstück bekommt man einen mit Ceylontee aromatisierten Kuss; man geht ins Büro; man kommt nach Hause und zieht sich für das Abendessen an – zweimal in der Woche Theater – Rechnungen – an den meisten Abenden wird herumgetrödelt und versucht, Konversation zu machen – gelegentlich ein kleiner Streit – vielleicht manchmal ein großer – und eine Trennung – oder aber ein Einleben in eine Zufriedenheit mittleren Alters, was das Schlimmste von allem ist.«

»Ich weiß«, sagte Ives und nickte weise.

»Es ist die todsichere Bestimmtheit«, fuhr Forster fort, »die mich im Zweifel lässt. Es wird nie mehr etwas um die Ecke kommen.«

»Nichts nach der 'Kleinen Kirche'«, sagte Ives. »Ich weiß.«

»Verstehen Sie«, sagte Forster, »dass ich an meinen Gefühlen für die Dame nicht zweifle. Ich kann sagen, dass ich sie aufrichtig und innig liebe. Aber es gibt etwas in dem Strom, der durch meine Adern fließt, das sich gegen jede Form von Berechenbarkeit sträubt. Ich weiß nicht, was ich will, aber ich weiß, dass ich es will. Ich rede wie ein Idiot, nehme ich an, aber ich bin mir sicher damit, was ich meine.«

»Ich verstehe Sie«, sagte Ives mit einem langsamen Lächeln. »Nun, ich denke, ich werde jetzt auf meine Zimmer gehen. Ich würde mich freuen, wenn Sie bald einmal mit mir hier zu Abend essen würden, Mr. Forster.«

»Donnerstag?«, schlug Forster vor.

»Um sieben, wenn's passt«, antwortete Ives.

»Sieben geht«, stimmte Forster zu.

Um halb neun stieg Ives in ein Taxi und ließ sich zu einer Nummer in einem der besseren Bereiche der Westsiebziger fahren. Seine Karte brachte ihn in das Empfangszimmer eines altmodischen Hauses, in das sich die Geister des Glücks, des Zufalls und des Abenteuers nie hinein getraut hatten.

An den Wänden hingen die Radierungen von Whistler, die Stahlstiche von – Oh-wie-heißt-er-noch? – die Stilleben der Trauben und des Gartenwagens mit den Wassermelonen-kernen, die wie selbstverständlich auf den Tisch gestreut waren, und der Kopf von Greuze[37]. Es war ein richtiger Haushalt. Es gab sogar Messing-Kaminböcke. Auf einem Tisch lag ein Album, halb Marokko [Buchbindungstyp mit Teil-Ziegenleder], mit oxidiertem Silberschutz an den Ecken der Deckel. Eine Uhr auf dem Kaminsims tickte laut, mit einem warnenden Klick um fünf Minuten vor neun. Ives betrachtete sie neugierig und erinnerte sich an einen Zeitmesser im Haus seiner Großmutter, der eine solche Vorwarnung ausgab.

Und dann kam Mary Marsden die Treppe hinunter und ins Zimmer. Sie war vierundzwanzig, und ich überlasse sie ihrer Fantasie. Aber so viel muss ich sagen – Jugend und

Gesundheit und Schlichtheit und Mut und grün-violette Augen sind schön, und sie hatte all das. Sie reichte Ives ihre Hand mit der süßen Herzlichkeit einer alten Freundschaft.

»Du kannst dir nicht vorstellen, wie schön es ist«, sagte sie, »dass du mich alle drei Jahre oder so besuchst.«

Eine halbe Stunde lang unterhielten sie sich. Ich muss gestehen, dass ich das Gespräch nicht wiedergeben kann. Sie werden es in den Büchern der Leihbibliothek finden. Als dieser Teil des Gesprächs zu Ende war, sagte Mary:

»Und hast du gefunden, was du wolltest, während du im Ausland warst?«

»Was ich wollte?«, sagte Ives.

»Ja. Du weißt, dass du schon immer seltsam warst. Schon als Junge wolltest du weder Murmeln noch Baseball oder irgendein anderes Spiel mit Regeln spielen. Du wolltest in Wasser springen, von dem du nicht wusstest, ob es zehn Zentimeter oder zehn Fuß tief war. Und als du erwachsen wurdest, warst du noch genau so. Wir haben oft über deine seltsame Art gesprochen.«

»Ich bin wohl ein Unverbesserlicher«, sagte Ives. »Ich bin gegen die Prädestinationslehre, gegen den Dreisatz, die Gravitation, die Steuern und alles, was damit zusammenhängt. Das Leben kam mir schon immer so vor wie eine Fortsetzungsgeschichte, wenn man über vor jeder Folge eine Zusammenfassung der kommenden Kapitel drucken würde.«

Mary lachte vergnügt: »Bob Ames hatte uns einmal von einer lustigen Sache erzählt, die du getan hast«, sagte sie. »Es war, als du und er in einem Zug im Süden unterwegs wart und ihr in einer Stadt ausgestiegen seid, in der ihr eigentlich gar nicht anhalten wolltet, nur weil der Bremser ein Schild mit dem Namen des nächsten Bahnhofs am Ende des Waggons aufgehängt hatte.«

»Ich erinnere mich«, sagte Ives. »Diese 'nächste Station' war das, wovon ich immer versucht habe, wegzukommen.«

»Das weiß ich«, sagte Mary. »Und du warst sehr töricht. Ich hoffe, du hast nicht gefunden, was du nicht finden wolltest, oder bist an einem Bahnhof ausgestiegen, an dem es keinen gab, oder was immer du erwartet hast, nicht passieren würde in den drei Jahren, die du weg warst.«

»Es gab etwas, das ich wollte, bevor ich wegging«, sagte Ives.

Mary sah ihm klar in die Augen, mit einem leichten, aber total süßen Lächeln: »Ja, da war etwas«, sagte sie. »Du wolltest mich. Und du hättest mich haben können, wie du sehr wohl weißt.«

Ohne etwas zu erwidern, ließ Ives seinen Blick langsam durch das Zimmer schweifen. Es hatte sich nicht verändert, seit er sich das letzte Mal vor drei Jahren darin befand. Er erinnerte sich lebhaft an die Gedanken, die ihm damals durch den Kopf gegangen waren. Der Inhalt des Zimmers war in seiner Art so fest wie die ewigen Hügel. Es würde sich dort niemals etwas ändern, außer den unvermeidlichen Veränderungen, die Zeit und Verfall mit sich bringen.

Das silberbeschlagene Album würde in der Ecke des Tisches stehen, die Bilder würden an den Wänden hängen, die Stühle würden jeden Morgen, jeden Mittag und jeden Abend an ihrem Platz stehen, solange der Haushalt zusammenhielt. Die Messing-Kaminböcke waren Denkmäler für Ordnung und Stabilität. Hier und da gab es Relikte von vor hundert Jahren, die immer noch lebendige Erinnerungsstücke waren und noch viele Jahre lang sein würden. Jemand, der dieses Haus verließ und dorthin zurückkehrte, brauchte nie eine Prognose abzugeben oder zu zweifeln. Er würde finden, was er verließ, und zurücklassen, was er fand. Die verschleierte Dame, Glück und Zufall, würde niemals ihre Hand zum Klopfer an der Außentür heben.

Und vor ihm saß die Dame, die in diesen Raum gehörte. Sie war kühl und süß und unveränderlich. Sie bot keine Überraschungen. Wenn jemand sein Leben mit ihr verbringen würde, könnte sie zwar weißhaarig und faltig werden, aber er würde die Veränderung nicht bemerken.

Drei Jahre war er von ihr getrennt gewesen, und sie wartete immer noch auf ihn, so fest und beständig wie das Haus selbst. Er war sich sicher, dass sie sich einmal für ihn interessiert hatte. Das Wissen, dass sie es immer tun würde, hatte ihn vertrieben. So liefen seine Gedanken.

»Ich werde bald heiraten«, sagte Mary.

Am nächsten Donnerstagnachmittag kam Forster in aller Eile in Ives Hotel.

»Alter Mann«, sagte er, »wir müssen das Abendessen um ein Jahr verschieben, ich gehe ins Ausland. Der Dampfer legt um vier Uhr ab. Das war ein tolles Gespräch, das wir neulich geführt haben, und es hat mich entschlossen gemacht. Ich werde um die Welt reisen und mich von dem Incubus befreien, der uns beide belastet hat – die schreckliche Angst, zu wissen, was passieren wird.«

»Ich habe eine Sache getan, die mein Gewissen ein wenig belastet, aber ich weiß, dass es für uns beide das Beste ist. Ich habe der Dame, mit der ich verlobt war, geschrieben und ihr alles erklärt – ich habe ihr deutlich gesagt, warum ich gehe – dass die Monotonie der Ehe für mich nicht infrage kommt. Meinen Sie nicht auch, dass ich recht hatte?«

»Es steht mir nicht zu, das zu sagen«, antwortete Ives. »Schießen Sie ruhig auf Elefanten, wenn Sie glauben, dass es das Element des Zufalls in Ihr Leben bringt. Wir müssen diese Dinge selbst entscheiden.«

»Aber ich sage Ihnen eines, Forster, ich habe den Weg gefunden. Ich habe die größte Gefahr der Welt entdeckt – ein Glücksspiel, das nie abgeschlossen wird, ein Wagnis, das im höchsten Himmel oder in der schwärzesten Grube enden kann. Es wird einen Mann in Atem halten, bis die Erdschollen auf seinen Sarg fallen, denn er wird es nie wissen – nicht bis zu seinem letzten Tag, und auch dann wird er es nicht wissen.«

»Es ist eine Reise ohne Ruder oder Kompass, und man muss Kapitän und Mannschaft zugleich sein und Tag und Nacht selbst Wache halten, ohne dass einen jemand ablöst. Ich habe das WAGNIS gefunden. Kümmern Sie sich nicht darum, Mary Marsden zu verlassen, Forster. Ich habe sie gestern Mittag geheiratet.«

DAS DUELL

Die Götter, die neben ihrem Nektar auf dem 'Lympus' liegen [Olymp] und über den Rand der Klippe blicken, nehmen einen Unterschied bei den Städten wahr. Doch, obwohl es so scheint, als ob die Städte in ihren Augen wie große oder kleine Ameisenhaufen ohne besondere Merkmale sein müssten, ist es nicht so.

Die Gewohnheiten der Ameisen aus so großer Höhe zu studieren, sollte nur eine leichte Abwechslung sein, wenn man es mit dem alkoholfreien Getränk [38] verbindet, das der Mythologie zufolge ihr einziger Trost ist. Aber zweifellos haben sie sich mit dem Vergleich von Dörfern und Städten amüsiert; und es wird für sie (und vielleicht auch für viele Sterbliche) keine Neuigkeit sein, dass New York in einzigartiger Weise unter den Städten der Welt heraussticht.

Dies soll das Thema einer kleinen Geschichte sein, die an den Mann gerichtet ist, der rauchend dasitzt und seine Füße in den Sonntagspantoffeln auf einen anderen Stuhl gelegt hat, und an die Frau, die sich für einen Moment die Zeitung schnappt, während das kochende Grünzeug oder ein narkotisiertes Baby ihr die Freiheit lässt. Wie diese auch, liebe ich es, auf dem Boden zu sitzen und traurige Geschichten vom Tod der Könige zu erzählen.

New York City wird von 4.000.000 mysteriösen Fremden bewohnt und übertrifft damit Bird Centre[39] um drei Millionen und einiges mehr. Sie kamen auf verschiedene Weise und aus vielen Gründen hierher – Hendrik Hudson [auch Hendrik Hudson, englischer Seefahrer], die Kunstschulen, grüne Waren, der Storch, die jährliche Schneidertagung, die Pennsylvania Railroad, die Liebe zum Geld, die Bühne, billige Ausflugstarife, Köpfchen, persönliche Kolumnenanzeigen, schwere Wanderschuhe, Ehrgeiz, Güterzüge – all das hat zur Zusammensetzung der Bevölkerung beigetragen.

Aber jeder Mann, der zum ersten Mal einen Fuß auf das Pflaster Manhattans setzt, muss kämpfen. Er muss sofort kämpfen, bis entweder er oder sein Gegner gewinnt. Es gibt keine Pausen zwischen den Runden, denn es gibt keine Runden. Es wird von Anfang an hart durchgekämpft. Es ist ein Kampf bis zu einem Ende. Dein Gegner ist die Stadt. Du musst mit ihr kämpfen, von dem Zeitpunkt an, an dem die Fähre dich auf der Insel anlandet, bis sie entweder dir gehört oder dich erobert hat. Dabei spielt es keine Rolle, ob man eine Million in der Tasche hat oder nur den Preis für eine Wochenübernachtung.

Es geht darum zu entscheiden, ob man ein New Yorker werden will oder der beharrlichste Außenseiter und Philister. Man muss das eine oder das andere sein. Man kann nicht neutral bleiben. Man muss dafür oder dagegen sein – Liebhaber oder Feind – Freund oder Ausgestoßener. Und, oh, die Stadt ist ein großer Mann im Ring. Nicht nur durch Schläge versucht sie, dich zu unterwerfen. Sie lockt dich in ihr Herz mit der Subtilität einer Sirene [weibliches, lockendes Fabelwesen]. Sie ist eine Mischung aus Delilah, grünem Chartreuse, Beethoven, Chloral und John L. [der Boxer John L. Sullivan] in seinen besten Tagen.

In anderen Städten kann man wandern und ein fremder Mann bleiben, solange man will. Man kann in Chicago leben, bis das Haar weiß wird, und ein Bürger sein und immer noch von Bohnen schwärmen, wenn Boston einen bemuttert hat, und das, ohne getadelt zu werden. Man kann in jeder anderen Stadt als der von Knickerbocker[40a] eine bürgerliche Säule werden und die ganze Zeit öffentlich über die Gebäude spotten und sie mit der Architektur von Colonel Telfairs* Residenz in Jackson, Missouri, vergleich, woher Sie kommen, und Sie werden nicht angegriffen. Aber in New York müssen Sie entweder ein New Yorker oder ein Eindringling in ein modernes Troja sein, versteckt in dem hölzernen Pferd ihres eingebildeten Provinzialismus.

[* um zu wissen, wer das ist, hätten Sie das Werk 'The Rose of Dixie' von – na, von wem wohl – O. Henry lesen müssen, wo diese fiktive Person vorkommt]

Diese trostlose Vorrede dient nur dazu, Ihnen die unbedeutenden Figuren William und Jack vorzustellen.

Sie kamen gemeinsam aus dem Westen, wo sie Freunde waren. Sie kamen, um ihr Glück in der großen Stadt zu suchen.

'Vater Knickerbocker'[40b] kam ihnen an der Fähre entgegen und verpasste dem einem von ihnen einen Schlag mit der Rechten auf die Nase und dem anderen einen mit der Linken in den Oberkörper, nur um sie wissen zu lassen, dass der Kampf begonnen hatte.

William interessierte sich für das Geschäft, Jack für die Kunst. Beide waren jung und ehrgeizig, also kämpften sie sich durch. Ich glaube, sie kamen aus Nebraska oder vielleicht aus Missouri oder Minnesota. Jedenfalls waren sie auf Erfolg und Großes und Kleines aus, und sie fielen über die Stadt her wie zwei Lochinvars[41] mit Messing-Schlagringen und einer Attacke auf das Rathaus.

Vier Jahre später trafen sich William und Jack zum Mittagessen. Der Geschäftsmann wehte wie ein Märzwind herein, schleuderte dem Kellner seinen Seidenhut entgegen, ließ sich auf den Stuhl fallen, der unter ihn geschoben wurde, griff nach der Speisekarte und hatte alles bis zum Käse bestellt, bevor der Künstler Zeit hatte, mehr als einmal zu nicken. Nach diesem Nicken trat ein humorvolles Lächeln in seine Augen.

»Billy« [William], sagte Jack, »du bist dafür geschaffen. Die Stadt hat dich verschlungen. Sie hat dich eingenommen und nach ihrem Muster zurechtgeschnitten und dich mit ihrem

Brandzeichen versehen. Du ähnelst zehntausend Männern, die ich heute gesehen habe, so sehr, dass man dich nicht von ihnen unterscheiden könnte, wenn du nicht deine Wäschezeichen hättest.«

»'Camembert'« [gekürztes Unsinns-Französisch für 'halt den Mund'] fiel ihm William ins Wort. »Was soll das? Oh, dir gefällt New York doch selbst immer noch, oder? Nun, das kleine alte 'Noisyville-on-the-Subway'[42] ist gut genug für mich. Ich fühle mich gut hier. Und, hör mir zu, ich dachte immer, der Westen sei die ganze runde Welt für mich – nur etwas abgeflacht an den Polen, als Bryan[43] angetreten ist.«

»Ich hatte mich heiser geschrien vor Freude über das freie Dasein, habe meinen Hut an den Horizont gehängt und den 'Seifentrommlern' aus dem Osten [Handelsreisender für Seifenprodukte] beleidigende Dinge gesagt, aber da hatte ich New York noch nie gesehen, Jack. Ich kenne es nun von den Rat(h)skellern aufwärts. Die Sixth Avenue ist für mich jetzt der Westen. Hast du diesen Crusoe singen gehört? [er meint nicht Robinson Crusoe, sondern *Caruso*, Enrico Caruso, der 1903 sein Debüt an der Metropolitan Opera in New York gab]. Von mir aus sollten sie ihn auf eine einsame Insel verbannen, sage ich, aber meine Frau hat mich gezwungen, hinzugehen. Ich bin jederzeit bereit, May Irwin[44] oder E. S. Willard[45] sehen.«

»Armer Billy«, sagte der Künstler und fingerte feinfühlig an einer Zigarette. »Weißt du noch, als wir auf dem Weg in den Osten waren, wie wir über diese große, wunderbare Stadt sprachen und wie wir sie erobern und uns niemals von ihr unterkriegen lassen wollten? Wir wollten genau die gleichen

Kerle sein, die wir schon immer waren und uns niemals von ihr beherrschen lassen. Sie hat dich niedergeschlagen, alter Mann. Du hast dich von einem Einzelgänger in einen Schmeichler verwandelt.«

»Ich weiß nicht genau, worauf du hinaus willst«, sagte William. »Ich trage keinen Alpakamantel mit blauen Hosen und eine Seersuckerweste [Baumwollgewebe] zu Anlässen, wie ich es früher zu Hause getan habe. Du sprichst davon, nach einem Muster geschnitten worden zu sein – nun, ist das Muster nicht in Ordnung? Wenn man in Rom ist, muss man es wie die Dagos* machen.«

[* Dagos, Schimpfwort für Italiener]

»Mir scheint, diese Stadt hat andere angebliche Metropolen zu reinen Fahnenstationen[46] gehäutet.«

»Nach dem Eisenbahnfahrplan, den ich im Kopf habe, sind Chicago und Saint Jo (Texas) und Paris, Frankreich, Haltestellen mit Sternchen – was bedeutet, dass man jeden zweiten Dienstag eine rote Flagge schwenken und einsteigen kann.«

»Ich mag diesen kleinen Vorort von 'Tarrytown-on-the-Hudson'[47]. Hier ist immer etwas oder jemand los. Ich verdiene 8.000 Dollar im Jahr mit dem Verkauf von automatischen Pumpen und lebe wie ein König. Gestern wurde ich John W. Gates[48] vorgestellt. Ich machte eine Autofahrt mit der Schwester eines Weinhändlers. Ich habe gesehen, wie zwei Männer von einer Straßenbahn überfahren wurden, und ich habe Edna May [Schauspielerin und Sängerin] abends spielen sehen.«

»Apropos Westen: In der letzten Nacht habe ich alle im Hotel durch mein Geschrei geweckt. Ich träumte, dass ich in Oshkosh [Nebraska] auf einem Brettersteg herumlief.«

»Was hast du gegen diese Stadt, Jack? Es gibt nur eine Sache, für die ich mich nicht interessiere, und das ist ein Fährboot [um wegzufahren].«

Der Künstler starrte verträumt auf das 'Patronenpapier'* an der Wand. »Diese Stadt«, sagte er, »ist ein Blutegel. Sie saugt das Blut des Landes aus. Wer zu ihr kommt, nimmt eine Herausforderung zum Duell an. Wenn man von der Figur des Blutegels absieht, ist sie ein Moloch, ein Ungeheuer, dem die Unschuld, der Genius und die Schönheit des Landes Tribut zollen müssen.«

[* engl. 'cartridge-paper', ein hochwertiges, schweres Papier, das für Illustrationen und Zeichnungen verwendet wird]

»Mann gegen Mann muss jeder Neuankömmling mit dem Leviathan[49] kämpfen. Du hast verloren, Billy. Mich wird er nie besiegen. Ich hasse ihn, wie man die Sünde hasst oder die Pest oder die farbigen Zeichenarbeiten in einem Zehn-Cent-Magazin. Ich verachte ihre Ausmaße und ihre Macht. Sie hat die ärmsten Millionäre, die kleinsten Großen, die niedrigsten Wolkenkratzer, die trostlosesten Vergnügungen von allen Städten, die ich je gesehen habe.«

»Sie hat dich gefangen, alter Mann«, fuhr er fort, »aber ich werde nie neben ihren Wagenrädern laufen. Sie putzt sich selbst heraus, wie der Chinese seine Kragen herausputzt. Gib mir das häusliche Finish. Ich könnte eine Stadt ertragen, die von Reichtum regiert wird, oder eine, die von einer Aristokratie regiert wird; aber dies ist eine, die von ihren niedrigsten Bestandteilen kontrolliert wird. Indem sie Kultur für sich beansprucht, ist sie die roheste; indem sie ihre Vorherrschaft beteuert, ist sie die niedrigste; indem sie alle äußeren Werte und Tugenden verleugnet, ist sie die engste. Gebt mir das reine und offene Herz des westlichen Landes. Ich würde morgen dorthin zurückkehren, wenn ich könnte.«

»Magst du dieses Filet Mignon nicht?«, sagte William. »Quatsch! Was bringt es, die Stadt zu beklagen! Sie ist die beste aller Zeiten. Zwischen Harrisburg und Tommy O'Keefe's Saloon in Sacramento könnte ich keine einzige automatische Pumpe verkaufen, während ich hier zwanzig verkaufe. Und hast du schon Sara Bernhardt [berühmte Schauspielerin] in 'Andrew Mack'[50] gesehen?«

»Die Stadt hat dich im Griff, Billy«, sagte Jack.

»Schon gut«, sagte William. »Ich werde mir nächsten Sommer ein Häuschen am Lake Ronkonkoma [im benachbarten Long Island gelegen] kaufen.«

Um Mitternacht öffnete Jack sein Fenster und setzte sich dicht heran. Ihm stockte der Atem bei dem, was er sah, obwohl er es schon hundertmal gesehen und gefühlt hatte.

Weit unten und rundherum lag die Stadt wie ein zerrissener violetter Traum. Die unregelmäßigen Häuser sahen aus wie die angebrochenen Außenseiten von Felsen, die tiefe Schluchten und gewundene Bäche säumten. Einige waren bergig, andere lagen in langen, wüstenhaften Cañons.

Dies war der Hintergrund der wunderbaren, grausamen, bezaubernden, verwirrenden, tödlichen, großen Stadt.

Aber in diesen Hintergrund waren Myriaden von leuchtenden Parallelogrammen und Kreisen und Quadraten eingeschnitten, durch die viele farbige Lichter leuchteten. Und aus den violetten und purpurnen Tiefen stiegen wie die Seele der Stadt Klänge und Gerüche und Erregungen auf, die den bürgerlichen Körper ausmachen. Dort wehte der Hauch der unbändigen Fröhlichkeit, der Liebe, des Hasses, aller Leidenschaften, die der Mensch kennen kann.

Unter ihm lag alles, was aus den vier Ecken der Erde an Gutem oder Schlechtem gebracht werden kann, um zu belehren, zu erfreuen, zu erregen, zu bereichern, zu verderben, zu erheben, zu verwerfen, zu nähren oder zu töten. So kam der Geschmack davon zu ihm hoch und ging ihm ins Blut.

Es klopfte an seiner Tür. Ein Telegramm war für ihn gekommen. Es kam aus dem Westen und lautete wie folgt:

'Komm zurück und die Antwort wird ja sein, DOLLY.'

Er ließ den Jungen zehn Minuten warten und schrieb dann die Antwort: 'Unmöglich, im Moment von hier wegzugehen.'

Dann setzte er sich wieder ans Fenster und ließ sich von der Stadt wieder den Becher Mandragora* an die Lippen setzen.

[* auch 'Alraune' genannt. Eigentlich sehr giftig und gelegentlich tödlich, wird mancherorts daraus, zusammen mit anderen Kräutern, ein Likör hergestellt]

Es ist nach all dem keine Geschichte; aber ich wollte wissen, welcher der Helden die Schlacht gegen die Stadt gewonnen hat. Also ging ich zu einem sehr gelehrten Freund und trug ihm den Fall vor. Er antwortete: »Belästigen Sie mich bitte nicht, ich muss um die Weihnachtsgeschenke kümmern.«

So ist es also, und Sie werden selbst entscheiden müssen.

WAS DU DIR WÜNSCHT

Die Nacht war über diese große und schöne Stadt hereingebrochen, die als 'Bagdad-an-der-U-Bahn' [eine der Bezeichnungen O. Henrys für New York] bekannt ist. Und mit der Nacht kam der verzauberte Glanz, der nicht nur Arabien allein gehört.

In verschiedenen Maskeraden füllten sich die Straßen, Basare und ummauerten Häuser der abendländischen Stadt der Romantik mit derselben Art von Menschen, die unseren interessanten alten Freund, den verstorbenen H. A. Rashid [766-809], so sehr interessierten.

Sie trugen Kleider, die elfhundert Jahre näher an der neuesten Mode waren als die, die 'H. A.' im alten Bagdad gesehen hatte; aber darunter waren sie ungefähr dieselben Leute. Mit dem Auge des Glaubens hätte man den 'kleinen Buckligen', 'Sindbad den Matrosen', 'Fitbad den Schneider', den 'schönen Perser', die 'einäugigen Kalander', 'Ali Baba und die vierzig Räuber' an jedem Häuserblock und den 'Barbier und seine sechs Brüder' und die ganze alte arabische Bande leicht erkennen können.

Aber lasst uns ans Eingemachte gehen.

Der alte Tom Crowley war ein Kalif. Er besaß 42.000.000 Dollar in Vorzugsaktien und Anleihen mit massivem Goldrand. In diesen Zeiten muss man Geld haben, um Kalif genannt zu werden. Das Kalifengeschäft im alten Stil, wie es Mr. Rashid betrieben hatte, ist nicht sicher. Wenn man heutzutage eine Person auf einem Basar, in einem türkischen Bad oder in einer Seitenstraße überfällt und sich um ihre privaten und persönlichen Angelegenheiten kümmert, landet man vor dem Polizeigericht.

Der alte Tom hatte genug von Clubs, Theatern, Abendessen, Freunden, Musik, Geld und allem anderen. Das ist es, was einen Kalifen ausmacht – man muss alles verachten, was man mit Geld kaufen kann, und dann hinausgehen und versuchen, etwas zu wollen, wofür man nicht bezahlen kann.

'Ich werde einen kleinen Spaziergang durch die Stadt machen', dachte sich der alte Tom, 'und versuchen, ob ich etwas Neues erleben kann. Mal sehen – ich glaube, ich habe etwas von einem König oder einem 'Riesen aus Cardiff'*** oder so in alten Zeiten gelesen, der mit falschem Bart herumlief und persische Verabredungen mit Leuten traf, denen er nicht vorgestellt worden war'.

*** Der 'Cardiff Riese' oder der 'Riese von Cardiff' oder auch der 'amerikanische Goliath' war eine der größten wissenschaftlichen Fälschungen in der nordamerikanischen Archäologie. Benannt wurde die Statue eines Riesen nach dem Herkunftsort, dem Dorf Cardiff im Staat New York. Der Tabakpflanzer George Hull diskutierte heftigst mit einem Prediger über Bibelstellen mit Riesen. Das bracht ihn auf die Idee, den deutschen Steinmetz Eward Burghardt, den er zur Verschwiegenheit verpflichtete, zu beauftragen, eine solche Statue zu schaffen. Als er den 3,2 Meter langen Gipsblock aus einem Steinbruch erwarb, sagte er, dieser sei für eine Statue Abraham Lincoln. Ein Jahr später heuerte Newell Gideon Emmons und Henry Nichols an, angeblich um einen Brunnen zu graben, wobei der Riese 'entdeckt' werden sollte. Vor dem geplanten Termin wurden aber in der Nähe von einem anderen Farmer beim Pflügen alte Knochen frei gelegt, die Wissenschaftler der Universität of Cornell begutachteten und für archäologisch wertvoll hielten. Da die Öffentlichkeit nun schon aufmerksam geworden war, zog Hull den 'Fundtermin' für den vergrabenen Riesen auf den 15. Oktober 1869 vor. Er stellte ihn für 25 Cents, später 50 Cents Eintritt aus. Die Menschen kamen in Scharen. Selbst als bald alles als Schwindel aufflog, kam sie noch zahlreich herbei.

'Das ist sicherlich keine schlechte Idee. Diejenigen, die ich kenne, sind wirklich sehr eintönig und müde. Der alte 'Cardiff' hat sich immer die Problemfälle geschnappt, wenn er ihnen über den Weg lief, und ihnen Gold gegeben – Zechinen, glaube ich, waren es – und sie zum Heiraten gebracht oder ihnen gute Regierungsjobs besorgt. So etwas hätte ich auch gern. Mein Geld ist so gut wie seins, auch wenn die Presse mich jeden Monat fragt, woher ich es habe. Ja, ich denke, ich werde heute Abend ein wenig kleine Cardiff-Arbeit machen und sehen, wie es läuft.'

Schlicht gekleidet verließ der alte Tom Crowley seinen Palast in der Madison Avenue und ging erst nach Westen und dann nach Süden. Als er auf den Bürgersteig trat, zog das Schicksal, das in den wichtigen Büros aller verzauberten Städte die Fäden in der Hand hält, an einem Faden, und ein junger Mann, zwanzig Blocks entfernt, schaute auf eine Wanduhr und zog dann seinen Mantel an.

James Turner arbeitete in einer dieser kleinen Hutreinigungen auf der Sixth Avenue, in denen ein Feueralarm ertönt, wenn man die Tür aufstößt und wo man seinen Hut reinigen kann, während man wartet – zwei Tage.

James stand den ganzen Tag an einer elektrischen Maschine und dreht die Hüte schneller herum, als es die besten Flaschendreher bei den Champagnermarken je hätten tun können.

Wenn man von der leichten Unverschämtheit absieht, sich für das Aussehen eines Fremden zu interessieren, gebe ich Ihnen eine modifizierte Beschreibung von ihm:

Gewicht – 118 Pfund; Teint, Haare und Gehirn – blass; Größe – fünf Fuß sechs; Alter – ungefähr dreiundzwanzig; bekleidet mit einem 10-Dollar-Anzug aus grünlich-blauem Serge; Taschen mit zwei Schlüsseln und dreiundsechzig Cents Wechselgeld.

Aber ziehen Sie keine falschen Schlüsse, wenn diese Beschreibung wie ein allgemeiner Alarm klingt, dass James entweder verschwunden oder tot ist.

Allons! [Auf, lasst und losgehen!]

James stand den ganzen Tag bei seiner Arbeit. Seine Füße waren zart und reagierten äußerst empfindlich auf Belastungen, die auf oder unter sie gelegt wurden. Den ganzen Tag über brannten und schmerzten sie und bereiteten ihm viel Leid und Unannehmlichkeiten. Aber er verdiente zwölf Dollar pro Woche, die er brauchte, um sich zu auf den Beinen zu halten, ob seine Füße ihn nun stützten oder nicht.

James Turner hatte seine eigene Vorstellung von Glück, genau wie Sie und ich die unsere haben.

Sie haben Freude daran, mit Jachten und Autos durch die Welt zu fahren und mit Dukaten nach Wildvögeln zu werfen [auf kostspielige Vogeljagd gehen]. Mein Vergnügen ist es, abends eine Pfeife zu rauchen und einem Dachs, einer Klapperschlange und einer Eule dabei zuzusehen, wie sie einer nach dem anderen in ihr gemeinsames Zuhause in der Prärie gehen.

James Turners Vorstellung von Glückseligkeit war anders, aber es war seine.

Nach getaner Arbeit ging er direkt in seine Pension. Nach dem Abendessen, das aus einem kleinen Steak, Bessemer-Kartoffeln[51], gedünsteten (nicht gedämpften) Äpfeln und einer Zugabe aus Chicorée bestand, ging er in sein Zimmer im fünften Stock, das im hinteren Teil des Flurs lag. Dann zog er seine Schuhe und Socken aus, legte die Sohlen seiner brennenden Füße an die kalten Gitterstäbe seines Eisenbetts und las Clark Russells Seemannsgarn. Die köstliche Erleichterung, die das kühle Metall an seinen schmerzenden Fußsohlen verschaffte, war seine nächtliche Freude. Seine Lieblingsromane wurden ihm nie langweilig; das Meer und die Abenteuer dessen Seefahrer waren seine einzige geistige Leidenschaft. Kein Millionär war jemals glücklicher als James Turner, wenn er es sich bequem machte.

Als James die Hutreinigung verließ, ging er drei Straßen weiter, um sich die Waren eines Antiquariats anzusehen. An den Ständen auf dem Bürgersteig hatte er mehr als einmal ein Buch mit Papiereinband von Clark Russell zum halben Preis ergattert.

Während er sich mit gelehrter Verbeugung über das abgegriffene Sammelsurium ausrangierter Literatur beugte, schlenderte der alte Tom, der Kalif, vorbei. Sein kritisches Auge, geschärft durch zwanzig Jahre Erfahrung in der Herstellung von Waschseife (heben Sie die Verpackungen auf!), erkannte sofort den armen und anspruchsvollen Gelehrten, ein würdiges Objekt seiner 'kalifanen' Stimmung.

Er stieg die beiden flachen Steinstufen hinunter, die vom Bürgersteig abgingen, und wandte sich, ohne zu zögern, an das Objekt seiner geplanten Großzügigkeit. Seine ersten Worte waren nichts weiter als begrüßend und einfühlend.

James Turner blickte kalt hoch, mit 'Sartor Resartus' [von Thomas Carlyle] in der einen und 'A Mad Marriage' [von May A. Fleming] in der anderen Hand.

»Hau ab«, sagte er. »Ich will keine Kleiderbügel oder Grundstücke in Hankipoo, New Jersey, kaufen. Geh jetzt, sofort, und spiel mit deinem Teddybär.«

»Junger Mann«, sagte der Kalif, ohne auf die Unverschämtheit des Hutreinigers zu achten, »ich stelle fest, dass Sie ein lernbegieriges Gemüt haben. Lernen ist eines der schönsten Dinge auf der Welt. Ich hatte nie etwas Nennenswertes davon, aber ich bewundere es, wenn ich es bei anderen sehe.«

»Ich komme aus dem Westen, wo wir uns nichts als Fakten vorstellen. Vielleicht könnte ich die Poesie und die Anspielungen in den Büchern, in denen Sie stöbern, nicht verstehen, aber ich mag es, wenn jemand anderes zu wissen scheint, was sie bedeuten. Ich bin etwa 40.000.000 Dollar wert, und ich werde jeden Tag reicher. Den größten Teil davon habe ich mit der Herstellung von 'Tante Pattys Silberseife' verdient. Ich habe die Kunst, sie herzustellen, erfunden.«

»Ich habe drei Jahre lang experimentiert, bis ich die richtige Menge an Natriumchloridlösung und Kalilauge gefunden hatte, damit sie richtig stockt. Und nachdem ich etwa 9.000.000 Dollar aus dem Seifengeschäft genommen hatte, machte ich den Rest mit Mais- und Weizentermingeschäften.«

»Nun, Sie scheinen eine literarische und wissenschaftliche Ader zu haben, und ich sage Ihnen, was ich tun werde. Ich werde Ihre Ausbildung an der besten Hochschule der Welt bezahlen. Ich bezahle die Kosten für ihre Reisen durch Europa und die Kunstgalerien, und schließlich werde ich Ihnen ein gutes Geschäft einrichten. Sie brauchen keine Seife zu machen, wenn Sie irgendwelche Einwände haben. Ich sehe an ihrer Kleidung und ihrer zerfransten Krawatte, dass Sie sehr arm sind, und Sie können es sich nicht leisten, das Angebot abzulehnen. Also, wann wollen Sie damit anfangen?«

Der Hutreiniger richtete das Auge der Großstadt auf den alten Tom, ein Blick, der kaltes und berechtigtes Misstrauen ausdrückt, ein Beurteilungsvermögen, das so hoch wie Haman* schwebt, Selbsterhaltung, Herausforderung, Neugier, Trotz, Zynismus und, so seltsam es auch klingen mag, eine kindliche Sehnsucht nach Freundlichkeit und Kameradschaft, die man verbergen muss, wenn man sich unter den 'fremden Leuten' bewegt. Denn in New Bagdad muss man, um zu überleben, jeden verdächtigen, der im benachbarten Stuhl sitzt, im Haus nebenan wohnt, in der Sitzecke trinkt, im anderen Sattel reitet, auf dem Nebenweg geht oder im Nachbarraum schläft.

[* Haman ist eine Figur im Alten Testament. Er wurde aufgehängt]

»Sag mal, Mike« [als Name benutzt, weil er den richtigen nicht kennt], sagte James Turner, »was verkaufst du eigentlich – Schnürsenkel? Ich kaufe nichts. Du solltest dir lieber 'ein Ei in den Schuh legen und verschwinden*, bevor dir etwas zustößt. Du kannst keine Füllfederhalter, Goldbrillen, die du auf der Straße gefunden hast, oder Zertifikate von Treuhandgesellschaften andrehen. Sehe ich etwa so aus, als wäre ich eine der fehlenden Feuerleitern in Helicon Hall** hinuntergeklettert? Was ist eigentlich mit dir los?«

[* engl. 'put an egg in one's shoe and beat it' (jemand ein Ei in den Schuh legen und abhauen'). Eigentlich ein Streich für einen anderen, bevor man abhaut. Es ist auch ein Wortspiel mit 'beat it' ('schlag es', als 'verschwinde gemeint) und eine Art Eier zu schlagen (beating eggs]

[** fiktiver Platz, erdacht vom Autor Upton Sinclair]

»Mein Sohn«, sagte der Kalif in seinem 'harunischen'* Ton, »wie ich schon sagte, bin ich 40.000.000 Dollar wert. Ich möchte nicht alles in meinen Sarg legen, wenn ich sterbe. Ich möchte etwas Gutes damit tun. Ich habe gesehen, wie Sie mit diesen Bänden der Literatur hantiert haben, und ich dachte, ich nehme Sie. Ich habe den Missionsgesellschaften 2.000.000 Dollar gegeben, aber was habe ich dafür bekommen? Nichts als eine Quittung von der Sekretärin. Sie sind genau die Art von jungem Mann, mit dem ich mich gerne befassen würde, um zu sehen, was Geld aus ihm machen kann.«

[* Harun, einer der Propheten des Islam]

Bände von Clark Russell waren an diesem Abend im Old Book Shop schwer zu finden. Und James Turners schmerzende Füße trugen nicht gerade zur Verbesserung seiner Laune bei. Obwohl er ein bescheidener, sauberer Mann war, hatte er ein Temperament, das dem eines Kalifen in nichts nachstand.

»Hör mal, du alter Schwindler«, sagte er wütend, »mach dich auf den Weg. Ich weiß nicht, was du vorhast, es sei denn, du willst Wechselgeld für einen gefälschten 40.000.000-Dollar-Schein. Nun, so viel habe ich nicht bei mir. Aber ich habe einen ziemlich guten linken Schlag an mir, den du bekommen wirst, wenn du nicht weitergehst.«

»Du bist ein unverschämter, kleiner Gossenjunge«, sagte der Kalif.

Dann brachte James zu seinem selbst gelobten Schlag an; der alte Tom packte ihn am Kragen und versetzte ihm drei Fußtritte; der Hutreiniger fing sich wieder und schlug zu; zwei Bücherständer wurden umgeworfen, und die Bücher flogen herum. Ein Polizist kam hinzu, nahm beide am Arm und brachte sie zur nächsten Wache. »Schlägerei und Ruhestörung«, sagte der Polizist zum Sergeant.

»Dreihundert Dollar Kaution«, sagte der Sergeant sofort, beharrlich und forschend.

»Ich habe dreiundsechzig Cents«, sagte James Turner mit einem rauen Lachen.

Der Kalif durchsuchte seine Taschen und sammelte kleine Scheine und Wechselgeld in Höhe von vier Dollar ein.

»Ich bin«, sagte er, »vierzig Millionen Dollar wert, aber – «

»Sperrt sie ein«, befahl der Sergeant.

In seiner Zelle legte sich James Turner auf seine Pritsche und grübelte. 'Vielleicht hat er das Geld, vielleicht auch nicht. Aber wenn er es hat oder nicht, warum will er sich in die Angelegenheiten anderer Leute einmischen? Wenn ein Mann weiß, was er will, und es bekommen kann, ist es dasselbe wie 40.000.000 Dollar für ihn.'

Dann kam ihm ein Gedanke, der ihm einen zufriedenen Ausdruck ins Gesicht zauberte.

Er zog seine Socken aus, schob seine Pritsche nahe an die Tür, streckte sich ausgiebig aus und setzte seine gequälten Füße gegen die kalten Gitterstäbe der Zellentür.

Etwas Hartes und Sperriges unter den Decken seiner Pritsche bereitete einer Schulter Unbehagen.

Er griff drunter und zog ein Buch mit Papiereinband von Clark Russell mit dem Titel 'A Sailor's Sweetheart' heraus. Er stieß einen großen, zufriedenen Seufzer aus.

In diesem Moment kam der Pförtner zu seiner Zelle und sagte:

»Sag mal, Kleiner, der alte Bursche, den man mit dir wegen der Rangelei aufgegriffen hat, scheint doch echt zu sein. Er hat mit seinen Freunden telefoniert und steht jetzt mit einer Rolle Geldscheine, die so groß ist wie ein Pullman-Kissen, vor der Tür. Er will die Kaution für dich stellen, und du sollst zu ihm kommen.«

»Sagen Sie ihm, dass ich nicht da bin«, antwortete James Turner.

ENDNOTEN

[1] O. Henry nimmt auf 'Heinz 57' Bezug, ein Markenname mit der Zahl der angebotenen Produkte, damals besonders Gurken. In ein Gurkenglas gehören schlechte Skripte. H. J. Heinz entwickelte für seine Firma den Slogan '57 Varianten', für die zahlreichen Produkte der Firma (heute am bekanntesten Heinz-Ketchup). Er hatte in der New Yorker Hochbahn die Werbung eines Schuhladens gesehen ('21 Modelle'). Das hatte ihm imponiert. Warum er die Zahl 57 genommen hat, ist unklar, da sie auch nicht mit der (ohnehin wechselnden) Zahl der Produkte übereinstimmt. Er hatte damals schon über 60. Er sagt, die '5' sei seine Glückszahl und die '7' die seiner Frau, wobei der er '7' noch eine besondere psychologische Bedeutung beimisst. Die Varianten der *Gurken in Gläsern* waren ihm dabei ein besonderes Anliegen.

[2] Simoleon, eine Slang-Wort für Dollar. Die Herkunft ist strittig. Es könnte von 'simon' (eine Sixpence-Münze) hergeleitet worden sein, vielleicht von 'Napoleon', eine Goldmünze, was sich, ausgehend vom französisch geprägten New Orleans, über das Land verteilt hat.

[3] Ein ziemlicher Spagat. Die 'Bad Lands' oder 'Badlands' liegen in South Dakota, eine Erosionslandschaft, ungeeignet für Landwirtschaft, deshalb auch der Name 'schlechtes Land'.

Amagansett, liegt im Staat New York. Der Name kommt aus der Montaukett-Sprache (Indianer), was 'Platz des guten Wassers' bedeutet.

[4] Sarony soll hier Fotografie heißen. Napoleon Sarony war ein amerikanischer Lithograf und Fotograf der Zeit. Er besonders bekannt für seine Portraits von den Stars des Theaters des 19. Jahrhunderts. Sein Sohn, Otto Sarony, führte das Geschäft weiter und war darüber hinaus ein Theater- und Filmstar.

[5] Tammany Hall war eine politische Seilschaft in New York, die 1786 als Tammany Society gegründet wurde. Der Name leitet sich von ihrem Tagungsort ab, der Tammany Hall. Sie war die Organisation der Demokratischen Partei in New York City und kontrollierte über Jahrzehnte hinweg die Politik in der Stadt. Konflikte ja, aber einen 'echten' Krieg hat es nicht gegeben.

[6] 'assault and battery' wäre 'Überfall und Zusammenschlagen' – von einem Ende der Stadt bis zum anderen. Da O. Henry 'Battery' das Wort 'battery' groß schreibt ('assault and Battery'), meint er damit *die* Battery, eine zehn Hektar große Parkanlage auf der Südspitze Manhattans. Er spielt also mit den Worten – 'von oben bis unten nur Überfall und Zusammenschlagen' oder 'Überfälle von einem Ende bis runter zur Battery'.

[7] 'Jayville-near-Tarrytown'. Hier bastelt sich O. Henry wieder einen seiner vielen Namen für die Stadt New York zusammen, wie etwa 'Bagdag an der U-Bahn'. Hier meint er es abwertend. Tarrytown ist eine kleine Stadt im Westchester County im US-Bundesstaat New York. Der noch kleinere Ort Jayville, eigentlich nur ein Weiler, hatte eine sehr wechselhafte Geschichte. Es begann als Bergarbeiter-Gemeinde und Bahnstation. Die nicht so günstige Zusammensetzung der

Minerale und schwere Zugänglichkeit führte zur Aufgabe der Aktivitäten dort, zugunsten der benachbarten Benson Mine. Andere Industrien (wie Sägewerke) versuchten, die Lücke zu füllen, doch auch das war nur von ganz kurzer Dauer. Ein erneuter Versuch, die Minen wieder zu eröffnen, scheiterte, und eine Feuersbrunst beendete die Existenz dieses Dörfchens; nur wenige Reste sind heute noch vorhanden. Die gescheiterte Reaktivierung der Minen (1914) und die anschließende Feuersbrunst kamen nach Drucklegung dieses Buchs (1910). Hätte O. Henry das auch noch gewusst, wäre ihm sein 'Namenswitz' noch besser vorgekommen.

[8] 'Let-her-go Gallagher' ist ein Ausspruch der im Slang für 'mach los!', 'gib Gas!' steht. Es gibt zahlreiche Deutungen, wie sich dieser Ausspruch entwickelt hat. Eine Variante: Es waren ursprünglich Zurufe an einen Billardspieler namens Gallagher, der sich ewig Zeit gelassen hat. Trilby war ein Model in einem sehr erfolgreichen, 1894 erschienenen Roman von George du Maurier. Wo der Name des Models, das O. Henry erwähnt hat, herkommt, ist unklar, und wie das alles zu verknüpfen ist, bleibt wohl O. Henrys Geheimnis.

[9] Das 'General William Jenkins Worth Monument' ist ein Granit-Obelisk in Manhattan. Es erinnert an den Tag (25. November 1857), als die Briten sich von ihren amerikanischen Kolonien zurückgezogen hatten.

[10] Denken Sie sich was aus. Die Chaldäer sind ein Volk aus Süd-Mesopotamien. Sie erhielten die Kontrolle über das ganze babylonische Gebiet und bildeten eine Dynastie, die zu den mächtigsten der babylonischen Geschichte gehörte. Die heutigen Chaldäer sind Angehörige der mit Rom vereinten

chaldäischen Kirche. Ein Chiroskop, auch Cheiroskop ist ein einfaches orthoptisches Übungsgerät, mit welchem sich sensorische und motorische Binokularschulungen (Simultansehen, Fusion, Stereopsis) durchführen lassen.

[11] Antonio Pastor ('Tony'), Darsteller, Theaterbesitzer, einer der treibenden Kräfte für das 'Vaudeville' (Musical).

[12] Walter Edward Perry Scott, auch als 'Death Valley Scott(y)' bekannt, war ein Goldsucher, Darsteller, Betrüger, bekannt für seine zahlreichen Gaunereien im Goldminen-Geschäft.

[13] Rough Riders. Die Presse gab diesen Namen dem 1. US-Freiwilligen-Kavallerieregiment während des Spanisch-Amerikanischen Krieges. Der offizielle Name war United States Volunteer Cavalry. Es war einer von drei aus Freiwilligen bestehenden Kavallerieregimentern, die aus Anlass des Spanisch-Amerikanischen Krieges im Jahre 1898 ins Leben gerufen wurden; dieses war aber das einzige, das aktiv am Krieg teilnahm. Der erste Spitzname des Regiments lautete 'Wood's Weary Walkers' (Woods müde Fußgänger), benannt nach ihrem ersten Befehlshaber Oberst Leonard Wood. Das Regiment war zwar eine Kavallerieeinheit, musste aber zu Fuß kämpfen, weil die Pferde nicht rechtzeitig ankamen. Als Theodore Roosevelt den Befehl über das Regiment übernahm, wurden sie zu den 'Roosevelt's Rough Riders' (wörtl. Roosevelts raue/hartgesottene Reiter'), auch im Sinne von 'Pferdebändiger'. 'Rough Rider' bezeichnet im Wilden Westen jemanden, der untrainierte Tiere zureitet.

[14] 'König Teddy' = Spitzname von Präsdident Theodore 'Teddy' Roosevelt

[15] Seymour und Blair, demokratische Präsidentschafts- und Vize-Präsidentschafts-Kandidaten, die bei der Wahl unterlegen waren.

[16] Longhorn = Spitzname für einen Texaner, benannt nach dem Texas Longhorn, eine Rinderart und eines der offiziellen Staatstiere von Texas.

[17] John (Johnny) Branch = Politiker, modisch gekleidet, besonders als Marineminister der USA.

[18] Versuchen sie die Geschichte und den Titel zu verstehen. Viel Erfolg!

Der Originaltitel im Buch: 'The Thing's the play' (Die Sache ist das Stück). Wieder gräbt O. Henry in verwirrender Weise bei Shakespeare herum. Dort geht der Spruch (bei Hamlet) umgekehrt: 'The play's the thing' (das Stück ist die Sache). Schon hier ist es schwer den Sinn zu erkennen. Man muss den Hamlet komplett lesen und alles im Zusammenhang zu sehen, um das hinzukriegen. Geschulte Literaten beziehen das auf Fragen, welche die Kraft des Theaters betreffen, auch betreffend des Wahnsinns oder des darin enthaltenen Wahnsinns. Der ganze Satz lautet: 'The play's the thing; wherein I'll catch the conscience of the king' (das Schauspiel ist die Sache/das Mittel, mit der/dem ich an die Gedanken des Königs herankomme). Gerne wird dies im Deutschen als 'Schlinge' bezeichnet (das Schauspiel sei (ist) die Schlinge/Sache, in die den König sein Gewissen bringe).

Nun ist das aus dem überaus komplexen Fundus von Shakespeare für O. Henry noch zu einfach: Er dreht die Worte um und macht aus 'the play's the thing, 'the thing's the play'. Aus der schon krampfhaft hinzukriegenden deutschen Übersetzung 'das Schauspiel ist die Sache/Schlinge', würde so 'die Sache/Schlinge ist das Schauspiel'. Eigentlich ist das dann auch kein deutlich herauszulesender Gegensatz: 'Der Eimer ist das Transportmittel'/'das Transportmittel ist der Eimer'. Lesen Sie den Hamlet und suchen sich was aus, wie die Überschrift zur Geschichte passt.

[19] O. Henry bezieht sich hier auf 'The House That Jack Built' (das Haus, das Jack gebaut hat), ein kurzer britischer Stummfilm aus dem Jahre 1900. Ein Junge zerstört das Haus, das seine Schwester aus Bauklötzen gemacht hat. Dann baut er es wieder zusammen, und dabei lässt man die Sequenz noch einmal rückwärts laufen.

[20] Eine Aphasie ist eine erworbene Störung der Sprache aufgrund einer Beschädigung von bestimmten Regionen des Gehirns, die für die Steuerung der Sprache verantwortlich sind. Sie können als Resultat verschiedenartiger Erkrankungen und Schädigungen dieser Gehirnbereiche entstehen, wie beispielsweise: Schlaganfall, Schädel-Hirn-Trauma, Gehirnblutung nach Venenthrombose, Aneurysmen, Tumoren, entzündliche Erkrankungen und Intoxikation. Aphasien verursachen unterschiedlich schwere Beeinträchtigungen der Sprachproduktion, des Verstehens, Schreibens und Lesens, aber auch nichtsprachliche Hirnfunktionen. Sprachliche und nichtsprachliche Symptome sind in charakteristischer Weise kombiniert, weshalb Aphasie oder aphasische Störungen auch als multimodale Störungen

bezeichnet werden. Dies wurde bereits in der Antike beschrieben, systematisch untersucht wurden die Zusammenhänge jedoch erst im 19. Jahrhundert.

[21] Table d'hôte – gemeinsame Speisetafel in Hotels oder Gaststätten, wo in der Regel auch ein festes Menü serviert wird.

[22] O. Henry dreht hier wieder einmal völlig ab. Er verwandelt den Namen von B. Cory Kilvert in ein neues Fantasie-Adjektiv (das muss man erst einmal herausfinden; ich konnte es nicht – Dank sei dem, der es entschlüsselt hat!). Kilvert war ein bekannter Illustrator, auch vieler Kinderbücher. Welche Eigenschaften nun zum Verhalten und Erscheinungsbild des Mädchens passen, konnte O. Henry wohl nur selbst erkennen.

[23] Dr. Watsons ermittelnder Freund ist natürlich Sherlock Holmes.

[24] Subkutan bedeutet 'unter der Haut', also der 'Zauberer', der unter der Haut arbeitet. 'Arzt' hätte gereicht, lieber O. Henry, oder 'Medizinmann', wenn man zynisch sein will.

[25] Fest des Saturn, die Saturnalien, im alten Rom. O. Henry sieht hier den Vorläufer des Weihnachtsfests, was manche so deuten, was aber meist als reine Spekulation angesehen wird. Wie viel Recherche müsste ein normaler Leser hier betreiben, um das schlichte Wort 'Weihnachtsfest' herauszuarbeiten, was dann, gemäß den meisten Wissenschaftlern, gar nicht stimmt.

[26] Die Geschichte von König Schahriyar und Scheherazade (auch Schahrasad oder Schehrezâd)der Tochter seines Wesirs ist die wesentliche Rahmenerzählung aus Tausendundeine Nacht. Der König Schariyar wird von seiner Ehefrau betrogen, woraufhin er seine treulose Gattin ermorden lässt. Danach folgt das grausame Ritual, dass er jeden Tag eine neue Frau heiratet, aus Angst wieder betrogen zu werden. Alle Frauen lässt er dann hinrichten. Schließlich entscheidet sich die Tochter seines Wesirs – die mutige und kluge Schahrasad – den Kreislauf der Gewalt mittels einer List zu durchbrechen. Sie erzählt ihm nach der Liebesnacht eine Geschichte, die sie bei Anbruch der Morgendämmerung, an der spannendsten Stelle unterbricht. Schahriyar ist von ihrer Erzählung hingerissen und war begierig, das Ende zu hören. Er verzichtete darauf, Schahrasad am nächsten Tag zu töten. In der darauffolgenden Nacht begann sie weiterzuerzählen und wieder verzichtete Schariyar auf ihre Tötung. So ging es weiter und wenn eine Geschichte zu Ende war, begann Schahrasad eine neue zu erzählen – Tausendundeine Nacht lang – bis der König schließlich einlenkte.

[27] Ehemaliger Ballsaal. Oscar Hammerstein I. ließ 1906 das Gebäude in New York als Manhattan Opera House für seine Manhattan Opera Company bauen.

[28] 'optikos needleorum camelibus' – eine Blödsinnsphrase. 'Optikos nadelorum kamelibus' könnte man im Deutschen daraus machen. Er bezieht sich auf die Stelle bei Matthäus 19:23 – Jesus aber sprach zu seinen Jüngern: Wahrlich, ich sage euch: Ein Reicher wird schwer ins Himmelreich kommen ... 19:24 **Und weiter sage ich euch: Es ist leichter, dass ein Kamel durch ein Nadelöhr gehe,**

denn dass ein Reicher ins Reich Gottes komme ... Da das seine Jünger hörten, entsetzten sie sich sehr und sprachen: Ja, wer kann denn selig werden?...

[29] eigentlich eine Persönlichkeitsstörung, gekennzeichnet durch egozentrisches, dramatisch-theatralisches, manipulatives und extravertiertes Verhalten. Eine mit übermäßiger Emotionalität verbundene Aufmerksamkeitssuche.

[30] Es war nicht herauszufinden, wer dieser Mr. Tackett sein soll und was er so charakteristisches anhatte oder bei sich trug oder ... eines der wohl ewig bestehenden Fragezeichen bei O Henry, es sei denn, lieber Leser, sie finden die Lösung.

[31] Ein Vivisektionist studiert Körper, um ihre Funktionen besser zu verstehen. Im Gegensatz zum Chirurgen dient dies aber nicht der Heilkunde, sondern eher Experimenten und dem Erwerb von Wissen, welches die meisten Leute als verächtlich betrachten würden. Dieses Wissen wird meist auch zu bösen oder verwerflichen Zwecken angewandt.

[32] O. Henry macht eine vergleichende Eisenbahnfahrt. Die betreibende Gesellschaft 'Non Sequitur Limited' nennt er nach dem Begriff 'non sequitur' (lat. 'es folgt nicht' – ein Fehlschluss innerhalb eines Beweises, die vorgestellte These kann nicht aus den zugrundliegenden Prämissen abgeleitet werden).

[33] Dann dürfen Sie, lieber Leser, noch im Aussichtswagen 'Raison d'être' Platz nehmen (franz. für 'Daseinszweck', Lebenssinn).

[34] 'Omne mundus in duas partes divisum est' (lat. 'die ganze Welt ist in zwei Teile geteilt'). Das hat sich O. Henry selbst ausgedacht, es sei denn, sie finden jemanden, der das im alten Rom gesagt hat.

[35] Hamlet, 2. Akt, 2. Szene: Polonius: Ist dies schon Tollheit, hat es doch Methode. Wollt ihr nicht aus der Luft gehen, Prinz?

Hamlet: In mein Grab?

Polonius: Ja, das wäre wirklich aus der Luft.

[36] Als 'Pousse Café' bezeichnet man eine spezielle Zubereitungsart von Cocktails und Kurzgetränken. Dabei werden die verschiedenen Teile des Getränks vorsichtig über einen kleinen Löffel eingegossen, ohne sie sich dabei nicht vermischen. Es entstehen so mehrere horizontale Schichten, sodass, vor allem bei 'Shootern' (in kleinen Gläsern, auch 'Shot's oder 'Kurze' genannt), möglichst nur der Geschmack der letzten Zugabe zur Geltung kommt. Man bezeichnet dies auch als 'bauen', im Gegensatz zu anderen Drinks, die geschüttelt oder gerührt werden.

[37] Selbstporträt des französischen Malers Jean-Baptiste Greuze (1725-1805).

[38] Nektar und Ambrosia, Speise der Götter. Sie sollen Unsterblichkeit bringen. Man glaubt, dass ursprünglich zwischen Ambrosia und Nektar unterschieden wurde, als unterschiedliche Formeln derselben Substanz. In den Gedichten Homers und späteren Werken ist Nektar ein Getränk und Ambrosia eine Speise.

[39] Fiktive kleine Stadt, die sich der Karikaturist John T. McCutchean ausgedacht hat.

[40a] Knickerbocker, eine alte Bezeichnung für die Einwohner von New York, davon auch abgeleitet eine der vielen Bezeichnungen von New York.

[40b] 'Vater Knickerbocker' meint auch die Stadt New York.

[41] Lockinvar, ein Held in der Ballade Marmion von Sir Walter Scott, der mit seiner Geliebten davonreitet, als sie mit einem anderen verheiratet werden sollte.

[42] Immer neue Wortschöpfungen von O. Henry für die Stadt New York. Mittlerweile glaubt er wohl, dass der von ihm geprägte Begriff 'Bagdag-on-the-Subway' (Bagdad an der U-Bahn) schon so bekannt ist, dass er die Schraube noch weiter drehen und die Parodie selbst parodieren kann, als 'Noisyville-on-the-Subway' (noise=Geräusch, Krach) – 'Krachstadt an der U-Bahn'. Sie müssen fünfzehn von O. Henrys Büchern lesen, um das sechzehnte zu verstehen, welches Ihnen wiederum hilft, des erste zu verstehen.

[43] William Jennings Bryan war ein aus dem mittleren Westen stammender US-amerikanischer Politiker, der sich dreimal vergeblich um das Amt für den Präsidenten bewarb. Dennoch blieb er einer der führenden Politiker.

[44] May Irwin, in Kanada geborene Schauspielerin und Star des Vauseville-Theaters. Sie wurde berühmt durch den ersten Kuss der Filmgeschichte in einem Film des Jahres '1896' der auch danach benannt wurde 'The Kiss' (der Kuss).

[45] Edward Smith Willard, englischer Schauspieler, der auch in den USA, besonders in New York, zu großer Berühmtheit kam.

[46] 'Fahnenstationen' befinden sich meist an abgelegenen Orten, wo der Zug nicht immer hält, sondern nur dann, wenn eine Fahne geschwenkt wird, weil gelegentlich jemand zusteigen will.

[47] O. Henry macht New York zum 'kleinen Vorort' vom kleinen Tarrytown, 40 Kilometer von New York City gelegen.

[48] John Wayne Gates, bekannt als 'Bet-a-Million-Gates' ('Wette-eine-Million-Gates'), war ein amerikanischer Industrieller und Spieler im 'Gilded Age' (das vergoldete Zeitalter). Es war eine Zeit des wirtschaftlichen Wandels und technologischen Fortschritts, aber auch der politischen Korruption auf allen Ebenen. Gleichzeitig entstanden durch Millionen von Immigranten aus Europa in Städten wie New York Armenviertel.

[49] Leviathan, 'der sich Windende' ist ein kosmisches Seeungeheuer. Seine Beschreibung enthält Züge eines Krokodils, eines Drachens, einer Schlange oder eines Wals. Der Leviathan soll am Ende der Welt von Gott besiegt werden.

[50] Ein Stück namens 'Andrew Mack' ist mir nicht bekannt, wohl aber Andrew Mack, geboren als William Andrew McAloon, ein irischstämmiger amerikanischer Vaudeville-Darsteller, Schauspieler, Sänger und Songschreiber. Könnte wohl 'in einem ein Stück von Andrew Mack' heißen.

[51] Es ist im Gesamtzusammenhang ziemlich egal, was O. Henry mit 'Bessemer-Kartoffeln' meint. Wie vieles andere auch, könnte man das einfach übergehen. Da es aber die letzte Anmerkung im Buch ist, habe ich mich noch einmal 'ins Zeug gelegt'. Ich denke, er meint Ofen-Kartoffeln aus dem Gasherd. Henry Bessemer hat 1856 ein neues Verfahren für die Stahlerzeugung entwickelt. Dabei werden wesentlich höhere Temperaturen erzeugt und der Prozess verbessert (aber nicht zum Kartoffelbraten). Es gibt aber auch zahlreiche Städte mit diesem Namen in den USA. Keine ist für ihre Kartoffelernte berühmt. Die Firma Bessemer, die Kochgeschirr herstellt, hat ihren Sitz in Australien und wurde erst 1961 gegründet; einfach nur 'Bratkartoffeln', wäre zu einfach für O. H.